Seducing An Angel
by Mary Balogh

愛を告げる天使と

メアリ・バログ
山本やよい[訳]

ライムブックス

Translated from the English
SEDUCING AN ANGEL
by Mary Balogh

The original edition has:

First published in the United States by Dalacorte Press

Japanese translation published by arrangement with
Maria Carvainis Agency, Inc
through The English Agency (Japan) Ltd.

愛を告げる天使と

主要登場人物

カッサンドラ・ベルモント……………………故パジェット男爵未亡人
スティーヴン・ハクスタブル…………………ハクスタブル家の長男。マートン伯爵
アリス・ヘイター………………………………カッサンドラのコンパニオン
マーガレット（メグ）・ペネソーン…………ハクスタブル家の長女。シェリングフォード伯爵夫人
ダンカン（シェリー）・ペネソーン…………メグの夫。シェリングフォード伯爵
ヴァネッサ（ネシー）・ウォレス……………ハクスタブル家の次女。モアランド公爵夫人
エリオット・ウォレス…………………………ネシーの夫。モアランド公爵。コンスタンティンのいとこ
キャサリン（ケイト）・フィンリー…………ハクスタブル家の三女。モントフォード男爵夫人
ジャスパー（モンティ）・フィンリー………ケイトの夫。モントフォード男爵
コンスタンティン（コン）・ハクスタブル……先々代マートン伯爵の長男（非嫡出子）
レディ・カーリング……………………………ダンカンの母親
ウェズリー・ヤング……………………………カッサンドラの弟
メアリ……………………………………………カッサンドラのメイド兼料理番
ベリンダ…………………………………………メアリの娘

1

「やっぱり、男を見つけなくては」

　こう言ったのは故パジェット男爵の未亡人であるカッサンドラ・ベルモント、ロンドンのポートマン通りに借りた一軒家の居間の窓辺に立っていた。家具付きの家を借りたのだが、家具もカーテンも絨毯もずいぶん古びている。たぶん、十年前からすでに古びていたのだろう。この一帯は閑静だが高級とは言えない住宅地で、レディ・パジェットの現在の境遇に似合いだった。

「結婚相手？」レディ・パジェットのコンパニオンを務めるアリス・ヘイターが驚いて尋ねた。

　カッサンドラは眼下の通りを歩いていく女の姿を、人生に疲れた目で見つめ、蔑《さげす》むように唇をゆがめた。女は幼い少年の手をつかんでいるが、少年のほうは手をつかまれるのも、通りを早足でひっぱっていかれるのもいやでたまらない様子だ。女の全身からもどかしさと苛立ちがにじみでている。母親？　それとも、乳母？　どちらでもいいけれど。少年の反抗も悲嘆もわたしには関係のないこと。自分の悩みだけで頭がいっぱいだもの。

「とんでもない」カッサンドラは質問に答えて言った。「それと、どうせ見つけるなら、馬鹿な男がいいわね」

「馬鹿な男？」

カッサンドラは微笑した。もっとも、楽しげな表情ではなく、アリスに笑みを見せたわけでもなかった。女と少年が視界から消えた。逆方向から紳士がせかせかとやってきた。前方の地面に渋い顔を向けている。約束の時間に遅れそうな様子。時間どおり着けるかどうかに自分の人生がかかっているという顔だ。その不安が当たるのかもしれない。いえいえ、たぶん杞憂に終わるだろう。

「わたしと結婚する気になるのは馬鹿な男だけ。でも、わたしが男を見つけようとしてるのは、結婚のためじゃないのよ、アリス」

「ちょ、ちょっと、キャシー」アリスが言った。見るからにうろたえていた。「まさか――」最後まで言うことができなかった。その必要もなかった。カッサンドラの言葉が意味するものは一つしかない。

「ええ、そのまさかよ」カッサンドラはふりむくと、冷酷な光を宿した嘲《あざけ》りの目でアリスを見た。アリスは椅子の肘掛けをつかみ、わずかに腰を浮かせて立ちあがろうとするかに見えた。結局、途中でやめてしまったが。

「驚いた？」

「ロンドンに出てくることにしたのは」アリスは言った。「職探しのためだったのよ、キャシー。二人で仕事を探そうって言ったじゃない。メアリも」

「でも、現実には無理。そうでしょ？」カッサンドラはおもしろくもなさそうに笑った。「幼い娘を抱えた未婚のメイド兼料理番を雇ってくれる人なんて、どこにもいやしないわ。わたしが推薦状を書いたところで、哀れなメアリの役には立たない。それから——気を悪くしないでね、アリス——四十過ぎの家庭教師を雇いたがる人もめったにいない。若い女性がいくらでもいるんですもの。身も蓋もない言い方で悪いけど、若さこそ現代の神なのよ。わたしが子供だったころ、あなたは最高の家庭教師だったし、わたしが大人になってからは、最高のコンパニオン兼友人になってくれた。でも、いまでは年齢が足枷になっている。わたしだって働きたいけど、正体を隠さなきゃいけないから推薦状を差しだすことができなくて、どこにも雇ってもらえない。斧をふるった殺人鬼に仕事をくれる人なんてどこにもいやしないわ」

「キャシー！」かつての家庭教師は両手でカッサンドラの頬をはさんだ。「自分のことをそんなふうに言ってはだめ。たとえ冗談にしても」

カッサンドラには冗談のつもりはまったくなかった。だが、とりあえず笑っておいた。

「人はとかく誇張したがるものよ。そうじゃなくて？　嘘八百を並べたてることだってある。世間の半数はわたしをそういう女だと信じてるのよ。なぜなら、荒唐無稽な話を信じるほうがおもしろいから。わたしがこの家の玄関から外に出れば、そのたびに人々が悲鳴を上げて逃げだすでしょう。こうなったら、大胆不敵な男を見つけるしかないわね」

「ああ、キャシー」アリスの目に涙があふれた。「お願いだから、そんな――」

「賭博で大儲けを企んだこともあったわ」カッサンドラは指を一本立てた。ほかにもいろいろと試してみたかのように。「最後のひと勝負で運に恵まれなかったら、惨憺《さんたん》たる結果になってたでしょうね。儲けたお金をつかんで逃げだしたわ。ギャンブラーになる度胸なんてないことがわかったの。もちろん、技術もない。おまけに、喪服のベールのせいで暑くてのぼせそうだったし、何人かがわたしの正体を露骨に探ろうとしていたし」

カッサンドラは二本目の指を立てたが、あとはもう続かなかった。賭博のほかは何も試していない。試すことがないからだ。残された手段は一つだけ。

「来週の家賃が払えなかったら、みんなで通りへ放りだされてしまうのよ、アリス。そんなことになったら困るでしょ」

カッサンドラはふたたび笑った。

「ねえ」アリスが言った。「もう一度、弟さんに頼んでみては？　そしたら、きっと――」

「ウェズリーにはすでに頼んだわ」カッサンドラの声がふたたびきつくなった。「自活の道が見つかるまで、しばらくでいいから居候させてほしいって頼んだの。そしたら、あの子、なんて言ったと思う？　〝申しわけない。ぜひ力になりたいけど、親しいグループでスコットランドへ長期の徒歩旅行に出かける約束なんだ。土壇場で自分が抜けたりしたら、みんなに大きな迷惑をかけることになる〟ですって。今度はスコットランドのどこへ連絡すればいいの？　もっと哀れな声で頼みこんだほうがいい？　わたしだけじゃなくて、あなたとメアリとベリンダの分まで？　ああ、そうそう、おまえもいたわね、ロジャー。忘れられたと思ってた？」

毛むくじゃらの大きな雑種犬が暖炉の前で起きあがり、片耳をなでてもらおうとして、不自由な脚でカッサンドラのそばにやってきた。もう一方の耳は失われている。脚が不自由なのは、片方の膝関節から下が切断されているためだ。目も片方しか見えず、その目でカッサンドラを見あげて喜びに息をはずませた。被毛は清潔で、毎日ブラッシングされているのに、いつもぼさぼさだ。カッサンドラは両手で犬の毛をなでてやった。

「ウェズリーがいまもロンドンにいるとしても、頼みに行く気はないわ」犬が足もとに寝そべり、満足そうな吐息をついて前脚のあいだに顎を埋めたあとで、カッサンドラは言った。ふたたび窓のほうを向き、窓枠に置いた指でゆっくりリズムを刻んだ。「男を見つけるつもりよ。金持ちの男。大金持ちを。そして、男のお金でみんなで贅沢に暮らすの。でも、施しを受けるわけじゃないわ、アリス。わたしが男に雇われて、報酬に見合うだけのすばらしい仕事をするんだから」

カッサンドラの声は険悪な嘲りの響きを帯びていた。ただ、その嘲りがパトロンとなる未知の紳士に向けたものか、彼女自身に向けたものかは、はっきりしなかった。人妻として九年間暮らしてきたが、誰かの愛人になったことは一度もない。

だが、いま、愛人になる決心をした。

「ああ」アリスの声は悲しみに満ちていた。「ほんとにそこまでしなきゃいけないの？　わたしは反対よ。ほかに方法があるはずだわ。ぜったい反対。わたしを食べさせていく責任をあなたが感じているのなら、なおさらだわ」

カッサンドラの視線は窓の下の通りをゆっくり走っていく古びた馬車を追っていた。御者も馬車と同じぐらい古びて見える。

「反対ですって？　でも、止めても無駄よ、アリス。わたしがカッサンドラで、あなたがヘイター先生だった日々は、遠く過ぎ去ってしまったのよ。いまのわたしに残されたものはほとんどない。無一文に近いし、評判は最悪。友達もいない。自分のことは二の次にしてわたしの力になろうという身内もいない。でも、一つだけ残されたものがある。それを活かせば、充分な報酬が得られる仕事につき、みんなのために快適で安全な暮らしをとりもどすことができる。わたしには美貌があるのよ。そして、魅力も」

これが別の状況だったなら、鼻持ちならないうぬぼれ女と思われても仕方がなかっただろう。しかし、カッサンドラの口調には辛辣な侮蔑がこもっていた。美貌と魅力を備えているのは事実だが、それを自慢する気はなかった。むしろ、呪わしかった。美貌ゆえに十八歳で裕福な夫と結ばれた。九年間の結婚生活のあいだも無数の崇拝者をひきよせた。そして、そのたった九年のあいだ、一生分をはるかに超える悲惨な運命に耐えつづけた。いまこそ自分のために美貌を使わなくては。このみすぼらしい家の家賃を払い、みんなの食料と服を買い、万一に備えて少しでも蓄えを残しておくために。

いいえ、少しではだめ。大金を手に入れよう。最低限の暮らしと万一の事態なんて忘れよう。

高価な代償とひきかえだもの。みんなで贅沢に暮らさなくては。かならず実現させてみせる。わたしの奉仕にお金を出そうという男が見つかったら、莫大な額を巻きあげてやる。いやだと言うなら、ほかの男を見つけて、そちらに身をまかせればいい。

二十八歳という年齢も気にするには及ばない。いまのわたしは十八のときよりいい女だもの。豊満になり、出るべきところがちゃんと出ている。十八のときは愛らしいだけだった顔も、いまでは古典的な美貌に変わっている。濃厚な赤銅色を帯びた髪はいまなお鮮やかだし、光沢もまったく失われていない。そして、昔のような世間知らずではなくなった。ずいぶん大人になった。どうすれば男を喜ばせることができるかを心得ている。いまこの瞬間、ロンドンのどこかに紳士が一人ぐらいいるはずだ。わたしを所有し、わたしの奉仕を独り占めするために、喜んで大金を払おうという紳士が。いえ、一人どころか、何人もいるに決まっている。でも、わたしが選ぶのは一人だけ。わたしを所有するという官能の喜びに身悶えする紳士がどこかにいるはず。当人はまだそれを知らないとしても。

この身体で男を夢中にさせ、ほかの女はもういらない、もう何もいらないという気にさせてみせる。

男なんか大嫌い。

「キャシー」アリスの声に、カッサンドラはふりむき、どうしたのという顔で相手を見た。

「この街には、知りあいなんて一人もいないでしょ。紳士と出会う機会をどうやって作るつもり？」

アリスの声には勝ち誇った響きがあり、無理に決まっていると言いたげだった。もちろん、そう思っているに違いない。

カッサンドラはアリスに笑顔を向けた。

「わたしはいまもレディ・パジェット。そうでしょ？　男爵の未亡人なのよ。ナイジェルが買ってくれた上等のドレスがそろっているわ。少し流行遅れだけど。いまは社交シーズン。上流の人たちが残らずこの街に集まり、パーティ、舞踏会、音楽会、夜会、ピクニックといった催しが毎日のように開かれている。どこで何があるのを調べるのは少しもむずかしいことじゃないわ。盛大な催しにもぐりこむことだって、むずかしくはないのよ」

「招待状がなくても？」アリスは眉をひそめて尋ねた。

「あらあら、忘れてしまったのね。主催する側の貴婦人は、大混雑だったという評判がほしくてたまらないのよ。わたしがどこへ押しかけることに決めても、追いかえされる心配はないわ。正面玄関から堂々と入っていけばいいのよ。一度で充分。かならず男をつかまえてみせる。午後から二人でハイドパークへ散歩に行きましょう、アリス。もちろん、上流の人々が姿を見せる時間に。いいお天気だから、貴族たちが集まってきて社交をくりひろげるに決まってるわ。わたしは黒いドレスを着て、分厚いベールのついた黒いボンネットをかぶっていくことにする。ロンドンに最後にきたのはもう何年も前になるから、悪女という評判が広まってはいても、この顔を知ってる人はあまりいないはずよ。でも、人に気づかれる危険は避けたほうが無難だわ」

アリスはため息をつき、椅子にもたれた。首をふっていた。

「あなたにかわって、わたしから現在のパジェット男爵に手紙を書かせてちょうだい。歩み寄るための冷静な手紙を。ブルースさまはお父さまの死後一年近くたってようやくカーメル邸に越してらしたけど、あなたを追いだす権利はなかったはずだわ。婚姻前契約書の条項にはっきり書いてありますもの。夫に先立たれた場合は、寡婦の住居があなたのものになり、莫大な財産贈与を受け、領地の収入のなかから多額の寡婦年金が渡される。ブルースさまが越してくるまでの一年のあいだ、あなたは何度も手紙を書いて、いつになったら相続手続きが完了するのかと尋ねたのに、結局は住まいもお金ももらえなかった。契約書の条項をブルースさまがよく理解してなかったんじゃないかしら」

「いまさら頼みこんでも無駄よ」カッサンドラは言った。「ブルースにはっきり言われたわ。相続放棄とひきかえに自由の身にしてやるって。わたしが夫殺しの罪で告発されることはなかった。わたしが殺したという証拠は何もないんですもの。でも、決定的な証拠がなくても、裁判官や陪審はわたしを有罪とみなすかもしれない。そうなったら絞首刑よ。ブルースはわたしが罪に問われないようにすると保証し、こちらは交換条件として、カーメル邸を出て二度と戻らないこと、宝石をすべて置いていくこと、遺産請求の権利を全面的に放棄することを約束させられた」

アリスは何も言えなかった。それぐらいは百も承知だ。現在のパジェット男爵と争うことの危険も承知している。カッサンドラは争いを避ける道を選んだ。過去九年間の——いや、もう十年になる――暴力だけでうんざりしていた。黙って出ていくことにした。親しい者たちを連れて、自由の身で。

「わたしは飢え死になんかしないわよ。あなたも、メアリも、ベリンダも。わたしがみんなを食べさせてあげる。そうそう、おまえもよ、ロジャー」カッサンドラが室内履きの爪先で犬のおなかをくすぐってやると、犬はしっぽでのろのろと床を叩き、三本半の脚を宙に泳がせた。

カッサンドラの微笑には苦々しさがにじんでいたが、やがて、優しい表情に変わった。

「あらあら、アリス」あわてて部屋を横切り、もと家庭教師がすわっている椅子の前に膝を突いた。「泣かないで。お願いだから。わたしまで泣きたくなってしまう」

「思ってもみなかったわ」アリスはハンカチに顔を埋めてすすり泣きながら言った。「こんな日がくるなんて。あなたが高級し――高級娼――」しかし、途中で黙りこんでしまった。

カッサンドラはアリスの膝の片方を軽く叩いた。

「結婚より千倍もましだわ。それがわからないの？　これからはわたしがすべての権限を持つのよ。好意を差しだすのも、ひっこめるのも、わたしの自由。相手の男が気に入らないとき、男に腹が立ったときは、別れればいい。自由に男とつきあって、別れて、すべてわたしの思いのままよ。ただし……仕事のときは別だけど。結婚より百万倍もすてきでしょ」

「わたしの生涯の望みは、あなたが幸せになるのを見届けることだった」アリスは鼻をぐすんといわせ、涙を拭いた。「それが家庭教師たる者の望みなのよ、キャシー。人生が自分のそばを通りすぎてしまっても、教え子の幸せな姿を見れば、わがことのように幸せな気分になれるのよ。あなたに知ってもらいたい。愛される者の気持ちを。そして、愛する者の気持ちを」

「それなら両方とも知ってるわ、馬鹿ねえ」カッサンドラは膝を起こしてしゃがんだ。「わたしはあなたに愛されてるのよ、アリス。ベリンダにも愛されてる。メアリにもね、たぶん。それから、ロジャーにも愛されてる」犬がよたよた近づいてきて、濡れた鼻でカッサンドラの手をつつき、もう一度なでてくれと催促した。「そして、わたしもみんなを愛してる。ほんとよ」

かつての家庭教師の頬には、いまも涙がわずかに伝い落ちていた。

「ええ、知ってるわ、キャシー」アリスは言った。「でも、わたしが何を言いたいのか、よくわかってるでしょ。わからないふりはおやめなさい。わたしはね、あなたが善良な男性を愛し、男性にも愛される姿を見たいの。だめだめ、そんな顔でわたしを見ないで。あなた、近ごろ、そういう表情になることが多いわね。それが本来の性格かと思われてしまうわよ。ゆがんだ唇。嘲笑するような冷酷な目の光。いいこと、世の中には善良な男性だっているのよ。うちの父がそうだった。もちろん、慈悲深き主が創造なさったのはうちの父だけではなかったはずだわ」

「はいはい」カッサンドラはふたたびアリスの膝を軽く叩いた。「もしかしたら、パトロン探しをするときに、たまたま善良な男を選ぶことになるかもしれない。その人はわたしを激しく愛して——いえ、〝激しく〟なんて言葉はいやだわ。わたしを深く愛して、わたしもその人を深く愛して、二人は結婚し、子供を一ダース授かって、幸せな一生を送るの。あなたはその子たちの世話に追われ、やがてじっくり勉強を教えるようになる。あなたが歳をとり耄碌《もうろく》してしまっても、クビにはしない。それでいいかしら、アリス」

アリスはもう泣き笑いだった。

「一ダースの子供というのだけはちょっと……。かわいそうなキャシー、疲れはててしまうわよ」

アリスと一緒に笑いながら、カッサンドラは立ちあがった。

「それから、アリス、わたしを幸せにすることをあなたの生き甲斐にする必要はどこにもないのよ。〝わがことのように〟なんて言ってはだめ。そろそろ自分のために生きてちょうだい。愛を見つけてちょうだい。紳士と出会い、その紳士は完璧な宝石を見つけたことに気づいて恋に落ち、あなたも恋に落ちる。そして、二人でいつまでも幸せに暮らしていくのよ」

「でも、子供を一ダースも作るのはお断わりだわ」アリスはふざけ半分に恐怖の表情を浮かべ、またしても二人で噴きだした。

ああ、最近は笑うことなんてほとんどなかった。過去十年のあいだに心から楽しいと思った回数を数えたなら、たぶん、片手の指で足りるだろう。

「黒いボンネットの埃を払いに行ってくるわ」カッサンドラは言った。

マートン伯爵スティーヴン・ハクスタブルは、またいとこのコンスタンティン・ハクスタブルと馬でハイドパークへ出かけていた。上流階級が集まる午後の時間帯で、馬車道はありとあらゆる種類の馬車で混みあい、そのほとんどは幌をはずして、馬車に乗った者が新鮮な空気を吸い、周囲のにぎわいをながめ、ほかの馬車の人々や散歩中の人々と言葉を交わせるようになっていた。小道のほうも散歩の人々で混雑している。また、馬に乗った者もずいぶんいる。スティーヴンとコンスタンティンもそのなかの二人で、巧みに馬を御しながら馬車のあいだを縫って進んでいった。

初夏の爽やかな一日で、空には白い雲がふんわり浮かんで気持ちのいい日陰を作り、強烈な日射しを防いでくれていた。

混雑していてもスティーヴンは平気だった。この公園にくるのは、どこかへ急ぐためではない。社交のためで、スティーヴンはいつもそれを楽しんでいる。社交的で気立てのいい若者なのだ。

「明日の夜、メグの舞踏会に出てくれる？」スティーヴンはコンスタンティンに尋ねた。

メグというのはスティーヴンの姉のマーガレット・ペネソーン、シェリングフォード伯爵夫人のこと。この春、夫のシェリーとともに三年ぶりでロンドンに出てきた。二歳のサラと七歳のトビーのほかに、生まれたばかりのアレグザンダーまで連れて。シェリーが人妻と駆け落ちし、その女性が亡くなるまで一緒に暮らしたことから生じた古いスキャンダルを、二人はようやく消し去ろうと決心したのだ。トビーのことを、シェリーがターナー夫人に産ませた子供だと思いこんでいる者はいまもたくさんいる。シェリーも、メグも、無理に誤解を正す必要はないと思っている。

メグには気骨があり、スティーヴンはそんな姉を昔から尊敬している。難局に立ち向かうのを避けて比較的安全な田舎にひきこもるような選択は、けっしてしない人だ。シェリーのほうも、難局に挑んで勝利をつかみとるのを躊躇《ちゅうちょ》するタイプではない。三年前に貴族社会の面々が好奇心に負けて二人の結婚式に参列したことを考えれば、二人が開く明日の夜の舞踏会にも、きっとおおぜい押しかけてくることだろう。

結婚式に多くの貴族が参列したのは当然のことだった。いくら二人を非難したところで、好奇心には勝てなかったのだ。三年後のいま、結婚生活がどれだけうまくいっているか、もしくは、うまくいっていないかを知りたくて、誰もがうずうずしていることだろう。

「もちろん。ぜったい見逃すわけにはいかない」コンスタンティンはそう言いながら、貴婦人が四人乗ったバルーシュ型の馬車とすれちがうさいに、帽子のつばに乗馬鞭を軽く当てて挨拶した。

スティーヴンも同じようにすると、四人は微笑して会釈を返した。

「〝もちろん〟は言いすぎじゃないかな」スティーヴンは言った。「先々週のネシーの舞踏会にはこなかったのに」

ネシー――モアランド公爵夫人ヴァネッサ・ウォレス――はスティーヴンの姉三人の真ん中だ。夫のエリオットはコンスタンティンのいとこにあたる。母親どうしが姉妹で、エリオットたちの浅黒いギリシャふうの端整な顔立ちは母方から受け継いだもの。いとこというより兄弟のように見える。双子と言ってもいいぐらいだ。

コンスタンティンはロンドンにきていたのに、ヴァネッサとエリオットの舞踏会には顔を出さなかった。

「招待されてなかったから」コンスタンティンは物憂げな、どこか愉快がっているような表情でスティーヴンを見た。「まあ、たとえ招待されても行かないけどね」

スティーヴンはすまなそうな顔になった。それとなく探りを入れていたことをコンに悟られてしまった。エリオットとコンスタンティンがほとんど口を利かないことは、スティーヴンも前から気づいていた。二人が育った家はわずか数キロしか離れていないし、少年時代から青年時代にかけては親しくしていたらしい。エリオットがコンと口を利かないため、ヴァネッサもコンと距離を置くようになった。スティーヴンはつねづねそれを不思議に思っていたが、理由を尋ねたことは一度もなかった。そろそろ尋ねる潮時かもしれない。身内どうしの対立は概して愚かなものだ。早くキスして仲直りすべきなのに、だらだらと続いていく。

「どうして――」スティーヴンは言いかけた。

しかし、二人の横でセシル・エイヴリーが二輪馬車を止めた。同乗していたレディ・クリストベル・フォーリーが凝ったデザインのレースの日傘をまわしながら、二人に明るい笑顔を向けようとして、命と手足が危険にさらされるのもかまわず、華奢な座席から軽く身を乗りだしていた。

「ハクスタブルさま、マートン卿」彼女の視線はコンを素通りしてスティーヴンに向けられた。「いいお天気ですこと」

それから数分間は、二人がその意見に同意し、明晩の舞踏会で最初の曲を一緒に踊ってほしいと頼むのに費やされた。

「うちの母ね、ほんとはデクスターさまご一家と晩餐会の約束だったのを舞踏会のほうに変更しようってさっき決めたばかりですけど、わたし、舞踏会は欠席するってみんなに言ってあるものですから、踊ってくださる相手がいないんじゃないかってすごく怯えてて、もちろん、このセシルだけは別で、田舎のほうでずっとおとなりどうしなので、お気の毒ですけど、わたしが壁の花にならずにすむよう、騎士道精神を発揮して踊りの相手を務めてくださるしかありませんのよ」

レディ・クリストベルは人と話すさいに文章を区切ることをほとんどしない。彼女の話についていこうと思ったら、必死に耳を傾けなくてはならない。だが、たいてい、そこまで必死になる必要はなく、言葉や語句の端々を適当に拾っておけばいい。しかし、元気いっぱいの愛らしい令嬢なので、スティーヴンはけっこう気に入っている。

ただし、好意をおおっぴらに示すのは控えるよう注意している。大きな財力と権力を誇るブライズデール侯爵家の長女で、現在十八歳、今年社交界にデビューしたばかりだ。まさに理想の花嫁候補で、最初の社交シーズンのあいだに、できることなら仲間の令嬢たちの誰よりも早く結婚相手をつかまえようと躍起になっている。成功の見込みは大いにある。大々的な社交行事の場でレディ・クリストベルを見つけようと思ったら、紳士が群がっている場所を探せばいい。その中心に彼女がいるはずだ。

しかし、レディ・クリストベルはスティーヴンに狙いを定めている。彼女の母親ともども。それはスティーヴンにもよくわかっている。それどころか、自分がイングランドでもっとも望ましい花婿候補で、今年こそ独身生活に別れを告げて妻をめとり、子供を作り、英国貴族の責任を果たすべきだと、貴族社会の女性たちからこれまで以上に強く期待されていることもわかっている。現在二十五歳、世間からは、その誕生日を境に放蕩三昧の気楽な青年時代に別れを告げ、義務を負った堅実な大人への目に見えない敷居をまたいだと思われている。

スティーヴンの求婚を持っている令嬢はレディ・クリストベルだけではないし、彼を釣りあげようと狙っている母親もレディ・クリストベルの母親だけではない。

スティーヴンは顔見知りの令嬢のほとんどに好意を持っている。彼女たちとおしゃべりするのも、踊るのも、劇場へエスコートするのも、馬車で出かけるのも、公園を散歩するのも大好きだ。貴族仲間の多くは結婚の罠にうっかり落ちてしまうのを恐れて、そうしたつきあいを避けようとするが、スティーヴンは違う。ただ、いまのところ、結婚する気はまるっきり。

スティーヴンは愛のすばらしさを信じている。男女のロマンティックな愛だけでなく、あらゆる種類の愛を。結婚するなら、花嫁となる人に深い愛情を持ち、向こうにも同じ気持ちでいてほしい。しかし、爵位と財産がそのささやかな夢の前に立ちはだかっている。また

――うぬぼれが強いと思われそうだが――端整な容貌も障害となっている。女性たちからハンサムで魅力的だと思われていることは、スティーヴンも知っている。そうした障害をすべて突き破って、本当の彼を知り、理解し、そして、愛してくれる女性はどこにいるのだろう？

しかし、裕福な伯爵であっても、愛を得ることはできるはずだ。三人の姉たちもそれぞれに愛を手に入れた。もっとも、結婚に至るまでは波乱の連続だった。

たぶん、いつか、どこかで、ぼくを愛してくれる人が見つかるだろう。

それまでは人生を楽しむことにしよう。そして、大量に迫りくる結婚の罠を避けることにしよう。

馬を進めながら、コンスタンティンが言った。「いまの令嬢はきっと、馬車から喜んでころげ落ちたことだろう。きみがすぐさま抱きとめてくれるとわかっていれば」

スティーヴンはクスッと笑った。

「一つ訊こうと思ってたんだけど、エリオットとのあいだに何があったんだい？　それから、ネシーとのあいだに。ぼくがあなたと出会ったときはすでに険悪な雰囲気だった。原因はなんだ？」

スティーヴンがコンと知りあって八年になる。十六歳で亡くなった先代マートン伯爵はコンの弟だった。コンは伯爵家の長男だが、両親が正式に結婚する二日前に生まれ、法的には婚外子となるため、爵位を継ぐことができなかった。そして、亡くなったばかりの伯爵の遺言執行者として現われたのがエリオットだった。爵位と、それに伴う財産のすべてがスティーヴンのものになったことを告げるために訪ねてきたのだった。スティーヴンは当時、シュロプシャーにあるスロックブリッジという村の小さなコテージで姉たちと暮らしていた。現在のエリオットはモアランド公爵という身分だが、当時はまだリンゲイト子爵と名乗っていて、スティーヴンが成人するまでの四年間、正式な後見人となってくれた。マートン伯爵家の本邸であるハンプシャーのウォレン館で、スティーヴンの一家とともに過ごしてくれた。コンもしばらくのあいだ同居していた。そこが彼の自宅だったから。

エリオットとコンが好意を抱きあっていないことは最初から明らかだった。それどころか、紛れもない敵意が感じられた。きっと過去に何かがあったのだ。

「エリオットに訊いてくれ」コンはそう答えた。「あいつが尊大な愚か者だからいけないんだ」

エリオットは尊大な男ではない。愚か者でもない。ただ、周囲の圧力に屈してコンスタンティンの相手をさせられるとき、エリオットは傍目にもわかるぐらい仏頂面になる。

スティーヴンはこれ以上追及しないことにした。何があったのかコンは話してくれそうにないし、彼にも秘密を守る権利はある。

正直なところ、コンはどこか謎めいている。スティーヴンや姉たちの前ではいつも愛想よくしているが、魅力とにこやかな笑みにもかかわらず、どことなく暗さを帯び、鬱々とした雰囲気を漂わせている。弟が亡くなったあと、グロスターシャーのどこかに家を買ったはずだが、スティーヴンも姉たちも誰一人招待されたことがない。ついでに言うなら、スティーヴンの知人のなかにも招待された者はいない。家を買うだけの金をどこで手に入れたのか、誰も知らない。父親からそれなりの財産分与はあったはずだが、屋敷と荘園を購入できるほどの莫大な額だったのだろうか。

もちろん、スティーヴンがとやかく言うことではない。

しかし、コンスタンティンがなぜいつも自分と親しくつきあってくれるのか、スティーヴンはときどき不思議に思う。スティーヴンと姉たちがいきなり彼の住まいに入りこみ、所有権を主張したとき、一家はコンにとって赤の他人だった。それなのに、爵位がスティーヴンのものになっていた。数カ月前まではコンの弟のもので、その前はコンの父親のものだったのに。コンがあと三日遅く生まれていれば、もしくは、両親が三日早く結婚していれば、コンが伯爵になっていたはずだ。

苦々しく思うのがふつうではないだろうか。その思いが憎悪にまで高まることもあるのではないだろうか。いまだに恨んでいても当然なのでは？

スティーヴンはしばしば考える。コンが言葉にも態度にもけっして出さない思いが、心のなかでどれだけ渦巻いているのだろう？

「あのベールの下はきっと地獄のように暑いだろうな」馬を止めて顔見知りの男性の一団と挨拶を交わしたすぐあとに、コンが言った。左手の散歩道のほうを頭で示した。

そこは散歩中の人々で混みあっていたが、誰のことかはすぐにわかった。

散策を楽しんでいる貴婦人が五人いて、いずれも夏らしい色合いの華やかな流行のドレスをまとっていた。そのすぐ前に別の女性が二人。一人は夏よりも秋のほうが似合いそうな朽葉色の地味な服装で、もう一人は正式な喪に服していることを示す喪服姿だった。頭から爪先まで黒一色。黒いベールですらたいそう分厚いため、五メートルほどしか離れていないのに、顔も見えない。

「気の毒に」スティーヴンは言った。「夫を亡くしたばかりなんだね」

「ずいぶん若くして未亡人になったようだ」コンが言った。「顔もあのスタイルに劣らず魅惑的だろうか」

スティーヴンが惹かれるのは、しなやかでほっそりした身体つきの年若い令嬢たちだ。いずれ結婚を真剣に考えるようになったときは、たぶん、結婚市場に参入したばかりの若く初々しい花嫁候補のなかから、彼が崇拝し、好きになり、徐々に愛を深めていけそうな美しい令嬢を選ぶことになるだろう。爵位と財産には目もくれず、彼という人間を理解し愛してくれる令嬢を。

服喪中のこの貴婦人はスティーヴンの理想から大きくはずれていた。初々しい乙女の年代ではなさそうだ。身体の曲線が成熟しすぎている。身にまとった喪服は身体の線をあらわにするデザインではないが、それでも、みごとな曲線であることは間違いない。

不意に強烈な肉欲の疼《うず》きを感じ、そんな自分をひどく恥じた。あの女性が正式な服喪中でなかったとしても、やはり恥じたことだろう。スティーヴンは遊び好きな多くの若い友人とは違い、知らない相手を好色な目で見るようなことはしない人間だった。

「暑さにうだってなければいいけど」スティーヴンは言った。「あ、ケイトとモンティがやってくる」

モントフォード男爵夫人キャサリン・フィンリーは、スティーヴンのすぐ上の姉だ。五年前に結婚したあと、乗馬を完璧にマスターして、今日も馬に乗っていた。スティーヴンたちを見て微笑した。モンティも笑顔になった。

「馬を思いきり走らせてやりたくて、ここまできたんだが」挨拶がわりにモンティが言った。

「どうやら無理なようだね」

「まあ、あなたったら」キャサリンが言った。「嘘ばっかり！　けさわたしに買ってくれた新しい乗馬帽を見せびらかすために、出かけてきたくせに。これ、すてきでしょ、スティーヴン？　公園にきているどの貴婦人よりも、わたしのほうが輝いてると思わない、コンスタンティン？」

キャサリンはそう言いながら笑っていた。

「その羽根飾りが男のハートを射貫く凶器になりそうだ」コンが言った。「すばらしく魅力的だよ。だけど、たとえバケツをかぶってても、きみのことだから、どの貴婦人より輝いて見えるだろう」

「よくぞ言ってくれた、コン」モンティが言った。「バケツなら、その帽子よりずっと安い。だが、もはや手遅れだ」

「うん、すごくすてきだよ、ケイト」スティーヴンが笑いながら言った。

「しかし、ぼくがここにきたのはケイトの乗馬帽を見せびらかすためではない」モンティが異を唱えた。「帽子をかぶった貴婦人を見せびらかすためさ」

「まあ」あいかわらず笑いながら、キャサリンは言った。「光栄ですこと。三人全員からお世辞をひきだすことができたわ。明日のメグの舞踏会にきてくれる、コンスタンティン？そしたら、かならずわたしと踊ってね」

曲線美豊かな黒衣の未亡人のことは、スティーヴンの頭からすっかり消えていた。

2

カッサンドラがレディ・シェリングフォードの舞踏会のことを知るのに、ほとんど苦労はなかった。上流の人々でにぎわうハイドパークの一角をざっと見渡すと、貴婦人たちのグループが目に入った。五人の貴婦人が小道を散策中で、おしゃべりに熱中していた。カッサンドラはアリスをひっぱってそちらへ近づき、五人の前を歩きながら話に耳をそばだてた。

知りたくもないことをずいぶん知ってしまった。今年はどんなボンネットが流行なのか、それがよく似合っているのは誰なのか、まるっきり似合わないのは誰なのか、などなど。似合わない人には、勇気を出してそう言ってあげるのが親切というものよね——そんな言葉も出た。また、わが子の愛らしいいたずらも話題にのぼり、五人それぞれがその愛らしさを競いあっていた。カッサンドラが考えるに、いたずらを〝愛らしい〟などと言えるのは、被害を受けるのがこの母親たちではなく、乳母や家庭教師だからだろう。話を聞いたかぎりでは、どの子もみな、甘やかされたわがまま放題の子供としか思えなかった。

しかし、ようやく、退屈なおしゃべりから収穫を得ることができた。明日の夜、グローヴナー広場のクレイヴァーブルック侯爵邸で開かれるレディ・シェリングフォード主催の舞踏会に、このなかの三人が出るという。一人が言った――会場があのお屋敷だなんて驚きだわ。老侯爵さまは何年間もあそこで世捨て人みたいに暮らしてらして、三年前にようやく、お孫さんの結婚式のためにお屋敷からお出になったけど、以後は誰もお姿を見ていないのよ。ところが、明日はそこで舞踏会ですものね。

でも、噂によると――カッサンドラはなんの興味もないまま、話に耳を傾けた――侯爵さまは田舎のお屋敷のほうで、お孫さんやそのお子さんたちとのんびりお過ごしになってるみたい。でね、お孫さんの奥さま、つまり、シェリングフォード伯爵夫人が上手にご機嫌をとってらっしゃるんですって。

グローヴナー広場のクレイヴァーブルック邸で開かれるレディ・シェリングフォード主催の舞踏会。カッサンドラは心のなかでつぶやき、数々の些細な事柄は無視して、重要な点だけを頭に刻みつけた。

舞踏会へ出かける三人がつぎのように言っていた――もちろん、わたくしたち、ほんとは行きたくないのよ。レディ・シェリングフォードのように立派な貴婦人があの伯爵と結婚する気になったなんて、どう考えても理解できないわ。伯爵はほんの数年前には極悪非道のかぎりを尽くし、まともな人々からは二度と相手にされないだろうと思われていた人なのよ。

それにしてもあきれたものね。あの悪女とのあいだに子供まで作ったんですもの。正式に結ばれた夫を捨てて伯爵と駆け落ちした女と。伯爵はその日、女の夫の妹と結婚するはずだったのよ。まさに世紀のスキャンダルだったわね。

でも、わたしたち、とにかく舞踏会には出かけるつもりよ。誰もが行くんですもの。どんな結婚生活を送ってるのか、ちょっと見てみたいでしょ。まる三年たってもぎくしゃくしていなかったら、それこそ驚きだわ。もっとも、舞踏会のあいだは、伯爵も夫人も仲むつまじいふりをするでしょうけど。

グループのうち、残りの二人は舞踏会に欠席だった。一人は先約があるらしく、そのおかげで行かずにすむと言っていた。もう一人は、たとえほかのみんながスキャンダルを水に流そうとも、自分だけはシェリングフォード伯爵がいる屋敷にはけっして足を踏み入れないと言った。大金をくれると言う人がいても、行く気はないわ。わたしがダンス好きなのを知っていながら、舞踏会にいっさい出ようとしない夫にも腹が立つけど。

ますます好都合ね――カッサンドラは思った。女たらしの悪党という伯爵の評判のせいで、シェリングフォード伯爵夫人は肩身の狭い思いをしているわけだ。招待状がなくても、せっかくやってきた者を玄関先で追いかえすようなまねはしないだろう。もっとも、伯爵の悪評ゆえに、舞踏会から遠ざかるより顔を出す者のほうが多いだろうが。好奇心は貴族社会に蔓延する悪徳だ。そして、たぶん、人類すべての悪徳と言えるだろう。

では、シェリングフォードの舞踏会に行ってみよう。明日の夜。ぐずぐずしてはいられない。来週の家賃とあと二週間分の食費ぐらいはあるが、その先には、出費がかさむばかりで収入のあてのない恐怖の虚空が広がっているだけだ。

わたしを頼りにしている者たちのためにも、住まいと衣服と食料を確保しなくてはならない。さまざまな事情から自力では食べていけない者たちのために。

アリスは黙りこくったまま、非難の表情でカッサンドラの横を歩いていた。貴婦人五人のグループの前を歩きはじめるとすぐ、カッサンドラに「シーッ」と言われたのだ。だが、アリスの沈黙は重苦しく、非難に満ちていた。憮然たる面持ちだった。無理もない。カッサンドラだって、アリスかメアリが食べていくために身体を売ろうと決心し、それを黙って見ているしかなかったら、憮然たる面持ちになるだろう。

あいにく、ほかに方法はなかった。たとえあるとしても、何一つ見つからなかった。この数日、夜も眠れぬままに何か方法を見つけようと努力してきたのだが。

仮面と仮装衣の陰に正体を隠して仮装舞踏会に出ているような気分で、カッサンドラは歩きながら周囲に目を向けた。黒いベールが仮面、重苦しい喪服が仮装衣だ。こちらからはおぼろに外が見えるが、ベールの奥をのぞくことは誰にもできない。

黒いドレスとベールの下は地獄のように暑かった。雲が太陽を隠してくれることに望みをかけたが、わずかなちぎれ雲が浮かんでいるだけだった。

ハイドパークのごく小さなこの一角に上流の人々が残らず押しかけているに違いない。貴族の集まる時間帯がどんなににぎわうかを、カッサンドラは忘れていた。といっても、彼女自身がそこに加わったことはない。結婚が早かったし、正式な社交界デビューも、そのあとの社交シーズンも経験していない。周囲の貴婦人たちを見まわし、お金のかかった華やかな流行の衣装に目を留めた。しかし、カッサンドラの狙いは女性ではなかった。女性はどうでもよかった。

彼女が思案しながらじっと視線を向ける相手は紳士たちだった。年齢も体格も服装もさまざまな紳士がたくさんきている。魅力とは無縁の喪服をまとっているにもかかわらず、ふりむいてカッサンドラを見る者も何人かいた。好きになれそうな男は一人もいなかった。もっとも、空っぽの金庫にお金を入れてくれるなら、好みのタイプでなくてもかまわない。

ある二人の紳士に注意を奪われた。どちらも若くてハンサムだが、理由はそれだけではなく、あまりに対照的な二人の姿に、悪魔と天使を見ているような気がしたからだった。

悪魔は二人のうち年上のほうだった。年齢を推測するに、三十代半ばというところだろう。髪は黒、肌は浅黒く、ハンサムだがややきびしい顔立ちで、目は真っ黒だ。どこか危険な匂いのする男のような気がして、うだるような暑さに包まれているにもかかわらず、カッサンドラは軽く身震いした。

天使は若いほうだった。カッサンドラよりも若そうだ。金色の髪、古典的な美しさ、目鼻立ちが整い、おおらかで性格のよさそうな顔をしている。唇にも、目にも――色はブルーに違いない――いまにも笑みが広がりそうだ。

彼の姿にじっくりと目を向けた。背が高く、優雅に馬にまたがっている。淡い黄褐色のタイトな乗馬ズボンと黒革のブーツに包まれた脚で馬の腹をはさみ、脚のみごとな筋肉が際立っている。ほっそりしているが、仕立てのいい濃緑色の乗馬服を着た姿は均整がとれている。身体にぴったり合った乗馬服を見て、カッサンドラは、従者がこれを着せたときにはありったけの力が必要だったに違いないと思った。

天使も悪魔も彼女に気づき、じっと見ていた。悪魔は大胆な賞賛の目で。天使は未亡人という境遇に同情するような目で。

だが、二人はやがて、顔見知りらしき相手のほうへ視線を移した。相手は二人。馬に乗った華やかな貴婦人と、その連れの息を呑むほどハンサムな男性だった。

天使が微笑した。

たぶん、そこで彼の運命が決まったのだろう。

彼には天使のような顔立ちに調和する無垢な雰囲気があった。しかも、大金持ちであることは間違いない。背後の女性たちが彼の噂をしていることに、カッサンドラはさきほど気づいたばかりだった。

「まあ」一人がため息をついた。「マートン伯爵がハクスタブルさまと一緒にお出ましよ。あんなすてきな方を見たことがあって？　しかも、ハンサムなお顔に加えて、莫大な財産と領地までお持ちなのよ。もちろん、爵位も。それから、黄金の髪と、ブルーの目と、きれいな歯と、魅力的な笑顔。こんなに美点がそろってるなんてずるいわね。ああ、わたくしがあと十歳若ければ――そして、独身に戻れたら」

みんなが笑った。

「わたしはハクスタブルさまのほうがいいわ」ほかの一人が言った。「ええ、ぜったいそうよ。物憂げな暗い雰囲気、そして、ギリシャ彫刻のようなあのお顔。そのうち、夫が留守のときに、ベッドの下にハクスタブルさまがブーツをお置きになっても、わたしはちっともかまわないわ」

グループから衝撃混じりの歓声が上がり、ちらっとアリスに目をやったカッサンドラは、彼女の唇が一文字に固く結ばれて消えそうになっていることと、頰の上のほうが真っ赤に染まっていることに気づいた。

天使のよう、無垢、財産、爵位――カッサンドラは思った。これ以上すばらしい組みあわせがあって？

「このままだと、わたし、散歩道の水たまりのなかに溶けこむか、または、爆発して無数の破片になってしまいそう。そんなことになったら困るわね。人混みを抜けだして、そろそろ帰りましょうか、アリス」

「まったくもう」ほとんど人のいない芝生を横切りながら、もと家庭教師は言った。「ああいう人たちは口をぴしゃっと叩いて、石鹼で洗ってやるべきです。子供たちの行儀が悪いのも当然だわ。なのに、家庭教師には、可愛いわが子を叱りつけたり叩いたりせずに行儀を教えるよう期待するんだから」

「あなたにはすごく腹立たしいことでしょうね」カッサンドラは言った。

二人はしばらく無言で歩いた。

「あの舞踏会へ行くつもりなのね？」表の通りに出たところで、アリスが言った。「レディ・シェリングフォードの舞踏会」

「そうよ。うまくもぐりこんでみせるから心配しないで」

「わたしが心配してるのは、もぐりこめるかどうかじゃありません」アリスはぶっきらぼうに言った。

カッサンドラはふたたび黙りこんだ。これ以上議論をしても無駄だ。アリスも同じ結論に達したようで、同じく何も言わなくなった。

マートン伯爵。

ハクスタブル氏。

天使と悪魔。

明日の夜の舞踏会には、二人もくるだろうか。

でも、二人がこなくても、ほかにもたくさん紳士がやってくるだろう。


翌日の夜、グローヴナー広場まで出かけるのに貸し馬車を雇うため、減るいっぽうの蓄えの一部を使わなくてはならなかった。きらびやかな夜の装いで長い夜道は歩けない。付き添ってくれる下僕もいないとなればとくに。だが、馬車で屋敷に乗りつけるのはやめにした。御者に言って広場の外の通りで降ろしてもらい、あとは歩くことにした。

遅めに着くよう計算したつもりだった。ところが、広場に面した大邸宅の外には立派な馬車が列をなしていた。屋敷の窓は照明でまばゆく輝いていた。玄関先の石段から外の歩道まで赤い絨毯が敷かれ、招待客がダンスシューズを汚さずにすむようにしてあった。

カッサンドラは広場を横切ると絨毯の上を歩き、石段をのぼり、にぎやかにしゃべっている一団のすぐあとから屋敷に入った。従僕にコートを渡してつぶやき声で名前を告げると、向こうは恭しくお辞儀をした。彼女を夜の通りへ放りだそうという様子はまったくなかった。カッサンドラは階段へ向かい、ほかの多くの人々と一緒にのろのろと階段をのぼった。おそらく、いまも舞踏室のドアの前で主催者側が客を迎えているため、なかなか前に進めないのだろう。遅めにきて出迎えを避けるつもりだったのに。

貴族社会の催しに遅刻しようと思ったら、思いきり遅い時間に出向くしかないことを、カッサンドラは忘れていた。

周囲の人々が挨拶を交わしていた。誰もがにこやかな表情だった。不意に憤慨して息を呑む者も、非難の指を突きつける者も、招待状を持たない客をつまみだすよう要求する者もいなかった。カッサンドラを見ている者すらいなかった。もっとも、カッサンドラ自身が人の顔を見ないようにしていたため、本当にそうなのかどうかはわからないが。

わたしのことを記憶している人はもういないかもしれない。ロンドンにはナイジェルに連れられて二回か三回きたことがあり、いくつかの社交行事に出席した。でも、いまでは、この顔を見ても誰も気づかないかもしれない。

だが、その願いはほどなく虚しいものとなった。舞踏室のドアの外に立つしゃれたお仕着せ姿の従僕にカッサンドラが冷たい物憂げな声で名前を告げると、従僕は手にした招待客名簿を調べたが、名前が見つからなかったらしく、ほんの一瞬、ためらいを見せた。カッサンドラが眉を上げ、ちらっと視線をよこした従僕を横柄きわまりない表情で見つめたところ、従僕はドアの内側で待機している執事に彼女の名前を伝え、執事はよく通る大きな声で名前を披露した。

両耳に指を突っこんで鼻歌を歌っていたとしても、いまのを聞き逃した人はいないでしょうね——カッサンドラは思った。

「レディ・パジェット」執事は言った。

正体を隠すことは叶わぬ望みとなった。

カッサンドラは前に進みでて栗色の髪の女性と握手をした。この人がたぶんシェリングフォード伯爵夫人だろう。それから、となりの男性とも握手をした。こちらが悪名高き伯爵に違いない。しかし、好奇の目で二人を観察している暇はなかった。二人の横で椅子にすわっている年配の紳士に、膝を折って挨拶した。おそらくこの人がクレイヴァーブルック侯爵だろう。

「レディ・パジェット」伯爵夫人が笑顔で言った。「お越しいただけて光栄です」

「ダンスを楽しんでください」伯爵も笑顔だった。

「レディ・パジェット」頭を軽く下げて、老侯爵がぶっきらぼうに言った。

そして、カッサンドラは舞踏室に入った。

ずいぶん簡単だった。

ただ、名前のほうが先に広まってしまった。

心臓がどくどくと打つなかで、カッサンドラは扇子を開き、顔の前でしきりと揺らしながら舞踏室の奥へ進み、部屋の周囲をゆっくりまわりはじめた。簡単なことではなかった。ひどい混雑だった。きのう見かけた貴婦人五人の予想どおり、ものすごい人数になっている。婚礼から三年たって夫婦仲にひびが入っているのではないかという意地悪な期待から、人々が押しかけてきたのかもしれない。

カッサンドラは伯爵夫妻に会ったとたん好感を持った。それはたぶん、夫妻に悪評がつきまとっていることに親しみを覚え、そこから生じていまも続いているであろう苦しみに共感できたからだろう。

独りぼっちでいるのは気分のいいものではない。ほかの貴婦人はみな、エスコートの男性か、コンパニオンか、お目付け役がいるようだった。どの紳士もどこかのグループに入っているようだった。

しかし、カッサンドラが落ち着かないのは、独りぼっちのせいだけではなかった。舞踏室の雰囲気のせいだった。シェリングフォード伯爵夫妻とクレイヴァーブルック侯爵だけでなく、もっと多くの人々に自分の名前を聞かれてしまったことを悟り、背筋に冷たいものが走った。

何も気づかずにいた人々も、舞踏室にささやきが広がるにつれて、彼女の名前を耳にしていた。いわば、強風にあおられて野火が広がっていくようなものだ。

カッサンドラは足を止めると、ふたたび扇子を開いて顔の前でゆっくり揺らしながら、顎をつんと上げ、かすかな笑みで唇をゆがめて、あたりを見まわした。

露骨にカッサンドラを見ている者はいなかった。それなのに、誰もが彼女を見ていた。矛盾したおかしな言い方だが、まさにそうだった。カッサンドラが歩を進めても、あわてて飛びのく者は一人もいないし、こうしてじっと立っていても、あとずさって離れていく者はいない。だが、無という淀みに隔離されたような気分だった。五十センチもの厚みを持つ、目に見えないオーラをまとっているかに思われた。

その一方で、裸にされたような気もしていた。

しかし、これはすべて覚悟していたことだ。偽名は使うまい、旧姓すら使うまい、と決めていた。そして、今夜は顔を隠さずにやってきた。逃避するための黒いベールを着けずに。人々に気づかれるのは当然のことだ。

でも、舞踏室から追い払われることはないはず。

それどころか、みんなに存在を知られたことがかえって有利に働くかもしれない。かつて人妻と駆け落ちした男を見るために多くの貴族が今夜ここに押し寄せてきたとすると、斧殺人鬼と呼ばれる女を目にした瞬間、どれだけ深く魅了されることだろう。世間の噂とゴシップからすると、人々は〝斧殺人鬼〟というイメージがお気に入りのようだ。事件の真相を伝えても、世間の関心を惹くことはないだろう。

目を合わせようとする者も、視線を受け止める者もいないことがわかっていたので、カッサンドラはゆっくり周囲を見まわした。見知った顔はどこにもなかった。男性だけを見ていくうちに、ここにきた目的を果たすのがむずかしいことを悟った。若者から年寄りまであらゆる年代の男がいて、誰もが非の打ちどころのない服装をしている。しかし、誰が既婚者なのか、独身なのか、金持ちなのか、貧乏なのか、堅物なのか、放蕩者なのか、そして、両極端の中間にいるのは誰なのかを見分ける方法がない。知りたいことを突き止める時間のないまま、誰かに狙いをつけて行動に出るしかない。

そのとき、見覚えのある顔が目に入った。正確に言うと、三人の顔が。一人はきのうの悪魔。今夜は黒の夜会服姿でまさに悪魔そのものだ。きのう馬に乗っていた貴婦人がとなりに立ち、彼の袖に手をかけて談笑している。息を呑むほどハンサムだとカッサンドラが思った紳士は、口元に楽しげな笑みを浮かべてそれを見守っている。

悪魔が舞踏室に視線を走らせ、カッサンドラに目を留めた。カッサンドラは扇子で頬に風を送りながら視線を返した。向こうは片方の眉を上げ、それから身をかがめて貴婦人に何やら言った。貴婦人はふたたび笑った。わたしの噂ではなさそうね――カッサンドラは推測した。

悪魔というのはハクスタブル氏だった。カッサンドラはしばらくじっと彼を見つめた。近づくチャンスができた。ろくな相手が見つからなかったときは、あとでこのチャンスを活かすことにしよう。

「さきほど、こちらを見てらっしゃいましたわね」と言えばいい。「あれからずっと、以前どこでお目にかかったのかと気になっておりました。どこでしたかしら」

今夜が初対面であることはおたがいにわかっているし、わたしがそれを知っていることを向こうも知っている。でも、未来へのドアが開くから、彼をつかまえて一緒に通り抜ければいい。

ただ、危険な男だという思いがどうしてもふりはらえない。それに、結局のところ、わたしは経験豊かな高級娼婦ではない。生きていくのに必死の女で、自分が男たちを悩殺できることを知っているだけのこと。何年ものあいだ、美貌が自分の不幸のもとだと思ってきた。今夜はそれを武器に変えてみせよう。

視線をさらに先へ向けた。すると、舞踏室のちょうど向こう側に天使の姿が見えた。きのう公園で見かけたとき以上にハンサムだった。黒の夜会服、銀色の膝丈ズボン、刺繍入りのチョッキ、パリッとした真っ白なシャツ、ネッククロス、ストッキング。長身で均整のとれたスタイル。細身だが、つくべきところには筋肉がついている。金色の髪は短めのしゃれたスタイルに整えてあるが、波打っていて、自然のままにしておけば好き勝手に飛びはねてしまいそうだ。いまはまるで天使の光輪のように見える。

そのそばに貴婦人と紳士が立っていた。紳士がハクスタブル氏にそっくりだったため、カッサンドラはあわててふりむき、ハクスタブル氏が舞踏室の四分の一の距離をいっきに飛んでいったのではないことを確認した。よく見ると、こちらの男性は黒一色の装いではなかったし、もっと愛想のいい顔をしていた。でも、きっと兄弟ね。もしかしたら双子かもしれない。

天使に視線を戻した。マートン伯爵。舞踏室に集まった紳士のなかで、カッサンドラがわずかなりとも情報をつかんでいる相手はこの伯爵だけだった。公園で出会った五人の貴婦人の話を信じていいのなら――今夜の大混雑についても五人の予想は当たっていた――彼には莫大な財産がある。しかも独身。

そして、無垢な雰囲気が感じられる。でも、それはいいこと？　悪いこと？

やがて、ハクスタブル氏のときと同じように、マートン伯爵が舞踏室の向こうからカッサンドラのほうを見て、視線を合わせた。

伯爵は笑みを浮かべなかった。嘲るように片方の眉を上げることもなかった。黙ってカッサンドラを見ているだけなので、彼女は扇子で頬にゆっくりと風を送りながら、かすかな笑みを浮かべ、自分の眉を上げた。向こうはお返しに軽く頭を下げた。そのとき、誰かが彼の前に立ったため、姿が見えなくなった。

カッサンドラの心臓が躍っていた。ゲーム開始。選ぶ相手が決まった。

ようやくダンスが始まろうとしていた。もっとも、舞踏室に足を踏み入れてから、じっさいには五分か十分しかたっていないだろう。シェリングフォード伯爵夫妻がダンスフロアに出ていき、あとの人々もそれに続いた。マートン伯爵が紳士の列に並んで向かいのパートナーに笑いかけていた。とても若く、とても愛らしい令嬢だ。合図を受けたオーケストラが演奏を始めると、貴婦人たちが膝を折ってお辞儀をし、紳士たちが頭を下げた。活気あふれるカントリーダンスの曲が流れはじめた。

カッサンドラはゆっくりと紳士たちの品定めに戻り、そのあいだに、彼女の周囲のがらんとした空間が広がっていくように思われた。

舞踏会の前に、スティーヴンはクレイヴァーブルック邸で晩餐をとった。晩餐の席についたのは、三人の姉、その夫たち、クレイヴァーブルック侯爵、レディ・カーリングとサー・グレアム。最後の二人はシェリーの母親とその夫だ。

舞踏会のことでメグは神経をぴりぴりさせていた。誰もきてくれないだろうと思いこんでいた。ほかの者は全員、舞踏室に入りたがる者を残らず受け入れるためには、舞踏会の最中に部屋の壁を押し広げなくてはならないだろう、というモントフォード男爵の予言に賛成だった。

しかも、招待状を送った相手のほぼすべてから出席の返事がきていた。

舞踏会はそもそもメグの思いつきだった。メグはこう言った――今年はせっかくロンドンに出てきたのに、ダンカンと二人で屋敷に閉じこもって人目を避けてるだけでは、なんの意味もないでしょ。だったらいっそのこと、社交シーズン真っ盛りのときに大々的な舞踏会を開いてはどうかしら。すると、エリオットやスティーヴンが自分たちのロンドンの屋敷を提供しようと言いだす暇もないうちに、ダンカンの祖父が自分の屋敷を使うように命じて全員を啞然とさせた。じつは、この祖父、メグがダンカンと結婚する前は何年間も隠遁生活を続けてきた人で、それ以後もカントリーハウスにちょくちょく出かけて長期滞在するだけで、世間とはあいかわらず没交渉だったのだ。

今夜のメグはひどく神経質になっていた。もっとも、招待客が到着しはじめるまでのことだったが。客が次々と押し寄せてくるため、早めにきた人々は、いつになったらダンスが始まるのかとやきもきしていたことだろう。

ところが、長い待ち時間を忘れさせてくれる大事件が起きた。招待状もなしに入りこんだ客がいたのだ。それは女性で、非常識にも一人でやってきた。貴婦人なのに……。レディ・パジェット。悪名高き女性でもある。一年ほど前に夫を殺したのだ。少なくとも、スティーヴンが聞いた噂ではそうだ。

凶器は斧。

「そんな噂は疑わしいわ」メグとシェリーが客の出迎えを終えて最初のダンスを始めるのを待っていたとき、モアランド公爵夫人のヴァネッサがスティーヴンとエリオットに向かって言った。「そもそも、どうやって斧を持ちだせるというの？　庭師たちに呼び止められて、どこへ行くのかと尋ねられ、わたしどもにおまかせください、と言われるに決まってるわ。まさか、いまから夫を切り刻みに行くの、勝手にやらせてちょうだい、とは言えないでしょ。それに、怪力女でないかぎり、斧を高くふりかざすなんて無理だわ。相手に傷を負わせるとしても、せいぜい足首より下だわね」

「鋭い意見だ」エリオットの声にはおもしろがっている響きがあった。

「それに、本当にあの人が犯人で」ヴァネッサはさらに続けた。「その証拠があるとしたら、たとえば、斧で切りつけるところを誰かが見ていたとしたら、逮捕されたはずじゃない？」

「すぐさま逮捕だろうな」エリオットは言った。「そして、ほどなく絞首刑になっていただろう。いまこの瞬間、クレイヴァーブルック邸の舞踏室に現われてダンスのパートナーを探すようなことはなかっただろう」

ヴァネッサは疑わしげな顔で夫を見あげた。

「わたしを嘲笑してるのね」

「とんでもない、愛する人」エリオットは彼女の手をとって唇に持っていき、その一方でスティーヴンに片目をつぶってみせた。

「だけど、ぼくも同じ意見だよ、ネシー」スティーヴンは言った。「斧のことはでたらめだと思う。もしかしたら、あとの部分もね。でも、あの人のせいでメグの舞踏会がめちゃめちゃにならなきゃいいけど」

「これから何週間も噂の的になるさ」エリオットが言った。「舞踏会を開く女主人にとって、こんなすてきなことはない。哀れなシェリーにどんな罪があるかなんて、みんな、とっくに忘れてしまったに違いない。斧殺人鬼の女に比べれば、シェリーが犯したとされている罪など可愛いものだ。あのレディに直接お礼を言わなくては」

ヴァネッサは夫に疑わしげな視線を向け、スティーヴンはレディ・パジェットが立っている部屋の奥へふたたび目を向けた。周囲に小さな無人の空間が広がり、まるで、彼女がドレスの下から斧をとりだしてふりまわすのを近くの人々が恐れているかのようだった。

スティーヴンはさきほど噂が耳に届いて、誰かが彼女を指さして教えてくれたときに、その姿をちらっと見ただけだった。みんなからじろじろ見られているように思わせては気の毒だと思ったのだ。

なぜまた、ここに顔を出すような愚かなまねをしたのだろう？　しかも、一人でくるなんて。招待状も持たずに。もちろん、招待状が届くのを待っていたら、死ぬまで自宅にこもっているしかないだろうが。

背が高く豊満な身体つきの女性だった。そして、着ているドレスが身体の曲線をあらわにしていた。鮮やかなエメラルドグリーンのドレスで、胸の下から柔らかなひだが流れ落ちていた。貧弱な体格だったら、ひだはだらしなく垂れるだけだろう。だが、この女性の場合は、ウェストとヒップと魅惑的な形をした長い脚の線にきれいに沿っていた。肘までの白い手袋と、扇子と、ダンスシューズ以外の付属品はいっさいなかった。宝石はまったく着けず、髪には羽根飾りもない。まことに聡明な選択だ。髪そのものが宝冠と言っていいぐらいだ。輝くような赤い髪で、カールさせてゆったりと結いあげてあり、軽く垂らした後れ毛が白鳥のように美しいなめらかな首の線をひきたてている。かすかな侮蔑をまじえた退屈そうで高慢ちきな表情を浮かべているにもかかわらず、ため息が出るほど美しい顔立ちだ。スティーヴンには、その表情は仮面としか思えなかった。外見と違って、心のなかは波立っているかもしれない。目の色まではわからないが、誘惑のかすかな流し目を送られたような気がした。

これらはすべて、さきほど彼女を一瞥したときに見てとったことだった。いまは向こうがすぐさま視線を返してきた。反射的に目をそらしたくなったが、ぐっとこらえた。ほかの連中はたぶん、彼女に見られた瞬間に目をそらしたことだろう。スティーヴンはそのまま見つめかえした。向こうが視線をそらすだろうと予想したが、そうはならなかった。片手でゆっくりと扇子を揺らした。眉が傲慢なアーチを描き、唇がゆがんで微笑ともいえない微笑を浮かべた。

そちらへ軽く頭を下げた瞬間、サー・グレアムとレディ・カーリングがやってきて、そろそろダンスが始まると告げた。

スティーヴンはレディ・クリストベル・フォーリーと踊るためにその場をあとにした。さきほど舞踏室に入ったとき、レディ・クリストベルが母親と一緒に偶然そばを通りかかり、立ち止まって彼に挨拶した。母子が歩き去る前に、きのう公園で約束したとおり一曲目を一緒に踊り、あとでもう一曲踊ることになった。

パートナーと一緒に列に並んで音楽が始まるのを待っていたとき、スティーヴンはレディ・パジェットのほうへふたたびちらっと目を向けた。前と同じ場所に立っていたが、視線はすでにスティーヴンから離れていた。

そのとき、不意に悟った。百パーセントの自信があったわけではない。しかし、きのうコンと一緒に馬でハイドパークへ出かけたときに目にした黒衣の未亡人はレディ・パジェットだったのだと確信した。

そう、彼女に間違いない。今夜は別人のような姿だが。

きのうは分厚い衣装で身を守っていた。

今夜の彼女は貴族社会の衝撃と非難の目にその身をさらしている。

今夜、その身を守っているのは、人々のささやきに対する、軽蔑すら混じった冷たい無関心な態度だけだ。

3

二曲目を狙うことにしよう――カッサンドラは決心した。ひと晩じゅうここに立っていたら、馬鹿だと思われてしまう。それに、せっかく苦労して入りこんだのが水の泡だ。

ところが、一曲目が終わったとき、シェリングフォード伯爵夫妻が近づいてきた。カッサンドラはそれに気づいて、ふたたび扇子を手にした。中途半端な笑みを浮かべ、中途半端に眉を上げた。出ていくよう二人が頼みにきたのだとしても、狼狽を顔に出して周囲の者を満足させるつもりはなかった。

「レディ・パジェット」伯爵が言った。「窓をすべてあけはなって舞踏室を涼しくしようと努めているのですが、やはり暑すぎるようですね。よろしければ何か飲みものをお持ちしましょうか。ワインにされますか。あるいは、シェリーかリキュール？　それとも、レモネードがいいでしょうか」

「グラスでワインをいただければうれしいわ」カッサンドラは言った。「ご親切にどうも」

「マギーは？」伯爵は夫人に尋ねた。

「同じものをお願い、ダンカン」夫人はそう言って、歩き去る夫を見守った。

「盛大な舞踏会ですこと」カッサンドラは言った。「さすがですわね」

「心からホッとしています」伯爵夫人は正直に答えた。「結婚前も弟のために数えきれないほどパーティを開きましたが、あのころ感じたのはかすかな不安だけでした。大惨事に見舞われてパーティがめちゃめちゃになったらどうしよう、などと思ったことは一度もありません。ところが、三年前に結婚して以来、ロンドンで舞踏会の女主人役を務めるのは今夜が初めてで、すべてが以前とはまったく違う感覚なのです。とくに、前とは大きく違うのがわたしの自信のなさ。ロンドンの社交界にもっと早く復帰すべきだったのでしょうね。でも、子供たちと田舎で暮らすことに、夫もわたしも満足しきっていたものですから」

この特別な夜をめちゃめちゃにしそうな大惨事って、わたしのことね――カッサンドラは理解した。唇をすぼめ、無言になった。

「心配でたまらなかったんです」レディ・シェリングフォードは話を続けた。「弟と妹たちと夫の母のほかは誰もきてくれないんじゃないかって。でも、全員が少なくとも配偶者を連れてきてくれるとわかって、ホッとしました。もちろん、弟は別ですけどね。まだ結婚していませんから」

「心配なさる必要はなかったのに」カッサンドラは言った。「悪評というのはいつだって注目の的ですもの。人間って嘆かわしいほど詮索好きなものですわ」

伯爵夫人は眉を上げ、何か言おうとしたが、飲みものを持った伯爵がすでに戻ってきていた。

「さて、レディ・パジェット」ワインを飲むカッサンドラに、伯爵は言った。「つぎの曲をぼくと踊っていただけないでしょうか」

カッサンドラは伯爵に笑みを向け、夫人にも微笑し、それから伯爵に笑顔を戻した。

「本気でおっしゃってるの？　クレイヴァーブルック邸から退散するようお頼みになるかわりに、わたしと踊るおつもり？」

「本気ですとも」伯爵は微笑して、夫人と視線を交わした。

「夫もわたしも……悪評には慣れっこですのよ、レディ・パジェット」夫人が言った。「ですから、ほかの方の悪評は喜んで無視します。とくに、その方がわが家のお客さまの場合には」

「招待されていなくても？」さらにワインを飲みながら、カッサンドラは言った。

「ええ、そうです」伯爵夫人はうなずいた。不意に笑いだした。「わたしが夫と出会ったのも、夫が招待されていなかった舞踏会のときでした。二人がその舞踏会に出たことに、わたしはいつも感謝しています。そうでなければ、夫との出会いはなかったでしょうから。どうぞ楽しんでいってください」

誰かが伯爵夫人の肩に手を置き、夫人はそちらを向いた。カッサンドラがふと見ると、あの悪魔だった。ハクスタブル氏。

「まあ、コンスタンティン」伯爵夫人はにこやかに微笑した。「やっときてくれたのね。つぎの曲を一緒に踊る約束だったのに、あなたに忘れられて、悲しい壁の花になってしまうんじゃないかと心配してたのよ」

「忘れるだって？」ハクスタブル氏は片手で心臓を軽く叩いてみせた。「朝からずっと、このときだけを楽しみにしていたというのに」

「まあ、いやあね！」伯爵夫人は笑いだした。「レディ・パジェットにはお会いになった？コンスタンティン・ハクスタブルをご紹介しますわ、レディ・パジェット、わたしのまたいとこです」

ハクスタブル氏は真っ黒な目でカッサンドラを見据え、お辞儀をした。

「レディ・パジェット、お目にかかれて光栄です」

カッサンドラは軽く頭を下げ、扇子で顔をあおいだ。

「こちらこそ、ハクスタブルさま」

礼儀正しい彼の視線のなかに、カッサンドラは自分への興味を見てとった。しかし、自分がこの男を選ぶことはぜったいないだろうと思った。彼の目に冷酷で危険な光が浮かんでいて、またいとこが開いた舞踏会に暗雲を投げかけるつもりでやってきたのなら、このぼくが黙っていないぞ、と警告しているかに見えたからだ。この男なら手強すぎる敵になるだろう。これが単なるゲームであれば、この男に惹かれていたかもしれない。でも、もちろんゲームではない。

「舞踏会は大成功だね、マーガレット」ハクスタブル氏が言った。「ぼくの予言どおりになったろ？」

そう言いながらも、視線はカッサンドラに据えたままだった。

カッサンドラはワインの残りを飲みほした。

「もうじきダンスが始まる」シェリングフォード卿が言って、空《から》になったグラスをカッサンドラの手からとり、壁ぎわのテーブルに置いた。「踊っていただけませんか」腕を差しだした。

「喜んで」カッサンドラは彼の袖に手をかけ、反対側の手首にリボンで結んである扇子を放した。

考えこんだ——伯爵夫妻はわたしが舞踏会で騒ぎを起こすのを防ごうとしているの？　それとも、単に親切なだけ？　たぶん、あとのほうだろうと思ったが、いずれにしても夫妻の気遣いに感謝した。

踊りの列に並びながら、好奇の目でシェリングフォード卿を見た。よくもまあ、婚礼の日に無情にも花嫁を捨てることができたものね。でも、向こうもきっと、わたしに好奇の目を向けて〝よくもまあ自分の夫を殺せたものだ。しかも、斧で〟と不思議がっているに違いない。そう思ったら、滑稽な気がして唇がゆがんだ。

オーケストラの演奏が始まり、カッサンドラは踊りながらあたりを見た。彼女と伯爵は注目の的だった。悪名高き二人。でも、みんな、どうしてじろじろ見てるの？　何が起きると思っているの？　何を期待しているの？　わたしとシェリングフォード伯爵が手に手をとって舞踏室のドアのほうへ駆けだし、自由を求めて無謀にも駆け落ちするとか？

その光景を思い浮かべたとたん、思わず笑みが浮かんだ。もっとも、唇は軽蔑にゆがんでいたが。同時に、マートン伯爵と目が合った。彼はいま、最初のダンスが始まる前に話をしていた貴婦人と踊っていた。

微笑を返してくれた。

それは間違いなくカッサンドラに向けたものだった。彼の視線はほかの誰に向くこともなくダンスのパートナーに戻り、身をかがめて相手の言葉に耳を傾けた。

スティーヴンは二曲目をヴァネッサと踊った。この姉との約束がなければ、レディ・パジェットと踊っていただろう。一曲目が終わったあとでメグとシェリーが彼女に声をかけに行き、二曲目でシェリーが彼女をフロアに誘いだしたのを見て、心からホッとしていた。

レディ・パジェットが気の毒でならなかったのだ。

もちろん、そんな同情は愚かな時間の浪費だ。火のないところに煙は立たない。たとえ小さな火であっても。斧を使った殺人という話は、スティーヴンには信じられなかった。裏づけとなる材料が何もないのだから、話というよりただの噂に過ぎない。じつのところ、殺人の話そのものも信じる気になれなかった。もしそれが事実なら、逮捕されていたはずだ。夫の死は一年以上も前のことだから、とっくに絞首刑になっていたはずだ。

ところが、いまも無事に生きていて、今夜メグの舞踏会にやってきたのだから、夫を殺していないのか、証拠不充分で逮捕を免れたかのどちらかだ。

とは言え、大胆不敵なあの態度は人殺し女のイメージにぴったりだ。それに、まばゆいほど鮮やかな色の髪は、情熱的ですぐに激高する性格を示している。ネシーは女に斧がふりまわせるはずはないと言ったが、ぼくの見たところ、レディ・パジェットなら充分に腕力がありそうだ。

こんなふうに想像をめぐらすのは、いつものスティーヴンに似合わないことだった。レディ・パジェットのことも、その夫の死をめぐる状況も何一つ知らないのに。しかも、彼にはなんの関係もないことだ。

それでも彼女に同情せずにはいられなかった。舞踏室にいるほぼ全員が彼と同じ思いだろうが、好奇心を抑えようとする者や、証拠もないのに疑ってはならないと思っている者は多くないことが、スティーヴンにもわかっていたからだ。

つぎの曲はレディ・パジェットと踊ろうと決めたが、そのとき、つぎはワルツで、うら若き令嬢の誰かを選ぶつもりだったことを思いだした。レディ・パジェットとは違う女性美を備えた令嬢を。今宵とくにそれを望んだのは、ワルツのあとに夜食が予定されていて、そのパートナーと食事を共にできるからだった。候補者を何人か考えていたが、男性に人気の令嬢ばかりなので、ワルツの相手はすでに決まっているかもしれない。もちろん、ワルツを踊ることが許されていない令嬢も何人かいる。上流階級のクラブ〈オールマックス〉の会員となっているご婦人方からまだ許可が下りていないためだ。ワルツはいまなお、うら若き無垢な令嬢にはいかがわしすぎる踊りだと思われている。

そこで、レディ・パジェットと踊るのは夜食のあとにしようと決めた。ワルツのときは、誰かほかの紳士が気を遣って彼女に申しこむか、話し相手になるかしてくれるだろう。もしかしたら、夜食のあとまでレディ・パジェットが居残ることはないかもしれない。悪評がロンドンにも届いていることを知って、こっそり帰っていくかもしれない。帰ってくれれば、肩の荷が下りる。ことさら彼女と踊りたいわけではないのだし。

二曲目が終わってからミス・スザンナ・ブレイロックに声をかけてみたが、ワルツはすでにフレディ・デイヴィッドソンと約束ずみとのことだった。ミス・ブレイロックは見るからに残念そうな顔になり、そのつぎのダンスはまだ誰とも約束していないと言った。そこで、スティーヴンはそちらを申しこんでおいた。言うまでもなく、夜食のあとだ。

ワルツのパートナー探しをさらに続ける前に、顔見知りの男性数人の会話にひきずりこまれ、そのなかの一人から、新しい二輪馬車用に馬を二頭買いたいのだが、鹿毛と葦毛のどちらがいいかと意見を求められた。見栄えがいいのはどちらだろう？　扱いやすいのは？　当世風なのは？　スピードが出るのは？　馬車の色にマッチするのは？　レディの好みに合うのは？　スティーヴンはみんなの議論と楽しげな笑いの渦に加わった。

二分ほどたってから思った——早くここから抜けださないと、踊ってくれる相手がいなくなってしまう。ワルツが踊れないなんて残念すぎる。

「鹿毛と葦毛を一頭ずつにしたらどうだい？」スティーヴンはにっこり笑って提案した。「そうすれば、注目の的になれるのは間違いない、カーティス。さて、悪いけどちょっと失礼して――」

　そう言いながら向きを変えたが、言葉は途中でとぎれた。誰かがそばを通りかかり、危うく衝突しそうになったのだ。相手の女性が転倒するのを防ごうとして、スティーヴンはとっさに相手の二の腕をつかんだ。

「申しわけありません」そう言ったとき、レディ・パジェットと近々と顔を寄せていることに気づいた。「前方に注意を向けるべきでした」

　レディ・パジェットは急いでうしろに下がる様子もなかった。繊細な装飾を施した象牙らしき扇子を手にして、ゆっくりと自分の顔に風を送っていた。

　驚いた……目の色がドレスとほぼ同じだ。こんな鮮やかな緑の目は見たことがない。目尻がかすかに上がっている。赤い髪に目の色が映えて、息を呑むほど美しい。まつげは濃く、髪に比べて深みのある色をしている。眉もそうだ。つけている香水はフローラル系だが、さほど強烈な香りではなく、甘ったるさもない。

「お気になさらないで」とても低いベルベットのような声で言われて、スティーヴンの背筋にぞくっとする感覚が走った。

　窓がすべて開け放ってあっても舞踏室のなかが暑いことには、さっきから気づいていた。だが、暑いうえに息苦しいことにはいままで気づかなかった。

　レディ・パジェットの唇がゆがんでかすかな笑みが浮かんだ。その目はじっと彼を見据えていた。

　スティーヴンは彼女がそのまま歩き去るものと思った。だが、予想ははずれた。それはたぶん――そうか。ぼくが彼女の腕をつかんだままだった。ふたたび詫びの言葉を述べ、彼女の腕を放した。

「さきほど、わたしを見てらしたでしょ」レディ・パジェットが言った。「もちろん、わたしもあなたを見ていました。でなければ、あなたの視線に気づくはずがありませんもの。前にどこかでお会いしましたかしら」

　会ったことがないのは彼女も承知のはず。ただし……。

「きのうの午後、ハイドパークでお見かけしました」スティーヴンは言った。「会ったような気がなさるのは、たぶん、あなたも公園でぼくを目になさったからでしょう。ご記憶には残らなかったようですが。あなたは喪服を着ておられた」

「まあ、鋭い方ね。あれならどこの誰ともわからないだろうと思っていたのに」

　レディ・パジェットの目には楽しげな光があった。本当に楽しんでいるからか、それとも、不可解な侮蔑ゆえか、スティーヴンにはわからなかった。

「じつは、ちゃんと覚えてましてよ。今夜お見かけした瞬間に思いだしました。どうして忘れられて？　あのとき、天使のような方だと思いました。今夜もそう思っています」

「えっ……」スティーヴンは当惑とうれしさの混ざりあった笑い声を上げた。今夜は言葉がうまく出てこない。「外見は人を欺くものです」

「そうね、たしかに。今後のおつきあいによって、あなたへの印象が変わるかもしれませんわね。もしおつきあいできるとすれば」

　スティーヴンはレディ・パジェットの胸がこんなにあらわでなければいいのに、こんなに接近していなければいいのにと思った。しかし、いまさら自分があとずさったところで、気恥ずかしくなるだけだろう。彼女の腕を放したときにうしろへ下がっておけばよかったのだ。いまは彼女の顔に視線を据えることが自分の義務のように思われた。

　彼女の唇はぷっくりと分厚く、口は大きいほうだった。これまで目にしてきたなかで、最高にキスしたくなる唇の一つと言っていいだろう。いや、まさに、最高にキスしたくなる唇だ。完璧な美貌にさらなる魅力が加わった。

「あ、すみません」スティーヴンはようやく一歩下がって軽くお辞儀をした。「マートンと申します。どうぞよろしく」

「存じておりますわ。天使を目にした者は、その正体を知るのにぐずぐず時間をかけてはなりません。わたしの名前は申しあげる必要もありませんわね」

「レディ・パジェットですね。お近づきになれて光栄です」

「まあ、本当？」彼女は軽く目を伏せ、上目遣いでスティーヴンを見た。その目にはいまも楽しげな光が浮かんでいた。

　レディ・パジェットの肩越しに、ダンスフロアに出ていく何組ものカップルの姿が見えた。オーケストラの楽士たちが音合わせをしている。

「レディ・パジェット」スティーヴンは言った。「ワルツはお好きですか」

「大好きよ。パートナーがいれば」

レディ・パジェットがあでやかに微笑したので、スティーヴンはさらに一歩下がりそうになった。

「言いなおしていいですか。レディ・パジェット、ワルツを踊っていただけませんか」

「ええ、喜んで、マートン卿。わたしがなぜあなたにぶつかったとお思いですの？」

そんなこと……。

えっ、そ、そんな！

スティーヴンは彼女の手のほうへ腕を差しだした。

彼女の手は指が長く、白い手袋に包まれていた。斧をふりまわせるような手ではない。武器をふるって人を死に追いやるような手ではない。だが、それでもなお、危険な手だ。

ひどく危険な女。

困ったことに、なぜ自分にそう言い聞かせているのか、彼自身にもわからなかった。

悪名高きレディ・パジェットといまからワルツを踊る。そのあとで夜食の席へ案内する。

袖に彼女の手がかかり、手首が熱く疼くのを感じた。

自分がひどく幼くて、不器用で、世間知らずのような気がした。けっしてそんなことはないのに。

マートン伯爵はカッサンドラが思った以上に長身だった。彼女より頭半分か一つ分ぐらい高い。肩幅が広く、胸と腕はたくましい筋肉に覆われている。ウェストとヒップはほっそりしていて、脚は長く形がいい。目は鮮やかなブルーで、まじめな表情のときでも微笑しているように見える。口は幅広で楽しげだ。カッサンドラはこれまで、男の魅力という点では黒髪の男のほうがずっと上だと思っていた。しかし、この若者は黄金の髪に完璧な肉体を備えている。

男っぽい香りに、麝香のような何か微妙な香りが加わっている。

もちろん、カッサンドラより若い。それに――当然だが――女性たちの憧れの的だ。最初の二曲のあいだ、踊りに加わっていない女性たちがうっとりと彼を見ているのをカッサンドラは目にした。おまけに、踊っている女性たちまで。ワルツの時間が近づくにつれて、何人かの視線がじれったそうに彼に向くのを、カッサンドラは目にした。おそらく、理想からほど遠い男性にダンスを申しこまれても首を縦にふらず、最後の最後まで彼を待ちつづけたレディが何人もいることだろう。

彼には無邪気と言ってもいいようなおおらかな雰囲気がある。

マートン伯爵がカッサンドラのウェストに右腕をまわしたところで、彼女は伯爵の肩に片手を置き、反対の手を彼の手に預け、そして音楽が始まった。

わたしにはこの人の無邪気さを守る責任なんてない。何もかも正直に打ち明けた。きのうの出会いを覚えていることも。彼の身元を突き止めたことも、さっきわざとぶつかったことも。彼と踊るために。そこまで言っておけば、警告としては充分なはず。ワルツが終わってからも、悪名高きレディ・パジェットと——夫を殺した斧殺人鬼と——交際を続けようとするほど愚かな男であるなら、あとは当人の責任だ。

彼のリードで最初のターンをしたとき、カッサンドラは瞬間的に目を閉じた。ほんの一瞬、せつなさに包まれた。たった三十分でいいから、緊張を解いて心のままに楽しめたらどんなに幸せだろう。長いあいだ、なんの楽しみもないまま生きてきたような気がする。

しかし、緊張を解くことも、楽しむことも、いまの彼女には許されない贅沢だった。

マートン伯爵の目を見つめた。彼の目が微笑をたたえてこちらを見ていた。

「ワルツがお上手ですね」彼が言った。

そう？　何年も前にロンドンで一度踊り、カントリーハウスのパーティで二、三度踊っただけだ。ステップを踏むのがうまいとは思っていない。

「ええ、当然よ」カッサンドラは言った。「パートナーがお上手なんですもの」

「すぐ上の姉が鼻高々になることでしょう。何年も前に、その姉がワルツを教えてくれたんです。当時のぼくはステップもろくに踏めない少年で、ダンスは女の子のすることだと思い、木登りや泳ぎに出かけたくてうずうずしていました」

「お姉さまは聡明な方ね。少年もいつか大人になり、ワルツが求愛に必要な前奏曲だってことを理解するようになるのをご存じだったのね」

マートン伯爵は眉を上げた。

「もしくは」カッサンドラはつけくわえた。「誘惑の前奏曲かしら」

ブルーの目がカッサンドラの目をとらえたが、彼はしばらく無言だった。

「あなたを誘惑するつもりはありません、レディ・パジェット。そんなふうに思わせてしまったのなら、お詫びを——」

「いえいえ」カッサンドラは彼の言葉をさえぎった。「完璧な紳士でいらっしゃることはわかっています。わたしを誘惑する気のないこともわかっています。逆なの。わたしがあなたを誘惑しようとしているの。きっと成功させてみせるわ」

二人は無言で踊りつづけた。オーケストラが奏でているのは軽やかな魅惑の旋律だった。ほかの人々とともにワルツのターンをくりかえした。ほかの貴婦人たちのドレスが色彩豊かな万華鏡となり、壁の燭台のロウソクが光の渦となった。流れる音楽に乗って、会話や笑い声が響いた。

彼の肩と手からカッサンドラの手に彼の熱が流れこみ、彼の全身から放射された熱が胸とみぞおちと腿に広がるのを感じた。

「なぜ?」しばらくたってから、マートン伯爵が声をひそめて訊いた。

カッサンドラは頭をひき、にこやかな笑みを向けた。

「あなたが美しいからよ、マートン卿。そして、わたしはあなたから求婚の言葉をひきだすことになんの興味もないから。今夜ここに集まった若いお嬢さまがたは、誰もがそれを夢見ているでしょうけど。わたしは一度結婚した女なの。結婚は一生に一度で充分よ」

マートン伯爵は微笑を返さなかった。踊りながら、真剣な目でカッサンドラを見つめた。

やがて、その目が和らいでふたたび笑みを浮かべ、唇の両端が魅力的に上がった。

「そうか、あなたは相手をどぎまぎさせて楽しむ人なんですね」

カッサンドラは肩をすくめ、しばらくそのままにしておいた。乳房がさらにあらわに見えることを承知していたのだ。伯爵はこれまで完璧な紳士としてふるまっていた。彼女の顎から下へは目を向けようとしなかった。しかし、いま、彼の視線が下へ移り、頬がかすかに赤らんだ。

「そろそろ結婚なさるおつもり？」カッサンドラは尋ねた。「本気で花嫁探しをなさってるの？　身を固めて子供を作ろうとしてらっしゃるの？」

音楽がやんでいた。二人は向かいあって立ち、新たなワルツの旋律が流れてくるのを待った。

「違います」マートン伯爵は生真面目な口調で言った。「いまのご質問への答えはすべてノーです。まだその気にはなれません。残念ですが――」

「思ったとおりだわ。いまおいくつかしら、マートン卿」

ふたたび音楽が始まった。前の曲よりややテンポが速くなっている。伯爵は急に楽しそうな表情に戻った。

「二十五歳です」

「わたしは二十八。そして、生まれて初めて自由の身になりました。未亡人というのは驚くほど自由を謳歌できるものですのよ、マートン卿。ようやく、父親や夫といった男性に服従しなくてもよくなったの。ようやく、この男性優位の社会のルールに縛られることなく、好きなことをして生きていけるようになったのです」

カッサンドラがひどい貧困に苦しんでいなければ、この言葉は真実と言えただろう。また、カッサンドラに頼りきっている三人の人間がいなければ――当人たちの責任ではないのだが。それはともかく、きっぱり宣言したことで気分がすっきりした。自由という言葉には、つねに心地よい響きがある。

マートン卿はふたたび笑顔になっていた。

「わたしを警戒なさる必要はありませんことよ、マートン卿。あなたが一年間毎日片膝を突いてわたしに求婚なさり、真っ赤なバラを毎日二ダースずつ送ってくださったとしても、あなたと結婚するつもりはありません」

「でも、ぼくを誘惑する気なんでしょう?」

「必要となればね」カッサンドラは彼に笑みを返した。「つまり、あなたが尻込みしたり、ためらったりしたときには。あなたはとても美しい方。わたしがすべての束縛から解放されて自由を楽しむとしたら、ベッドを共にする相手には完璧な男性を選びたいと思っているの」

「だったら、あなたの夢は叶わない運命だ」楽しげに視線を躍らせて、マートン伯爵は言った。「完璧な男性なんてどこにもいません」

「もしいるとしたら、うんざりするほど退屈な男でしょうね。でも、完璧な容貌に完璧な魅力が加わった男性は間違いなく存在するはずよ。それも一人や二人ではないでしょうね。わたし自身はまだ一人しか目にしていないけど。でも、ひょっとすると、あなたのほかには誰もいないのかもしれない。あなたが特別な存在なのかもしれない」

マートン伯爵は笑いだし、カッサンドラはこのとき初めて、自分たちが注目の的になっているいることを知った。さきほどのダンスで彼女とシェリングフォード伯爵が注目を浴びていたのと同じように。

きのう、マートン伯爵とハクスタブル氏を見た瞬間、天使と悪魔だと思った。今宵ここに集まった貴族社会の人々は、たぶん、彼とわたしのことを同じように見ているだろう。

「本当に人をどぎまぎさせる方だ、レディ・パジェット。きっと、そんな冗談を言って一人で楽しんでおられるのでしょう。いましばらくは、ダンスのステップに集中したほうがいいですよ」

「まあ」カッサンドラは声を低くした。「心配してらっしゃるのね。わたしが本気だった場合のことを。それとも、本気でなかった場合？　それとも、ある晩、あなたがとなりの枕に頭をのせて眠っているあいだに、わたしが斧でその頭を叩き割るんじゃないかと恐れてらっしゃるだけかしら」

「三つともはずれです、レディ・パジェット。しかし、こんな会話を続けていたら、ぼくがステップを間違えてあなたの爪先を踏みつけ、大恥をかくのではないかという心配はあります。拍子をとりながら踊るようにと姉が教えてくれましたが、美しき誘惑者ときわどい会話をするいっぽうで拍子をとるなんて、ぼくにはとうてい無理なことです」

「まあ。それじゃあ、拍子をとるほうに専念なさって、マートン卿」

わたしがまじめに言っているのか、それとも、冗談なのか、この人にはわからないようね――無言で踊りながら、カッサンドラは思った――計算どおりに運んでいるわ。

この人はわたしに惹きつけられている。好奇心をそそられ、惹きつけられている。それも計算どおり。

あとはこの人を説得して、今夜の最後のダンスをわたしと踊ると約束させればいい。そこでようやく、この人にもわかるだろう。わたしが本気か、本気でないかが。

しかし、今夜のカッサンドラは運に恵まれていて、じっと待つよりも好都合な展開になった。ひとこともしゃべらずに長いあいだ踊りつづけ、曲が終わりに近づいたころ、彼に目を向け、話をしようと息を吸いこんだ。ところが、彼のほうが先に言った。

「いまのは夜食前のダンスだったのです、レディ・パジェット。つまり、あなたをダイニングルームへお連れして横にすわる光栄がぼくに与えられたわけです。承知していただければの話ですが。いかがでしょう？」

「ええ、喜んで」まつげの下から彼を見つめて、カッサンドラは言った。「あなたを誘惑する企みを実行に移すには、そうするしかなさそうね」

マートン伯爵は微笑して、それからククッと低く笑った。

4

スティーヴンは眩惑《げんわく》されると同時に気詰まりになり、愉快に思うと同時に困惑していた。いったいなぜこんなことに？

コンとぼくがきのうこの人に目を留めたとき、向こうも黒いベールの下からぼくを見ていて、今夜わざわざ見つけだし、故意にぶつかってきたというのか。この人とワルツを踊るしかない立場にぼくを追いこもうとして？

〝わたしを誘惑する気のないこともわかっています。逆なの。わたしがあなたを誘惑しようとしているの。きっと成功させてみせるわ〟

〝あなたが美しいからよ、マートン卿〟

〝ベッドを共にする相手には完璧な男性を選びたいと思っているの〟

レディ・パジェットの言葉がスティーヴンの頭のなかでこだました。もっとも、自分の妄想が生みだしたものとしか思えなかったが。

音楽が終わったのでスティーヴンが腕を差しだすと、レディ・パジェットは袖に手をかけるという正式な作法を無視して彼の腕に手を通した。舞踏室から急速に人の波がひいていた。

誰もがダイニングルームとその両隣のサロンへ向かっていた。誰もが食事をとって踊りの疲れをとろうとしていた。

そして、誰もが二人を見ていた。いや、ほとんどの者は礼儀を重んじるあまり露骨に見ることができないため、よけい気になるらしく、ちらちら視線を向けてくる。スティーヴンは思った――ぼくの思い過ごしではなさそうだ。みんなの気持ちも理解できる。招待状のないレディ・パジェットがメグの舞踏会に現われただけで、大きなざわめきをひきおこしたのだから。

自分がレディ・パジェットと一緒にいることを恥ずかしいとは思わなかった。むしろ、ホッとしていた。自分のエスコートがあれば、レディ・パジェットへの露骨な侮辱や冷淡な無視を防ぐことができる。なにしろ、貴族社会の多くの者はこうしたことに秀でている。レディ・パジェットの過去に何があったのか、自分は何も知らないが、メグもシェリーも彼女をつまみだそうとはしなかった。それどころか、わざわざ挨拶に行って温かく受け入れた。そのため、あとの招待客たちもレディ・パジェットに丁重に接するしかなくなった。

ダイニングルームの左側のサロンの片隅に小さなテーブルがあり、誰もすわっていない椅子が二脚置いてあったので、スティーヴンはレディ・パジェットをそちらへ案内した。

「ここにしましょうか」と提案した。

ダイニングルームの長いテーブルにつけば、多くの人の目にさらされるから、レディ・パジェットにはこちらのほうが楽だろうと思ったのだ。

「二人だけで？　まあ、粋な方ね」

スティーヴンは彼女を椅子にすわらせてから、二枚の皿に料理をとるため、ダイニングルームのほうへ行った。

本気でぼくの愛人になるつもりだろうか。それとも、今夜かぎりのつもり？　それとも、ぼくの完全な勘違い？　向こうは冗談を言っているだけ？　いや、勘違いではない。ぼくを誘惑すると彼女が宣言した。そうそう、〝となりの枕に頭をのせて眠っているあいだに〟斧で殺されることを恐れているのか、とも訊いてきた。

誰かがスティーヴンの腕をとり、強く握りしめた。メグがにこやかに笑いかけていた。

「スティーヴン、あなたをとても誇りに思うわ。それから、たった一人の弟を本物の紳士に育てあげたわたし自身のことも。ありがとう」

「なんのこと……？」スティーヴンは眉を上げた。

「レディ・パジェットと踊ってくれて。のけ者になるのがどんな気分か、わたしにもよくわかるの。もっとも、わたしの場合は、排斥されたわけではなかったけど。人と接するときは思いやりを忘れないように心がけなきゃね。ゴシップと噂だけで人を判断するような場合はとくに。わたしたちと一緒に夜食をどう？」

「となりのサロンにレディ・パジェットがいるんだ。ぼくが皿に料理をのせて戻るのを待っている」

「まあ、よかった。ネシーとエリオットがあの方を捜しに行ったのよ。同じテーブルに誘うつもりで。あなたたちみんなを誇りに思うわ。もっとも、あなたはわたしのためだけじゃなくて、レディ・パジェットへの気遣いもあるんでしょうけど」

「クレイヴァーブルック侯爵はどこ？」

「あ、もうベッドにお入りになったわ。頑固なおじいさまで、お客さまを迎える列に並ぶと言ってきかないし、最初の二曲のあいだ、椅子にすわって見てらしたのよ。ひどくお疲れのご様子だったし、たとえお疲れでなくても社交界の催しは大嫌いな方なのに。それから、ワルツが今夜の予定に入っていることに文句をおつけになったわ。わしの若いころは、そんな下品なものは誰も許可しなかったとか、いろいろおっしゃって」メグの目がきらめいた。「困ったものでしょ。そこでわたしがベッドへ追い払ったの。おじいさまをうまくあしらえるのはわたしだけだってダンカンは言うけど、ほかのみんなだって、おじいさまを怖がりさえしなければできるはずなのよ。あの獰猛《どうもう》なお顔の下には、紛れもなき子羊ちゃんが隠れてるんですもの」

　スティーヴンは料理のテーブルの列に並び、レディ・パジェットが少しでも気に入ってくれればと思いつつ、二枚の皿にオードブルふうの軽い料理と甘いものをあれこれ盛りあわせた。

　サロンに戻ると、レディ・パジェットは唇に高慢ちきな軽蔑の笑みを浮かべて、扇子で顔をあおいでいた。周囲のテーブルはすべて埋まっていた。レディ・パジェットに声をかける者は一人もおらず、彼女の噂をする者すらいなかった。少なくとも、声に出しては誰も何も言わなかったが、彼女の存在をみんなが強く意識しているのは、スティーヴンの目にも明らかだった。レディ・パジェットがいるというので、わざわざサロンを選んだ者もいることだろう。今後一週間ほど、ロンドンじゅうの客間で彼女の様子を報告し、同じ部屋で夜食をとらざるをえなかったことへの憤懣《ふんまん》をぶちまけるために。

それが人間の性《さが》というものだ。

スティーヴンは片方の皿を彼女の前に置き、自分はもう一枚の皿を持って向かいにすわった。すでに誰かが二人分のお茶を注いでくれていた。

「お口に合いそうなものをお持ちしたのですが」

レディ・パジェットは自分の皿に視線を落とした。

独特の低い誘惑するような声で言った。「それって、あなたのことね?」

スティーヴンはとまどった——つねにこういう大胆な言い方をする人なのだろうか。

これほど色っぽい女性を目にするのは、たぶん——いや、間違いなく——生まれて初めてのことだ。ワルツを踊るあいだずっと、彼女の身体の熱に包まれているような気がしていた。とても礼儀正しく踊る人で、向こうから身を寄せてくることは一度もなかったのに。

「ぼくが戻ってこないのではと心配しておられたのでは? 周囲にじろじろ見られて、居心地が悪かったんじゃありませんか」

「わたしがスカートの下から斧をとりだし、血も凍りそうな叫びを上げてふりまわすのを、ここにいるみなさんが期待してらっしゃるから?」眉を上げて、レディ・パジェットは彼に訊いた。「いいえ、愚かな噂は無視することにしています」

なんとも遠慮のない人だ。しかし、もしかしたら、攻撃が最高の防御であることを学んだのかもしれない。

「ゴシップというのはたいてい愚かなものです」スティーヴンは言った。

レディ・パジェットがロブスターのパイを選んで口へ運ぶあいだも、その唇には侮蔑の笑みが浮かんでいた。

「たいていそうね」彼女はうなずき、パイをかじりながら目を上げてスティーヴンを見た。ほおばったパイを嚙み、呑みこんだ。「でも、愚かでないこともあるのよ、マートン卿。きっと、気にしてらっしゃるでしょうね」

スティーヴンは彼女の話に必死についていこうとした。

「あなたが本当に夫を殺したのかどうか？　ぼくには関係のないことです」

レディ・パジェットは笑いだした。何人かが無遠慮に二人のほうを見た。

「だったら、あなたは馬鹿だわ。誘惑に乗るおつもりなら、わたしを警戒なさるのがふつうでしょう？」

ますます大胆な発言になってきた。スティーヴンは自分の頬が赤くなっていないよう願った。

「でも、ぼくにはその気がないかもしれない。正直なところ、あなたの誘惑に乗ろうという気にはなれませんね。愛人や一時的な遊び相手がほしいときは、ぼくにも相手にもその気があることを確認したうえで、自分で決めるつもりです。誘惑上手な女の罠にうっかり落ちてしまうのではなく」

皿に視線を落としたが、食欲はすっかり失せていた。なぜこんなにたくさん料理をとってきたんだろう？

そして、なぜこんな会話をしてるんだろう？　〝愛人や一時的な遊び相手がほしいときは……〟などと、レディの前で本当に言ってしまったのだろうか。

礼儀作法はどこへ行った？　歯に衣着せぬ発言をし、悪女として有名な人だが、それでもレディはレディだ。そして、自分はあくまでも紳士だ。

「それに、あなたを警戒してはいません」スティーヴンはつけくわえた。

いや、本当は警戒すべきだ。彼女にあんなことを言ったのは見栄だったのかもしれない。愛人を囲ったことは一度もない。もちろん、女を知らないわけではない。ときたま、コンを少々羨ましく思うこともある。コンはロンドンにくるたびにすてきな未亡人を見つけて、ひそかに関係を持っているらしい。二、三年前はハンター夫人、去年はジョンソン夫人だった。今年も誰かいるのかどうか、スティーヴンはよく知らない。

いまのぼくが愛人や遊び相手を作るつもりだとしたら――ああ、どうしよう、その気になってきた――舞踏会の最中に自分の意志で冷静に決心したからなのか、それとも、胸のうちを露骨に口に出す女性の誘惑に負けたからなのか、いったいどちらだろう？

ぼくの好みとはまったく違うタイプなのに――スティーヴンは心のなかでつぶやいた。とにかく、花嫁にしたいタイプではない。もっとも、花嫁候補にするつもりもない。

不意に、裸でベッドに横たわる彼女の姿が浮かんできて、股間が驚くほどこわばるのを感じた。

もうたくさんだ！

「レディ・パジェット」スティーヴンはきっぱりと言った。「そろそろ話題を変えることにしましょう。ご自身のことを聞かせてください。お差し支えなければ、少女時代のことなどを。子供のころはどちらに？」

レディ・パジェットは皿にのっていた小さなケーキをとり、顔を上げて彼に微笑した。

「主としてこのロンドンです。あとは、どこかの保養地。父は賭博に溺れていて、賭博好きの集まる場所ならどこへでも出かけていきました。最高の賭け金が期待できる場所を選んで。借家やホテル住まいが続きました。でも、哀れだと思われるのも、あなたの同情を惹こうとしていると思われるのもいやなので、申しあげておきますと、父は賭博場でお金を賭けるときと同じく、弟とわたしに充分な愛情を注いでくれました。それに、父の言葉を借りるなら、悪魔から幸運を分けてもらっていました。つまり、負けたお金より勝ったお金のほうが、いつも少しだけ多かったのです。母の顔は記憶から薄れてしまいましたが、幼いころから家庭教師がついていて、その人が母親のかわりをしてくれました。わたしはヘイター先生というその家庭教師と一緒に世界をたくさん見てきました。現実の世界と本の世界の両方を。あなたは恵まれた環境で育ってらしたと思うけど、わたしのほうが幸せで楽しい子供時代を送った自信がありますわ」

スティーヴンはこのとき初めて、レディ・パジェットが嘘をついているように思ったが、どの部分が嘘なのかを見分けることはできなかった。ひどくむきになっている口調なので、正直に話しているとは思えなかった。いまの話の基本的な部分が事実だとすれば、そうした境遇で育った子供は不安に怯え、自信を喪失するに決まっている。どんな子供にも安定した家庭が必要なはずだ。

「恵まれた環境？」スティーヴンは言った。「そうかもしれません。もともとはシュロプシャーという村の牧師館で育ち、牧師だった父の死後、同じ村のもっと小さなコテージに移って姉たちと暮らしていました。メグは現在シェリングフォード伯爵夫人となっていますが、いちばん上の姉で、あなたのお話に出てきたヘイター先生と同じく、最高の母親になってくれました。モアランド公爵夫人となったネシーは真ん中の姉、モントフォード男爵夫人となったケイトはぼくのすぐ上の姉です。幸せな少年時代を送ったぼくは、やがて、十七歳で伯爵家を継ぐことになりました。ぼくが相続人になるなんて誰も知らなかったので、まさに激震でした。でも、知らずに育ったことを悔やんではいません。大きくなったら働いて生活費を稼ぎ、姉たちの暮らしを支えていく覚悟でいれば、人格形成に役立つものです。少なくとも、それがぼくの人格を作ってくれたと思いたい。いずれ爵位を継ぐ身であることを承知して育った者よりも、貴族の特権やその利点と不便さというものが深く理解できるような気がします」

「レディ・シェリングフォードがあなたのお姉さま？」レディ・パジェットは眉を上げた。

「そうです」

「そして、悪名高きシェリングフォード伯爵と結婚なさったのね。あの伯爵さまは婚礼の日に人妻と駆け落ちし、子供まで作った方でしょ」

シェリーはターナーの妹との婚礼を控えた前の晩、ターナー夫人を連れてロンドンから姿を消したのだが、その前後の事情について真実を語れないことが、スティーヴンはいつもくやしくてならなかった。しかし、けっして口外しないとシェリーに約束してある。

「子供というのはトビーのことですね。身内のみんなに甘やかされています。メグは自分が産んだ子たちと分け隔てなく可愛がっているし、シェリーも――シェリングフォード伯爵もそうです。トビーはあの二人の息子と言っていいでしょう。ぼくにとっては甥に当たりますす」

「お気にさわったようね」レディ・パジェットはテーブルに肘を突き、顎と片頬に手を添えた。「お姉さまはどうして伯爵さまと結婚なさったの？」

「求婚されたから。そして、はいと答えたかったから」

レディ・パジェットは唇をすぼめ、かすかに軽蔑の混じった笑みを目に浮かべた。

「迷惑がってらっしゃるみたい。図々しい質問をしてしまいまして？」

「いえ、とんでもない。個人的な質問を始めたのはこちらですから。ロンドンにいらしたのは最近のことですか」

「ええ」

「身内のお宅にお泊まりですか。さきほど、弟さんのお話が出ましたが」

「わたしは身内が喜んで迎えてくれるような人間ではありません。一人で住んでおります」

ステイーヴンの目が彼女の目をとらえた。

「独りぼっちで」レディ・パジェットは言った。だが、いまは唇にも自嘲気味の笑みが浮かんでいた。手袋をはめた手でさっきまで頬杖を突いていたのに、いまは大きくあいたネックラインを一本の指でなぞっていた。無意識にやっているのだろうか。指先がエメラルドグリーンの生地の内側に入っている。肘はテーブルに突いたままだ。

わざとだ——室温が急激に上がるのを感じながら、ステイーヴンは気がついた。

「では、今夜はお一人で馬車に乗っていらしたのですか。それとも、メイドを連れて……？」

「自家用の馬車は持っておりません。貸し馬車を雇って一人でまいりました、マートン卿。でも、御者に言って広場の外で降ろしてもらいましたの。貸し馬車で赤い絨毯の前まで行くなんてみっともないでしょ。しかも、招待されてもいないのに。それから、ええ、うれしいわ、喜んで」

「喜んで……？」ステイーヴンは怪訝な顔で彼女を見た。

「あなたの馬車で家まで送ってくださるのなら、喜んでお受けします」レディ・パジェットの目が笑っていた。「そうおっしゃるおつもりだったんでしょ？　いまさら違うなんて言って恥をかかせないでいただきたいわ」

「喜んでお送りします。メグが付き添いのメイドを一人貸してくれるでしょう」

レディ・パジェットは柔らかな声で笑った。低い誘惑の響きだった。

「あら、ずいぶん不便なことね。メイドの目が光っている前で、どうやってあなたを誘惑すればいいの？　家に着いたとき、メイドがあとからついてきたら、どうやってあなたを家に入れればいいの？」

スティーヴンはこの提案にどんどん惹かれている自分に気がついた。この人は本気でぼくの愛人になろうとしている。

それも理解できなくはないが。

一人でロンドンにやってきたところ、すでに自分の悪評が広まっていることを知った。社会から爪はじきされている。実の弟にも見捨てられた。人と知りあうにも、社交の催しに出るにも、今夜のように招待状のないまま一人で押しかけなくてはならない。本当に独りぼっちなのだ。

そして、きっと孤独なのだろう。

絶世の美女だ。未亡人で、まだ二十八歳。ふつうだったら、喪が明けて明るい未来が待っているはずだ。ところが、レディ・パジェットは夫を殺した女として世間から糾弾されている。法の裁きを受けるには至らなかったようだ。自由の身だ。しかし、世間の噂には恐ろしい力がある。

そう、ひどく孤独に違いない。

そして、孤独を紛らすために、誰かの愛人になろうと決めたのだろう。

その心境はよく理解できる。

ただ、このぼくが選ばれてしまった。

「あなた、退屈な人じゃないわよね？」レディ・パジェットが訊いた。「完璧な紳士で通すおつもりもないわね？　うちの玄関先でわたしに手を貸して馬車から降ろし、ドアの前までエスコートし、手の甲に唇をつけてからおやすみなさいと言うだけなんてことは、まさか、なさらないでしょ？」

スティーヴンは彼女の目を見つめ、性的魅力と同情は危険きわまりない組みあわせだと悟った。

「いえ、ご心配なく、レディ・パジェット」

レディ・パジェットはテーブルから肘を離し、自分の皿を見おろした。だが、食欲はすでに失せていた。スティーヴンに視線を戻した。彼女の首筋の血管が傍目にもわかるほど激しく脈打っていた。

「わたし、この舞踏会にぐずぐず居残る気はありません。ダンスをし、食事をとり、あなたに出会った。いますぐ家まで送ってくださいます？」

スティーヴンは股間がふたたびこわばるのを感じ、肉欲に押し流されそうなのを必死にこらえた。

「残念ながら、まだ帰れないんです。このあとの二曲を二人の若い令嬢と約束しているので」

「そういう約束をきちんとお守りになるの？」眉を上げて、レディ・パジェットは訊いた。

「ええ。そうです」

「さすが紳士ね。癪にさわる方」

スティーヴンがふと気づくと、サロンから急速に人がいなくなっていた。舞踏室のほうからオーケストラの音合わせが聞こえてきた。スティーヴンは立ちあがり、レディ・パジェットに手を差しだした。

「舞踏室までエスコートさせてください。そして、身内の者たちをご紹介しましょう――」

そのとき、エリオットが近づいてきた。理由はスティーヴンにもはっきりわかった。エリオットの背後に身内が集まっていた。メグのためか、はたまたスティーヴン自身のためかはわからない。

「――こちらはモアランド公爵」スティーヴンはあとを続けた。「ぼくの義兄です。レディ・パジェットを紹介しよう、エリオット」

「お目にかかれて光栄です」エリオットはお辞儀をした。少しも光栄に思っていない顔だった。

「初めまして」レディ・パジェットは頭を軽く下げ、扇子を手にして立ちあがった。一瞬のうちに、よそよそしい高慢な表情に戻っていた。

「つぎの曲を踊っていただけませんか、レディ・パジェット」エリオットが言った。

「喜んで」彼女はそう答えて、差しだされたエリオットの袖に手をかけた。

スティーヴンに視線を戻すことはなかった。

口もつけなかった二つのカップの表面にクリームの薄い膜が張っているのを、スティーヴンは目にした。彼女の皿からは二品が消えただけ、スティーヴンの皿は手つかずのままだ。

ほんの数年前なら、許しがたい浪費だと思ったことだろう。

そろそろここを出て、ダンスが始まる前につぎのパートナーを見つけなくては。まだ遅すぎはしないだろう。

今夜、自分は本当にレディ・パジェットと寝る気でいるのか。

そして、長い関係を結ぶつもりなのか。

その前に、彼女のことをもっと知っておくべきでは？　夫の死について。彼女がロンドンにくる前から広がり、爪はじきの原因となった陰惨な噂の陰に、どんな真実が潜んでいるかについて。

彼女の誘惑に負けてしまったのだろうか。

たぶん。

考えなおすには遅すぎる？

たぶん。

考えなおす気はあるのか。

ない、たぶん。

大股で舞踏室のほうへ向かった。

モアランド公爵というのは、カッサンドラが舞踏会に到着したとき、マートン伯爵のそばに立っていた男性だった。きのう目にした悪魔、つまり、ハクスタブル氏によく似ている。ただ、公爵の目はブルーで、ハクスタブル氏のような悪魔的な印象はなく、きわめて厳格な人物という感じだった。この公爵の意に染まぬことをした者に対しては、手強い敵となるだろう。

わたしは別に何もしていない。公爵のほうからダンスを申しこんできただけ。でも、公爵は言うまでもなくレディ・シェリングフォードの妹と結婚していて、妻の姉が主催する舞踏会にわたしが顔を出したせいで悲劇が起きるとすれば、それを食い止めるために全力を傾けるだろう。たぶん、マートン伯爵をわたしの毒牙から救いだす気なのだろう。

カッサンドラはかすかな軽蔑のこもった笑みを顔に貼りつけた。

今度のダンスは動きが激しくて、言葉を交わす余裕はほとんどなかった。わずかな会話は意味もないお世辞のやりとりに終始した。舞踏室を飾る花々の美しさ、オーケストラのすばらしさ、クレイヴァーブルック侯爵のお抱え料理人のみごとな腕前。

「よろしければ……ご同行の方々のところへお連れしましょうか」ダンスが終わったところで、公爵がカッサンドラに訊いた。同行者などいないことは、もちろん承知のうえだ。

「一人でまいりましたの。でも、わたしをここに残してらしても、ご心配いりませんことよ、公爵さま」

二人がいるのは開け放たれたフレンチドアのすぐそばだった。こっそり外に出て、そぞろ歩きでもしてこようか。ドアの向こうに広いバルコニーが見える。人はあまりいない。急に逃げだしたくなった。

「でしたら」モアランド公爵は彼女の肘に手を添えた。「何人かにご紹介させてください」

カッサンドラが辞退する暇もなく、あでやかな笑みを浮かべた年配の女性と謹厳実直そうな紳士が近づいてきた。モアランドの紹介によると、レディ・カーリングとサー・グレアムだった。

「レディ・パジェット」お辞儀や会釈を交わしたあとで、レディ・カーリングが言った。「羨ましくてたまりません《グリーン・ウィズ・エンヴィ》わ、あなたのドレスが。あら、偶然の駄洒落をお許しになってね。必死に生地を探しまわっても、その半分もすてきなのが見つからないのはなぜかしら。もっとも、その色合いの緑を着こなすのは、わたくしには無理でしょうけど。ドレスばかり目立って、わたくしの存在は消えてしまいそう。だけど、それでもいいから……あら、いやだわ、グレアムの目がどんよりしてきた。モアランドのほうは、いつになったらそっと逃げだせるのかと思ってるようね」

レディ・カーリングは笑って、カッサンドラの腕に手を通した。

「ねえ、レディ・パジェット。二人でゆっくり歩きながら、心ゆくまでドレスやボンネットのお話をしましょうよ」

レディ・カーリングはその言葉どおり、つぎのダンスのために何組ものカップルが集まっている舞踏室の端のほうを、ゆったりした足どりでカッサンドラと一緒に歩きはじめた。

「わたくし、シェリングフォード卿の母親ですの」レディ・カーリングは説明した。「息子のことを気も狂わんばかりに愛しています。もっとも、おおっぴらに認めるつもりはありませんけど。長いあいだ親不孝ばかりしてきた子ですけど、そのせいで親がどれだけ苦しんだかは、息子にはぜったい言わないつもり。ただ、息子はマーガレットという最高の伴侶を見つけてくれました。彼女はすばらしい宝物だわ。わたくし、マーガレットと、孫息子二人と、孫娘一人を溺愛してるの。最初の孫息子は婚外子ですけど。でも、子供にはなんの責任もないわ。そうでしょ?」

「レディ・カーリング」カッサンドラは静かに言った。「今夜ここにお邪魔したのは騒ぎを起こすためではありません」

「ええ、そうでしょうとも」カッサンドラに温かな笑みを向けて、レディ・カーリングは言った。「でも、あなたの登場で舞踏室がざわめいたのは事実よ。おまけに、大胆にもその鮮やかな色のドレスを着ていらした。輝くような赤い髪を家に置いてくるのは無理だったでしょうけど、ドレスのせいでさらに人目を惹く結果となった。あなたの勇気に賞賛を贈らせてね」

カッサンドラはその言葉に、もしくは、レディ・カーリングの態度に皮肉がこもってはいないかと探ってみたが、どこにも皮肉はなかった。

「わたくしね、数年前、ダンカンを叱りつけたことがあったの」レディ・カーリングは話を続けた。「あの子が醜悪なスキャンダルという重荷に押しつぶされたままロンドンに戻ってきて、招待されてもいない舞踏会に顔を出したときに。あなたが今夜なさったこととまったく同じね。あの子が舞踏室に着いて最初に何をしたか、おわかりになりまして？」

カッサンドラは眉を上げてレディ・カーリングを見た。もっとも、答えは薄々わかったような気がしていた。

「舞踏室のドアのところでマーガレットと衝突したのよ。そして、ダンスを申しこみ、結婚を申しこんだの。ダンカンの話を信じていいのなら、その場ですぐに。わたくしは信じてるわ。だって、マーガレットも同じことを言っていますもの。マーガレットは話を誇張するような子じゃないのよ。でも、そのときが初対面だったの。貴族社会に大胆な挑戦をするのは、ときとして価値ある冒険と言えるでしょうね。あなたにもダンカンと同じ幸運が訪れるよう、心から願っています。だって、斧をめぐるあの噂が真実だなんて、とうてい思えませんもの。真実なら、あなたはいまごろ自由の身ではいられないし、命すらなかったかもしれないでしょ。もちろん、証拠不充分だったのかもしれない。でも、わたくしにはそうは思えないし、追及する気もありません。明日の午後、わが家で小さなお茶会を開く予定ですのよ。ぜひいらして。ほかの招待客が驚き、憤慨し——今後一カ月間、そればかりを話題にするでしょう。わたくし、有名になれるわ。社交シーズンのあいだ、わが家でお茶会をするたびに、みんなが押しかけてくるでしょうね。あっと驚くことがふたたび起きるのを期待して。ね、顔を出すとおっしゃって。その勇気があるとおっしゃって」

この世界にはまだまだ善意が残っているのかもしれない――軽い侮蔑の混じった笑みを浮かべて舞踏室を見まわしながら、カッサンドラは思った。礼儀正しく接してくれる人々がいる。舞踏会でこれ以上騒ぎが起きないようにという思いが主な理由かもしれないが。友情の手を差しのべてくれる人々もいる。もしかしたら、利己的な動機が混じっているかもしれないが。

予想もしなかった優しさに出会うことができた。

わたしが貧乏のどん底にいるのでなければ……。

「考えておきますわ」カッサンドラは言った。

「ぜひいらしてね」レディ・カーリングは自宅がカーゾン通りにあることをカッサンドラに告げた。「ダンスの合間にこうして休憩できて助かったわ。年齢を認めたくはないけど、二回も続けて踊ったり、孫たちと一時間以上遊んだりすると――そのうち二人はもう揺りかごでおとなしく寝てる赤ちゃんじゃないから――年を感じてしまうのよ。いやあね」

マートン伯爵はうら若き可憐な令嬢と踊っている最中で、令嬢のほうは頬を染め、崇拝に満ちたきらめく瞳で彼を見あげていた。伯爵は令嬢に微笑みかけ、言葉を交わし、彼女だけを見つめていた。

今夜、この人はわたしと寝ることになる――カッサンドラは思った――そのあとで交渉にとりかかろう。今夜は大成功。色っぽさで彼の心を奪うことができた。また、それとなく彼の同情も惹いておいた。独りぼっちの孤独な女だと思わせた。事実とは異なるけど、気にすることはない。こうするしかないのだから。

わたしが張ったクモの巣に彼をとらえよう。本人が望もうと、望むまいと。彼が必要なんだもの。

いえ、彼ではない。

必要なのは彼のお金。

アリスのために。メアリとベリンダのために。そして、忠犬ロジャーのために。みんなのことを考えなくては。それでようやく、両肩に鉛のごとくずっしりのしかかっている自己嫌悪という重荷に耐えていける。

彼は愛想がよくて思いやりのある紳士。

同時に、一人の男でもある。男には欲求がある。マートン伯爵のそうした欲求を満たすために、わたしが奉仕する。お金を盗むわけではない。価値あるものを差しだしてお金をもらうだけ。

罪悪感を持つ必要はない。

「わたしも休憩できてホッとしました」カッサンドラはレディ・カーリングに言った。

5

「レディ・パジェット」舞踏会が終わって、人々が右往左往しながら伴侶や子供やショールや扇子を捜し、友人知人におやすみの挨拶をし、自家用の馬車が玄関先にまわされてきたときにすぐ乗りこめるよう階段を下りて玄関ホールへ向かっていたとき、モアランド公爵夫人が言った。いましがた公爵夫人のほうから自己紹介をしてくれたばかりだ。「馬車でおいでになりましたの？」

「いいえ」カッサンドラは答えた。「でも、マートン卿がご親切な方で、ご自分の馬車でわたしの家まで送ってくださるそうです」

「まあ、よかった」公爵夫人は微笑した。「エリオットとわたしが送らせていただこうかと思っていましたが、スティーヴンが送ってくれるなら安心だわ」

スティーヴン。スティーヴンっていうのね。ぴったりの名前。

公爵夫人がカッサンドラの腕に手を通した。

「スティーヴンを捜しに行きましょう。夜の終わりに訪れるこの混雑は舞踏会のなかで最悪のひとときですけど、今夜だけは混雑も大歓迎。誰もこないんじゃないかって、メグが怯えてましたの」

数歩も行かないうちに、大股でやってくるマートン伯爵の姿が見えた。

「ネシー」伯爵は二人に笑みを向けた。「レディ・パジェットを見つけてくれたんだね」

「レディ・パジェットは迷子になんかなってないわ、スティーヴン。あなたが家まで送ってくれるのを待ってらしたのよ」

舞踏室を出て階段を下り、玄関広間を通り抜けて扉まで行き着くのに、ひどく時間がかかるような気がした。だが、ほどなく、みんなが急ごうとしない理由がわかった。公爵夫人はシェリングフォード伯爵夫人の妹、マートン卿は弟だから、どちらの馬車もいちばん奥に置かれているのだろう。

ようやくすべての客が帰り、あとに残ったのは、モアランド公爵夫妻、モントフォード男爵夫妻——公爵夫人がカッサンドラを二人に紹介してくれた——、マートン伯爵、サー・グレアムとレディ・カーリング、招待客に別れの挨拶を終えたばかりのシェリングフォード伯爵夫妻だけとなった。

そして、カッサンドラ。

招待状のないまま舞踏会にもぐりこんだところ、こんなに目立つ立場に置かれてしまったという皮肉が、カッサンドラは気になって仕方がなかった。身内でもない者が一人だけ居残ったという居心地の悪さもあった。自分につきまとっている噂を考えるととくに。

レディ・カーリングも、モントフォード男爵も、自分の馬車で送ろうと言ってくれた。カッサンドラは二人に、マートン卿から親切な申し出があったのでと答えておいた。

「ねえ、メグ」モントフォード男爵が言った。「舞踏会に誰もやってこなくてよかったね。一人でもきていたら、いまごろぼくたち全員がどれだけ落ちこんでいたかと思うと、ぞっとするよ」

伯爵夫人は笑いころげた。

「なんとか無事に終わったわ」と言った。それから、急に心配そうな顔になった。「ねえ、楽しんでもらえたわよね？」

「今年の社交シーズンで最高のにぎわいだったわ、マーガレット」レディ・カーリングが伯爵夫人を安心させた。「よそのお屋敷の奥方たちはみな、今夜の催しに負けまいと必死になり、きっと惨めな失敗に終わるでしょう。たまたま耳にしたんだけど、ベスマー夫人が〝この屋敷の料理番が誰なのかを探りだし、お給金をはずむと言ってひきぬかなきゃ〟って、レディ・スピアリングに言ってたわよ」

伯爵夫人はふざけ半分に悲鳴を上げた。

「心配しなくて大丈夫だよ、マーガレット」モアランド公爵が言った。「ベスマー夫人はしみったれで有名だから。あの夫人が給金をはずむと言っても、きみが料理番に払ってる金額の五分の一ぐらいしか出さないに決まっている」

「きみが望むなら、ぼくが夜明けにファーディ・ベスマーとピストルで決闘してもいいぞ」夫のシェリングフォード伯爵が言った。

伯爵夫人は笑顔で首をふった。

「正確に言うと、おじいさまが払ってらっしゃる金額の五分の一よ。だから、わたしがベスマー夫人だったら、おじいさまの怒りを買うようなことは慎むでしょうね」

それから、カッサンドラに申しわけなさそうな目を向けた。

「レディ・パジェット、おひきとめしてしまって申しわけありません。スティーヴンがお送りするお約束でしたね。いま、付き添いのメイドを呼びますから」

「いいえ、どうぞお気遣いなく」カッサンドラは言った。「マートン卿は完璧な紳士でいらっしゃいます」

伯爵夫人はふたたび笑顔になった。

「今夜はよくお越しくださいました。明日、義母の自宅のお茶会でお目にかかれますかしら。ぜひいらしてね。あなたをお招きしたと義母から聞きました」

「考えておきます」カッサンドラは言った。

たぶん、行くことにするだろう。今夜ここにきたのは裕福なパトロンを見つけるためで、社交界に強引に戻るためではなかった。それは無理、自分は永遠に追放の身――そう思いこんでいた。でも、もしかしたら、あきらめなくていいのかもしれない。シェリングフォード伯爵が社交界に復帰できたのなら、わたしにもできるかもしれない。

友達がいたのは遠い昔のことだ。もちろん、アリスは別にして。それから、メアリも。

ようやく、マートン卿の馬車が玄関先の石段の下にまわされてきた。彼がカッサンドラの手をとって馬車に乗せ、それから自分も乗りこんで横にすわった。従僕がステップをたたみ、扉を閉めたあとで、スティーヴンは窓のほうを向いて身内の人々に手をふった。

「完璧な紳士」広場を出ていく馬車のなかで、顔を戻そうともせずに、マートン卿は低くつぶやいた。「そうでありたいと、ぼくはつねに努力してきました。今夜は紳士でいさせてください、レディ・パジェット。あなたをお宅まで無事にお送りし、そのまま自分の家に戻ることをお許しください」

カッサンドラの胸に警鐘が鳴りひびいた。このぞっとする一夜が無駄に終わったというの？　なんの成果もなかったの？　明日、一からまたやりなおしなの？　不意に憎らしくなった。この完璧な紳士のことが。

「あら」声を低くし、そこに冗談っぽい響きをこめた。「ふられてしまった。捨てられたのね。わたしは誰にも望まれない、魅力のない、不器量な女なのね。家に帰って冷たい無情な枕に熱い涙を落とすことにするわ」

そう言いながら片手を伸ばしてマートン卿の脚に置き、指を広げた。膝丈ズボンの絹地を通して温もりが伝わってきた。腿の筋肉の硬さが感じとれた。

彼がカッサンドラのほうを向いた。真っ暗なのに、彼の微笑が見えた。

「いまの言葉にひとかけらの真実もないことぐらい、よく承知しておられるでしょうに」

「あら、多少は真実がありましてよ。熱い涙。それから、無情な枕」

カッサンドラが腿の内側へ手をすべらせると、彼の微笑が消えた。その目が彼女の目をとらえた。

「あなたはぼくがこれまで会ったなかで、いちばん美しい人と言っていいでしょう」

「美貌は冷酷で厭わしいものになることもあるのよ、マートン卿」

「そして、もっとも魅力的な人と言って間違いない」

「魅力的……」カッサンドラは彼にかすかな笑みを向けた。「どんな魅力？」

「色っぽさで男を惹きつける。すみません、こんな露骨な言い方をして」

「わたしと寝る気がおありなら、マートン卿、どれだけ露骨なことをおっしゃってもかまわなくてよ。ねえ、寝る気はあって？」

「ええ」マートン卿は彼女の手の下に指をすべりこませて腿から離し、その手を唇に持っていった。「でも、あなたの寝室に入ってドアを閉めてからにしよう。この馬車のなかではなく」

それだけ聞けば充分だわ。カッサンドラはそのすぐあとで身を乗りだして、彼と唇を重ねた。

馬車がロンドンの暗い通りをガタゴト揺れながら走るあいだ、マートン卿は握りあった手を座席に置き、彼女に顔を向けたままだった。

「一人暮らしなのかい？」

「家政婦がいるわ。お料理もしてくれるの」

「きのう、あなたと一緒に公園を散歩していたレディは？」

「アリス・ヘイターのこと？　一緒に暮らしているの。コンパニオンとして」

「かつての家庭教師？」マートン卿が訊いた。

「ええ」

「その人が狼狽するんじゃないだろうか。あなたが、お――男を連れて帰ったりしたら」

「ちゃんと言ってきたわ。わたしが帰宅しても、部屋から出てこないでって。だから、ご心配なく」

「じゃあ、最初からそのつもりだったのか？」暗いのもかまわず、カッサンドラの目をじっと見つめて、マートン卿は尋ねた。「男を連れて帰ろうと決めていた？」

退屈な男。ゲームのやり方も知らないなんて。お姉さんが開いた舞踏会で出会った瞬間、わたしの胸に恋の矢が突き刺さったとでも思ってたの？　すべて自然の成り行きだったとでも？　最初からそのつもりだったことは、ちゃんと言ってあるのに。

「わたしは二十八歳よ、マートン卿。夫の死から一年以上たったわ。女にも男と同じように、欲求が、性欲があるの。再婚相手を探すつもりはないのよ。いまのところは。いえ、永遠に。でも、そろそろ愛人を持とうと思うの。ロンドンに出てきたときに決心したのよ。そして、きのう、ハイドパークで天使のようなあなたを見かけて、その思いがますます強くなったわ」

「じゃ、メグの舞踏会にやってきたのは、ぼくに会うため？」

「そして、あなたを誘惑するためよ」

「でも、ぼくが舞踏会に出るってどうしてわかったんだい？」

マートン卿は座席にもたれた。しかし、それとほぼ同時に馬車がガタンと揺れて、瀟洒ではあるが落ちぶれた感じの家の前で止まったので、窓に顔を近づけて外をのぞいた。カッサンドラは質問に答えなかった。

「ねえ、おっしゃって、マートン卿」ささやきに近い声で言った。「ここにいらしたのは、わたしに誘惑されたことだけが理由ではないでしょ？　舞踏会が始まったばかりのときに、わたしの姿が目に入り、ほしくなったのだとおっしゃって」

マートン卿がふたたび彼女と向きあった。二人を包む闇のなかで、その目がかろうじて見てとれた。どちらの視線も熱かった。

「そう、あなたがほしかった、レディ・パジェット」彼の声もカッサンドラに劣らず低くなった。「そして、いまもあなたがほしい。さっき言ったように、ぼくがレディとベッドに入るときは、ぼく自身がそう望むからで、誘惑に負けたからではない」

そうは言っても、ワルツが始まる直前に、わたしがわざとぶつからなかったら――いえ、ぶつかりそうにならなかったら、今夜わたしをベッドに誘おうなんて、この人は考えもしなかっただろう。わたしと口を利くことも、一緒に踊ることもなかっただろう。お姉さんのためにしぶしぶそうしたかもしれないけど。

いいえ、マートン卿――カッサンドラは無言のうちに語りかけた――あなたは誘惑に負けたのよ。

御者が扉をあけてステップを用意した。マートン卿が馬車を降り、カッサンドラに手を貸して降ろし、馬車だけを帰らせた。

スティーヴンは官能の喜びへの心地よい期待を抱く一方で、どうにも落ち着かない気分だった。なぜ落ち着かないのか、自分でもよくわからなかったが、たぶん、ここが彼女の自宅で、召使いとコンパニオンも同じ屋根の下で眠っているからだろう。間違ったことをしているような気がした。

ときたま、自分の良心にうんざりすることがある。子供のころから腕白で周囲をハラハラさせてきたが、放蕩三昧の若者にはならなかった。彼自身も含めてすべての者が、いずれそうなると予想していたのだが。

ホッとしたことに、家のなかでは誰とも顔を合わせずにすんだ。一階の玄関ホールと踊り場の壁の燭台でロウソクが燃えていた。そのほのかな光のなかに、やや古びてはいるが立派な家の様子が見てとれた。たぶん家具つきのままで借りたのだろう。スティーヴンはそう推測した。

レディ・パジェットは階段をのぼったところにある正方形の寝室へ彼を案内し、どっしりした化粧台に置かれた一本のロウソクに火をつけた。鏡の角度を調節すると、何本ものロウソクが燃えているように見えた。

スティーヴンはドアを閉めた。

部屋には大きなたんすが置かれ、その横にもドアがあった。たぶん、化粧室に通じるドアだろう。ベッドの左右に小さなテーブル。それぞれに引出しが三つついている。ベッドは大きなもので、螺旋を描く支柱と凝った天蓋つき。天蓋にはベッドカバーとおそろいの濃紺の生地がかかっている。

優美さや愛らしさとは無縁の部屋だった。

ただ、彼女の香りが漂っていた。あのかすかなフローラル系の香り。そして、ロウソクの光が柔らかく揺らめいていた。男を誘惑するための部屋。

彼女がほしくなった。

そう、ほしくてたまらなかった。いまから二人が結ばれても、なんの不都合もない。こちらは独身だし、婚約者もいない。向こうは未亡人で、充分すぎるほどその気になっている。そもそも、向こうが誘ってきたのだ。今夜関係を持ったところで、そして、社交シーズンが終わるまでその関係を続けたところで、誰に迷惑をかけるわけでもない。相手に快楽を与え、自分も快楽をむさぼるだけのこと。

快楽はけっして悪ではない。善なるものだ。

しかも、おたがいになんの期待もせず、割りきっているから、傷つく心配もない。彼女がきっぱり言った——夫を探しているのではない、今後もその気はない、と。スティーヴンはその言葉を信じた。彼も妻を探してはいない。いまのところは。そして、たぶん、あと五年か六年は。

それなのに、落ち着かない気分だった。

彼女につきまとう噂のせいだろうか。

夫を殺したというのは本当だろうか。

ぼくは殺人者と寝ようとしているのか。

彼女に恐怖を感じている？　感じるべきだろうか。

いや、恐怖はない。

どうにも落ち着かないだけだ。

彼女のことは何も知らない。だが、落ち着かない原因はそれではない。ここ何年かのあいだに関係を持った女性たちも、知らない相手ばかりだった。スティーヴンのほうからつねに礼儀と思いやりと寛大さを示してきたが、相手のことは知らなかったし、知ろうという気もなかった。

ならば、レディ・パジェットのことは？　知りたい？

彼女は化粧台の横に立ち、誘惑とも軽蔑ともつかないあの謎めいた笑みを浮かべて、ロウソクの光のなかでこちらを見ていた。ドアのすぐそばに立ちつくしていたスティーヴンはふと気づいた――たぶん、怯えた小学生が自由を求めて逃げだそうとしているみたいに見えることだろう。

彼女に近づき、足を止めて、驚くほど細いウェストを両手ではさんで頭を低くし、血管が脈打っている喉もとに唇をつけた。

温かくて、柔らかくて、いい香りだった。彼女の身体がスティーヴンに密着した。豊かな乳房が彼の胸に押しつけられ、ヒップがわずかに位置を変えて彼に心地よく触れ、腿から温もりが伝わってきた。スティーヴンは熱い血が自分の全身を駆けめぐり、耳のなかでどくどく鳴り、股間にこわばりをもたらし、そのこわばりの奥で脈打っているのを感じた。

顔を上げてキスをした。唇を開き、温かく湿った彼女の口のなかを舌で探った。彼の舌を彼女が深く吸いこんで、自分の舌で上顎に押しつけた。スティーヴンの上着とチョッキの下に両手をすべりこませて彼の背中をなで、やがて、その手を下におろして、思わせぶりにヒップをくねらせながら彼の臀部を包みこんだため、彼のものがさらに硬くなった。

スティーヴンの手は、ドレスの背中に並んだ小さなボタンをはずすという面倒な作業にとりかかっていた。それが終わったところで一歩あとずさり、ドレスを肩からはずして腕の先まですべらせ、シュミーズと一緒に脱がせていった。まず豊満な胸が、つぎに細いウェストと魅惑の曲線を描くヒップが、それから、すらりと長い脚があらわになった。

ドレスがすべり落ちて、足もとでエメラルドグリーンと白が折り重なり、あとには、白い手袋と絹のストッキング、銀色のダンスシューズを着けただけの彼女が残された。

スティーヴンは目を離すことができなかった。全裸以上に魅惑的なものがあることを知った。これがまさにそうだ。心を静めようとして、深くゆっくり息を吸った。

軽く伏し目がちになって腕を両脇に垂らした彼女が、立ったままスティーヴンに視線を返したが、やがて片方の腕を差しだしたので、スティーヴンはゆっくりと手袋を脱がせ、床のドレスの上に落とした。彼女は反対の腕も差しだし、セイレーンのようなあの誘惑の笑みを浮かべた。

手袋を脱がせおえたスティーヴンは女の前に片膝を突き、まず靴下留めをはずしてから、ストッキングを片方ずつ下へ向かってすべらせた。折った膝の上に彼女の足を片方ずつのせて、ストッキングとダンスシューズを脱がせ、うしろへ放り投げた。

左右の足の甲、足首、膝の内側、温かな内腿に唇をつけ、それからふたたび立ちあがった。

予想どおりのすばらしさだった。いや、予想以上だ。けっして小柄な女性ではないが、完璧に均整のとれた美しい身体をしている。みごとだ。

なぜいままで、乙女のほっそりした体型こそ理想だなどと思いこんでいたのだろう？

つぎは彼女がこちらの服を脱がせてくれるものと思っていた。ところが、彼女はむきだしになった両腕を上げると、スティーヴンに視線を据えたまま、ヘアピンを抜きはじめた。時間をかけてゆっくり抜いていく様子からすると、早くベッドに入ろうという焦りはなさそうだし、膨らんだ男の股間にも、彼の呼吸が思わず速くなっていることにも気づいていないかに見える。

だが、彼女の笑みを見れば、ちゃんと気づいていることは明らかだった。

そして、伏せたまぶたを見れば、彼に劣らず熱烈に主菜を待ち望んでいることは明らかだった。

彼女の髪がほどけていくのをスティーヴンはじっと見守り、顔に、肩に、背中に髪が流れおちた瞬間、息を呑んだ。ひと房が乳房の上をすべって胸の谷間に落ち着いた。

豊かでつやつやした鮮やかな赤い髪だった。王冠のようにみごとな髪。昔ながらのこの陳腐な表現が、いま初めて身近なものに感じられた。

スティーヴンはふたたび息を呑んだ。

「ベッドへ行きましょう」彼女が言った。

スティーヴンは上着の襟の下あたりをつかんで脱ごうとした。ところが、彼女の両手が伸びてきて彼の手を包んだ。

「いいえ。脱ぐのは靴だけよ、マートン卿」

彼女の手が膝丈ズボンのウェストへ移った。目を見つめあったまま、彼女の指が巧みにボタンをはずしていった。ズボンの前が開いた。

「まあ」彼女が顔を近づけて、そう言いながら優しく唇を重ねてきた。「すっかりその気になってるのね。さあ、二人とも準備ができたわ。ベッドへ行きましょう」

スティーヴンは一瞬、彼が服を脱ぐまで待てなくてそう言ったのだろうと思った。しかし、彼の勘違いだった。彼女のほうが一枚上手だった。血がどくどく音を立て、欲望が疼いて痛いほどだった。彼女が全裸なのに自分は舞踏会の装いのままなのが、この異様な興奮をもたらしたのかもしれない。

彼女はスティーヴンをベッドに誘うと、ベッドカバーをめくってから仰向けに横たわり、両腕を伸ばして彼を抱きよせた。

スティーヴンを腕のなかに包みこんで、乳房とヒップを押しつけ、女の腿のあいだに脚を割りこませる彼に、言葉にならない言葉でそっとささやきかけた。膝丈ズボンとストッキングの上から、片方の脚をスティーヴンの脚にすりよせた。スティーヴンは手と唇で彼女の身体を探りながら愛撫に移り、焦らしたり、なでたりした。

女の指が膝丈ズボンと下穿きから彼の身体を解放し、屹立したものに羽根のように軽く触れるのを感じた。思わず息を吸いこんだ。

彼女は低く笑うと、熱く濡れた部分へ彼を導いた。いや、だめだ。このまま誘いに乗ってはならない。まだ女を知らない学生が経験豊かな高級娼婦に手ほどきをしてもらうわけではない。スティーヴンは彼女の腕の下に片腕をすべりこませて、彼女の指を遠ざけてから、熱く濡れた部分に手を伸ばした。焦らすような軽い指使いで女の秘部を探り、小さな円を描きながら、さすり、軽く爪を立て、少し奥まで指を押し入れた。あの小さな部分を親指で見つけて軽くこすると、彼女の口からあえぎが洩れた。

ぼくが誘惑され、彼女が誘惑する女なら、同時に、彼女も誘惑され、ぼくも誘惑する男にならなくては。

対等な関係でなくてはならない。

快楽は両方のためのもの。与え、与えられるもの。

女のヒップをしっかり包み、自分の位置を定めてから、彼女がわずかに身体を持ちあげて無言の誘いをかけてくるのを待って、いっきに突き入れた。

彼女の奥の筋肉が彼をきつく締めつけ、両脚がベッドから浮いて彼の脚にからみつくと同時に、彼女の低い笑いが聞こえた。スティーヴンは肘を突いて上体を起こし、彼女を見おろした。その顔にロウソクの光が躍り、枕に広がった髪が揺らめく炎に変わっていた。

「スティーヴン」彼女がてのひらを彼の上着の襟につけて、肩まですべらせた。

低い魅惑的な声で自分の名前がささやかれるのを耳にして、スティーヴンはぞくっと身を震わせた。

「レディ・パ――」

「カッサンドラと呼んで」

「カッサンドラ」

彼女が身体の奥の筋肉をゆるめ、彼のものを受け入れたままでヒップをくねらせた。

「スティーヴン、すごく大きいのね」

スティーヴンは笑った。

「そして、すごく、すごく硬い」彼女の目が彼をからかっていた。「男そのものだわ」

「そして、あなたはすごく柔らかくて、じっとり濡れていて、すごく熱い。女そのものだ」

彼女の唇にもからかいの色があった。ただ、その息遣いは乱れていた。スティーヴンは彼女に覆いかぶさって、苦しいほど強烈な快感を精一杯ひきのばそうとしつつ、深く力強いリズムを刻んで律動をくりかえした。やがて、ついに彼女のなかで果て、こめかみの激しい脈動が徐々に治まっていくあいだに、全身の力をぐったり抜いてもたれかかった。充分に時間をかけて彼女にも究極の喜びを与えることができただろうか。

自信の持てない自分を恥ずかしく思った。

「カッサンドラ」身体を離し、片腕を彼女の頭の下にまわしたまま、傍らに身を横たえて、スティーヴンはささやいた。

だが、あとは何も言えなかった。快楽をむさぼって疲労困憊し、満ち足りた深い眠りに落ちていった。

何時間ぐらい眠ったのかよくわからない。だが、目をさましたときは一人きりだった。夜会服を着たままだった。しわくちゃになっているだろう。従者から今後一カ月間文句を言われ、やめさせていただきます、わたくしの腕をもっと高く評価してくださる紳士を見つけることにいたします、と脅されつづけることだろう。

膝丈ズボンの前のボタンがはまっているのに気づいて、きまりが悪くなった。

ロウソクはすでに消えていた。しかし、室内は真っ暗ではなかった。夜明けの光で窓と室内がほのかに明るくなっていた。カーテンがあいていた。

化粧台のほうへ目を向けた。レディ・パジェットがその前の椅子に斜めにすわり、彼を見ていた。すでに服を着ている。ただし、ゆうべのドレスではない。髪はうしろへきれいにとかしつけ、うなじで束ねてリボンで結んであった。背中へ豊かに流れ落ちていた。脚を組み、片方の爪先を前後に揺らしていて、室内履きがいまにも脱げそうだ。

「カッサンドラ？　心からお詫びする。ぼくはどうやら――」

「話があるの、マートン卿」

マートン卿? もうスティーヴンとは呼んでくれないのか。

「話? それより――」

「交渉よ。あなたと交渉したいの」

6

カッサンドラはいつまでたっても眠れなかった。二度ほどうとうとしただけだった。

頭上の悪趣味な天蓋を長いあいだ見つめていた。とりはずすか、それがだめならせめて、もっと軽くて明るい雰囲気の布地で覆うことにしよう。この家を家庭にしなくては。ここに住みつづけるつもりなら。住みつづけるだけのお金が手に入るなら。

そして、マートン伯爵のほうを向き、揺らめくロウソクの光のなかで長いあいだその顔を見つめていた。ロウソクをつけたままにしておくなんて、とんでもない贅沢だった！　玄関ホールと踊り場のロウソクも消していない。そんな贅沢ができる身分ではないのに。

彼はぐっすり眠っていた。たぶん夢も見ずに寝ているのだろう。寝顔も起きているときに劣らず美しかった。髪は短いけれど、くしゃくしゃになり、櫛できれいにとかしつけてあった巻毛が勝手に飛びはねていた。

幼く見える。

無垢に見える。

じっさいは、無垢ではない——少なくとも、閨《ねや》のことについては。ベッドに入る前も、入ってからも、前戯はあまりなかったし、行為そのものもほんの数分だった。でも、すべきことは心得ていた。情熱的で巧みな愛撫のできる男だ。肌を合わせたのが初めてのせいか、いささか性急ではあったが。

たぶん、きちんとした家庭で育って、性格もきちんとしているのだろう。一瞬、この男を選んだことを後悔した。しかし、別の男を選ぶにはもう遅すぎる。何人かを物色したうえでぴったりの相手を選んでいる暇はない。

やがて、夜明けの光で窓がほのかに明るくなり、ロウソクが不要になるころ、カッサンドラはベッドで横になっているのが苦痛になってきた。彼を起こさないようにそっと離れたが、彼は身じろぎもしなかった。片方の腕がいまもカッサンドラの枕の縁に投げだされ、彼女の頭の下敷きになっていた夜会服の袖がしわくちゃだった。身をかがめて彼の膝丈ズボンのボタンを丁寧にはめていき、その合間に彼の顔に視線を向けた。

服を脱いだら、きっとみごとな身体に違いない。

次回はじっくり見ることにしよう。不意に、その瞬間が待ち遠しくなった。

ベッドを出てロウソクを消し、ずいぶん浪費してしまったと後悔しつつ、足音を忍ばせて寝室のとなりにある狭苦しい化粧室に入った。まず、ゆうべ用意された水差しにそのまま残っていた冷たい水で手と顔を洗い、暗いなかで手探りをして、衣装戸棚から昼間用のドレスを選んだ。上の棚にのっているリボンを探りあて、髪にブラシをかけてから、うなじでリボンを結んだ。

身支度をするあいだじゅう、身体の奥にかすかな痛みがあった。彼を迎え入れた部分。何年ぶりだろう……。

驚いたことに、その痛みはむしろ快感だった。

寝室に戻ったが、彼はまだ目をさましていなかった。カッサンドラは窓のカーテンをあけ、しばらくそこに立って通りを見おろした。夜の闇が急速に消えゆくなかで、通りはまだ静かだった。ようやく、労働者が一人、うつむいたまま急ぎ足で通りすぎた。

カッサンドラはそのあと、化粧台の前まで行って椅子にすわり、ベッドで寝ている男の姿が見える角度へ椅子をまわした。これなら彼が目をさませばすぐわかる。

もっと早く起きて夜の快楽の続きをやりたがるものと思っていたのに、そうなっていないのが意外だった。眠りつづける男への軽蔑で唇がゆがんだ。わたしが下手だったの？　それとも、上手すぎたの？

脚を組み、片足をぼんやり揺らすうちに、ようやく彼が身じろぎをした。完全に目をさまして首をまわし、椅子にすわった彼女を目にするまでに、しばらくかかった。

「カッサンドラ？　心からお詫びする。ぼくはどうやら――」

カッサンドラは彼の言葉をさえぎった。何を詫びるつもりかは知りたくなかった。長時間眠りつづけたこと？　夜が明けたばかりで、物売りの連中すら通りに姿を見せていない。さっきの労働者が通りかかっただけだ。たぶん、夜の仕事を終えて家に帰る途中だったのだろう。それとも、この人が詫びようとしたのは、女が差しだした身体を夜どおし何回も堪能するかわりに眠りこんでしまったこと？

彼が口にした〝カッサンドラ〟という言葉はまるで愛撫のようだった。

行為のあとで彼が名前を呼んでくれたことを、カッサンドラは思いだした。そのおかげで、自分が男の快楽のために作られた肉体だけの存在ではなく、名前を持った人間になれた気がした。

この男に心を奪われないよう気をつけなくては。誘惑するのはこちらの役目。

「話があるの、マートン卿」

「話？」彼が肩肘を突いて身体を起こした。目が笑っていた。「それより――」

〝――ベッドに戻って、話はあとにしたほうがいいと思わない？〟

「交渉よ」彼にそう言われる前に、カッサンドラは言った。「あなたと交渉したいの」

カッサンドラの未来のすべてがこの瞬間にかかっていた。片足を揺らしつづけたが、揺らす速度を上げないように気をつけた。でないと、どんなに神経をぴりぴりさせているかがばれてしまう。まぶたを軽く伏せ、軽く微笑した。

「交渉？」彼は起きあがると、ベッドから脚を下ろし、服のしわを無駄な努力ではあるが伸ばそうとし、ずり落ちかけているネッククロスをもとに戻そうとした。それでもやはり、服を着たまま寝てしまった男という印象に変わりはなかった。

「あなたを誘惑したのは、一夜の楽しみのためではなかったのよ、マートン卿。しかも、あなたは朝まで眠りこんでしまった」

「その点はお詫びを――」

カッサンドラは片手を上げた。

「熟睡なさったのは、わたしが差しあげた快楽への賛辞ととることにするわ。わたしも朝までぐっすり眠ったのよ。あなたがとても……満足させてくれたから」カッサンドラは唇の両端をきゅっと上げた。

彼は無言だった。

「今夜またいらしてね。明日の夜も、この先もずっと。そしたら、あなたに無上の喜びを教えてあげる。それとも、これ以上誘惑する必要はないかしら。すでにその気になってらっしゃる？」

彼の返事はカッサンドラを驚かせる意外なものだった。

「〝誘惑〟という言葉は好きじゃないな。誘惑される側が弱い立場で、誘惑する側に冷酷な計算があるように聞こえるから。女を狙う男と、打算から男に抱かれる女という関係は、不平等な気がする。操り人形と人形遣いのようなものだ。女を誘惑する男など、ぼくはぜったい尊敬できない。女を弄び、ベッドの相手にすることしか考えていないからだ。男を誘惑しようという女には会ったことがないけど、セイレーンの物語ならよく知っている」

「ゆうべ、その一人にお会いになったのではなくて？」

彼はカッサンドラに笑みを向けた。

「ぼくが会ったのは、自ら誘惑者と名乗るレディだった。つまり、あなただ。あなたは孤独のなかで——いや、失礼、一人で過ごす日々のなかで——あなたを心地よく惹きつけてくれる相手を探し、ぼくを見つけだした。あなたは誘惑なんかしていない。ぼくへの興味を率直かつ大胆に示しただけだ。ぼくの周囲のレディたちはぜったいにしないことだ。ぼくの心をとらえたいときは、たいてい、もっと遠まわしな手練手管を駆使するからね。あなたの率直な態度には感心した。じつは、ぼくのほうも惹かれてたんだ。ワルツが始まる直前にあなたがぶつかってこなかったとしても、ダンスを申しこんでいただろう。ベッドに誘うほうに関しては、あなたがその望みを率直に口にしていなかったら、これほど早く実現することはなかっただろうけど、おたがいに惹かれあった以上、いずれはこうなっていたと思う」

この人ったら、完全に誤解してる。まあ、それでもいいけど。

〝おたがいに惹かれあった〟だなんて。

「そう、ぼくはまたあなたと寝たい。この先もずっと。だが、まずいくつか質問させてほしい」

カッサンドラは眉を上げ、高慢な表情で彼を見た。

「本気なの?」交渉に入るつもりだったが、主導権を奪われてしまった。こちらが話を進め、向こうが聞く側にまわるはずだったのに。

「パジェット卿が亡くなられた件について話してほしい」彼が言った。身を乗りだし、膝に手を置いていた。ブルーの目が真剣に彼女を見ていた。

「死んだのよ」蔑むような笑みを浮かべて、カッサンドラは言った。「それ以上何を言うことがあるの？　頭蓋骨を斧で真っ二つに割られたとでも言ってほしいの？　違います。夫の命を奪ったのは弾丸だった。弾丸が心臓に命中したの」

彼はいまも真正面からカッサンドラを見ていた。

「あなたが殺したのか」

カッサンドラは唇をすぼめて、視線を返した。

「そうよ」

大きく息を吐く音が聞こえるまで、彼が呼吸を止めていたことにカッサンドラは気づいていなかった。

「わたしが斧をふりまわすのは、いくらなんでも無理よ。でも、拳銃なら楽に扱えるわ。だから、そちらにしたの。心臓を撃ち抜いてやった。後悔なんてしてないわ。夫の死を悼む気持ちはいっさいなかった」

彼が頭をがっくり垂らし、視線を床に向けたため、カッサンドラは彼の頭のてっぺんを見つめることになった。おそらく目を閉じているのだろうと思った。彼の両手の指がてのひらに食いこんでいた。かなりのあいだ沈黙が続いた。

「なぜ？」ようやく彼が尋ねた。

「だって」彼に見られているわけでもないのに、カッサンドラは微笑した。「そうしたかったから」

最初に〝殺したのか〟と訊かれたとき、〝いいえ〟と答えるべきだった。わたしったら、この人を追い払って、念入りに立てた計画をぶちこわすつもり？　これ以上すばらしい計画はないのに。

ふたたび重い沈黙が流れた。彼がまた口を開いたが、聞きとれないような声だった。

「パジェット卿から暴力を受けていたのかい？」

「ええ」カッサンドラは言った。「そうよ」

彼がようやく顔を上げ、眉間にしわを刻んだ心配そうな表情でカッサンドラに視線を戻した。

「胸が痛む」

「なぜ？」唇をゆがめて、カッサンドラは訊いた。「あなたの力で止められたかもしれないのに、何もできなかったから？」

「女より力が強いというだけで暴力をふるう男があまりにも多いから。殺すしかないところまで追い詰められてたのか？」

しかし、カッサンドラが返事をする前に、彼が自分で自分の問いに答えた。

「きっとそうだったんだね。逮捕されずにすんだのはなぜ？」

「書斎で夫を撃ったの。夜の遅い時刻に。目撃者はいなかったし、銃声を耳にして何人もの人が集まってきたけど、誰が撃ったのかまったくわからなかった。わたしが撃った証拠はどこにもなかった。誰が犯人であってもおかしくなかったわ。屋敷には召使いがたくさんいたし、一族の人たちも同居してたから。夫が銃で撃たれて死亡したということ以外、誰にも何も証明できなかった」

「でも、ぼくにいまこうして告白したわけだ」

「告白した相手はあなただけ。いまこの瞬間から、あなたは怯えて暮らすことになるのよ。ある晩、睡眠中に、口封じのために殺されるんじゃないかって」

「ぼくはおしゃべりではないし、怯えてもいない。あなたもきっとそうだと思うが」

「あなたのことは怖くないわ。紳士がレディの秘密を洩らすことはないし、あなたは間違いなく紳士ですもの。それに、女に暴力をふるうこともないでしょう。万が一、あなたから暴力を受けたとしても、あなたを殺す気はないわ。夫から逃げるのは無理だけど、相手があなたなら、さっさと別れればすむことだもの。未亡人には力があるのよ、マートン卿。自由な身なのよ」

　でも、現実には違う。お金がなくて困っている。そして、この会話もどういうわけか、頭のなかで考えていたのとは違う方向へ向かっている。わたしの質問と彼の答えを思いどおりに展開させるつもりだったのに。自分が主導権をとりもどせるのかどうか、わからなくなってきた。

「喜んであなたを愛人にしよう。大切にしよう。それだけは約束する。そして、別れたくなったら、ひとことそう言ってくれれば、ぼくは黙って去っていく」

「でもね、マートン卿、わたしは情事《アフエール・ド・クール》を単純に楽しめるような気楽なご身分じゃないのよ」

こんなことを言うつもりはなかったのに。でも、もう遅すぎる。口にしてしまった。カッサンドラを見る彼の視線が鋭くなった。

「気楽なご身分ではない？」

「父親の爵位と領地と財産を相続した男性は、父親の再婚相手があとに残されると、だいたいにおいてその存在を疎ましく思うものよね。それでもやはり、大部分の男性が義務だけは果たそうとする。ところが、現在のパジェット男爵は違っていた」

「ご主人の遺言書に、あなたのための条項はなかったのか？」彼が眉をひそめた。「あるいは、婚姻前契約書のなかに」

「もちろん、あったわ。一文無しになるとわかってて、夫を殺したりすると思う？　本当だったら、カーメル邸の敷地内にある寡婦の住居とこの街にある屋敷を生涯にわたって使えるはずだった。財産を贈与され、宝石をすべて自分のものにし、一生安楽に暮らせるだけの年金をもらえることになっていたのよ」

彼はいまも眉をひそめたままだった。

「現在のパジェット卿には、あなたからそうしたものをとりあげる法的権利があるのだろうか」

「ないわ。でも、わたしにも人を殺す権利はない。つまり、彼の父親を。そこで膠着状態になったの。でも、向こうが解決策を提示してきた。わたしが無一文で出ていくなら、殺人の罪は問わないことにするって」

「それで、言われるままにした？」彼が訊いた。「黙って出てきたのかい？　有罪の証拠となるものが何もないのに？」

「気に食わない相手を有罪にしようと思ったら、証拠なんて簡単に捏造できるわ」

彼はカッサンドラをしばらく見つめてから、ふたたび目を閉じてうなだれた。

いかがわしい評判のつきまとうレディによる誘惑、そのあとに、高級娼婦のような愛人契約の提案――金のかかる娼婦、男をとりこにする娼婦。スティーヴンはよくしつけられた子犬みたいに服従する。欲望をかきたてられたのに、まだまだ堪能していないから。女の身体を求めて悶えつづける。

それがカッサンドラの計画だった。頭のなかで鮮明に組み立て、まさに完璧だと思っていた。実行に移すのが大変だとは思いもしなかった。

それなのに、計画はとんでもない方向へそれてしまった。

カッサンドラはふたたび、片足をゆっくり揺らしはじめた。くしゃくしゃになった彼の金色の巻毛を、思いきり軽蔑をこめて見つめた。彼が立ちあがって出ていくのを待った。早く追いだしたくて、〝帰って〟と言いそうになった。

出ていった彼にどんな噂を広められるかという心配はしていなかった。彼はあくまでも紳士だ。それに、悪名高き殺人者のベッドに誘いこまれたことを、おおっぴらにはしたくないはずだ。

彼が顔を上げた。明るさを増した朝の光のなかで目が合った瞬間、彼の顔が青ざめ、目のブルーが濃くなっているように、カッサンドラには思われた。表情がひどく硬かった。

「お金に困ってるのか?」彼が訊いた。

カッサンドラは眉を上げた。

「充分にあるわ」嘘をついた。「でも、わたしを愛人にするなら、パトロンになってくれなきゃ。わたしの奉仕にお金を払ってほしいの。すばらしく有名な高級娼婦にお払いになるのと同じ額をいただきたいわ。そしたら、その十倍も満足できる奉仕をお約束してよ。ゆうべはほんの味見程度だったから」

なんとも愚かな大口を叩いたものだ。嘲笑されるのを覚悟した。

「それじゃあ、ぼくに惹かれたのではなかった? 招待状もなしにメグの舞踏会に押しかけたのは、パトロンを見つけるため?」

カッサンドラは彼に笑顔を見せた。ついに室内履きが脱げ、パタッと柔らかな音を立てて床に落ちた。

「レディというのはね、マートン卿」カッサンドラは声を低くした。「自分の義務を果たすものなのよ」

出ていって――心のなかで彼に言った。お願いだから出ていって。二度とわたしの前に現われないで。

長い沈黙が続き、二人はじっと見つめあった。目をそらすのはやめよう――カッサンドラは決心した。向こうが何か言うまで、こちらからは何も言わないことにしよう。いきなり立ちあがって化粧室に駆けこみ、ドアを閉め、彼が出ていくまで全身で押さえておくようなまねはやめておこう。

ようやく彼が言った。「一週間分ずつ前払いしよう、レディ・パジェット。今日からスタートだ。家に帰ったらすぐ、こちらに包みを届けさせる。いや、すぐには無理かもしれないが、とにかく遅くならないうちに」

一週間分の金額を告げられて、カッサンドラの心臓は驚きのあまり跳ねあがった。高級娼婦ってそんなに稼ぐものなの？

「それでけっこうよ」冷ややかに言った。彼が〝カッサンドラ〟と呼ぶのをやめたことに気づいた。「後悔はさせません、マートン卿。最高の奉仕をさせていただくわ」

彼の目の奥で光が躍った。

「ぼくは奉仕など求めていない」そう言って、彼は立ちあがった。「それではまるで、性欲のみで暴走するけだものじゃないか。もっとも、動物界にそんなけだものはいないと思うけど。ヒト科の動物以外には。きみのパトロンになろう。世間一般の考え方からすれば、きみはぼくの愛人ということになる。だが、きみと寝るのは、おたがいにその気があるときだけだ。きみが望むならベッドを共にし、きみの気が進まなければやめておく。ぼくたちは恋人どうし、それ以外の間柄ではない。一週間ごとに渡す給金は、きみがあのベッドで、もしくはその他の場所で何回身体を差しだしたかで決まるものではない。わかってもらえただろうか」

カッサンドラは驚きの目をみはった。彼に恐怖を覚えた。暴力への恐怖ではない。彼に危害を加えられることはありえないと断言できる。でも……彼がどういう人間なのか、不意に恐怖を覚えた原因がどこにあるのか、まったくわからない。

思いどおりに彼を操れないという恐怖だろうか。彼は若くて、気立てがよくて、紳士的。しかも、見るからに純粋な感じだ。だから、弱い性格というか、人の言いなりになるタイプだろうと思った。性の魔力で楽々と操れるはずだった。

判断を誤ったのかもしれない。

だとすると、見通しは暗い。

でも、当分のあいだパトロンになることを承知してくれた。それに、多すぎるほどのお金を払ってくれる。本当は、彼が示した額の半分を少し超えるぐらいのお金をねだるつもりだったのだ。

「ええ、よくわかったわ」カッサンドラはもう一方の室内履きも脱ぎ捨てて立ちあがり、彼に近づいた。腕を上げて彼のネッククロスを結びなおすことに専念し、複雑なひだの形を一部分だけ再現した。「じゃ、これで契約完了ね、マートン卿」

「そうだね」彼が両手を上げ、カッサンドラの手首を握った。

カッサンドラは彼のほうに顔を向けて微笑した。

彼は微笑を返さなかった。探るようにカッサンドラを見ていた。

「ぼくの前では、それは必要ない」彼が優しく言った。

「それ？」カッサンドラは眉を上げた。

「世間とすべての人間に対する冷たい軽蔑の仮面。そんなものを着ける必要はない。ぼくはきみを傷つけたりしない」

その瞬間、カッサンドラは本物の恐怖に襲われた。彼に手首を握られていなかったら、向きを変えて逃げだしていただろう。と言っても、そう強く握られていたわけではないが。逃げるかわりに笑みを浮かべた。

「がっかりだわ。せっかく恋人とパトロンを兼ねる男性に笑顔を見せたのに、冷たい軽蔑の表情だと言われるなんて。かわりに渋い顔をしたほうがいいのかしら」

彼が頭を低くして、短いキスをした。ただし、唇への熱いキスだった。

「今日の午後、レディ・カーリングの自宅のお茶会に出かける予定？」

「たぶんね。お招きいただいたから。それに、ほかのお客さまたちの反応を見るのもおもしろそうだ」

「そのなかに、うちの姉たちも入ってるよ。三人ともきみを優しく迎え入れて、レディ・カーリング自身も歓待してくれるだろう。お茶会が終わるころ、二輪馬車で迎えにいくから、公園を散歩しよう」

「そんなことしなくていいのよ」カッサンドラは身をひいた。「わたしと親しくしているのを人に見られたら、あなたの得にならないし、失うものが大きすぎるわ」

「夜間に訪ねるときは人目を避け、きみの評判を傷つけないよう充分に気をつけることにする。だが、きみは娼婦ではない。貴婦人で、貴族社会での名誉を挽回しなくてはならない。ご主人とのあいだに何があったのか、ぼくにはわからない。ざっと話してもらったけどね。まだ何かあるはずだ。もっと深い事情が。それについては、今後少しずつ話しあっていこう。だが、まずはきみの名誉を挽回する必要がある。ぼくとつきあうことで多少は回復するだろう。ぼくの評判がガタ落ちになるときみが思いこんでいるなら、貴族社会が――ついでに言うなら、どこの社会もそうだが――男女の行動に判断を下す場合、女に対する基準のほうがきびしいという現実を理解していないことになる。たとえば、シェリー――シェリングフォード伯爵は社交界に徐々に受け入れられているが、その一方、駆け落ち相手のレディがいまも生きていてこちらに戻ろうと決めたなら、はるかに大変な思いをしたことだろう。ぼくがきみをエスコートしてロンドンじゅうをまわったところで、ぼくの評判に傷がつくことはいっさいない。ぼくとの交際できみの評判が高まるだけだ」

「親切にしてくださる必要はないのよ、マートン卿」

「〝パトロン〟という言葉に、きみの身体を独占して好きなだけ楽しめるという意味しかないのなら、そんなものにはなりたくない。ぼくがきみのパトロンになるなら、寝るだけでなく、きみを守っていくつもりだ」

カッサンドラは聞こえよがしに大きなため息をついた。

「どうやら、わたしは怪物を見つけてしまったみたい。天使だと思っていたのに。お金持ちの天使。今日の午後、お姉さまたちがいくら親切にしてくださっても、あなたがレディ・カーリングのお宅までわたしを迎えにきて公園へ連れていったりしたら、三人とも愕然となさるわよ」

「姉たちには姉たちの人生があり、ぼくにはぼくの人生がある。おたがいを束縛するようなことはしない。家族として愛しあってるだけなんだ」

「愛しているからこそ、嘆かわしいとお思いになるはずよ」

「だったら、思わせておけばいい。四時半に迎えに行く」

「そろそろお帰りになったほうがいいわ。アリスが起きてきて、あなたを見て渋い顔をする前に。そのうち、あなたの姿にも慣れてくれるでしょうけど、最初は渋い顔になると思うの。あなただって、そんなだらしない格好を険悪な目で見られるのはいやでしょ。上着とズボンはしわだらけだし、ネッククロスはもう救いようがない。巻毛は飛びはねて暴動を企んでる」

彼が微笑した——長かったこの数分間に初めて見せた笑みだった。

「それがぼくの悩みの種なんだ」

「だったら、櫛でなでつけようとするのはおやめなさい。赤い血が流れてる女なら誰だって、その髪に指を通し、指にからめてみたくて、うずうずするでしょうから」

彼はお辞儀をし、カッサンドラの右手を唇に持っていった。

「じゃ、午後にまた」彼女の目を見あげた。「それから、例の包みは午前中に届けさせるからね」

カッサンドラはうなずいた。

そして、彼は廊下に出て、背後のドアをそっと閉めた。

カッサンドラは窓辺に立ち、彼が玄関の外に出るまでじっと見ていた。玄関をあける音も閉める音も聞こえなかった。長い脚で軽やかに歩き去る彼を、曲がり角の向こうへ姿が消えるまで見送った。

しばらくして、自分が泣いていることに気づいた。化粧室に戻って、水差しの上に顔を伏せた。

泣かない女だったのに。一度も泣いたことがなかったのに。

頬に残る涙の跡をアリスに見られないようにしなくては。

7

スティーヴンはつねに温厚な性格で、人生に明るい希望を持っている。遊び相手に癇癪を起こしたり、乱暴な喧嘩をしたり、いつまでも腹を立てたりすることは少年のころからめったになかった。もっとも、数年前にクラレンス・フォレスターに強烈なパンチを食らわせたことがあり、そのとき、臆病者のフォレスターは男らしく反撃するかわりに、鼻を腫らし、両目に黒あざを作って逃げていった。また、その一年後ぐらいに、ランドルフ・ターナーをさらに手ひどく懲らしめてやりたくてこぶしが疼いたこともあった。残念ながら、いろいろと事情があったため、その衝動は抑えるしかなかったが。

しかし、その二件の暴力には、もしくは、未遂に終わった暴力には、もっともな理由があった。どちらの場合も、姉たちの人生が脅かされたのだ。三人の姉を守るためなら、スティーヴンはおそらく人殺しも辞さないだろう。

怒るべき場合がある。さらには、暴力に走るべき場合もある。

今日のスティーヴンは怒っていた。猛烈に怒っていた。だが、今日の怒りの原因は自分にあった。

ステイーヴンに八つ当たりされた最初の相手は彼の従者だった。献身的に仕えてきた男だが、従者のつねとして、ことあるごとに厳格な規則で主人を縛ろうとする。朝の六時を少しまわったころ、スティーヴンがベルを鳴らして従者を呼ぶと、従者は彼を見るなり、腕白坊主を相手にするような調子で説教を始めた。

スティーヴンは一分か二分ほど聞き流してから、冷たい目とそれ以上に冷たい声で反撃に出た。

「ぼくが何か誤解していたら許してほしい、フィルビン。だが、おまえはぼくの身のまわりの世話をするために雇われたのではなかったかい？　とりわけ、ぼくの衣服の手入れが主な仕事では？　汚れを落とし、アイロンをかけ、ぼくが必要とするときに出してくれることが。いま着ているこの服が今度必要になるまでに、その三つの作業をすませておいてもらいたい。いまはとりあえず、風呂の用意をし、ぼくが入浴するあいだに乗馬服を出しておいてくれ。そのあとで髭剃りと着替えを手伝ってもらいたい。おまえが妄想に駆られて、自分の役目の一つは仕事中にぼくと話をし、ぼくが衣服をおまえの手に委ねたときに、ぼくの行動と衣服の状態について説教をすることだと思いこんでいるなら、現実を直視してもらわなくてはならない。そして、そうした白昼夢が花開くのを許すような愚かな人物を見つけて、そちらで働いてもらわねばならない。わかったか？」

長たらしいこの攻撃演説をしながら、スティーヴン自身が驚いていた。フィルビンはスティーヴンが十七歳のときから仕えてくれていて、主人と召使いとしてつねに申し分のない関係を保ってきた。フィルビンは然るべき理由があると思えば文句や説教を並べ、スティーヴンは機嫌よく謝るか、知らん顔をするか、その場の状況に応じて適当と思われるほうを選ぶことにしている。だが、いまは謝る気になれなかった。怒りでむしゃくしゃしていて、八つ当たりするのにフィルビンがちょうどいい相手だった。ほかのときなら、たぶん、従者と仲直りしていただろう。

フィルビンは口を半ば開いたままスティーヴンを凝視し、つぎに歯がカチッと鳴るぐらいの勢いで閉じると、向きを変え、しわだらけになった夜会服を忙しそうにハンガーにかけはじめた。涙をこらえているように見えたので、スティーヴンはうろたえ、すまなさで胸がいっぱいになった。そして、なおさら苛立った。

だが、フィルビンは口を閉じていることのできない男だった。

「わかりました、旦那さま」プライドを傷つけられて、無愛想な声だった。「それから、ほかの方にお仕えする気はございません。旦那さまもよくご承知と思いますが。大変失礼なことをいたしました。ところで、乗馬服は黒と茶色のどちらがよろしいでしょう？　乗馬ズボンは黄褐色になさいますか。それとも、グレイのほうでしょうか。それから、ブーツは新品のほうか、それとも――」

「フィルビン」スティーヴンはつっけんどんに言った。「乗馬用の服を出しておいてくれ、いいね？」

「はい、旦那さま」ささやかな復讐を終えて、従者は言った。ふだんなら、こんな細かい質問はしない。

そのあと、スティーヴンは怒りをハイドパークまで持っていき、ロトン・ロウを無謀なまでのギャロップで疾走した。だが、やがて、乗馬の連中が次々と現われたので、危険なまねは続けられなくなった。

ほどなく、男性の仲間が何人かやってきて、彼らとの雑談と朝の新鮮な空気のおかげでスティーヴンの心も癒されたが、そのとき、モーリー・エセリッジがゆうべの舞踏会を話題にし、クライヴ・アーンズワージーが憧れのレディ・クリストベル・フォーリーと踊れたことを自慢しはじめた。

「もっとも、レディ・クリストベルはきみしか目に入らないようだけどな、マートン」アーンズワージーは言った。「気をつけないと、夏が終わる前に、結婚の足枷をはめられることになるぞ。しかも、レディ・クリストベルよりレベルの低い女たちも虎視眈々ときみを狙っている。何十人も。百人ぐらいかな」

「どうして百人で止めるんだ?」エセリッジが無遠慮に訊いた。「千人まで行ってもいいじゃないか、アーンズワージー」

「いやいや、マートンが直面している危険は結婚の足枷ではない」スティーヴンの険悪な表情には能天気にも気づかないまま、コリン・キャスカートが言った。「頭蓋骨に突き刺さる斧だ。まあ、華々しい死に方かもしれん。その瞬間、マートンがレディの腿のあいだにいるとすればな。しかも、レディが着ていたあの緑色のドレス越しに拝見したかぎりでは、すばらしく形のいい腿だ。それにしても、あのドレス、身体の線がくっきり出てたよな。じっくり拝見したかい、アーンズワージー？　きみはどうだ、エセリッジ？」

卑猥な笑い声が弾けた。

「腿を見ていれば、そう思ったかもしれないが」アーンズワージーが言った。「ぼくは頭から順に見ていった。赤い髪のところで視線が止まりかけたが、その視線を強引に胸まで持っていった。そこから下はもう無理に見なくてもいいと思った。片眼鏡の役割にあれほど感謝したことはなかったね」

ふたたび、みんなが大笑いした。

「あの女が望むなら――」エセリッジが言いかけた。

「レディと言え」スティーヴンが彼にしては珍しく、冷ややかなそっけない口調で言った。さきほど従者に食ってかかったときと同じ口調だった。「あのレディはぼくの姉が開いた舞踏会に招かれた客だった。だから、あそこに居合わせたどのレディとも同じように、敬意と礼儀と紳士的な慎みを受ける権利がある。娼婦ではないのだから、彼女をいやらしい目で見ることも、品位を傷つけることも遠慮してほしい。ぼくの前で彼女を貶めるようなことは言わないでもらいたい。ある朝、静かなヒースの野原でぼくと対決したいと思わないかぎりは」

鞍にまたがった三人はいっせいにスティーヴンのほうを向き、口を半開きにしたまま彼を凝視した。さきほどの従者と同じように。

スティーヴンは口を閉じ、ロトン・ロウの前方へ視線を向けた。愚かなことをしたと悔やんだ。腹立たしかった。きっかけさえあれば、一人一人の顔に手袋を叩きつけていただろう。そして、全員に決闘を申しこんでいただろう。きっかけさえあれば……。

「レディ・シェリングフォードの評判を心配してるのかい、マートン」気まずい沈黙のなかで、エセリッジが言った。「気にすることはないさ。あの女……い、いや、レディが招待されたなんて、誰も思ってやしないから。それに、きみの姉上とシェリーは冷静沈着に対処した。姉上は彼女と話をし、シェリーは彼女とダンスをした。そのあと、モアランドにダンスの相手をさせて、次はきみに――いや、逆だったかな？　夜食がすむと、シェリーの母上が彼女を誘って舞踏室のなかをゆっくりまわった。今日はきっと、舞踏会は大成功だったという噂が流れていることだろう。レディ・パジェットが顔を出したことで、さらに大きな話題になっていると思う。心配する必要はどこにもない。ぼくが知ってる男の大部分は、何年も前にあんな大胆な行動に走ったシェリーのことを、すごいやつだと思ってきた。男たちが夢に見るしかないことを、シェリーはじっさいにやってのけたんだからな。レディたちまでがシェリーを許す気になっている。すべてきみの姉上のおかげだ。あれほど立派な貴婦人はどこにもいない」

あとの二人からも同意のつぶやきが洩れたあと、馬に乗った別の一団と挨拶を交わすために全員が馬を止め、気詰まりな瞬間は過ぎ去った。

しかし、スティーヴンは午前中いっぱい怒りが治まらなかった。ジャクソンのボクシング・サロンで三十分ほどスパークリングをしたが、必要以上に乱暴なパンチをくりだすスティーヴンに対して最初のパートナーから苦情が出たため、かわりに年配の拳闘家が相手をすることになった。

そのあと〈ホワイツ・クラブ〉に寄って、読書室に腰を下ろし、顔の前で朝刊を広げた。近づいてきて声をかけ、彼をどこかよそへ誘いだそうとする連中を撃退するためだった。

スティーヴンは生まれつき社交的な性格で、どんなタイプの紳士とでも仲良くつきあっている。しかし、今日の彼は新聞で顔を隠してむっつりすわりこみ、通りすがりに微笑と会釈をよこした相手をにらみつけるだけだった。

新聞は一行も読んでいなかった。

罠に落ちてしまった。うまく抜けだす方法がない。

けさ目をさましたときに感じたのは困惑だった。服も脱がずにそそくさとカッサンドラを抱き、終わったら眠ってしまった。何時間も眠りつづけた。熟睡したに違いない。彼女がズボンのボタンをはめ、着替えのためにベッドを離れたときも、身じろぎもせずに寝ていたのだから。彼が目をさましたとき、彼女は化粧台の前の椅子にすわって片方の足先を揺らしていて、まるで、彼が眠りの世界から戻るのを待ちつづけていたかのようだった。

スティーヴンが名誉を挽回するには、彼女をベッドに呼びもどして、服を脱ぎ、彼女の服も脱がせ、ゆっくり時間をかけて丹念に愛を交わすしかなかっただろう。

だが、そこで彼女に罠を仕掛けられ、スティーヴンはその罠に落ちてしまった。いくらあがいても逃げようがない。結婚の足枷もここまでひどい束縛にはならないだろう。

結婚生活のなかで彼女は夫に暴力をふるわれていた。すさまじい暴力だったに違いない。結婚に終止符を打つために、ついには拳銃を手にして夫の心臓を撃ち抜いたのだから。

殺人なのか。

それとも、正当防衛なのか。

許されないことなのか。

それとも、弁明できることなのか。

スティーヴンには答えはわからなかったし、わからなくてもかまわなかった。同情心と騎士道精神が湧いてきた。もちろん、それが向こうの狙いだったに決まっている。領地と財産を持つ男の未亡人に与えられるはずのすべての特権を、彼女は剝奪されてしまった。義理の息子に屋敷から追いだされ、万が一戻ってきたり、法的手段を講じて遺産の権利を主張するようなことがあれば、犯罪者として告発すると脅された。

いまは貧しい身だ。どれぐらい貧しいのか、スティーヴンにはよくわからない。やっとのことでロンドンにたどり着き、陰気でみすぼらしいあの家を借りた。だが、おそらく無一文に近く、暮らしに困っているのだろう。ゆうべは、貴族社会の半数が見ている前で屋敷から追いだされて恥をかく危険をもかえりみず、メグの舞踏会にやってきた。金持ちのパトロンを見つけるためだった。住むところを失って路上で物乞いになる運命を避けるためだった。

彼女の困窮ぶりを自分がおおげさに考えているとは、スティーヴンには思えなかった。

そして、彼女はこのぼくを救世主に選んだ。

いや、〝被害者〟と言うべきか。

彼女はぼくを見て天使のようだと思い、身元を探り、大金持ちだと知った。いいカモだと思った。

まさにそのとおり！

新聞のページを乱暴にめくったため、つかんでいた隅のところがちぎれ、残りがバサッと大きな音を立てて彼の膝に落ちた。数人の紳士が彼のほうへ辛辣な非難の目を向けた。

「シーッ！」パーセター卿が眼鏡の上から渋い顔でスティーヴンを見た。

スティーヴンはズタズタになりかけた新聞を、うるさい音が上がるのもかまわず、どうにかもとどおりにそろえ、ふたたびその陰に顔を隠した。

レディ・パジェットの思惑どおり、ぼくは彼女の身の上話に――ごく一部を聞かされただけだが――同情し、その貧しさを気にかけた。パトロンになるのを断わってあの家を出ていけば、きっと、彼女にひどい暴力をふるったような気分になったことだろう。

交換条件なしに生活費を渡すという方法もある。ゆうべもちらっとそれを考えた。自分は人として許されないほど贅沢に暮らしている。彼女が楽に暮らせるだけの援助をしたところで、こちらのふところはまったく痛まない。

だが、それはできない。軽蔑の笑みを浮かべた冷酷なセイレーンという仮面の下には、おそらく、夫が叩きつぶそうとした女のプライドの残骸が潜んでいることだろう。こちらが金を恵もうとしても、拒絶するに決まっている。

それに、いくらぼくでも、哀れな身の上を語るすべての者に多額の生活費を渡してまわるわけにはいかない。

そうなると、今後も彼女の困窮が気にかかってならないだろう。

性の奉仕に対して途方もない高額の報酬を払うしかなさそうだ。自分がその奉仕を望んでいるのかどうか、よくわからないが……。いや、正直に言うと、望んでいないことはたしかだ。

過去には性の奉仕に金を払ったこともある。いつも女が要求するより多めに金を渡してきた。それを不潔だと思ったことは一度もなかった。思うべきだったのかもしれない。自分の倫理観を真摯に見つめなおす必要があるのかもしれない。そうした奉仕をしようという女たちはたぶん、飢えから逃れるためにやっているのだろう。単なる快楽ではありえない。そうだろう？

不快なこの思いに、スティーヴンは眉をひそめ、さらに新聞をめくろうとしたが、そこでふと手を止めた。

きのうのいまごろは、月へ飛んでいく気がないのと同じく、愛人を持つ気などまったくなかった。なのに、愛人を作ってしまった。珍しくも無口になった従者のフィルビンに乗馬服の着替えを手伝わせたあと、金の入った分厚い包みをポートマン通りに届けさせた。

ゆうべの性交渉と、少なくとも今後一週間その関係を続けていくための権利に対して、充分すぎる金額を支払った。

金額はべつに気にならなかった。だが、相手の欺瞞が気にかかった。向こうも自分を求め、惹かれていると思っていた。おたがいに性の快楽を求めているものと思っていた。真実を知らされ、困惑と屈辱を感じた。罠に落ち、足枷をはめられたことも気にかかった。甘い言葉に釣られて結婚の約束をしてしまうのと同じようなものだ。

なのに、どうして、彼女の評判を落とさないよう気を配ったりするのだろう。評判などもとから地に墜ちている女なのに。夫を殺した女。見知らぬ相手に身体を売り、罠にかけてパトロンにした女――。

不安定な流浪の子供時代を送り、悪夢のような結婚生活を送った女。そして、いまは、生きるために必要な手段をとろうとしている。食べものを手に入れ、住む家を確保するために。いくらあがいても、身体を売る以外の仕事は見つからないだろう。

だから、ぼくに身体を売ろうとした。

そして、ぼくはそれに応じることにした。

応じるしかない。性の奉仕に対する報酬でないかぎり、向こうは金を受けとるのを拒絶するだろうから。

スティーヴンが人を憎むことはめったにない。嫌うことすらない。相手がどんなタイプであろうと好意を寄せる。人間が大好きなのだ。

しかし、けさの彼は怒りだけでなく憎悪にも駆られていた。ただ、困ったことに、レデイ・パジェットと自分自身のどちらに大きな憎悪を、もしくは、大きな怒りを抱いているかがわからなかった。

いや、気にするのはやめよう。彼女の評判を落とさないようにすればいい。そして、彼女がプライドを保ち、報酬に見合った働きをしていると思えるよう、何度もベッドを共にすればいい。

新聞の見出しに視線を据え、その見出しと記事を読むのに集中したが、単語は一つも頭に入らなかった。その記事が世界の終わりを告げていたとしても、まったく気づかなかっただろう。

やはり、レディ・パジェットが夫を殺したのかどうかが気にかかった。重要なのはその点だ。殺したのか、殺していないのか。本人は殺したと言っている。事実でないなら、なぜそんなことを言うのか。彼女が語ったことの多くが、厳密には事実でないような気がしてならない。それに、彼の質問に〝そうよ〟とそっけなく答えた口調には、真実の響きが感じられなかった。

いや、こちらの都合のいいように解釈しているだけだろうか。

愛人にしたばかりの女が殺人を自ら認めているというのは、やはり気持ちのいいものではない。

夫の残虐な暴力に苦しんでいた様子だから、その事実を考慮に入れるのはかまわない。しかし、拾って撃ってくださいと言わんばかりに、拳銃が床にころがっていたわけではないだろうから、現実に拳銃を手にして、夫の心臓に狙いをつけ、引金をひいたとなると……。

その場面を想像して、スティーヴンは熱さと冷たさに襲われた。

そこまで過激な手段に頼るしかなかったとしたら、想像を絶する虐待を受けていたに違いない。

よほど邪悪な女でないかぎりは。

それとも、もともと彼女の犯行ではなかったのか。

だが、なぜそんなことで嘘をつかなくてはならない？

愛人契約の条件をこちらから押しつけはしたものの、彼女の網にかかってしまうとは、まったく何を考えてるんだ？　相手は人殺しだというのに。もしくは、本人がそう言っているのに。

子供がまわす独楽《こま》のように、頭蓋骨のなかで脳みそが攪拌されている気分だった。ついに新聞をきちんとたたんでから、脇に置いて立ちあがり、誰とも口を利かずにクラブをあとにした。


アリスは珍しくも露骨に反抗的な態度に出て、カッサンドラに付き添ってレディ・カーリングの自宅のお茶会へ出かけるのを拒絶した。カッサンドラがそうした集まりに顔を出すのに反対しているわけではない。レディ・カーリングじきじきの招待となればなおさらだ。それどころか、ゆうべの舞踏会に危険を承知で押しかけて、そんなすばらしい成果があったことを喜んでいた。ただ、人が集まるそういう場所でカッサンドラの愛人と顔を合わせるのがいやだったのだ。人前だと礼儀正しい態度をとるしかない。

「でもね、あなたに一緒に行ってもらいたいのは、馬車で公園へ出かけるのを避けたいからなの」カッサンドラは説明しながら、この友が枕カバーのほころびを繕うのを見守った。本当なら自分も手伝わなくてはならないのに。「二輪馬車で迎えにいらっしゃるそうなの。座席がすごく高いから、そんなのに乗せられたら、いいさらし者だわ。でも、二輪馬車の座席は二人分しかないの。あなたが一緒なら、あなた一人を置いてはいけないと言ってお断りできるでしょ」

しかし、アリスはどうしても行こうとしなかった。唇を真一文字に結び、頑固に拒みつづけた。針を枕カバーに乱暴に突き刺し、ふたたびひきぬいた。

「人に笑われるわよ、キャシー」しばらくしてから、アリスは言った。「紳士が迎えにきたときに、あなたぐらいの年齢の未亡人がコンパニオンにすがりつくなんてみっともないわ」

「あら、あなたはコンパニオンじゃないでしょ。いまはもう。一年近く給金を払ってあげられなかったし、けさ、ようやく少しだけ渡そうとしたら、受けとりを拒否したじゃない」

アリスは木綿糸を指に巻きつけ、はさみも使わずに切った。すぐそばのテーブルにはさみがのっているというのに。

「あの男のお金は一ファージングだって受けとれません。そんな方法で得たお金などいりませんよ。わたしの生徒だったころ、あなたにこんな未来が待っているなんて思いもしなかった。あんまりだわ」

一瞬、アリスは顎を震わせたが、その震えを抑えこみ、ふたたび唇を真一文字に結んだ。

カッサンドラは言った。「たぶん、親切な人だと思うわ、アリス。お金だってもらいすぎてるぐらい。あちらもきっと承知の上でしょうね。それから、こうおっしゃってたわ——わたしたちのあいだのことは、かならず両方がその気にならなきゃいけないって。けっして——無理強いするつもりはないって」

アリスは枕カバーを裏返しにすると、乱暴に払って綿屑をとりのぞき、広げてアイロンをかけられるようにした。

「この家のリネン類ときたら、どれもすりきれてボロ同然だわ」いらだたしげにぼやいた。

「一週間か二週間したら、新しいのに換えましょう」カッサンドラは言った。

アリスは不機嫌な顔になった。

「あの男のお金で買った枕カバーに頭をのせるなんていやですよ」

カッサンドラはため息をつき、ロジャーが冷たい鼻を片手に押しつけてきたので、その手を上げた。毛むくじゃらの頭をなでてやると、犬はカッサンドラの膝に顎をのせ、悲しげな目で彼女を見あげて、同じようにため息をついた。

「身内の人たちもまさに本物の上流階級よ」カッサンドラは言った。「ゆうべの舞踏会では、わざわざわたしのところにきて、とても優しくしてくださったわ。もちろん、恥をかかされたり、騒動を起こされたりするのを防ぐためもあったでしょうけど、たとえそうだとしても、すごく感じのいい人たちだった」

「あの男があなたに求愛していることを、いえ、あなたを愛人にしたことを知ったら、全員が脳卒中を起こすでしょうよ」

「そうね」カッサンドラは同意し、ロジャーの絹のような耳を優しくなでてやった。「うっとりするほどハンサムな人なのよ、アリス。まるで天使みたい」

「あきれた天使だわ」アリスはテーブルの上のピンクッションに乱暴に針を刺した。「ゆうべいきなり泊まっていって、けさになったらお金を払い、今後もその関係を続けてさらに払う気でいるなんて。あきれた天使」

カッサンドラがもう一方の手でロジャーの反対の耳のずんぐりした残骸をなで、両方の耳を持ちあげると、ロジャーは斜めに傾いた眠そうな顔になった。カッサンドラはそれを見て微笑し、耳を放した。

「午後から一緒にきてちょうだい」アリスに言った。

しかし、アリスの決意は固く、頑として拒みとおした。

「お断わりよ、キャシー」アリスはきっぱりした態度で立ちあがった。「あなたがさっき言ったように、もう一年近くお給金をもらってないし、もらうつもりもないわ。だから、わたしは自由の身なの。あなたの召使いではないの。それに、自分でお金を稼いで、わたしたち二人とメアリとベリンダ、そしてあの犬までも養うことぐらい、わたしにだってできますよ——あなたにあんなことをさせなくても……もう年だからどこにも雇ってもらえないって、あなたに思われてるのはわかってるけど、まだ四十二なのよ。耄碌なんかしてないわ。身体は頑丈だから、いざとなれば床磨きもできるし、仕立屋の奥の部屋にこもって十二時間ぶっとおしで裁縫もできるし、そのほかどんなことだってできるわ。今日の午後は用があって忙しいの。仕事の斡旋所をいくつかまわってみるつもり。わたしを必要とする人がきっとどこかにいるはずだわ」

「それはわたしよ、アリー」カッサンドラは言った。

しかし、アリスの機嫌は直らなかった。背筋をまっすぐにし、顎をつんと上げて、部屋を出ていった。ドアはあけっぱなしだった。

ほどなく、ドアの片側から小さな顔がのぞき、楽しげな笑みがこぼれると同時に、続いて全身が現われ、部屋に入ってきた。

「ワンちゃん」ベリンダは犬が逃げだす前につかまえようと、急いで駆けよった。

ロジャーはものぐさな老犬だが、ときたま遊びたがることがあり、なでてもらうのはいつも大好きだ。しっぽをふり、尻を揺らし、舌をハアハア垂らして、部屋のなかほどで子供を迎えた。ベリンダは犬の首に両腕をまわし、顔をペロッとなめられた瞬間、喜びの叫びを甲高い笑い声と楽しげな悲鳴に変えた。

ドレスは半年も前に小さくなってしまったが、いまだにそれを着ている。何度も洗濯したために色褪せているが、清潔でしみ一つない。破れたところはすべて丁寧に繕ってある。顔を洗ったばかりで頬がバラ色に輝いている。ロジャーになめられたことを母親のメアリが知ったら、この子の顔を洗いなおすことだろう。柔らかな茶色の巻毛はうしろでまとめ、色褪せてほころびかけたリボンが結んである。足は素足。靴が小さくなったため、はくのは外出のときだけだ。

年は三歳。メアリが結婚せずに産んだ子。

そして、とても、とても大切な子。

「あら、ベリンダちゃん」カッサンドラは言った。

ベリンダは太陽のような笑みをカッサンドラに向け、ロジャーが仰向けになって三本半の脚を宙でばたつかせるのを見て、ふたたび甲高い笑い声を上げた。横に寝そべって犬のおなかをなで、細い小さな腕を犬にまわした。

「ワンちゃん、あたしのこと好きなのよ」

「可愛がってあげてるものね」カッサンドラは笑顔で言った。

ようやくメアリに給金を渡せることになった。これまでの未払い分も少しずつ清算できるだろう。メアリは受けとるのを躊躇するだろうが、こちらが強く出れば、長くは抵抗できないはずだ。娘に新しい服を買ってやりたいだろうし。

わたしからもこの子に何か可愛いものをプレゼントしよう。メアリにも。でも、アリスは無理。いまのご機嫌からすると、何を贈っても受けとってくれそうにない。

パトロンができた。カッサンドラは心のなかでそれをはっきりと言葉にした。わたしは愛人。性の奉仕に対してお金をもらう。わたしとマートン伯爵の行為が合意の上でなされるものだなんて、もちろんありえない。向こうはそう主張してるけど。だって、いくらハンサムで、申し分なく魅力的な男っぽさと精力を備えた人でも、わたしのほうから彼を求めることはけっしてないもの。とても気立てのいい人だと思うけど。

九年間の結婚生活のせいで、マートン伯爵が二人で楽しもうとしていることへの興味を、わたしは完全に失ってしまった。わたしのなかに性への欲望が湧いてくるまで彼が待つ気でいるなら、永遠に待つしかないし、わたしは働きもせずにお金だけもらうことになる。お金の分だけは仕事をしよう。一ペニーに至るまで。わたしにも少しはプライドがある。二人の性的な関係に心の交流などないことを、彼にはけっして悟られないようにしよう。

お金とひきかえに最高の奉仕をしよう。

子供が犬と遊ぶのを見ているうちに、それがとても価値のあることに思えてきた。子供も犬もはしゃぎまわっている。そして、信頼の心に満ちている。

汚れなき大切な二つの存在。

この汚れなき心が失われるのを、たとえ一日でも防ぐことができるなら、わたしはどんな犠牲を払うことも厭わない。

8

レディ・カーリングの自宅でのお茶会は女性だけの集まりだった。スティーヴンは玄関扉についているノッカーでドアを叩きながら、客間にはまだおおぜい残っているのだろうか、それとも、四時半までにほとんどの客が辞去したのだろうか、と考えていた。もしかしたら、レディ・パジェットも彼の馬車で公園を走るのを避けようとして、すでに帰ってしまったかもしれない。

レディ・パジェットが顔を出さなかった可能性もある。もっとも、少なくとも何人かの貴族仲間に受け入れてほしいと思っているなら、顔を出さないのは愚かと言うべきだが。ロンドンに出てきたのは、社交シーズンが終わるまでの二、三カ月ほど請求書の支払いを助けてくれるパトロンを見つけるためではなく、もっと先の長い計画があったからに違いない。

カーリング家の執事がスティーヴンの名刺を受けとって客間へ届けに行くと、二階のドアが開閉した瞬間、女性たちの会話のざわめきがスティーヴンのところまで聞こえてきた。まだ何人か残っているようだ。

「レディ・カーリングがお目にかかるそうです」戻ってきた執事がそう言ったので、スティーヴンは執事のあとについて階段をのぼった。

女性しかいない部屋に入っていく場合、たいていの男性は及び腰になるものだ。だが、スティーヴンはそういうタイプではなかった。女性のなかに男性が一人だけ放りこまれたら、ほとんどの女性が大喜びで男性をからかうことが、スティーヴンにはわかっているので、いつも喜んで相手を務め、自分からも女性をからかうことにしている。今日の彼が依然として不機嫌なのは事実だったが、午餐をとるため〈ホワイツ〉から家まで歩いて帰るあいだに、怒りと苛立ちはほとんど消えていた。いつまでも怒りをひきずることのできない性格だった。少なくとも、ひきずらないように心がけている。

フィルビンに詫びると、従者は謝罪を受け入れたしるしに堅苦しくお辞儀をし、その途中で、スティーヴンのブーツに肉眼ではわからない程度の土埃がついているのを見つけた。説教が始まった――そのブーツは、旦那さまもよくご存じのように、屋内か馬車のなかではくべきものですが、軽率にもそれで歩いてお帰りになったのですね。土埃が革に与える悪影響というものを、何もご存じないのですか。悪影響が修復不能となり、わたくしがほかの召使いの前で顔を上げられなくなってしまう前に、右足のブーツをいますぐ脱いでいただけないでしょうか。

スティーヴンはおとなしく腰を下ろして、従者の手でブーツを脱がせてもらい、そこで二人はふだんの和やかな関係に戻ったのだった。

カーリング家の執事が仰々しい態度で客間のドアを開き、よく響く低い声でスティーヴンの来訪を告げると、その瞬間、室内が静まりかえって、集まったレディたちがそわそわしはじめ、興奮状態になった。

レディ・カーリングが椅子から立ち、彼のところにきて片手を差しだした。

「マートン卿、光栄ですこと」

スティーヴンはレディ・カーリングの手をとって、ふざけ半分に不安そうな顔を彼女に向けた。「この集まりは男子禁制だなどと言わないでください。それから、大幅な遅刻をお詫びしようと思って、こちらにくる道々、下手な挨拶の言葉を考えてまいりました」

「まあ、ぜひ伺いたいわ。みんなで聞かせていただきます」

部屋に集まったレディたちから、いっせいに同意の声が上がった。

「じつはですね」スティーヴンは言った。「ここに集まっているのは主としてサー・グレアム・カーリングのご友人だろうと思ったので、馬車で公園を通ることにしたのです。大好きなレディの何人かと顔を合わせて、ぼくの午後を明るくしたいと思いまして。ところが、公園にはほとんど人影がなかったので、ボンド通りへ行けば、買物に夢中の方々に会えるかと思い、そちらへまわりました。つぎに、オクスフォード通りへも行ってみましたが、すべて無駄でした。そして、いまようやく、いちばん会いたかったレディたちが一人残らずここにおられることを知ったのです」

スティーヴンのおおげさなお世辞に、からかいの言葉と笑い声が上がり、彼は笑みを浮かべて全員を見まわした。姉たちが三人ともきていた。レディ・パジェットもきていて、ネシーのとなりにすわっていた。趣味のいいドレスを着こなし、その色は今日も緑だが、エメラルド色ではなくセージグリーンだった。夫を亡くしたあとでとりあげられずにすんだわずかな所有物のなかに、衣装も含まれていたに違いない。ゆうべと同じく、宝石は着けていなかった。

ほかの貴婦人たちの笑いにも、からかいの言葉にも、レディ・パジェットは加わらなかった。しかし、微笑を浮かべていた。ゆうべの舞踏会で、そして、早朝の寝室で浮かべていた、かすかな嘲りのこもったあの薄笑いを。スティーヴンがすぐさま見抜いたように、それは内心の脆さが顔に出るのを隠すための仮面だった。

窓から射しこむ陽光が彼女の顔と髪の片側を照らしていた。生気にあふれ、ドキッとするほどの美しさだった。

「みなさま」レディ・カーリングがスティーヴンの腕に手を通した。「このまま外へ送りだすことにします？　それとも、おひきとめします？」

「ひきとめましょう」笑いの渦のなかで、数人が言った。

貴族の未亡人であるレディ・シンデンが柄つきの眼鏡を持ちあげ、スティーヴンをじっと見ながら言った。「哀れなマートン卿がこれから一時間ほど通りをさまよい、公園をうろついて、お気に入りの貴婦人たちがこの客間を出るのを待ちつづけることになったら、お気の毒だわ、エセル。おひきとめして楽しく過ごしていただくのがいちばんよ。二輪馬車でロンドンの半分を駆けまわっていらしたの、マートン卿？　それとも、もっとおとなしいタイプの馬車で？」

「二輪馬車です」スティーヴンは答えた。

「だったら、このあと公園へドライブに行こうと誘われても、わたくし、お受けできないわ。今日集まった方々のなかで、わたくしがあなたのいちばんのお気に入りに違いないと思いますけど。何年も前に七十歳になったとき、二輪馬車を乗りまわすのはやめることにしたのよ。座席によじのぼることはできるけど、降りるときは、たくましい従僕二人に抱えてもらわなくてはいけないので」

「いくらたくましく見えても、二人とも軟弱者に違いない」レディ・シンデンに笑みを向けて、スティーヴンは言った。「ぼくなら片腕で抱きあげられますよ。あなたは羽根のように軽い方だから」

「生意気な坊やね」レディ・シンデンは笑いころげ、その拍子に三重顎が揺れた。

「しかし、残念ながら、今日はそれを証明することができません。こちらにお邪魔したのは、ぼくと馬車で公園へ出かけてくれるよう、別のレディを説得ずみで、その人がここに顔を出しておられるからです」

「まあ、その幸運なレディはどなたなの？」レディ・カーリングが尋ねながら、スティーヴンの腕をひっぱり、ソファに自分と並んですわらせた。「わたくし、ゆうべあなたとお約束したのをすっかり忘れてしまったのかしら。でも、そんな約束を忘れられるレディがどこにいて？」

レディ・カーリングはスティーヴンにお茶を注ぐため、お茶のトレイのほうへ身を乗りだした。

「残念ながら、サー・グレアムがあなたの横にいらしたため、お誘いする勇気がありませんでした。サー・グレアムに絞め殺されてしまいます。馬車で出かけることを承知してくださったのはレディ・パジェットです」

　室内が一瞬静まりかえった。

「スティーヴンは競技用の二輪馬車を持ってるのよ」姉のケイトが言った。「獰猛なけだものみたいな馬車。でも、馬車を走らせる腕前は最高なの、レディ・パジェット。スティーヴンがいれば、なんの危険もなくってよ」

　いつもの低いベルベットのような声で、レディ・パジェットは言った。「危険だなんて、思ったこともありませんわ」

　スティーヴンがお茶のカップを口へ持っていった瞬間、彼女と目が合い、ほんの一瞬、朝の怒りがよみがえるのを感じた。美貌と色気を備えた女、巣をかけてこのぼくをからめとった。クモがハエをとらえるように。醜悪なイメージ。だが、ぴったりだ。

「それに、今日はドライブ日和だわ」メグが言った。「朝のうちは雨になるかと思ってたけど、ほら、見て、空には雲一つないでしょ。これが夏のすてきな前兆だといいわね」

　首をふり、憂鬱そうな顔をして、クレイヴン夫人が言った。「七月と八月のあいだじゅう、この晴天が続くことになりそうですよ」

話題は身近な楽しいものへと移っていき、やがてスティーヴンはお茶を飲みおえて立ちあがった。

「お茶会の仲間に入れていただいて感謝します」レディ・カーリングに言った。「でも、レディ・パジェットをお連れして失礼してもよろしければ、ここでお暇《いとま》させていただきます。ぼくの馬たちがじりじりじりしているでしょうから」

すべての貴婦人にお辞儀をし、姉たち一人一人に笑顔を向けてから、レディ・パジェットのほうへ腕を差しだすと、彼女も椅子から立った。スティーヴンの肘に片手を添えて、レディ・カーリングの歓待に礼を言い、二人で部屋を出た。

背後のドアが閉まったあとも、会話が沸騰することはたぶんないだろう。姉たちがその場にいるかぎりは。しかし、今夜はあちこちの晩餐の席で噂話に花が咲き、明日はそれ以外の客間も騒がしくなることだろう。

その一方、スティーヴンの予測がはずれていなければ、ほどなくレディ・パジェットの家に何通かの招待状が届きはじめるはずだ。自分が主催する社交の催しに、まだまだ悪評の薄れていない彼女を招待すれば評判になる——何人かの貴婦人がそう気づくことだろう。やがて、レディ・パジェットに招待状を出すのが当然のことになっていくだろう。

「すてきな二輪馬車ね」二人で玄関を出て、馬車につながれた馬たちを連れて通りを歩かせていた馬番の男が石段の前まで馬車を運んでくると、レディ・パジェットは言った。「でも、このまま家まで送っていただきたいわ、マートン卿」

「予定どおり、公園を抜けていこう。この時間は混雑していると思う」

「だからこのまま帰りたいの」

彼が手を貸そうとしたが、高い座席にのぼるのにレディ・パジェットはなんの助けも必要としなかった。スティーヴンは馬車の脇をまわって彼女の横の席にすわり、そのあとで馬番の手から手綱を受けとった。

「新しい愛人を男性のお友達全員に見せびらかしたくてたまらないのね、マートン卿」

スティーヴンは彼女に顔を向けた。

「ひどい侮辱だ、レディ・パジェット。そんな軽薄な男ではないことをわかってほしいものだ。二人だけのときは、きみはぼくの恋人。ほかの者にそれを知らせる必要はない。人前に出たときのきみはレディ・パジェット、ぼくの知人で、たぶん友人と言ってもいい間柄で、ぼくはときたまロンドン市内へきみをエスコートする。ぼくがそばにいるときも、いないときも、二人の関係はあくまでも友人どうしだ。ぼくが男性の友人たちとつきあっているときも」

「お怒りのようね」

「そう」スティーヴンはうなずいた。「怒っている。いや、〝怒っていた〟と言うべきかな。きみもべつにぼくを侮辱する気はなかったのだろう。さて、馬車を出してもいいかい?」

スティーヴンは彼女に笑顔を見せた。

「暗くなるまでここにじっとすわってたら、間抜けな二人だと思われてしまうわね。馬車を出してちょうだい」

スティーヴンは馬に出発の合図を送った。

わずか二日前には――ハイドパークに入っていく二輪馬車のなかでカッサンドラは思った――人目を避けるようにして、アリスと一緒にここまで歩いてきた。分厚い黒のベールを着けていたので、誰にも気づかれずにすんだ。それはめったにない贅沢だった。カッサンドラはつねに人の視線にさらされてきた。ニンジンを連想させる髪のせいで、そばかすだらけの不器用な子供のころからずっと。成長期に入り、身体が発達して優美な曲線を描きはじめ、そばかすが薄くなり、人々が彼女の髪をニンジンに喩えるのをやめるころには、注目の的になっていた。女として見られるようになっていた。どこへ行っても長身と豊満な肉体と髪が男たちの目を惹くことは、自分でもわかっていた。

美貌は――カッサンドラの外見がこのひとことで要約できるとすれば――かならずしも利点ではなかった。はっきり言って、美貌で得をしたことはほとんどなかった。ときには――いや、たいていの場合――隠すべきものだった。顎をつんとそらし、物憂げな目で相手を見つめ、唇の両端を上げて軽蔑と傲慢さが入り混じった微笑を浮かべる癖は、最近身につけたものではなかったのだ。微笑のおかげで、その奥にひそんだ彼女の心に人々が土足で踏みこんでくるのを防ぐことができた。

けさ、マートン伯爵はそれを仮面と呼んだ。

ゆうべは美貌が武器になった。必死にパトロンを求めていたカッサンドラは裕福なパトロンを手に入れた。もっとも、いまでは、ほかの男を選べばよかったと後悔していた。ただ一つのことだけを目的に、夜こっそり訪ねてきて、受けた奉仕に対して定期的に金を払うだけで満足する男を。

「どうしてレディ・カーリングのお宅まで迎えにいらしたの？」カッサンドラは彼に尋ねた。「おかげで、馬車で公園へ出かけることを、あなたの口からみんなに言わなきゃいけなかったじゃない」

「たぶん、今日の夕方までに、ぼくがレディ・カーリングの家まで迎えに行ったのか、それとも、きみが帰宅するのを待っていたのかを、貴族社会の全員が知ることになるだろう」

「でも、あなたはわたしに腹を立てている。けさも腹を立ててたし、この午後も腹を立てている。わたしのことがほんとは好きじゃないんでしょ？」

なんとも愚かな質問をしてしまった。関係が始まってもいないうちに終わらせるつもり？好きになってもらう必要があるの？　好きなふりをしてもらいたいの？　身体を求められるだけで充分じゃない？　男の欲望を満たしてあげて、お金をもらうだけでいいんじゃない？

「レディ・パジェット」彼が尋ねた。「ぼくのことが好き？」

誰もが彼を好きになる。社交界の人気者だ。並はずれて整った天使のような容貌のためばかりではない。魅力があり、おっとりしていて、太陽のように明るくて……ああ、うまく言葉にできないけど、何か特別なものがある。カリスマ性？　生命力？　優しさ？　純粋さ？

ハンサムで人気者なのに、うぬぼれたところがまったくない。

自分がハンサムなのを知っていて、それを武器にして人と親しくなり、相手を笑顔にし、幸せな気分にさせる。わたしは自分の美貌を武器にして罠を仕掛け、まずは夫を、つぎに愛人を手に入れた。彼は与える側、わたしは奪う側。

そうなの？

ほんとにそうなの？

「あなたのことを知りもしないのよ。聖書に使われている意味以外には。好きかどうかなんて、わかるわけないでしょ」

彼が向きを変え、カッサンドラの顔をまっすぐに見た。二輪馬車に二人ですわっているため、おたがいの距離の近さが意識された。彼のコロンの香りが鼻をくすぐった。

「たしかにそうだね。ぼくのほうも、きみを好きになれるかどうかわからない、カッサンドラ。だけど、ゆうべはわざわざぼくを誘惑してきたのに、今日のきみは必死にぼくを避けようとしている。それがきみの望みなの？」

彼の目がこんなに青くなければいいのに、視線がこんなに鋭くなければいいのに――カッサンドラは思った。ブルーの目から逃れることができなかった。気詰まりになってきた。その目のなかにひきずりこまれ、大切なものをはぎとられるような気がした――服のことではないけど……いやだ、馬鹿な想像をしてしまった。こんな想像をしたのは初めてだ。それに、これまでは、ブルーの目が嫌いだなんて思ったこともなかった。いえ、べつに嫌いではない。

嫌いなのは彼のブルーの目だけ。

彼がカッサンドラと呼んでくれた。

「わたしの望みは」彼に笑みを向け、声を低くして、カッサンドラは言った。「あなたとのひとときよ。わたしの家で、わたしの寝室で、わたしのベッドで。こんなことをする必要はどこにもないのよ」

腕を広げて、公園を、馬車と馬と歩行者が生みだす午後の混雑を示した。二人はそちらへ向かってどんどん近づいている。

「いつも思ってたんだ。男と女の関係は、たとえ男とその愛人であっても、ベッドのなかだけにとどまってはいけないって。でないと、関係とは呼べなくなってしまう」

それを聞いて、カッサンドラは笑いだした。胸がチクリと痛んだが、痛みはすぐに消えた。

「セックスだけでは充分じゃないと思ってるのなら、わたしのベッドで過ごす時間がまだ足りないようね、スティーヴン。いずれ、考えが変わるわ。今夜もきてくださる？」

〝セックス〟という言葉をかつて口にしたことがあるのかどうか、自分でもよくわからなかった。この言葉を口にするのはひどく抵抗があった。

「きてほしい？」彼が訊いた。

「あら、当然でしょ。ほかにどうやって生活費を稼げばいいの？」

彼がふたたび首をまわしてカッサンドラを見つめた。彼女がその目に読みとったのは、今夜も愛人のベッドでのひとときを待ちわびている男の欲望ではなく、苦悩に近いものだった。

いや、たぶん、単なる非難だったのだろう。

わたしと恋人どうしになれるなんて、もちろん、この人も本当は信じていない。そこまで無邪気な、あるいは、浮世離れした人ではないはずだ。

個人的な会話はもうできなくなった。心のどこかでホッとした。別の男を選ぶべきだったと、これまで以上に後悔していた。ここまで無垢でも堅苦しくもない男、もっと俗っぽい男、二人の関係をありのままに、つまり、金を払ってセックスする関係として受け入れる男。仮面を着けていると言ってカッサンドラを非難したりしない男。

〝セックス〟という言葉を頭のなかで考えることすら、抵抗があった。

ホッとできない部分もあった。なにしろ、人混みに身を置き、ゆうべ以上に注目を集めているのだから。カッサンドラがすわっている座席はほとんどの人の頭より高かった。だから、その姿が否応なく人目にさらされてしまう。

マートン卿が故意にやったことではないかと勘ぐった。そうとしか思えない。ほかに何台も馬車を持っているはずだ。だが、男性の友人たちに彼女を見せびらかそうとして、ここに連れてきたわけではない。カッサンドラがその点を指摘したとき、マートン卿はムッとした顔になった。

マートン卿はあらゆる人に愛想よく微笑して、貴婦人に対しては帽子に手を当てて挨拶の言葉をかけ、誰かが話をしたそうな様子を見せれば、かならず馬車を止めてしばらく雑談をした。だが、カッサンドラが推測するに、その回数はふだんよりはるかに少なかったことだろう。しかし、マートン卿は誰かに呼び止められるたびにカッサンドラを紹介し、彼女も会釈をして、ときには言葉を交わした。

レディ・カーリングの客間にきていた貴婦人たちの大部分と同じく、カッサンドラと話をしたがる者も何人かいた。殺人事件のことを探りたかっただけかもしれない。しかし、言うまでもなく、客間のときはレディ・カーリング、ここではマートン伯爵という後ろ盾がついている。ゆうべはシェリングフォード伯爵夫妻がいてくれた。

どんなときでも、善意の人々が多少は存在するのかもしれない。こちらのひがみ根性が強すぎるのかもしれない。社会から完全に疎外されるのを覚悟していたが、その必要はなかったのかもしれない。いや、もしかしたら、もの珍しさから人々が寄ってくるのかもしれない。目新しさが薄れれば、歓迎されなくなるだろう。

ひがみ根性をなくすのはむずかしい。

いえ、気にするのはやめよう。わたしは昔から疎外されてきたのだから。

予想されたとおり、足を止めてマートン卿と話をし、そのあとでカッサンドラに紹介されるのは、ほとんどが男性だった。カッサンドラは一人一人を見て、ゆうべの舞踏会でもっと賢明な選択ができなかったものかと考えこんだ。でも、相手の名前と、たぶん裕福だろうということ以外は何もわからないときに、どうして賢明な選択ができるだろう？　収入以上の暮らしを送り、借金で首がまわらなくなっている紳士がずいぶん多い世の中だから、裕福かどうかを見分けるのはむずかしい。

夫選びは賢明にやってのけたと思っていた。当時、カッサンドラは十八だった。いまは二十八になる。そのあいだの十年間に得た知恵はただ一つ、人生に安全と安定をもたらしてくれる男を選ぶときは、夫よりパトロンを選んだほうがいいと悟ったことだった。

人生が与えてくれるもののなかで何よりも価値があるのは自由だ。しかし、女が自由を手にするのはきわめてむずかしい。

モントフォード男爵がやってきて、カッサンドラに挨拶し、義弟にあたるマートン伯爵としばらく話しこんだ。男爵のほかに紳士が三人いて、そのなかにハクスタブル氏が交じっていた。カッサンドラから見ると、あいかわらず悪魔のようだ。あとの紳士たちが談笑を続けるあいだ、ハクスタブル氏は黒い目で無遠慮に彼女を見ていた。過去のどこかで鼻の骨を折り、まっすぐに戻すことができなかったようだ。ゆうべこの男を選ばなくてよかったとつくづく思った。頭蓋骨に彼の視線が突き刺さって後頭部の髪のところまで見通されそうな気がしたのだった。

やがて、紳士たちが二輪馬車とは逆の方向へ去っていき、カッサンドラがふたたび周囲を見まわしたとき、なつかしい顔が目に入った。赤褐色の髪をしたハンサムな若者で、幌を下ろしたバルーシュ型の馬車に乗り、その横にピンクのドレスの愛らしい令嬢がすわっていた。馬に乗った真紅の軍服姿の士官二人に令嬢が何か話しかけているところで、若者は笑顔でそれを聞いていた。

マートン伯爵の二輪馬車がすぐそばに近づいていた。士官たちは馬で去り、令嬢は笑顔の若者に笑いかけ、二人で周囲の混雑を見まわした。

二人の目がほぼ同時にカッサンドラに向いた。二台の馬車がちょうど横に並んだところだった。カッサンドラは思わずうれしそうな笑みを浮かべて身を乗りだした。

「ウェズリー！」と叫んだ。

令嬢が両手で口を覆い、あわてて顔を背けた。この十五分ほどのあいだに、ほかにも何人か、似たようなしぐさを見せた者がいた。若者の微笑が薄れ、困惑の表情をカッサンドラに向け、視線が揺らぎ、やがて目をそらした。

「行ってくれ」若者はいらだたしげに御者に命じた。もっとも、前をふさいでいる馬車がすべて動かないことには、どこにも行きようがないのだが。

マートン伯爵の馬車のほうは前が少し空いていた。それでも、二台の馬車が完全にすれちがうまでに、耐えがたいほど長い時間が過ぎたように思われた。

「知ってる人？」マートン卿が静かに訊いた。

「家まで送って。お願い。もううんざりだわ」

混雑から抜けだすのにしばらくかかったが、ようやく、さほど混雑していない小道を軽快に走れるようになった。

「あれはヤングだ。そうだろう？　サー・ウェズリー・ヤング。ぼくはほんの顔見知り程度だが」

「あんな人、知らないわ」カッサンドラは膝の上で両手を広げて、愚かにもそう答えてしまった。「初めて見る顔よ」

「すると、ウェズリーという別の人物によく似ていただけ？」マートン卿は彼女をちらっと見た。笑みを浮かべていた。「いまの男のことは気にしなくていい。知らないふりをするのは貴族社会の一部の連中が好んでやることだ。あとの者はそんなことしなかっただろ。日がたつにつれて、ますます多くの者がきみを受け入れ、気さくに歓迎してくれるようになる」

「ええ」カッサンドラは両手が小刻みに揺れ、やがて震えだすのを見ていた。片方の手をきつく握りしめ、反対の手で横の手すりをしっかりつかんだ。歯がカチカチ鳴るのを止めるために、きつく食いしばった。

「ねえ」マーブル・アーチの入口が近くなってきたとき、マートン卿が声をかけ、手袋に包まれた片手を彼女の膝に軽く置いた。「知りあいなんだろ？」

「弟よ」カッサンドラは答え、ふたたび歯を食いしばった。

結婚していたころ、ウェズリーは何回か訪ねてきてくれた。去年の夫の葬儀にもきてくれた。葬儀のあとでカッサンドラを抱きしめ、夫の死に関係しているなどとは一秒たりとも信じないと断言した。愛している、今後もずっと愛していく、と言ってくれた。一緒にロンドンに戻ろう、喪が明けて悲しみが癒えるまでロンドンでぼくと過ごし、元気になったら故郷に帰って寡婦の住居で暮らせばいい、としきりに勧めてくれた。

カッサンドラが断わると、ウェズリーは一人でロンドンに戻り、そのあとで手紙が届いた。一二回。そして突然、音信不通になった。カッサンドラからは手紙を出しつづけたのだが。

カ月前に出した手紙には〝いまの暮らしが耐えがたくて屋敷を出るしかなくなった。人生を立て直して先へ進む道が見つかるまで、どうか力になってもらいたい〟と書いた。このときは弟から返事があり、〝ロンドンにはこないでほしい。姉さんの悪評のほうが先に広まっているから〟と言ってきた。しかも、〝スコットランドの高地地方への旅行を友人たちと計画しているので、しばらくのあいだ力になれない。少なくとも一年は戻ってこられない。いま借りている家は契約を解消するつもりだ〟という。

〝姉さんのことは愛してるよ。だけど、計画を変更するわけにはいかない。多くの友人に迷惑をかけることになるから。姉さんはぜったい――この〝ぜったい〟という単語に二重の線がひいてあり、筆圧が強すぎたせいか、周囲にインクがにじんでいた――ロンドンにこないでほしい。姉さんの傷つく姿は見たくないから〟

これがウェズリーからの最後の手紙だった。

「弟さんか」マートン卿が言った。「すると、きみの旧姓はヤング？」

「ええ」

マートン卿は馬を操って外の通りへ出ると、交差点の掃除人をよけるためにスピードを落とした。掃除人はあわてて飛びのき、マートン卿が投げた硬貨を宙で受け止めた。

「気の毒だったね」

わたしがヤング家の人間だってことが？　それとも、実の弟に知らん顔をされたことが？　それとも、その両方が？

もちろん、事態がひどく悪化したのは葬儀がすんでからで、周囲の非難が高まり、事故ではなく殺人だったという噂が流れはじめたせいだった。

カッサンドラは家に帰りたくなった。自分の部屋に戻って、ドアをしっかり閉め、ベッドカバーを頭からかぶりたい。眠りたい。夢も見ずにぐっすりと。

「ご自分に関係のないことを気の毒がる必要はないわ」顎をつんと上げ、できるだけ横柄な口調で言った。「弟にばったり会って驚いたの。それだけのことよ。スコットランドにいると思ってたから。たぶん、何か事情があって予定を変更したんでしょうね」

春にスコットランドへ旅行するような紳士はいない。社交シーズンに入り、上流階級がこぞってロンドンに集まる時期だから。そして、さほど裕福ではないのにまる一年も旅行に出かけるような紳士はいない。また、グループで旅行しようという紳士たちなら、身内に緊急の問題が生じたためにメンバーの一人が計画を変更せざるをえなくなっても、そのメンバーが抜けることに渋い顔はしないはずだ。

弟の手紙を読んだとき、カッサンドラももちろん、それを鵜呑みにはしなかった。それまでに比べるとはるかに短くそっけない手紙だった。あえて信じることにしたのは、疑うのが辛すぎたからだ。

疑念を抑えこむのはもう無理だった。

「弟さんのことを話してほしい」マートン卿が言った。

カッサンドラは笑った。

「おそらく、わたしよりあなたのほうが弟のことをよくご存じでしょうね。あなたの口から話してほしいぐらいだわ」

通りはいつになく混雑しているように見えた。馬車はなかなか前に進めなかった。いや、早く帰って一人になりたいとじりじりするあまり、馬車の歩みがのろく思われただけかもしれない。

マートン卿は無言だった。

「母は弟を出産してすぐに亡くなったの。わたしは五歳で、その日以来、弟の母親がわりをしてきた。母親から得られなかったものを、わたしが弟に与えようとしたの――ひたむきな愛情と思いやりを。抱きしめて、キスをして、延々とあやしてやったわ。そして、母親のいないわたしの寂しさを弟が埋めてくれた。おたがいにとても大切な存在だった。男と女のきょうだいには珍しいことよね。わたしには幼いときから家庭教師がいたし、弟は寄宿学校へ送られたけど、大きくなるまで支えあって生きてきたわ。とにかく、わたしが十八で結婚するまでずっと。そのとき、あの子はまだ十三だった。父親はしょっちゅう家を空ける人だった」

父親というのは悪名高き賭博好きな男だった。一家の財産の額が毎日のように上下していた。羽振りのいいときですら、落ち着いた家庭生活も安全も望めなかった。いつなんどき悲惨な境遇になるかわからないことを、幼心にもつねに理解していた。

「気の毒に」マートン卿がふたたびつぶやき、カッサンドラは彼女の家の前で彼が馬車を止めようとしていることに気づいた。ポートマン通りに入ったことも知らずにいた。

マートン卿は手綱を置くと、座席から飛びおり、カッサンドラを助けおろすために馬車の横をまわった。

「気の毒がる必要はないわ」カッサンドラはふたたび言った。「無償の愛なんてどこにもないのよ、マートン卿。そして、永遠の愛もない。わたしから得るものは何もなくても、それだけは覚えておいて。将来、苦悩と胸の痛みを避ける役に立つかもしれないわ」

マートン卿はカッサンドラの手をとり、唇に持っていった。

「今夜、お待ちしていていいかしら」

「うん。いくつか予定が入ってるけど、もし迷惑でなければ、そのあとで寄らせてもらう」

「迷惑だなんて……」カッサンドラは軽蔑の混じった笑みを彼に向けた。「いつでも好きなときにわたしを自由にしていいのよ、マートン卿。充分すぎるほどお金をいただいてるんですもの」

彼の唇がこわばるのを見て、カッサンドラは自分が馬鹿なことを言ったのを悟った。わたしがこの人に見せているのは闇ばかり。でも、彼のほうはまばゆい光だ。光が闇より強ければ――たぶんそんなことはないと思うけど――わたしが投げかける闇から彼が遠ざかるまでに、そう長くはかからないだろう。

これまでとは違う微笑を浮かべた。めったに使わないせいでこわばってしまった顔の筋肉を使って。

「けさのあなたの言葉を投げかえしてもいいのなら、あなたと寝るのはわたしがその気になったときよ。今夜にしましょう。最高の快楽を用意して待ってるわ。その快楽をあなたにあげるのが楽しみだわ。楽しませてあげる。約束する。二人で平等に楽しまなきゃね」

マートン卿は石段をのぼって玄関まで行き、ノッカーをドアに打ちつけた。

「では、今夜あらためて。親切にしてくれた人々のことを心に刻んでおくといい。そうでない連中のことは忘れるんだ」

カッサンドラは笑みを貼りつけたままだった。そこに目のきらめきを加えた。

「一人のことを心に刻むだけで精一杯よ。わたしの心に刻まれてるのはあなただけ」

玄関が開いてメアリが出てきた。ベリンダが母親のスカートにしがみつき、背後から顔をのぞかせた。ロジャーがよたよた出てきて二人の横を通り抜け、三本脚で不器用に石段を下りた。舌を垂らして、カッサンドラに身をすり寄せた。マートン伯爵を見て、うなり声らしきものを上げたが、そんな声では、五十センチ以内に接近したネズミを追い払うこともできないだろう。

マートン卿はみんなを順々に見て、ロジャーの頭を軽くなでてから、帽子のつばに手を触れ、馬車の脇をまわり、ふたたび座席にすわった。カッサンドラは馬車が通りを遠ざかっていくのを見送った。

「あの方なんですね、奥さま」メアリがこわばった声で訊いた。

カッサンドラは驚いてメアリを見た。しかし、召使いに隠しごとをするのは無理だ。邸内に召使いがあふれているようなところでも。

「マートン伯爵のこと？　ええ、そうよ」

メアリがそれきり何も言わなかったので、カッサンドラは彼女の横を通り抜けて家に入った。アリスと顔を合わせずにすんでホッとした。不器用についてくるロジャーを連れて、二階の自分の部屋へ急いだ。

9

カッサンドラが帰宅してほどなく、アリスも帰ってきた。

アリスは午後の暑さのなかでロンドンの街を四時間も歩きまわり、仕事の斡旋所をいくつかまわったのだが、成果はなかった。望みの持てそうな仕事の口はいくつかあったが、どれも年齢が障害になった。この二十五年間ずっと働いてきたものの、ただ一人の雇い主のもとで家庭教師とコンパニオンという二種類の仕事しかしていないことも障害となった。一カ所で長期にわたって雇われていたことこそ、まじめで信頼できる人物だという何よりの証拠だ、とアリスがいくら訴えてもだめだった。この年齢でも就けそうなわずかな職業の一つに家政婦があるが、それもアリスには無理だ。家政婦に必要な家事をした経験がない。また、料理番になるのも、卵をゆでる程度のことしかできないという単純な理由から、やはり無理だった。

いくらか好意的だった二カ所の斡旋所に、いずれ連絡してもらえるかもしれないというかすかな期待をこめて履歴書と推薦状を置いてくるのが、アリスにできる精一杯のことだった。

虚しい期待であることはよくわかっていた。

しかし、この午後、一つだけうれしいことがあった。痛くなった足を休めようと思って、教会の墓地の外に置かれた木陰のベンチにすわっていたとき、昔の知りあいに出会ったのだ。何年も会っていなかったのに、相手の顔がすぐにわかって、自分でも驚いた。向こうもわかってくれたので、さらに驚いた。だが、おたがいに顔を覚えていて、その男性は足を止めてアリスに声をかけ、しばらくベンチに腰を下ろした。

「ねえ、キャシー、ゴールディング先生を覚えてる?」しばらく考えてから、カッサンドラは言った。

「ウェズリーの家庭教師だった人?」

「覚えててくれたのね」アリスはうれしそうな顔になった。

そう、覚えている。父親より頭一つ分ぐらい背の低い、痩せこけた、生真面目な黒髪の青年で、金属縁の眼鏡をかけていた。ウェズリーが八歳で、父親が珍しくも大儲けした時期に、家庭教師として雇われたのだった。それから一カ月もしないうちに、例によって父親が財産をすってしまい、ゴールディング先生はやめるしかなくなった。雇い主が給料を払ってくれないのでは、とどまるわけにはいかない。もっとも、アリスはいつものようにとどまってくれたが。

カッサンドラがゴールディング先生のことを覚えている理由はただ一つ、少女が男性を意識しはじめる十三歳という年齢だったからだ。ある日、先生が彼女に笑いかけ、ミス・ヤングと呼んで、大人の女を相手にするように恭しくお辞儀をしてくれたので、カッサンドラはひそかに熱烈な恋をしてしまった。先生が去ったあと、まる一週間も嘆きつづけ、けっして忘れない、ほかの人に恋するなんてぜったいできない、と思いこんでいた。

「先生、お元気だった？」カッサンドラは尋ねた。

「ええ、とても。閣僚の秘書をなさってて、順風満帆という感じで、服装もすごく洗練されてたわ。髪はこめかみのところが白くなりかけてた。ほんとにご立派になられたこと」

カッサンドラはその瞬間、十五年前に彼に恋をしていたのは、たぶん自分だけではなかったのだと気がついた。ゴールディング先生とアリスは年が近くて、まる一カ月のあいだ、おたがいに身近な存在として仕事をしていたのだ。

「あなたのことをお尋ねになったわ」アリスは言った。「わたしがいまもあなたのそばにいることを知って、驚いてらしたわよ。あなたのことを〝ミス・ヤング〟ってお呼びになるの。結婚のことはたぶんご存じなかったのね。結婚してレディ・パジェットになられ、いまは未亡人だと申しあげておいたわ」

アラン・ゴールディング氏の消息を聞くのはこれが最後だろう――珍しく頬を染めたアリスを笑顔で見ながら、カッサンドラは思った。アリスに申しわけない気がした。カッサンドラの記憶では、アリスが自分だけの親しい友人を持っていた時期はなかったように思う。

二人で夕食をとり、食事のあとは小さな居間へ移って腰を下ろした。たきつけと石炭が用意されて火をつけるばかりになっている暖炉のほうを、カッサンドラは何度か残念そうにながめた。しかし、勝手口の外にある石炭入れはほとんど空っぽだし、ある程度のお金は入ったものの、贅沢をする余裕はない。一ペニーでも多く残しておかなくてはならない。もうじき夏がくれば、貴族社会の全員がこの街を離れてしまう。マートン伯爵ももちろんいなくなる。そのときどうするか決めなくてはならないが、先のことまで考える勇気は、いまのカッサンドラにはなかった。しかし、考える時期がきたときのために、できるだけ節約しておきたかった。

今夜はさほど寒くない。少し冷えるだけだ。

「今夜もおみえになるんでしょうね」アリスが繕いもののほうへ顔を伏せたまま、唐突に言った。カッサンドラが午後の時間をどう過ごしたかについては、いままでひとことも触れようとしなかった。

「ええ」カッサンドラは答えた。「そうよ」

アリスは何も聞こえなかったかのように繕いを続けた。

「こうなったら」五分ほどたってから言った。「わたしが駅馬車を襲うしかないわね。硝煙を上げる拳銃を手にして、黒い仮面をつけて」

カッサンドラの返事がなかったので、アリスは顔を上げた。二人で見つめあううちに、ついにどちらも顔の筋肉を制御しきれなくなり、身体を二つに折って笑いころげた。涙を拭きながら、おたがいをちらっと見て、ふたたび爆笑した——さほどおもしろくもない冗談なのに笑いすぎだ。

やがて二人は椅子にもたれて、ふたたび見つめあった。

「アリー」カッサンドラは優しく言った。「彼は人格者よ。でも、それで彼を選んだわけじゃないわ。ハンサムだからでもない。なぜ選んだかというと、間違いなく大金持ちだし、わたしの魅力で彼をとりこにできる自信があったから。でも、どこかの親切な妖精が——あるいは、たぶん親切な天使が——わたしを見守ってくれていたのね。優しい人だし、人格者なの」

そして、一緒にいると気詰まりな人。そして、ブルーの目を持つ人で、わたしはその奥底へひきずりこまれて溺れそうになる。

「人格者じゃありませんよ」一分前の爆笑も忘れて、アリスは言った。「お金を払う気でいるのなら……。人格者だったら、そんなことするわけないでしょ、キャシー」

「でも、彼は男なのよ」カッサンドラは言った。「わたしのほうは、その気になれば妖しい魅力をふりまくことができる。ゆうべはその気だった。彼のほうに逃れるすべはなかったのよ、アリー。彼を責めないで。責めるなら、わたしを責めて」

しかし、カッサンドラがにこやかな笑みを向けても、アリスの機嫌は直らなかった。

「それに」椅子にさらに深くもたれて、火のついていない石炭を見つめるうちに、カッサンドラの微笑は薄れていった。「あの人がわたしを受け入れることにしたのは、男の欲望もあるけど、優しさのせいだと思うの。頭の悪い人じゃないし、わたしは嘘をつくのが苦手。わたしが彼を選んだ理由は、向こうも知ってるわ。けさ、わたしから正直に話したの。隠しておいても始まらないでしょ。わたしの関心がお金にしかないことを知って、それでも気の毒になってこちらの条件を呑んでくれたんだと思う」

それを認めるのは屈辱だった。自分が勝手にうぬぼれていたとおりの妖艶な娼婦だったら、向こうは女のベッドと身体を好きにできるという理由だけで、一も二もなく条件を呑んでいただろう。そのほうがずっとよかったのに。

アリスが繕いものの上で針を止めて、カッサンドラをじっと見ていた。

「針仕事をするには、もう遅すぎるわ」カッサンドラは言った。「暗くなってきたし、どうしても必要なとき以外はロウソクを使いたくないの」

ゆうべはロウソクを無駄遣いしてしまった。そんなことを続けてはならない。

「疲れたでしょ。一日じゅう歩きまわったんですもの。台所へ行って、お茶を淹れて、ベッドへ持っていったら?」

「あの人がきたとき、わたしがここにいては困るのね」アリスはそう言いながら、針を布地に刺し、それを脇にどけて立ちあがった。「わたしだって、いたくないわ。愛想よくなんかできないもの。おやすみ、キャシー。わたしのために無理をしているのでなければいいけど」

「あなたは一年近く、給金を受けとってないのよ」カッサンドラはアリスに言って聞かせた。「わたしのためにずいぶん尽くしてくれたのに。わたしの子供時代だって、ろくに給金をもらってなかったんでしょう?　でも、なんの苦もなくよそで仕事を見つけられたはずのあの時期にも、あなたはそばにいてくれた」

「大事な子だったから」アリスは言った。

「ええ、わかってる」

カッサンドラはアリスと一緒に台所へ行った。メアリが調理に使った古い火格子を磨いていた。炉辺にロジャーが寝そべっていた。顔は上げずに、歓迎のしるしにしっぽだけふった。

「メアリ」カッサンドラは言った。「いつまでせっせと働くつもり？　その火格子はたぶん、長い寿命のなかでいまが最高に光り輝いてるわ。そろそろ寝たら？」

「あたしがせっせと働くのは奥さまへの感謝のしるしです」メアリは熱っぽく答えた。「ご恩はとうてい返しきれません。ビリーがいなくなり、ベリンダがおなかにいるってわかったときは、クビにしないよう旦那さまに頼みこんでくださった。それから、あのときはあたしを守ろうとしてくださった。下手をしたら、旦那さまに――」

「だったら言うことを聞いて、もう寝なさい」カッサンドラはメアリの言葉をさえぎった。

「それから、玄関でノックの音がしても気にしないで。わたしが出るから」

「そのあと、ビリーがまたいなくなって、現在の旦那さまにクビだって言われたときは、ここまで一緒に連れてきてくださった」カッサンドラの命令を無視して、メアリは続けた。

「奥さま、玄関にはあたしが出ます。その紳士となさるつもりだったことを、かわりにやらせてください。そうするのがいちばんいいんです。お金を払ってもらって、奥さまにお渡しします」

「まあ、メアリ」カッサンドラは二人のあいだの距離を詰め、メアリの汚れたエプロンも手も気にせずに彼女を抱きしめた。「そんな健気なことを言われたのは何年ぶりかしら。でも、心配しなくていいのよ。マートン伯爵は優しい立派な人で、わたしは伯爵のことが好きなの。それに、ずいぶん長いこと……い、いえ、気にしないで。でも、仕事が楽しみを兼ねることだってあるのよ」

頬が赤く染まるのを感じ、説明しようなどと考えなければよかったと思った。

お茶を淹れおえたアリスが炉の横の棚に乱暴にやかんを置いた。

「すごくハンサムな紳士ですよね」メアリが言った。「まるで天使みたい。そうお思いになりません、奥さま?」

「本物の天使だと思うわ」カッサンドラは答えた。「わたしたち全員を救うために遣わされた天使。さあ、もう寝なさい、二人とも。わたしも身支度をしたいから。それから、そんな目で見ないで、アリス。まるで死刑を前にして支度をするみたいじゃない。彼って最高にすてきなのよ。いやだわ、言ってしまった。最高にすてきな人で、そんな人と恋人になれて、わたしは喜んでるの。お金だけの問題じゃないのよ。彼のことが好き。二人で幸せになるわ。見ててちょうだい。一年のあいだ喪服で過ごして、とっても暗い気分だったけど、これからは幸せになってみせる。天使と一緒に。あなたたちも喜んでね」

ゆうべ、彼から〝大胆な人〟と言われた。ええ、そう、そのとおりよ。

寝室へ向かうアリスとメアリはどちらもすすり泣いていた。

うれし涙ではなさそうね——カッサンドラは思った。

しかし、いましがた言ったことが完全な偽りではなかったことに気づいて、自分でもいさささか驚いていた。困惑したと言ってもよかった。心の片隅で夜の訪れを楽しみにしていた。長いあいだ孤独だった。いまも孤独だ。でも、夜だけは——そして、ベッドだけは——空虚でなくなった。とにかく今夜は。そして、運に恵まれれば、これから当分のあいだ、ほとんどの夜が空虚ではなくなる。

長いあいだわたしの頭上に垂れこめていた黒雲も、裏は銀色に輝いているはず。そうに決まっている。

マートン伯爵とのベッドでのひとときが、少しだけ孤独を遠ざけてくれるだろう。

たぶん、彼が銀色の輝きだ。

暗闇はもうたくさん。

お願い、お願いだから光をください。

スティーヴンはキャヴェンディッシュ広場の屋敷で、ヴァネッサ、エリオット、その他何人かの客と晩餐をとった。客のなかには、当然のことながら、父親に連れられてやってきた未婚の若い令嬢が含まれていた。

スティーヴンの姉たちは縁結びに奔走するタイプではない。それどころか、若すぎる結婚はよくない、結婚するなら愛する人を見つけたうえで、という希望をはっきり口にしている。しかし、花嫁として理想的で、しかもスティーヴンの好みに合いそうな令嬢がいれば、紹介を躊躇するようなことはない。また、どの姉も彼の好みをよく心得ている。

ミス・ソウムズも彼の好みにぴったりだった。若くて、美人で、ほっそりしている。気立てがよくて、明るくて、彼女が笑えば周囲も釣られて笑顔になる。礼儀作法も会話も申し分ない。控えめだが、おとなしすぎることはない。

晩餐の席でスティーヴンはミス・ソウムズのとなりにすわった。食事がすみ、みんなで劇場へ出かけたときは、馬車のなかでとなりにすわり、エリオットの専用桟敷でもとなりにすわった。彼女との会話は楽しく、向こうも楽しんでいる様子だった。

いつもと同じ、典型的な夜だった。

だが、まったく違う夜でもあった。

なぜなら、カッサンドラのことが一瞬たりとも頭を離れなかったからだ。

そして、無意識のうちに、あとで彼女に会えるときを心待ちにしていた。

許されないことなのに。ミス・ソウムズやレディ・クリストベル・フォーリーといった令嬢たちの住む世界、男性の仲間と遊びまわる世界、自分の身内の世界、議会の義務や爵位と領地に付随したその他すべての義務を果たすべき世界から出てはならないのに。

この八年のあいだ、なじんできた世界。そこは彼の大好きな世界だった。

カッサンドラ――レディ・パジェット――は別の世界の人間で、そこには闇が広がっている。そして、何か魅惑的なものがある。

いつでも女が抱けるというだけのことではない。

それ以上の何かが彼を強く惹きつけていた。

しかし、それは彼の意に染まない不安な魅力だった。

サー・ウェズリー・ヤングも劇場にきていた。七人ほどの仲間と桟敷席にすわっていて、そのなかに、今日の午後公園で彼と馬車に乗っていた令嬢も交じっていた。夜のあいだ、そちらの桟敷席はたいそうにぎやかだった。

サー・ウェズリーを目にしたせいで、スティーヴンはミス・ソウムズにも、義兄が招いたあとの客にも注意が向かなくなってしまった。姉たちの誰かがレディ・パジェットの立場に置かれたらどうだろうと想像してみた。たとえば、ネシー。今日の午後、公園で自分がネシーに出会ったとしたら、実の姉であることを貴族仲間に知られまいとして、無視できただろうか。自分が何をしたかがわかっていながら、今夜ここで浮かれ騒ぐことができただろうか。ありえない！　自分だったら、わが身に何が降りかかろうと、ぜったいに姉の味方をする。永遠に続く無償の愛というものは間違いなく存在する。カッサンドラはそれを否定しているが。

観劇が大好きなスティーヴンなので、いつもなら舞台に夢中になるところだが、今夜は五歳のころのカッサンドラの姿が心に浮かんできて仕方がなかった。生まれたばかりの弟の上にかがみこんで、抱きしめてキスをし、小声で歌い、話しかけ、可愛がっている姿が。彼女を愛してくれるのは留守がちな父親以外に誰もいないし、彼女が子守りをしなければ誰も弟を可愛がってくれないから。

そして、今日の午後に彼女の家の玄関先で目にした光景が何度も心に浮かんできた。

とても家庭的な光景。

そこにいたのは、目が大きくてほっそりした若いメイドで、スティーヴンが想像していたようながみがみと口うるさい召使いではなく、寄る辺のない少女のようだった。それから、モップみたいな髪とバラ色の頬をしたはにかみ屋の子供。それから、年老いた犬。戦争に何回も行ってきたような外見だが、飼い主への愛情はまったく薄れていない。

パトロン探しのためにメグの舞踏会へ出かけたとき、カッサンドラの頭にあったのは、たぶん、自分自身の暮らしと贅沢のことだけではなかったのだろう。

たぶん、彼女の人生にも光が射しているのだろう。貧しい境遇のせいで多少翳っているとしても。

今日の午後、目にした彼女の家はまるで……。

そう、温かな家庭のようだった。

観劇後の夜食をすませてマートン邸を徒歩であとにしたとき、スティーヴンの心は千々に乱れていた。もう一度カッサンドラに会いたかった。もう一度あの寝室に入りたかった。もう一度愛しあいたかった。今度はもっと技巧を凝らし、彼女を充分に満足させられるように情熱をこめて。

だが、そのいっぽう、彼女の家庭に入りこんでそういう関係を結ぶことに抵抗があった。そのための家を一軒借りるべきだったかもしれない。たぶん、いまからでもそうすべきだろう。

明日考えることにしよう。

10

カッサンドラは暗くなった居間に腰を下ろして待った。めったに着ない絹とレースのナイトガウンに着替え、その上に、流れるようなラインを描くローブをはおっていた。どちらも純白だ。髪にブラシをかけ、うなじでまとめて白いリボンを結んだ。

新婚の夫を待つ花嫁のようだと思った。

とんでもない皮肉ね。

しかも、冷えきった部屋で着るには薄すぎる。

マートン卿がやってきたのは遅い時刻だった。しかし、早めにくることはないだろうとカッサンドラも思っていた。馬の蹄の音、馬具の響き、車輪のガラガラという音が聞こえないかと耳を澄ませていた。ところが、ノッカーで遠慮がちに玄関ドアを叩く音がしたので驚いた。

徒歩でやってきたのだ。

玄関をあけたカッサンドラが目にしたのは、丈の長い観劇用の黒いマントをはおった彼の姿だった。シルクハットをかぶっていたが、彼女を目にすると、マートン卿はすぐさまそれを脱いだ。街灯の光のなかに彼の笑顔が浮かび、カッサンドラのほうへ歩を進めた瞬間、マントがひるがえった。

闇と光と男っぽさに満ちている。

カッサンドラの呼吸が速くなった。半分は不安のせい。あと半分は……。

いやだわ……。

「カッサンドラ、きみの予想より大幅に遅くなったのでなければいいけど」

マートン卿は玄関ホールに入ると、壁の燭台で燃えているロウソクが外から吹きこんだ風に揺れたのを見て、自分でドアを閉め、かんぬきをかけた。

「まだ十一時半よ。楽しい夜をお過ごしになった？」

カッサンドラは彼を二階へ案内するために向きを変え、途中でロウソクを消した。一週間か二週間もたてば、これがお決まりの日課になるだろう。さらには退屈なものになるかもしれない。まあ、退屈もいいものだけど。今夜は心臓が高鳴って息もできないほどだった。すでにゆうべ経験ずみで、今夜はもっとくつろげるはずなのに、花嫁のように緊張していた。

もちろん、多少は違いがある。ゆうべはまだ、こういう奉仕をするために雇われた愛人ではなかった。いまは前金を受けとっている。

「うん、楽しかったよ」マートン卿は言った。「モアランドと、姉と、ほか何人かの客と一緒に食事をして、それからみんなで芝居に出かけた」

そして、こうして愛人の家にいる。まさに紳士にふさわしい一夜ね。

アリスの部屋がメアリとベリンダの部屋と同じく三階にあることに、カッサンドラは感謝した。ここに越したとき、アリスには自分のとなりの部屋を使ってほしかったのだが、外の通りがうるさすぎると言って断わられてしまった。田舎で十年も暮らしてきたので、騒音が神経にさわるというのだ。たしかに三階のほうが静かだろう。

カッサンドラは寝室の外のロウソクを消して部屋に入った。マートン卿もあとに続き、ドアを閉めた。室内は充分に明るかった。カッサンドラがゆうべと同じく化粧台の鏡の角度を調節し、たった一本のロウソクの光が四方八方へ反射するようにしておいたのだ。

「ワインでもいかが?」カッサンドラは部屋を横切り、ベッド脇のテーブルに置いたトレイのところへ行った。ワインとはずいぶん贅沢だが、今日はそれを買うだけのお金があった。

「うん、いいね」マートン卿が答えた。

カッサンドラは二人のためにワインを注ぎ、片方のグラスを彼に渡した。彼はドアからさほど遠くないところに立っていた。マントを椅子の背にかけ、シルクハットは座面の上に置いてある。今夜は黒の夜会服に、刺繍の入った象牙色のチョッキ、襟の先がピンととがった白いシャツという装いで、ネッククロスは熟練した者の手で結んであるが、けっして仰々しい形ではない。

マートン伯爵に仰々しさは必要ない。端整な顔立ちと天性の魅力だけで充分、余分な飾りは一つもいらない。

カッサンドラは彼とグラスを合わせた。

「快楽のために」彼の目を見て微笑した。

「おたがいの快楽のために」マートン卿はうなずき、二人でワインを飲みながら、カッサンドラの視線を受け止めた。

ほのかなロウソクの光がまたたくなかでも、彼の目は鮮やかなブルーを帯びていた。

マートン卿は彼女の手からグラスをとると、自分のグラスと一緒にトレイに戻した。ふりむき、てのひらを上にしてカッサンドラのほうへ手を広げた。

「ここにきて」

彼はベッドのすぐそばに立っていた。いきなりベッドに押し倒して行為に移るつもりだろうと、カッサンドラは薄々予想した。ところが、彼は両腕を彼女のウェストにゆるくまわしただけだった。

「きみのほうはどんな夜だったの？」

「居間に腰を下ろして、アリスが繕いものをするのを見てただけ。わたし自身は何もしなかったわ。とんでもない怠け者なの」

じつを言うと、顔には出さないようにし、自分でも認める気はないのだが、神経がひどくたかぶっていた。

カッサンドラが寝た相手は、ゆうべまではナイジェルだけだった。それも、結婚という神聖な枠内でのことだった。罪悪感はなかった。

では、いまは？　おたがいに一人前の大人だ。男女の関係になったところで、誰を傷つけるわけでもない。

「ときには」マートン卿が言った。「怠惰がとても心地よい贅沢に感じられるものだ」

「ええ、そうね」カッサンドラは彼のほっそりしたウェストの両脇に手をあてがった。彼の体温で両手がすぐに温まった。

マートン卿はカッサンドラにまわした腕に力をこめ、ぴったり抱きよせて、唇を重ねた。予想もしないことだった。カッサンドラの心に奇妙な警戒心が湧いた。ゆうべと同じく、自分が主導権を握ろうと思っていた。今夜は彼の服をゆっくり脱がせながら、手と唇をその身体に這わせ、焦りと欲望で彼を狂わせるつもりだった。いまもそのつもりだ。ところが……。

ところが、彼にキスされた。

予期せぬ警戒心が湧いたのは、そのキスが激しくもなく、淫らでもなかったからだ。温かくて、甘くて、そして……優しかったから?

カッサンドラの心の防御を打ち破るキスだった。

マートン卿は開いた唇を軽く重ねると、ゆっくり時間をかけてカッサンドラの唇に自分の唇を這わせてから、舌先でそっと触れ、それから、閉じたまぶたへ、こめかみへ、耳たぶの下の柔らかい敏感な場所へ、喉へと移っていった。

カッサンドラの喉の奥に不意に熱いものが湧きあがった。流されなかった涙がそこにたまっていたかのように。

どうして?

男の情欲を予期していた。情欲を望んでいた。情欲なら純粋に肉体的なものにとどめておける。彼とのことは肉体だけの関係にするつもりだった。わたしが望んでいるのはセックス、それ以外にない。心のなかでなら、この言葉を楽につぶやけるようになっていた。

わたしがほしいのは淫らなセックス。

心とは無関係な肉体だけのもの。

報酬に見合うだけの働きをするつもり。

ふと気づくと、カッサンドラの両手は彼の背中の上のほうに置かれ、そこで静止していた。キスされている。自分からキスしているのではない。与える側ではなく、受ける側になっている。

これじゃ、なんの働きもしていない。

マートン卿が何センチか顔を離した。笑顔ではなかったが、目のなかに微笑に似たものが浮かんでいた。カッサンドラは自分が彼にもたれかかっていることに気づいた。温もりに包まれて緊張がほぐれ、心地よい気怠さに浸っていた。

「キャス」彼が優しく言った。

こう呼ばれたのは生まれて初めてだった。

「ええ」カッサンドラは答えた。蚊の鳴くような声だった。

そして、その瞬間、いま感じているのは気怠さではないことを悟った。これは……情欲。

そんなわけないでしょ。淫らなことなんて、まだ何もされてないのに。

ほんとにそう？

「きみがほしい。女の肉体だけでなく、そのなかに存在する人格も含めて。きみもぼくがほしいと言ってくれ」

〝……そのなかに存在する人格も……〟

彼に憎しみを覚えそうになった。こんな言葉にどうして抵抗できるというの？

精一杯抵抗した。まぶたを軽く伏せ、声のトーンを低くした。

「ほしいに決まってるでしょ。男と天使が一つになったすばらしく官能的な人に抵抗できる女がどこにいて？」

慎重に浮かべた笑みを彼に向けた。

ところが、ふたたびキスが――情熱的かどうかはわからないが――始まるはずのところで、マートン卿はカッサンドラを見つめ、彼女の表情を探っていた。

ロウソクを消しておけばよかった。

「ぼくがここにきたのは、きみを傷つけるためではない」マートン卿は優しく言った。「なんのためかというと――」

「わたしを愛するため？」カッサンドラは片方の眉を上げた。

戯れと誘惑のゲームを始めるなんて、この男ったらどういうつもり？

「そう。ある意味ではね。愛にもいろいろあるけど、キャス、どれも単純な肉欲だけの愛ではない。単純な肉欲なんてありえないと思う。きみの場合はとくに無理だ。だって、ぼくとのあいだに一種の絆が生まれているから。そう、ぼくがここにきたのは、きみを愛するためだ」

この人、愛のことなんか少しもわかっていない。

でも、わたしは？

〝……ぼくとのあいだに一種の絆が生まれているから……〟

カッサンドラはふたたびまぶたを伏せ、笑みを浮かべた。

「はずしてくれ。お願いだ」

カッサンドラは両方の眉を上げた。

「その仮面を。ぼくの前でそれは必要ない。約束する」

不意に、ほかの誰と一緒のときよりも、彼と一緒にいるときこそ仮面が必要だという思いが浮かび、怖くなった。仮面を、慎重に築きあげた防御の壁を、この男は容赦なく切り裂こうとしている。

マートン卿がふたたびキスをした。今度は前より熱烈だった。舌で彼女の唇の輪郭をなぞり、つぎに、口のなかに舌を入れながら、髪のリボンをほどいて床に落とした。カッサンドラを強く抱きしめ、一分ほどたってから、ローブの襟もとのリボンをゆるめて床にするりと落とし、彼女の身をベッドに横たえた。

彼自身はベッドに入らず、その横で服を脱ぎはじめた。まず上着、それからチョッキとシャツが床に落ちて、カッサンドラのローブとリボンに加わった。ウェストのボタンに手を伸ばして膝丈ズボンを脱ぎ、ストッキングと下穿きも脱いだ。ゆっくり時間をかけて脱いでいき、じっと見つめる彼女の目から裸体を隠そうともしなかった。

じつに美しい肉体だった。ほとんどの者にとって、衣服は数々の欠点を隠してくれる便利なものだ。だが、彼の衣服が隠しているのは完璧な肉体だけだった。筋肉の発達した腕と肩と胸。胸は金色の毛にうっすら覆われている。ほっそりした腰、ひきしまった尻、たくましい筋肉のついた長い脚。

古代ギリシャの彫刻家が神の像を創ったとき、モデルの体形を修正して理想に近づけていたことは間違いない。だが、マートン伯爵をモデルにしたなら、修正の必要はなかっただろう。

天使であると同時に、まるで神のようだ。すべてがブルーと金色。夏空に似ている。ブルーの目、金色の髪。光にあふれている。まばゆい光。

「ロウソクを消して」カッサンドラは言った。

一種の絆が生まれたことを意識しながら彼の姿を目にすることには、もう耐えられなくなった。愛人とパトロンの関係。それだけのことだ。わたしはそう計画した。そう望んだ。いまも望んでいる。彼の姿を見ずにすめば、そのほうが二人の関係を楽に受け入れられる。メアリとベリンダとアリスの姿を心に浮かべることにしよう。それから、ロジャーの姿も。かわいそうなロジャー。あのとき、わたしを守ろうとして……。

わたしはマートン卿の愛人。それ以外の何物でもない。

ロウソクを吹き消した彼が傍らに横たわったので、カッサンドラは彼のほうを向いて腕を差しのべた。計画どおり、自分が主導権を握るつもりだった。ところが、マートン卿がナイトガウンの裾をつかみ、それを脱がせて肩越しに放り投げるあいだ、カッサンドラはじっと両腕を上げたままだった。つぎに、カッサンドラが腕を下ろす暇もないうちに、彼が左右の手首を片手でつかんで彼女の頭上へ持っていき、ふたたび仰向けに横たえ、キスに移った。まず唇に、それから顎を通って喉へ、そして、乳房のほうへ。彼が胸の先端で唇を開いて息を吸いこむと、濡れた乳首にひんやりした空気が触れた。そのあと、マートン卿は乳首を口に含んで吸いはじめた。ひんやりした感触が熱に変わり、痛みではない痛みが身体を貫いて下腹部に届き、腿の内側に広がり、不意に、その痛みが彼を求める疼きに変わった。

彼の唇が胸を離れてみぞおちへ移った。彼の舌がへそに入りこむのを感じて、カッサンドラの内腿の筋肉がきゅっと締まった。

マートン卿は空いたほうの手で彼女の内腿をなでながら、指で軽く円を描いていた。やがて、熱く濡れた秘密の部分を探りあてると、羽根のような軽い愛撫をくりかえしたのちに、一本の指を第一関節のところまで押しこんだ。その指で強烈に円を描いた。

カッサンドラは自分の両手を自由にしようと思えばできたはずだった。手首をつかんだ彼の手に、さほど力は入っていなかったから。だが、何もしなかった。彼の猛攻撃のなかでじっと横たわっているだけだった。もっとも、〝猛攻撃〟などという表現はマートン卿の動きにそぐわない。てっきり初心《うぶ》な男だろうと思っていた。ところが、違っていた。テクニックに長けていた。ゆっくりした優しい愛撫によって情欲の炎をかきたてるすべを心得ていた。

これはカッサンドラが想像していた男と愛人の行為とは違うものだった。女が誘惑の手練手管を駆使すれば、男が興奮して野獣のごとく襲いかかってくるものと思っていた。もっとも、彼を選んだ時点で考えを変えていた。この初心な男が相手なら、自分の思いどおりにあしらえるだろうと思っていた。

経験豊富な高級娼婦になった気分で。

なんて愚かなことを考えていたのだろう。

マートン卿の指が胸を羽根のようになで、硬くとがった乳首を軽くつまんだ。カッサンドラは悲鳴を上げそうになった。痛みではない痛みで。

彼が身体を重ねてきた。カッサンドラの手首を放し、彼女のヒップの下に両手をすべりこませると同時に、全体重を彼女に預けた。彼が頭を上げたので、カッサンドラは彼に顔を見つめられていることを知った。もっとも、闇のなかなので、彼の姿はほとんど見えないけれど。

ひそやかな声で、マートン卿が言った。「愛のなかには、男が恋人に対して抱く愛というものもあるんだよ、キャス。それは単なる情欲にとどまらない」

そして、この言葉に動揺したカッサンドラが行為を前にして身構える余裕もないうちに、彼が入ってきた。

　ゆうべの記憶と同じく、大きくて、長くて、硬かった。ゆうべと同じく、カッサンドラは身体の奥の筋肉で彼を締めつけ、ベッドの上で膝を立てて、たくましい筋肉に覆われた彼の脚に自分の脚をからませた。

　清潔な香りがする人だと思った。高価なコロンのほのかな香りのなかに、生々しい匂いがあった。それがかえって清潔な印象を際立たせていた。髪は柔らかく、かすかにいい香りがした。彼がとなりの枕に頭をのせ、反対側へ顔を向けたので、カッサンドラは片手の指を髪にすべらせた。反対の腕を彼の腰にまわした。

　やがて、彼がリズムを刻みながら淫らな動きに移った。結婚していた当時、この段階までくると、カッサンドラはいつも必死に耐えたものだった。

　ゆうべに比べると、今夜のマートン卿はペースを抑えていた。カッサンドラもほどなくそれに気がついた。わずか数分で終わることはなさそうだ。動きが安定し、ゆったりしている。深く浅く、深く浅く。

　濡れた身体に彼がすべりこみ、硬いものが柔らかなひだを分け、熱いものが熱い部分にぶつかるのを感じた。密着した部分が湿った音を立てるのを耳にした。

　妙に興奮させられる響きだった。

　彼が快楽に向かって律動をくりかえしているその場所に夢見心地の感覚が生まれ、カッサンドラの腹部へ、胸へ、喉へと広がっていった。疼くような感覚、痛みではない痛み。泣きたくなった。彼の脚に自分の脚をからめて、腰まで持っていき、両腕をしっかり彼に巻きつけて肩に顔を埋め、ワッと泣きたくなった。理由はわからないが、妙にせつない気分だった。

そのせつなさに身を委ねたかった。我を忘れたかった。一瞬でいいから、すなおになりたかった。

そう、すなおになればいいのよ――じっくり考えて、そう悟った。わたしはこの人の愛人。この人に喜びを与え、わたしも喜びに浸ってこの人をいい気分にさせれば、たんまりお金がもらえる。

でも、その喜びが演技に過ぎなかったら、自分で自分を辛い立場に追いこむことになる。

無力さと恐怖に襲われた。

そして、痛みとせつなさにも。

彼の手がふたたびカッサンドラの身体の下にすべりこんだ。彼の顔がふたたび彼女の顔の上にきた。

「キャス」とささやいた。「キャス」

リズムが止まり、彼が深く押し入ってそのまま静止したとき、カッサンドラは体内に熱い迸《ほとばし》りを感じながら、彼がこれまで口にした言葉のなかでいまの呼びかけが最悪だと悟った。

彼に対しては女であり、愛人でありたかった。自分に対しては、これまでどおりの自分でいたかった。二つの人生を――個人的な人生と仕事の人生を――はっきり分けておきたかった。なのに、彼は闇のなかでわたしの顔を見つめ、誰一人使ったことのない呼び名を口にし、きみがどんな人間かわかっている、きみはぼくにとって大切な人だ、と伝えてきたのだ。いえ、本当はわかっていない。わたしは大切な人ではない。肉体だけの関係に過ぎない。

熱い涙が二筋、頬を斜めに流れ落ち、髪のあいだを伝い、下の枕に落ちたことに気づいて、カッサンドラは急にうろたえた。彼の目が闇に慣れてこちらの涙に気づいたりしないよう、強く願った。

痛みもせつなさもすべて薄れて後悔に変わった。ただ、何を後悔しているのか、自分でもわからなかった。

彼がカッサンドラのなかから抜けだして、傍らに横たわった。カッサンドラを軽く向こうむきにさせ、背後からぴったり抱きよせると、彼女の頭を自分の肩に置き、頭の下に片腕を差しこんで彼女の腕にすべらせた。そのまま手首まで手を伸ばして、カッサンドラが脇腹に置いていた手を握りしめた。

彼の心臓の規則正しい鼓動が聞こえてきた。

〝愛のなかには、男が恋人に対して抱く愛というものもあるんだよ〟

彼の愛などほしくなかった。どんな種類の愛もほしくなかった。肉体を与え、その報酬を得たいだけだった。

何が大切かを忘れないために、心のなかでその思いを何度もくりかえした。

「子供のことを話してほしい」耳もとでマートン卿がささやいた。

「子供？」カッサンドラは驚いた。

「今日の午後、玄関に出てきた子供。メイドのスカートの陰からのぞいていた。きみの子供？」

「ああ」カッサンドラは言った。「違うわ。ベリンダのことね。メアリの子供よ」

「メアリというのはメイドだね？」

「ええ。ロンドンにくるとき、一緒に連れてきたの。置き去りにはできなかったわ。ほかに行くあてのない母子ですもの。ブルースが――現在のパジェット卿だけど――カーメルの屋敷で暮らすことになったとき、解雇されてしまったの。それに、メアリはわたしの大切な友達だし。ベリンダのことも可愛くてたまらない。誰の人生にも何か無垢なものが必要でしょ、マートン卿――いえ、スティーヴン」

「メアリに夫はいないのかい？」

「ええ。でも、メアリのことをふしだらな女だとは思わないで」

「きみには子供がいなかったの？」

「ええ」カッサンドラは目を閉じた。「いえ、いたわ。娘がいたけど、生まれてすぐに死んでしまった。とてもきれいな子だった。でも、予定日より二カ月も前の早産だったから、呼吸する力がなかったの」

「ああ、キャス」

「〝かわいそう〟なんて言わないで。あなたには関係ないことだから。それ以前にも二回流産してるの」

そして、そのあとにたぶんもう一度。ただし、三回目は、月のものがなかった一カ月後に大量に出血しただけなので、本当に妊娠だったかどうかはわからない。しかし、カッサンドラには確信があった。女としての彼女の身体がそれを直感していた。母親としての心も。

「いや、言わせてほしい。本当にかわいそうだ。女性が直面する苦しみのなかで、まさにいちばん辛いことだ。子供を失うなんて。まだ生まれていない子供であっても。かわいそうに、キャス」

「わたしはこれまでずっと、流産に感謝してたのよ」カッサンドラはそっけなく言った。

感謝しなくては――自分にいつもそう言い聞かせてきた。しかし、こうして人に話したとたん、四つの貴重な魂を失ったことに感謝してはいなかったことを知った。この子たちが自分自身の魂の一部になっていたかもしれない。

ああ、こんなことを打ち明けるなんて愚かだった。

「きみの声も、顔に着けた仮面と同じく偽りだね。たったいま、〝感謝してた〟と言ったときの声に偽りの響きを聞きとって、ぼくは心の底から安堵した。でなきゃ、その言葉を信じていただろう。そんなことを信じるなんて、ぼくには耐えられない」

カッサンドラは渋い顔になり、唇を噛んだ。

「マートン卿、この部屋とこのベッドで二人だけになるとき、わたしたちはパトロンと愛人の関係なのよ。もしくは、現実をお砂糖でくるみたいのなら、〝恋人どうし〟よ。おたがいの快楽のためにかき抱きあうという、厳密に肉体的な意味でね。肉体の快楽。男と女。おたがいにとって人間ではなく、単なる肉体。あなたはわたしの身体を好きなだけ抱き、それに対して充分なお金を払う。でも、全世界のお金を注ぎこんでも、わたしという人間を買うことはできないわ。わたしを手に入れるのは無理。わたしはわたし自身のもの。あなたにお金で雇われた召使いに過ぎない。あなたの奴隷ではないし、今後も奴隷にはなりません。個人的な質問をするのはもうやめて。わたしの人生に踏みこんでこないで。パトロンと愛人という関係を受け入れることができないなら、あなたがけさ届けさせてくださった莫大なお金をお返しして、このまま帰っていただくわ」

自分の言葉を耳にして、自分でも愕然としていた。わたしったら、何を言いだすの？　お金を返すと言っても、全額残っているわけではない。それに、別の男に狙いをつけてふたたび接近する勇気などないのは、こうして彼の腕のなかで横たわっている現実と同じく、たしかなことだ。いまの言葉を彼が真に受けたら、わたしは貧乏のどん底に突き落とされる。メアリとベリンダとアリスも。そして、ロジャーも。

マートン卿が彼女の頭の下に差しこんでいた腕をはずし、背後から密着させていた身体を離したので、カッサンドラは不意に仰向けの姿勢になった。彼はベッドの向こう側へ脚を下ろすと、立ちあがり、カッサンドラの側にまわった。身をかがめて自分の服を拾い、ベッドの裾のほうに放って、身に着けはじめた。

闇に包まれてはいても、彼の怒りが伝わってきた。

手遅れになる前に、カッサンドラから何か言うべきだった。でも、もう遅い。彼はこのまま立ち去り、二度と訪ねてこないだろう。彼を失うことになってしまった。

何も言わないことにしよう。何も言えないもの。この人を誘惑するのも、セイレーンのまねをするのも、もうやめよう。最初から見込みのない思いつきだった。愚かな思いつきだった。

ただ、ほかに方法がないと思ったのだ。それはいまも変わっていない。

彼が出ていくのを無言で待った。玄関ドアの閉まる音が聞こえたら、ナイトガウンとローブを着て戸締まりをしに下りていき、かんぬきをかけることにしよう。それで彼とのことはおしまい。

台所でお茶を淹れ、別の計画を立てることにしよう。きっと何かあるはずだ。レディ・カーリングに頼めば、推薦状を書いてくれるかもしれない。わたしの噂を耳にしたことのない雇い主が見つかるかもしれない。

マートン卿が身支度を終えた。あとは、出ていくときに、ドアのすぐ内側の椅子からマントとシルクハットをとるだけだ。ところが、彼は椅子のほうへ行くかわりに、化粧台の前で身をかがめた。火口箱で炎が上がって室内が不意に明るくなり、その炎がロウソクに移された。

突然のまぶしさにカッサンドラは目をしばしばさせ、暗いうちに布団をひっぱりあげておけばよかったと悔やんだ。いまさらあわててそんなことをするのは抵抗があった。軽蔑と敵意のありったけをこめてにらみつけると、彼は化粧台から椅子をひきだし、椅子の向きを軽く変えてそこにすわった。

今日の早朝から——いえ、むしろ、きのうの朝から——彼に翻弄されっぱなしだ。マートン卿は椅子に腰を下ろし、ベッドの彼女を見た。

ええ、心ゆくまで見ればいいわ。これが見納めよ。

「服を着てくれ、カッサンドラ。床に落ちているそのナイトガウンではなく、本当の服を。さあ、着てくれ。話がある」

わたしのきのうのセリフと同じね。

マートン卿の顔にも、声にも、それとわかるほどの怒りはなかった。目にきびしさが浮かんでいるだけだった。

しかし、カッサンドラは、彼を無視する気にも、抵抗する気にもなれなかった。

天使の優しい力を備えた人ね——そう思いながら、裸身のまま部屋を横切り、化粧室に入って、ゆうべ着ていた服を身に着けはじめた。恐怖が湧いてきた。肉体を傷つけられることへの恐怖ではなく、ええと……。

その答えがまだわからない。世の中には言葉で表現できないものがある。

だが、とにかく彼に恐怖を感じた。彼は知らぬまにこちらの人生に入りこんできた。彼にも、ほかの誰にも、アリスにさえも入ってほしくない場所に。

そこに彼が入りこんでいる。

〝……ぼくとのあいだに一種の絆が生まれているから……〟

11

身支度を終えたらすぐに出ていくべきだった――スティーヴンは思った。だが、出ていかなかった。できなかった。

世間一般の男と愛人の関係について、スティーヴンは何一つ知らない。レディ・パジェットの窮状を察して莫大な金を渡しはしたものの、愛人という目で彼女を見ることはどうしてもできなかった。

〝……この部屋とこのベッドで二人だけになるとき、わたしたちはパトロンと愛人の関係なのよ……男と女。おたがいにとって人間ではなく、単なる肉体。あなたはわたしの身体を好きなだけ抱き……でも、全世界のお金を注ぎこんでも、わたしという人間を買うことはできないわ〟

彼女を買おうなどという気はなかった。彼の望みは……金の力でベッドを共にする相手がどんな女性なのか知りたいという、それだけのことだ。そのどこがいけないのだ?

彼女のほうは、自分をさらけだすのを嫌がっている。

〝わたしを手に入れるのは無理。わたしはわたし自身のもの。あなたにお金で雇われた召使いに過ぎない。あなたの奴隷ではないし、今後も奴隷にはなりません。個人的な質問をするのはもうやめて。わたしの人生に踏みこんでこないで〟

もちろん、世間一般の男と愛人の関係については、彼女も何一つ知らないはずだ。ひょっとすると、ゆうべまで、夫以外の男と寝た経験はなかったのかもしれない。セイレーンのごとく蠱惑《こわく》的に見せようと必死だが、娼婦にはほど遠い。

自分自身とわずかな取巻き連中のために、生活費を稼ぐべく四苦八苦している女に過ぎない。いや、同居している者たちを取巻きと呼ぶのは思いやりに欠けることかもしれない。二日前に公園で彼女と一緒に歩いていたかつての家庭教師は、たぶん、よそで楽に仕事を見つけられる年齢を過ぎているだろう。メイドは未婚の母で、子供を手もとで育てようとするかぎり、仕事の口はどこにもないだろう。

スティーヴンは椅子を離れて窓辺に立ち、カッサンドラが身支度を終えるのを待った。カーテンをあけて、誰もいない通りをながめた。だが、燃えるロウソクを背にして窓辺に立つのは避けたほうがいいかもしれない。ここには女しか住んでいないことを、向かいの家の住人たちもたぶん知っているだろう。

カーテンをもとどおりに閉め、窓枠にもたれて、胸の前で腕を組んだ。

そのとき、カッサンドラが化粧室から出てきた。彼を見て、それから椅子にすわった。水色のドレスのスカート部分を急ぐ様子もなく整えた。かすかな嘲笑で唇の両端が上がっている。髪を前のようにうしろでまとめていたが、結いあげてはいなかった。スティーヴンが黙ったままなので、彼の顔を見あげ、両方の眉を上げた。

「すまなかった」スティーヴンは言った。「きみの人生を詮索し、辛い思いをさせてしまって」

彼女の眉は上がったままだった。

「辛い思いはしてないわ、マートン卿。むしろ、すごく喜ばせてもらった。わたしも同じぐらいあなたを喜ばせてあげられたのならいいけど」

「召使いたちはどこで寝てるんだい？」彼は尋ねた。「それから、あの子は？」

「この上の階よ。わたしたちのあえぎやうめきが壁を通して伝わり、みんなの眠りを妨げるようなことはないから、どうぞご心配なく。それから、あの人たちは召使いじゃないわ。わたしの友人よ」

仮面を着けた彼女はどうにも好感の持てない女になってしまう。しかも、ひんぱんに仮面を着ける。ぼくにとっていちばんいいのは、このまま立ち去ることだ。けさ届けさせた金があれば、しばらくは暮らしていけるだろう。そのあとは……いや、ぼくが責任を持つ必要はない。だが、困ったことに、仮面の女性は実在せず、その奥に潜む女性については何もわからない。その女性を好きになれるかどうかもわからない。

自分をさらけだすのを拒む女。

夫を殺した女。

やれやれ、ぼくはここで何をしてるんだ？

しかし、彼女はロンドンに出てくるとき、年配の家庭教師と、職を失ったメイドと、メイドの幼子と、傷を負った犬を連れてきた。自分だけでなく、その者たちも飢えずにすむよう、この自分をつかまえてパトロンにしようとした。

「ここはその人たちの家庭だ。ぼくがここにきてパトロンの権利を行使しようとすれば、家庭を汚すことになる。あの子供の無垢な心を傷つけることになる」

今日の午後、バラ色の頰とくしゃくしゃの髪とつぶらな瞳の幼子を目にして以来、このことがスティーヴンを悩ませていた。人生が与えてくれる貴重な無垢なる存在。あのとき、じつはカッサンドラの子供ではないかと思ったのだ。そうではなかったが、だからと言って状況が変わるわけではない。こんな関係を続けるのは……褒められたことではない。

カッサンドラは脚を組み、片方の足をゆっくり揺らしていた。しばらく無言で彼を見つめた。いまも薄笑いが浮かんでいた。

「良心を備えた紳士」ようやく言った。「矛盾をはらんだ表現ね。良心は人間を不自由にするものでしょ、マートン卿」

「ときにはね」スティーヴンは認めた。「良心にまだ曇りが生じていない若い時期には、まさにそれが良心の役目だと思う。ぼくは良心の命ずるままに人生を歩み、どの方向へ進むべきかを決めることにしている」

「身支度を終えても出ていこうとしなかったのは、その良心のせいなの？　それとも、情欲が消えなくて、出ていけば快楽を味わえなくなるのがいやだったから？　あとのほうなら、心配はいらないわ。あなたが望みさえすれば、ベッドの相手に不自由することはないでしょう。たとえ、爵位と財産がなかったとしても。最初のほうなら、わたしと惨めなおつきの者たちに哀れみをかけてくれたわけね。やめてよ。あなたに助けてもらわなくても、わたしたちは生きていけるわ。あなたが気にすることではない。そうでしょ？」

それは質問ではなかったが、スティーヴンは律儀に答えた。

「そうだね」しかし、動こうとしなかった。

「じゃ、あなたの目的はなんなの？　どこかの愛の巣にわたしを囲うつもり？　世間の紳士がしているように。奥さんのいる紳士はとくに。すごく便利でしょうね。あなたは無垢な誰かを傷つける心配をせずに、好きなときにわたしを訪ねることができる。わたしは仕事を持つほかの女性たちと同じような生き方ができる。ここに家庭を持ち、そちらを職場にして」

彼女の足の揺れが少し速くなった。声が低くなり、嘲りがにじんだ。

「それではだめだ、カッサンドラ」

彼女はわざとらしくため息をついた。

「じゃ、これで終わりね？　お金を全額返すのは無理だけど、気を悪くしないでちょうだい、マートン卿。少し使ってしまったの。贅沢が大好きだから。でも、二晩続けて奉仕してあげたんだから、多少はお金をいただいてもいいでしょ」

片足をしきりと揺らしていることに本人も気づいたらしく、足の動きがぴたっと止まった。〝うん、これで終わりにしよう〟と言えれば、どんなに楽だろう。スティーヴンも本心ではそれを望んでいた。マートン邸に戻って、そのあと朝まで眠る。起きたときには、今回のやこしい騒動はすべて過去のものになっているだろう。最初から気の進まなかった厄介な関係から自由になれる。

いつもの楽しい暮らしに戻ることができる。

だが、〝うん〟とは言えなかった。

「カッサンドラ」スティーヴンはわずかに身を乗りだした。「もう一度やりなおすことにしよう。それでいい？」

彼女は嘲笑した。

「ええ、もちろんよ、マートン卿。ドレスを脱ぎましょうか。それとも、ご自分で脱がせたい？ それとも……このまま横になったほうがいい？」

けっして彼の言葉を誤解したわけではない。だが、彼女なりの理由があって、棘のある言葉を返すことにしたのだろう。もしかしたら――ふと気づいてスティーヴンは胸が痛んだ――男とこういう関係になることを選んだ自分自身を嫌悪しているのかもしれない。たぶん、人を殺しておいて罪を逃れた自分のことも嫌悪しているだろう。とにかく、法的な処罰は受けずにすんだのだから。

「そのままでいい。今夜はもう何もしない、カッサンドラ。そして、当分のあいだ、何もしないことにしよう。もしかしたら、永遠に」

彼女の唇がゆがんだ。

「じゃ、もう一度やりなおそうとおっしゃったのは、また最初から誘惑してほしいというお誘いかしら、マートン卿？　いいですとも、喜んで。〝永遠にしない〟なんて言わないで。わたしに手を出さないのは損失よ」

スティーヴンは大きく二、三歩で彼女のところへ行くと、椅子の前に両膝を突き、彼女の両手をとった。驚いた彼女がスティーヴンを見つめた瞬間、仮面がはがれ落ちた。

「やめてくれ。やめるんだ、カッサンドラ。ゲームは終わった。これまではすべてゲームだった。本当のきみではなかった。ぼくでもなかった。きみにしたことを申しわけなく思っている。心の底から」

彼女は何か言おうとして口を開いたが、言葉にならないまま、ふたたび口を閉じた。軽蔑の表情を浮かべようとして失敗した。スティーヴンは彼女の手を握りしめた。

「カッサンドラ、先へ進むつもりなら、友達どうしとしてやっていこう。それから、これは空虚な決まり文句ではない。友達にならなきゃいけないんだ。ぼくはこれから先もきみの力になりたいし、きみには援助が必要だ。友情を育むのに理想的な土台とは言えないが、とにかくそこからスタートするしかない。きみが支えを必要とするかぎり、ぼくはきみを支えていく。きみのほうからは信頼と友情を差しだしてくれ。肉体ではなく。きみの肉体に金を払うことは、ぼくにはできない。ぜったいに」

「あらあら、マートン卿。友情にお金を払おうだなんて、友達がほしくてたまらないのね。天使のような人って、そこまで孤独なの？　誰も友達になってくれないの？」

「キャス、スティーヴンと呼んでくれ」

どうしてこだわるの？　どうして？

彼女の顔にいつもの微笑が浮かんだ――そして、消えた。

「スティーヴン」つぶやきに近い声で言った。

「友達になろう」スティーヴンは言った。「この家を堂々と訪問させてくれ。きみのもと家庭教師にお目付け役として同席してもらう。ここを訪ねるときは姉たちも連れてくる。今日の午後のように、きみをエスコートしてロンドンのあちこちへ出かけよう。おたがいをもっとよく知るために」

「あら、わたしの秘密を探りだしたくてたまらないの？　ナイジェルを殺したときの猟奇的な様子を残らず知りたくてうずうずしてるの？」

スティーヴンは彼女の手を放して、ふたたび立ちあがった。彼女に背を向け、片手の指を髪にすべらせた。くしゃくしゃのベッドを見た。ついさっき、二人が愛を交わした場所。

「きみが殺したのかい？」

初めてこの質問をしたとき、彼女の返事を鵜呑みにする気になれなかったのはなぜだろう？　恐怖に震えあがり、二人のあいだにできるだけ距離を置こうとしなかったのはなぜだろう？

「ええ、そうよ」ためらいもせず、彼女は答えた。「いくら否定させようとしても無駄よ、マートン卿――いえ、スティーヴン。都合のいい未知の人物や浮浪者をでっちあげるわけにはいかないわ。生まれついての極悪人というだけで、あとはなんの動機も持たない人物が書斎の窓から忍びこみ、夫の心臓を撃ち抜き、金目のものを何一つ盗まずに逃げていくなんて、ありえないでしょ。わたしが殺したのよ。夫を憎み、その死を願い、夫から自由になろうとしたの。そんなわたしと本当に友達になりたいの？」

ここまで言われても、彼女の言葉を信じる気になれないのはなぜだろう？　常識的に考えてありえないことだから？　だが、パジェット卿が心臓を撃ち抜かれて死亡したのは事実だ。拳銃を手にした彼女の姿を想像しようとし、一瞬、ぞっとして目を閉じた。

ぼくの頭がどうかしてしまったのだろうか。彼女にのぼせあがっている？　いや、そんなことはない。ありえない。きっと、どうかしてるんだ。

「うん」ため息をついて、スティーヴンは答えた。「なりたい」

「あなたがわたしに求婚してるんだって、貴族社会の人がみんな信じてしまうわよ。天使の翼がすぐに黒く汚れてしまうわ、マートン卿。じきに村八分でしょうね。あるいは、笑いものにされる。わたしのいいカモだって、みんなに思われるわよ。とんでもない愚か者だと思われる。わたしの美貌に目がくらんだと思われる。たしかに、わたしは美人よ。うぬぼれてるわけじゃないわ。人がわたしをどんな目で見るか、よくわかってるもの。女性は羨望、男性は賞賛と欲望。わたしと交際すれば、女性は落胆と軽蔑を抱いてあなたから離れていくでしょう。男性は羨望と嘲りをこめてあなたを見るでしょう」

「貴族仲間の期待に応えるために人生を歩んでいくなんて、ぼくにはできない。自分が正しいと思う生き方をしたい。二日前にハイドパークできみがぼくに目を留めたのも、ぼくがきみに目を留めたのも、然るべき理由があったからだと思う。きみがパトロンを探していたとか、ぼくが美女に目を奪われやすいとか、そういう単純なことではないと思う。しかも、きみは分厚いベールで顔を隠していた。二人とも、ほかに何十人もの人間を目にしたはずなのに、目に留めたのはおたがいの姿だった。翌日、メグの舞踏会でふたたび顔を合わせたのにも、それなりの理由があったのだと思う。二人でベッドにころがりこみ、そのあとすぐに喧嘩別れをするためではないと思う。ぼくは原因と結果というものを信じている」

「じゃ、わたしたちはめぐりあう運命だったの？　そして、恋に落ち、たぶん結婚し、いつまでも幸せに暮らすことになるの？」

「運命は自分の手で切りひらくものだ。だけど、然るべき理由のもとで何かに遭遇する場合もある。ぼくはそう信じている。ぼくたちの出会いにも理由があるはずだ、カッサンドラ。理由を探ろうとするか、やめておくかは、自分で決めることだ。その結果は運命とは無関係だ」

「運命が与えてくれるのは理由だけなのね」

「そう。たぶん。ぼくは哲学者ではない。最初からやりなおそう、カッサンドラ。とりあえず、友達になるチャンスを作ることにしよう。きみのことを知りたい。ぼくのことを知ってほしい。たぶん、ぼくは知る価値のある人間だと思う」

「あら、ないかもしれないわよ」

「まあね」

　彼女がため息をついた。スティーヴンが彼女に視線を戻すと、仮面も虚勢もすべて消えていた。ひどく傷つきやすい人間に見えた。そして、信じられないぐらい可憐だった。

　殺人者？　ぜったい違う。だが、殺人者はどんな外見なのだろう？

「気づくべきだったわ。あなたを見た瞬間、面倒そうな人だってことに。ところが、危険人物だと思ってわたしが遠ざけたのは、あなたのお友達のほうだった。わたしが主導権を握るのは無理だと思ったの。悪魔のように見える人。ハクスタブル氏」

「コンのこと？　ぼくのまたいとこだ。悪魔じゃないよ」

「天使なら安全だろうと思った。だから、あなたを選んだの」

「ぼくは天使じゃない、カッサンドラ」

「あら、まさに天使よ。それが間違いのもとだった」

　スティーヴンが不意に彼女に笑顔を向けると、一瞬、彼女の目にきらめきが宿ったので、笑みが返ってくるかと思った。だが、だめだった。

「明日の午後、訪問させてほしい。いや、今日の午後と言うべきかな。正式な訪問だ。きみともと家庭教師に会いに行く。ええと、その人の名前、なんだっけ？」

「アリス・ヘイター」

「では、きみとミス・ヘイターを訪問させてほしい」

　彼女はふたたび片方の足を揺らしていた。

「アリスはすべて知ってるわ」

「きっと、ぼくのことを悪魔の化身だと思いこんでるだろうね。ぼくの魅力でその強烈な嫌悪を消せるかどうか、やってみようか」

「あなたを誘惑した責任がすべてわたしにあることも、アリスは知ってるわ」

「そんなはずはない。だって、真実じゃないもの、カッサンドラ。きみはぼくに強い関心を示しただけだ。ぼくを誘惑したわけじゃない。きみは美しい。そして魅力的だ。ぼくがミス・ヘイターに非難されるのも当然だね。きみに惹かれるあまり、つい愛人にしようと思ったのが間違いだった。ミス・ヘイターに尊敬してもらえるよう努力するからね」

カッサンドラはふたたびため息をついた。

「黙って消えるつもりはないの？」

二人は見つめあった。

「いや、あるよ。〝出てって、二度とこないで〟ときみが言うなら、それに従おう。ただし、真実のレディ・パジェットが言うのなら。出てってほしい？　この先ずっと、きみの人生から離れていてほしい？」

彼女はスティーヴンを見つめ、それから目を閉じた。

「ええ」しばらくしてから言った。「でも、目をあけたら、言えなくなってしまう。スティーヴン、どうしてあなたに出会ったのかしら」

「ぼくにはわからない。二人で一緒に答えを見つけよう」

「後悔するわよ」

「かもしれない」スティーヴンはうなずいた。

「わたしはすでに後悔してるわ」

「明日の午後でいいね？」

「ええ、けっこうよ」彼女は目を開き、ふたたび彼を見つめた。「どうしてもとおっしゃるなら」

スティーヴンは眉を上げた。

「どうぞ訪ねてらして。あなたのティーカップにクモを入れたりしないよう、メアリに言っておくから」

スティーヴンは微笑した。

「さあ、そろそろ帰って。あなたは寝なくても平気かもしれないけど、わたしには睡眠が必要なの」

スティーヴンは部屋を横切り、マントをはおってシルクハットを手にした。カッサンドラのほうを向いた。彼女は椅子の前に立っていた。

「おやすみ、カッサンドラ」

「おやすみ、スティーヴン」

自分はいったい何をしているのかといぶかりつつ、スティーヴンは歩いて自宅に向かった。この二日のあいだに人生がひっくりかえってしまった。

二人は本当にめぐりあう運命だったのだろうか。どんな理由が考えられる？　彼女と友人たちを餓死させないために、こちらが救いの手を差しのべるという以外に。

だが、理由は二人で見つけるしかない。人の一生には見えない手によって故意に投げこまれる出来事や瞬間があることを、スティーヴンは信じている。だが、人の反応まで左右する力は、その手にはない。そうした出来事や瞬間から何を得るかは、当事者にかかっている。

いや、もしかしたら違うかもしれないが。

午前中はずっと雨だったが、昼過ぎには雨が上がり、雲も消えて、太陽が顔を出し、道路も歩道もきれいに乾いた。

「散歩にうってつけの午後だわ」アリスが居間の窓辺に歩み寄り、その言葉通りであることを自分の目で確認しながら、頑固に言った。「グリーンパークへ散歩に出かけようって約束してたじゃない、キャシー。ハイドパークほど混雑してないから」

「あなた、たしか、お昼を食べに戻ってきたとき、あと一歩でも歩かされたら足がとれてしまうって言ったわよね」

アリスは午前中の時間を使って、きのう行けなかった斡旋所をまわり、すでに履歴書を置いてきた斡旋所のほうへも、新たな仕事の口があることを期待してもう一度顔を出してみた。

足がとれてしまうとアリスが言ったのは、ようやく勇気をふりしぼったカッサンドラが、マートン伯爵の午後の訪問の件をさりげない口調で告げる前のことだった。パトロンとしてではなく、正式な社交訪問で、わたしたちとお茶を飲みにいらっしゃるのよ、と。

「軽いお昼とお茶をいただいて、一時間ほど休息したおかげで、驚くほど元気になったわ」アリスは明るく言った。「これならいつでも出かけられそう。それに、午後はもう濡れずにすむし」

「今日は家にいてマートン伯爵をお迎えするって約束したのよ、アリス。留守にするのは不作法だわ。礼儀知らずなことをしてはいけないって教えてくれたのはあなたじゃない。それに……」

「それに、なんなの？」アリスはムッとしていた。窓辺でふりむいたときには、渋い表情になっていた。

カッサンドラの膝には針仕事のたぐいは何も置かれていなかった。このところ、そういうものに集中できなくなっている。視線をそらそうにも、その場所がなく、アリスを見つめかえすしかなかった。

「わたしたちの……関係はもう終わったのかもしれない、アリス。いえ、間違いなく終わったわ。いけないことだと、あの方が言いだして。最大の理由はきっと、この家にベリンダがいることね。無垢な心を傷つけることになるって言うのよ。もっとも、それだけじゃないけど。やっぱり、本物の天使なんだわ。わたしが天使を堕落させたの。あの方は罪悪感に苛まれてる。償いをしたがってる。最初からやりなおして、まずはわたしと友達になりたいんですって。そんなばかげた話を聞いたことがあって？　でも、お金は払いつづけたいそうなの。

断わるなんてとてもできないわ。ほんとは断わらなきゃいけないんでしょうけど。友達になるだけで大金をもらうなんて間違ってるもの。そうでしょ？」

「散歩に行きましょう」アリスがきっぱりと言った。「ぐずぐずしないで。ボンネットをとってらっしゃい、キャシー。着替えなんかしなくていいから」

カッサンドラは首をふり、膝に置いた両手に視線を落とした。指の爪を見た。爪を切らなくては。今日のために小枝模様のモスリンのドレスを着ていた。きれいな服だけは手放さずにすんだ。いい身なりをするよう、ナイジェルにいつもうるさく言われたものだった。

「顔を見るのもいやだわ」アリスは言った。「ましてや、一緒にお茶を飲むなんてとんでもない。わたしの嫌いなタイプですもの、キャシー。会わなくたって、それぐらいわかりますとも。あなたを傷つけた男なのよ」

「ううん、それは違う」カッサンドラは苦悩のにじむ目を上げた。「誰かが誰かを傷つけたとしたら、その逆だわ。あの方はわたしを傷つけてはいない。すごく……優しい人なの、アリス」

優しくて、そして、ひどく厄介な人。

カッサンドラはこの午前中ずっと――そして、ゆうべ彼が帰ったあともずっと――彼の愛の行為と、その行為が自分の体内に残した痛みと疼きについて考えつづけていた。そして、苦痛ではない苦痛について。カッサンドラが感じていたのは性の欲望だった。ついに自分でそれを認めた。これまでは性の欲望など感じたこともなかった。女にそんな欲望があることすら知らなかった。

そして、午前中ずっと、行為のあとで二人が交わした言葉を思いだしていた。

〝二日前にハイドパークできみがぼくに目を留めたのも、ぼくがきみに目を留めたのも、然るべき理由があったからだと思う……翌日、メグの舞踏会でふたたび顔を合わせたのにも、それなりの理由があったのだと思う……ぼくは原因と結果というものを信じている〟

すべてのことに理由があるのなら、ナイジェルと出会った理由はなんだったの？

〝然るべき理由のもとで何かに遭遇する場合もある。ぼくはそう信じている。ぼくたちの出会いにも理由があるはずだ、カッサンドラ。理由を探ろうとするか、やめておくかは、自分で決めることだ。その結果は運命とは無関係だ〟

彼は運命と自由意志を共存させる方法を見つけだした。なんて頭のいい人だろう。

〝最初からやりなおそう、カッサンドラ。とりあえず、友達になるチャンスを作ることにしよう。きみのことを知りたい。ぼくのことを知ってほしい。たぶん、ぼくは知る価値のある人間だと思う〟

わたしのことはもう充分に知ったはずじゃない？　はっきり言ったのに――二回も――わたしがナイジェルを殺したのだと。罪を認めた人間について、それ以上何を知ることがあるの？

〝たぶん、ぼくは知る価値のある人間だと思う〟

「たぶん」カッサンドラはアリスに言った。「知る価値のある人だと思うわ」

「あなたにあんなことをした男なのに？」アリスは椅子のところに戻り、どさっと腰を下ろした。「それと、あなたから誘惑したなんてことは、もう言わないで、キャシー。それしか方法がなかったんだから。もっとも、わたしは最初から大反対だったけど。誘惑に負けたなんて言い訳は通用しないわ。男だから仕方がないってとこかしら。そんなに女が必要なら、結婚すればいいのよ。それが妻の役割ってものでしょ！」

カッサンドラはこの日初めてアリスに目を向け、ついおかしくなって微笑した。

「い、いいえ」アリスの頬がピンクに染まった。「役割の一つね。誤解しないでちょうだい、キャシー。女性にはそれよりはるかに大きな価値があるのよ。あなたの子供時代からわたしが教えてきたように。やっぱりグリーンパークへ出かけましょうよ。明日はまた雨かもしれない。それに、何か収入源を見つけなきゃいけないのはわたしのほうだわ。かならず見つけますからね。けさ、新聞を買ったの。とんでもない贅沢をしたものだけど、求人広告がいくつも出てるから応募してみようと思ったの。そりゃ、感心しないものもあるわよ。だけど、見込みのありそうな働き口だって出てるわ。四十二歳の女性はもう使いものにならないなんて誰が言ったのよ？　わたしはぜったい信じませんからね」

カッサンドラはアリスに笑顔を向け、かつての家庭教師の目に涙があふれていることに気づいた。

「キャシー」アリスがふたたび言った。「あなたを支えることがこのわたしの役目なのよ。あなたにもよくわかってるでしょ」

「いつだって支えてもらったわ、アリー。どんなときでも」

アリスはハンカチで目を押さえた。

「わたしと一緒にマートン伯爵を迎えるのが、あなたにとって大切なことなのね？」

「ええ」カッサンドラはうなずいた。「あなたに同席してほしいって、わざわざ念を押してらしたわ――お目付け役として」

アリスは不機嫌な声を上げた。鼻をフンと鳴らしたらしい。

「あなたの子供時代に教えておくべきだったわね。〝馬を盗まれてから小屋の戸を閉めても遅すぎる〟ということを」

たとえ両方が散歩を望んだとしても、すでに手遅れだった。外の通りを走ってきた馬車が玄関の前で止まった。カッサンドラのすわっている場所からも、それがはっきり聞こえた。

客の到着だ。

12

スティーヴンは午前中の遅い時間に貴族院を出たあと、レディ・モントフォード、つまり姉のキャサリンの屋敷へまわった。カッサンドラを訪ねるのにつきあってほしいと頼むためだった。ところが、メグもきていた。トビーとサリーをハルと遊ばせるために出かけてきたのだった。おかげで、スティーヴンは姉二人に同行を頼むことができた。

「あなたの顔を見た瞬間、きのうの午後のことを尋ねようと思ったのよ。馬車で公園に出かけたそうね」メグが言った。「レディ・パジェットが社交界に溶けこめるよう、力を貸してあげることにしたのね。ほんとに優しい子。あの方、あまりつきあいやすいタイプじゃないでしょ？　いつも独特の表情で——なんていうか、目の前の相手をすべて見下して、自分のほうが偉いんだって言ってるみたい。たぶん、すごく大変な境遇だから、そうやって自分を守ろうとしてるんでしょうけど、それでも、ああいう態度をとられると、親しくなろうって気にはなれないわ」

「今日の午後、訪問する約束をしたんだ」スティーヴンは言った。「だけと、一人で行くのはまずいかなと思って」

「あの方をこれ以上ゴシップの的にする必要はないわ」ケイトも同意した。「あの方の態度についてのお姉さまの意見はもっともよ、メグ、でもね、もしわたしが独りぼっちでロンドンに出てきて、みんなから夫を殺したと思われてたら——しかも、斧でよ！——やっぱり同じような態度をとると思うわ。人前に出る勇気があればね。あの方の勇敢さは称えるべきよ。わたし、喜んで午後の訪問につきあうわ、スティーヴン。ハルは朝から思いきり遊んだから、午後はお昼寝すると思うの。ジャスパーは競馬に出かける予定だし」

「ダンカンもよ」メグが続けた。「二人で一緒に行くんですって。わたしもスティーヴンにつきあうわ」

案ずるより産むが易しだ。面倒な質問をされずにすんだ。彼が罪悪感を抱いていることが姉たちにはわかっていないようだ。

午後になり、スティーヴンがポートマン通りにあるカッサンドラの住まいに到着したときは、誰に見られても恥ずかしくない訪問だった。正々堂々と到着したので、詮索好きな隣人たちがその気になれば、のぞき見ることもできただろう。スティーヴンが立派な身なりの貴婦人二人に手を貸して馬車から降ろし、そのあいだに、お供の従僕が玄関ドアにノッカーを打ちつけた。

数分後、一行は客間に腰を下ろして、お茶を注ぐカッサンドラと、三日前の午後にスティーヴンがハイドパークで見かけたミス・ヘイターを相手に、礼儀正しく言葉を交わしていた。ミス・ヘイターは背筋を伸ばして椅子にすわり、ツンとした表情を浮かべていたが、けっして器量の悪い女性ではなかった。

それに、ツンとした表情も仕方のないことだった。スティーヴンとしては、自分が賭けに負けることのないよう願うしかなかった。カッサンドラとの本当の関係を姉たちに悟られるようなことを、ミス・ヘイターが言わずにいてくれるよう願っていた。まあ、たぶん大丈夫だろう。礼儀を心得たレディのようだから。

そこで、自分の魅力でミス・ヘイターを味方につけておこうと思い、ほかの三人の女性が話しこんでいるあいだ、ミス・ヘイターとの会話に専念した。

だが、その一方、慣れた様子で客をもてなしているカッサンドラのことが気になって仕方なかった。彼女の顔には、メグのさきほどの指摘にもあったように、軽い軽蔑の表情が浮かんでいた。緊張を解いて本来の姿を見せてくれればいいのに、と思った。姉たちにカッサンドラを気に入ってもらいたかった。まるで求婚する気でいるかのようだ。

彼女が今日着ているのはマッシュルーム色のモスリンのドレスだった。たいていの女性が野暮ったく見えそうな色だ。だが、彼女にかぎっては、すばらしいとしか言いようがなかった。ドレスがみごとなスタイルを強調し、髪のあでやかな輝きが人の目を惹きつける。エレガントな女性に見える。

貴婦人そのものに見える。暗い運命に見舞われたことなど一度もない女性に見える。

やがて、全員の緊張をほぐすことが起きた。もっとも、カッサンドラは最初のうち困惑していたが。

閉めたと思いこんでいたドアがカチャッと開き、もじゃもじゃの毛をしたみっともない犬が舌を垂らして、不自由な脚でよたよた入ってきたので。

「あら、いやだわ」犬が近づいてきたので、カッサンドラは立ちあがった。「掛け金がまたきちんとかからなくなったのね。申しわけありません。すぐに連れて出ますから」

「わたしがやるわ、キャシー」そう言って、ミス・ヘイターも立ちあがった。

「あら、でも、可愛いワンちゃんだわ」ケイトが言った。「追いださないでくださいな。客間への出入りを禁じてらっしゃらないのなら」

「ロジャーはカッサンドラのそばを離れようとしないんですよ」ミス・ヘイターはそう言いながら、ふたたび腰を下ろした。「この家がすべて自分のもので、自分がここの主人だと思いこんでいるんです。たしかにそうですけどね」

ここで初めてミス・ヘイターは笑顔になった。ケイトが笑みを返すと、クスッと笑った。カッサンドラも腰を下ろして、かすかな笑みを浮かべた。彼女を見つめていたスティーヴンはその顔に純粋な愛情があふれているのを見て、胸がズキンと疼いた。その疼きはすぐに消えてしまったため、つかみどころがなく、なぜ疼いたのかもわからないままだった。

「ロジャー」犬がよたよたと横を通ったので、スティーヴンは手を伸ばして、まともなほうの耳をなでてやった。「立派な名前だね」

犬は脚を止め、スティーヴンの膝に顎をのせて、片方の目で悲しげに彼を見あげた。もう一方の目は白く濁っていて何も見えない。

「おまえは厄介ごとの渦中に飛びこみ、ぼろぼろになって出てくるような、とても不運な犬か、もしくは、ひどい惨事のなかを生き延びてきたとても幸運な犬か、そのどちらかだね」

「あとのほうよ」カッサンドラが言った。

「まあ、なんて恐ろしいことでしょう、レディ・パジェット」メグが言った。「わたしが家のなかでペットを飼いはじめたのは、つい最近のことですのよ。子犬を見たくなるたびに廏まで行かなきゃいけないのが、上の男の子には面倒だったらしくて、子犬をまとめて家に連れてきたんです。もちろん、母犬もついてきました。母犬は排泄のしつけもされていなかったというのに。でも、ペットって、あっというまに家族になるものですね。人間に劣らず大切な存在だわ」

カッサンドラはロジャーに視線を据えたままで言った。「大怪我を負ったこの犬が回復しなかったなら、犬と一緒にわたしの一部も死んでしまったことでしょう、レディ・シェリングフォード。でも、回復してくれました。だから、かならず守ってやろうと決めたのです」

彼女の視線が犬の頭からスティーヴンの顔までの短い距離を移動し、それからよそへそれた。

犬が大怪我を負った事情は誰も尋ねようとせず、彼女のほうも話す様子はなかった。

「毛だらけになりますよ、マートン卿」ミス・ヘイターが言った。

スティーヴンは彼女に微笑した。

「従者にガミガミ説教されることになりそうだ。でも、犬の毛はその従者がすべてブラシで払い落としてくれるでしょう。それに、従者にはときどき説教の材料を提供してやらなくてはなりません。頼りにされているのだと思わせ、喜んで働いてもらうために」

カッサンドラは思わず笑みを向けそうになった。しかし、まだ彼をすっかり許したわけではない。許す気になるかどうかも疑問だ。

ドアを閉めに行って今度こそきちんと閉じようと考えた者は一人もいなかった。その結果、きのうメイドのスカートの陰からのぞいていた巻毛の小さな頭とバラ色の頬がドアのところに現われ、犬を見るなり部屋に入ってきた。着ているピンクのドレスは色褪せているが、しみ一つなくきれいに洗濯され、パリッとアイロンがかかっている。

「ワンちゃん」少女は笑いながら犬のところへ行った。

しかし、犬はいまいる場所に満足しきった様子で、耳と頭をなでてもらっていた。おざなりにクーンと歓迎の声を上げ、少女が犬の背中の毛に指を埋め、キスしようとして顔を近づけると片目をあけた。

「あら」カッサンドラがふたたび困惑の声を上げた。「申しわけありません。すぐに――」

しかし、犬だけでなく知らない人々も部屋にいて、そのなかに花飾りのついた麦わらのボンネットをかぶった貴婦人がいることに、少女は不意に気づいた様子だった。ロジャーとスティーヴンから離れて、メグのボンネットを指さした。

「きれい」

「まあ、ありがとう」メグは言った。「お嬢ちゃんの巻毛もきれいねえ。わたしにくれない？

切りとって、わたしの頭に貼りつけてもいいかしら。似合うと思う？」

少女は笑いころげた。

「だめ、だめ！」と叫んだ。「変だと思う」

「やっぱりね」メグはため息をついた。「じゃ、お嬢ちゃんの頭につけたままにしておきましょう。とっても愛らしいから」

少女は片足を突きだし、膝のうしろを支えた。

「新しい靴、買ってもらったのよ」

メグは靴を見た。

「まあ、すてき」

「前のはすごく小さくなっちゃったの。あたしが大きくなったから」

「ほんと、もうすっかり大きいのね。古い靴はずいぶん小さくなってたことでしょうね。ねえ、このお膝にすわらない？」

カッサンドラはふたたび腰を下ろし、その途中でミス・ヘイターと視線を交わした。だが、心配する必要はなかったようだ。高貴な客をもてなしている最中に、もじゃもじゃの毛をした老いぼれ犬と召使いの子供が客間にさまよいこむのを許すなど、完璧な礼儀作法とは言えないが、その高貴な客たちが犬と子供に魅了されていた。スティーヴンが見たところ、メグもケイトも喜んでいるようだ。もちろん、彼自身も。ここは子供もペットも自由に歩きまわることのできる家庭なのだ、としみじみ思った。きのう、玄関先でそう感じた。今日はそれを確信した。

カッサンドラはいつも闇のなかで生きているのではなさそうだ。いまも苦笑しながら、愛情に満ちた表情で子供を見ている。

「うちにも小さな男の子がいるのよ」少女が膝に乗ると、メグは言った。「でも、あなたよりは年上ね。あなたより年下の女の子もいるわ。それから男の子がもう一人。まだ小さな赤ちゃんだけど」

「その子たちの名前は？」少女が訊いた。

「トビアス。でも、みんな、トビーって呼んでるのよ。女の子はサラ、呼ぶときはサリーよ。それから、アレグザンダー。呼ぶときはアレックス。あなたのお名前は？」

「ベリンダよ。あたしを呼ぶときは？」

「うーん、ちょっと考えさせてね」メグは考えこむふりをした。「ベルはどう？　いとこがベルって呼ばれてるわ。イザベルを縮めたものなの。リンディ？　リンダ？　リン？　でも、どれも〝ベリンダ〟ほど可愛くないわね。ベリンダのままがいちばんいいんじゃないかしら」

ロジャーは床に伏せ、スティーヴンのブーツに顔をのせていた。ケイトはミス・ヘイターと話しこんでいた。スティーヴンがカッサンドラに笑顔を向けると、彼女は唇を噛んで視線を返した。目の奥に、間違いなく、彼の笑みに応える微笑が宿っていた。

スティーヴンは訪問できたことに感謝した。一緒にきてくれたメグとケイトに感謝した。

そして、客間のドアのきちんとかからない掛け金にも感謝した。官能の喜びを堪能したゆうべより、今日のほうがずっと楽しかった。新たなスタート、しかも、幸先のいいスタートだ。カッサンドラに身内の最高の面を見せることができ、こちらも彼女の身内の最高の面を見せてもらった。

新たなスタート……。

ぼくは真剣にそれを望んでいるのだろうか。

何をスタートさせるのだ？

しかし、その疑問について考える暇も、ふたたび会話に加わる暇もないうちに、客間のドアにノックが響き、痩せたメイドがひどくおろおろと顔をのぞかせた。

「まあ、奥さま」あえぎながら言った。「申しわけございません。あたしが洗濯物をとりこんでるあいだに、ベリンダとロジャーが家に入ってしまいまして。台所にいるものと思ったんですが、どこを捜しても見つからなかったんです。ベリンダ！」メイドは声をひそめ、焦った様子で叱責した。「外に出なさい！　犬も連れてくるのよ。ほんとに申しわけございません、奥さま」

「この子と犬がお客さまをもてなしてくれたみたいよ」カッサンドラは言った。心から楽しそうな顔になっていた。「それから、ベリンダは新しい靴をみんなに見せてくれたの」

「わたし、ベリンダと仲良しになったのよ、メアリ」メグが言った。「犬を捜して部屋に入ってきただけだから、叱ったりしないでね。ほんとに可愛い子。この子に会えてとっても楽しかったわ」

「ロジャーはぼくの足を温めてくれたし」スティーヴンがつけくわえ、メアリに笑顔を向けた。

「きっと自慢のお嬢ちゃんでしょうね」ケイトが言った。

ベリンダはメグの膝からすべりおりると、ロジャーの首に両腕をまわした。ロジャーはのろのろと起きあがり、上下に身体を揺らしながら、ベリンダの先に立って客間を出ていった。メイドがドアを閉めたが、カチッと固定されるまで念入りにひっぱる音がスティーヴンの耳に届いた。

「お恥ずかしいところをお見せしてしまいました」ミス・ヘイターが軽く笑って言った。「召使いの子供やペットを身近に置くような暮らしには、なじんでらっしゃらないでしょうね、レディ・モントフォード、レディ・シェリングフォード」

メグが笑った。

「あら、とんでもない誤解ですわ」そう言って、スロックブリッジで育ったころのことを語りはじめた。「小さな村で暮らしていれば、あらゆる身分の人々と親しくつきあうようになるものです。子供が成長するには理想的な環境です」

「いまもときどき、あのころがなつかしくなります」ケイトが横から言った。「わたし、村の学校で幼児クラスを教えてたんです。紳士階級だけでなく、あらゆる人のためにパーティが開かれて、そこでよく踊ったものでした。メグの言うとおりだわ。子供にとってはまさに理想的な環境ね。あ、もちろん、スティーヴンがマートン伯爵家を継ぐことになって、わたしたちに幸運がころがりこんできたことに、姉もわたしも不満はありませんのよ」

「ぼくなんか、まったく不満なし」スティーヴンは言った。「伯爵という身分には大きな特権があるもの。同時に、世のために尽くすという大きな責任を負い、その機会を数多く与えられている」

そう言いながら、ミス・ヘイターを見た。言わないほうがよかったかもしれない。伯爵ともなれば悪行に走る機会も多いものだ、とミス・ヘイターに思われかねない。しかし、彼女に笑顔を向けたところ、彼女の渋い表情は自分たちが到着してから三十分のあいだにほぼ消え去ったようだった。

そろそろ暇を告げる時刻になっていた。メグが椅子から立とうとしているのが見えた。ところが、立ちあがる前に玄関ドアにノッカーの音が響いたため、全員が客間のドアのほうを向いた。そこに窓があって、誰が訪ねてきたのかわかるとでもいうように。

ほどなくドアが開き、メイドがふたたび姿を見せた。

「ゴールディングとおっしゃる方がお越しです、奥さま。ミス・ヘイターに会いにこられました」

ミス・ヘイターがあわてて立ちあがった。頰が真っ赤に染まっていた。

「まあ、メアリったら。外へ呼んでくれればよかったのに。いま行きます――」

しかし、遅すぎた。一人の紳士がメアリの脇を通って部屋に入ってきた。人がたくさんいるのに気づいて、ひどくうろたえた顔になった。あわてて立ち止まり、お辞儀をした。顔が輝いていた。

カッサンドラが椅子から立ち、両腕を差しだして小走りで紳士に近づいた。

「ゴールディング先生。何年ぶりでしょう。でも、どこでお目にかかってもわかりますわ」

細くて屈強な感じの小柄な中年男性で、あまり魅力的とは言えない容貌だった。濃い色の髪が額から後退して、頭頂部はひどく薄くなり、こめかみに白いものが交じっていた。金属縁の眼鏡は鼻のほうへずり落ちていた。

「キャシーお嬢ちゃん？」紳士はカッサンドラの手に自分の両手を預け、彼女に劣らずうれしそうな顔になった。「わたしのほうは、あなたに会ってもわからなかったでしょう。髪だけは別だが。しかし、いまはレディ・パジェットになられたのですね。きのう、ミス・ヘイターから聞きました。ご主人が亡くなられたそうで、お悔やみを申しあげます」

「ご丁寧に恐れ入ります」カッサンドラはそう言うと、ほかの客に彼を紹介しようと向きを変えた。彼女の顔はなおも幸せに輝いていて、信じられないほど美しかった。子供のころ、ほんの一時期だが弟の家庭教師だった人で、現在は閣僚の秘書をしていることを、みんなに説明した。

「ミス・ヘイターにご挨拶したくて伺ったのです」お辞儀をしたあとで、ゴールディングは言った。「来客中だとは知らなくて失礼しました、レディ・パジェット」

「とにかく、おすわりになって」カッサンドラは言った。「お茶をどうぞ」

しかし、ゴールディングはすわろうとしなかった。客たちを見て怖気づいているようだった。

「こうしてお邪魔したのは、明日、リッチモンド・パークへ馬車で出かける予定なのですが、ミス・ヘイターにつきあっていただけないかと思いまして。ピクニックのお茶などいかがでしょう？」

ゴールディングはひどく落ち着かない様子で、ミス・ヘイターに目を向けた。

「二人だけで？」ミス・ヘイターが訊いた。いまも頬が紅潮し、目が輝いていた。きりっとした美しさが際立っている、とスティーヴンは思った。若いころはさぞかし美人だったに違いない。

「あ、あの、それは礼儀に反することかと……」ゴールディングは手にした帽子をやたらとまわし、足もとに穴があいて自分を呑みこんでくれるなら大歓迎だと言いたげな顔になった。「ただ、ほかに誰を誘えばいいのかわからなくて。できれば――」

スティーヴンは思った――スタート地点から終点にたどり着くには中間の部分が必要だ。遠い昔に家庭教師をしていた中年男女のあいだに芽生えようとしているロマンスにおいても、カッサンドラと自分との新たな関係においても。彼女との新たな友情がどこへ行き着くのか、いまのところ、二人ともまったくわからない。しかし、その〝どこか〟がどこなのか、スティーヴンは自分の目でたしかめたかった。

「猛反対なさる気がなければ」スティーヴンはゴールディングに言った。「そして、レデイ・パジェットに明日の午後のご予定がなければ、あなたがたのピクニックにレディ・パジェットとぼくも参加させてください。レディ二人がおたがいのお目付け役になればいい」

「お心遣いをいただいて恐縮です」ゴールディングが言った。「ただ、無理をさせては申しわけない」

「無理なんかしてませんよ」スティーヴンは言った。「ぼく自身がもっと早く思いつけばよかったと後悔しているだけです。さて、あとはレディ二人に同行を承知してもらうだけですね」スティーヴンはミス・ヘイターからカッサンドラに、そしてふたたびミス・ヘイターに問いかけるような視線を向けた。「最初にお尋ねすべきでした、ミス・ヘイター。ぼくが加わってもかまわないかどうかを。いかがでしょう？」

図々しくも、最高に魅力的な微笑を彼女に向けた。

「おっしゃるとおりですわ、マートン卿」ミス・ヘイターはきびしい声で言った。「わたしがキャシーと一緒にいれば、お目付け役として、キャシーの身の安全を守ることができます。ゴールディング先生、喜んでお供いたします」

全員が〝どうします？〟と言いたげにカッサンドラを見た。

「どうやら」カッサンドラはスティーヴンのほうを見ずに答えた。「わたしも明日のピクニックに参加することになりそうね」

「よかった」ゴールディングが両手をこすりあわせた。もっとも、いまもひどく狼狽している様子だった。「では、馬車を雇って、二時に玄関先までお迎えに伺います」

「よろしければ」スティーヴンは言った。「お茶はそちらで用意なさるようだから、馬車はぼくに用意させてもらえませんか」

「それはご親切にどうも」ゴールディングはそう言うと、お辞儀をし、そのまま黙って部屋を出ていった。

「わたしたちもそろそろお暇しなくては」メグが立ちあがった。「お茶と温かなおもてなしをありがとうございました、レディ・パジェット。お目にかかれてとても楽しかったですわ、ミス・ヘイター」

「わたしもよ」ケイトが言った。「教師のころの思い出を語りあいたかったです、ミス・ヘイター。でも、今日はチャンスがなかったから、つぎの機会にぜひ」

「明日を楽しみにしております」スティーヴンはそう言うと、ミス・ヘイターにお辞儀をしてから、姉たちを追って部屋を出た。カッサンドラも彼女たちを送りに出ていた。

スティーヴンは外で待っている馬車のほうへ姉二人を先に行かせておいて、玄関ホールでカッサンドラへの暇乞いに時間をかけた。

「ぼくは昔からピクニックに弱くてね。新鮮な空気。食べものと飲みもの。草と木々と花。気の合う仲間。すばらしい組みあわせだ」

「気は合わないかもしれないわ」カッサンドラが警告した。

スティーヴンは笑いだした。

「ゴールディング氏となら、すごく気が合いそうだ」

彼女の言葉をわざと誤解してみせた彼に、カッサンドラは苦笑した。

「わたしのことを申しあげたのよ。わたしがピクニックに乗り気じゃないのはわかるでしょ。ゆうべおっしゃった新たな……関係はきっと失敗に終わるわ。パトロンと愛人の関係にあった者が友達になるなんて無理よ、スティーヴン」

「恋人は友達になれない？」

カッサンドラの返事はなかった。

「ぼくは償いをしなきゃならない。きみの人生にふたたび喜びをもたらすかわりに、逆のことをしてしまった。その償いをさせてほしい」

「そんな必要は——」

「人はみな喜びを求めている。誰にだって必要なことなんだ。人は喜びを手にすることができるんだ、キャス。約束しよう」

カッサンドラは無言で彼を見つめるだけだった。緑色の目に輝きが浮かんでいた。

「ピクニックが楽しみだと言ってくれ」

「ええ、お安いご用よ。それであなたが喜んでくれるなら、いくらでも言うわ。ピクニックに行けると思うと興奮して今夜は寝られそうにないわ。いいお天気になりますようにって、一時間ごとにお祈りするわね」

スティーヴンはカッサンドラに笑いかけると、指で彼女の顎を軽くはじいてから、急いで外に出て馬車に乗りこみ、馬に背を向けて姉たちの向かいにすわった。

「ねえ、スティーヴン」扉が閉まり馬車がガタンと揺れて動きだしたところで、ケイトが言った。「けさはどうもよく理解できなかったの。いえ、たぶん、理解したくなかったんでしょうね。結婚と幸福に向かってなめらかな道を進もうという者は、わが家には一人もいないの？」

「でも、わたしたち三人に幸せをもたらしてくれたのはけわしい道だった」メグが静かに言った。「なめらかな道では幸せになれないのかもしれない。スティーヴンにもけわしい道が待っているよう、願うべきかもしれないわ」

しかし、メグの顔に微笑はなく、さほどうれしそうでもなかった。ケイトも同じだった。それがどういう意味かは、スティーヴンからは尋ねなかった。

だが、姉たちは誤解している。

過ちを償おうとしているだけなのに。

カッサンドラの人生に喜びをもたらそうとしているだけだ。ぼくの良心が安らぎのなかで休息できるように。

黙りこんだ三人を乗せて、馬車は走りつづけた。

13

翌日の午前中、カッサンドラはオクスフォード通りへ出かけた。だが、自分のものを買うためではなかった。ベリンダを連れていってもかまわないかとメアリに尋ねた。もうじき夏になるので、かつて馬番の少年がかぶっていた不格好なお下がりの帽子のかわりに、夏用のボンネットをプレゼントしようと思ったのだ。子供服も買ってやりたかったが、それはやめておいた。メアリへの配慮を忘れてはならない。メアリはとても誇り高い人間だ。それに、娘を溺愛し、過保護なくらい大事にしている。

最初に入った店ですてきな帽子が見つかり、ベリンダは愛らしいブルーの木綿のボンネットをかぶって店を出た。つばの部分がしっかりしていて、フリルが首筋と肩を日射しから守ってくれる。太陽のような黄色いリボンを顎の下で結ぶようになっていて、リボンとボンネットの境目には、キンポウゲと矢車草の小さな飾りがたくさんついている。

その華やかさにベリンダは目を丸くし、店を出るとき、くるっとふりむいてウィンドーに映った自分の姿にみとれた。

二人で手をつないで通りをのんびり歩き、やがて、おもちゃ屋の前で足を止めた。ほどなく、ベリンダはウィンドーに鼻を押しつけ、無言で店内をのぞいていた。興奮している様子はなく、ウィンドーや店内のものを買ってもらおうと思っているわけでもなかった。何もねだりはしなかった。しかし、おもちゃの世界に心を奪われていた。

カッサンドラは愛情あふれる目でベリンダを見守った。ここに立って店をのぞく機会ができたことが、ベリンダの一日のなかで最高のひとときなのだろう。けっしてわがままを言う子ではない。

ベリンダがウィンドーのなかの品を次々とながめているのではなく、ある一つの品に見とれていることに、カッサンドラは気がついた。それは人形だった。いちばん大きな人形ではなく、いちばん豪華な人形でもない。それどころか逆だった。陶製の赤ちゃん人形で、木綿の簡素な寝間着一枚の姿で白いウールのショールの上に寝かされていた。ベリンダは穴のあくほど人形を見つめたあとで、片手を上げて、そっと手をふった。

カッサンドラは涙をこらえた。たしか、ベリンダはおもちゃを一つも持っていないはずだ。

「ねえ。あの赤ちゃん、ママがほしいでしょうね」

「赤ちゃん」ベリンダはウィンドーのガラスに手を押しつけた。

「抱っこしてみたい？」カッサンドラは訊いた。

少女が向きを変え、大きい真剣な目でカッサンドラを見あげた。ゆっくりうなずいた。

「じゃ、いらっしゃい」カッサンドラはふたたび少女の手をとり、店に連れて入った。

とんでもない浪費だ。わたしはもうマートン卿の愛人ではないのに。そうでしょ？　しかも、すでにボンネットを買ってしまった。でも、生きていくのに必要なのは、食べものと服と住まいだけではない。愛情も必要だ。愛情を示すためにお金を少し出さなきゃいけないのなら、喜んでそうしよう。

店員がウィンドーのなかへ身をかがめて人形をとり、ベリンダの腕に抱かせたとき、それだけの価値があったとカッサンドラは思った。

少女の目が顔から飛びだすのを見たとしても、カッサンドラは驚かなかっただろう。ベリンダは口を半開きにして陶製の赤ちゃん人形を見つめ、腕に抱いたまましばらく硬直していたが、やがて、抱きしめてそっと揺らしはじめた。

「家に連れて帰って、この坊やのママになりたい?」カッサンドラは優しく尋ねた。

ベリンダはふたたびカッサンドラを見あげ、そして、うなずいた。

二人の背後では、上等の身なりをした少女が駄々をこねていた――金色の長い巻毛のお人形を買ってよ。ベルベットのドレスとマントを着けたみっともないお人形なんかいらない。それから、乳母車も買って。いま持ってるのは車輪がはずれちゃったから。それから、縄跳びのロープも買って。先週お誕生日にもらったのは、持ち手の緑色がいやなんだもん。

赤ちゃん人形が寝間着を脱がされていることにカッサンドラは気がついた。そこで人形のために寝間着を買い、つぎに、ベリンダが赤ちゃんの額にキスをして「暖かくしてあげるね」と小声で約束していたので、毛布も買うことにした。

子供のおもちゃがこんなに高いなんて想像もしなかった。

しかし、二人で店を出たときには、この贅沢を後悔してはいなかった。ベリンダはいまも言葉を失ったままだった。しかし、母親からくどいほど教えこまれてきたことを思いだした。赤ちゃん人形を抱きしめて、カッサンドラを見あげた。

「ありがとうございます、奥さま」

この感謝の言葉に薄っぺらなところはなかった。心からの感謝だった。

「だって」カッサンドラは言った。「ママのいない坊やをあそこに放っておくなんてかわいそうだもの。そうでしょ？」

「この子、女の子よ」ベリンダは言った。

「あら」カッサンドラは微笑した。顔を上げると、目の前にレディ・カーリングとシェリングフォード伯爵夫人の笑顔があった。

「あなただと思ったわ、レディ・パジェット」レディ・カーリングが言った。「マーガレットにそう言って、たしかめるために、二人で通りを渡ったの。なんて可愛い子かしら。あなたのお子さん？」

「いえ、違います」カッサンドラは答えた。「この子の母親は、うちの家政婦と料理番とメイドを兼ねていて、何から何までやってくれてます」

「この子はベリンダちゃんよ」伯爵夫人が言った。「あら、新品のおしゃれな靴をはいてるのね。ご機嫌いかが、レディ・パジェット？　あなたには赤ちゃんができたみたいね、ベリンダ。見せてもらっていい？　女の子？」

ベリンダはうなずき、赤ちゃん人形の顔から毛布をどけた。

「わあ、可愛い」伯爵夫人は言った。「暖かくしてもらってうれしそうね。お名前は？」

「ベスよ」ベリンダは答えた。

「すてきな名前。ベスっていうのは、ふつう、エリザベスを縮めたものなの。知ってた？でも、こんな小さな赤ちゃんだから、エリザベスじゃ長すぎるわね。ベスにしたのはお利口だわ」

「いまからマーガレットと二人でカフェへお茶を飲みに行くところなの」レディ・カーリングが言った。「ご一緒にいかが、レディ・パジェット。ベリンダの気に入りそうなケーキがあると思うわ。それに、もちろん、レモネードも頼めるし」

カッサンドラは反射的に断わろうとした。しかし、この貴婦人たちと一緒のところを人に見られてもマイナスにはならない。こうして少しずつ社交界になじんでいけば、コンパニオンを求めている年配もしくは病身の貴婦人と知り合いになり、充分な信頼を得たうえで雇ってもらえるかもしれない。もっとも、楽しい未来ではなさそうだし、その場合、アリスとメアリをどうすればいいのかわからない。でも……。

まあ、せっかくオリーブの枝が差しだされたのなら、受けとっても悪くはないだろう。

「ありがとうございます」カッサンドラは言った。「ベリンダ、ケーキを食べる？」

ベリンダはふたたび目を丸くしてうなずき、それから礼儀作法を思いだした。

「はい、いただきます、奥さま」

貴婦人たちがカフェに腰を下ろして一時間ほどおしゃべりに夢中になるあいだ、ベリンダはおとなしくすわって、まず、念入りに選んだピンクの砂糖衣がかかったホワイトケーキを食べ、つぎにカップを両手で持ってレモネードを飲み、最後に麻のナプキンで口と手を丁寧に拭いた。ふたたび赤ちゃんをあやすためだった。貴婦人たちが話しこんでいるそばで、赤ちゃんに話しかけ、キスをした。

「リッチモンドへピクニックに出かけるにはうってつけのお天気ね」伯爵夫人が言った。

「ピクニック?」レディ・カーリングが興味深そうにカッサンドラを見た。「なんてすてきなんでしょう。初夏の午後を過ごすのに、まさに最高の方法だわ」

「昔の家庭教師がわたしと一緒に住んでいて、年はまだ四十二歳。同年代の紳士と二人だけではるばるリッチモンドまでピクニックに出かけるには、いくらなんでも若すぎる——本人はそう信じています。きのうの午後、ゴールディング氏がおみえになってピクニックに誘ってくださったとき、家庭教師は見るからに行きたそうな顔なのに返事をためらいました。そこで、マートン卿が、わたしと二人でお目付け役として同行するとおっしゃったのです」

みんなで大笑いになった。ちょうどそのとき、当のマートン卿がハクスタブル氏と連れだって、天使と悪魔のごとく、カフェの窓の外を通りかかった。カッサンドラの心臓が、もしくは胃が——もしくはどこかが——ズキンと疼いた。マートン卿の腕にうら若き令嬢が手をかけていた。舞踏会のときに一曲目を彼と踊っていた令嬢だ。そして、マートン卿は身をかがめて令嬢の言葉に聞き入っていた。彼女に笑みを向けていた。

メイドとおぼしき若い女がその数歩うしろを歩いていた。

カッサンドラが感じたのは嫉妬ではなかった。心に浮かんできたのは……一度は彼の愛人となり、ベッドで彼と二晩を過ごし、自分では認めたくないぐらいその行為を楽しみ、彼のたくましい身体を目にし、肌で感じたという事実だった。

何もこんなときに思いださなくてもいいのに……。

マートン卿はわたしと友達関係になることを望んでいる。

彼にふさわしいのはああいう若い令嬢だ。令嬢は彼に何か言われて笑いだし、彼も一緒になって笑っていた。

彼にふさわしいのはあの人。わたしではない。彼は若くて、苦労知らずで、魅力的で、光に満ちあふれている。

失敗に終わった愛人関係を友情に変えようとする彼に同意したのが間違いだった。

ああ、でも、本当に……。

本当に魅力的な人。

「あら、スティーヴンとコンスタンティンよ」レディ・シェリングフォードが言ったそのとき、ハクスタブル氏のほうもみんなに気づいて、あとの二人に何かを言った。三人とも窓から店内をのぞいて微笑した。マートン卿が片手を上げてふった。

若い令嬢に何かささやいたが、令嬢は首を横にふり、しばらくすると別れを告げてそのまま去っていった。メイドが距離を詰め、令嬢と並んで歩きはじめた。紳士二人がカフェに入って、テーブルまでやってきた。

「ご婦人というのは、こうやってほっそりした体型を維持するのですか」皮肉っぽく片方の眉を上げて、ハクスタブル氏が訊いた。

「あら、違いますわ」レディ・カーリングが言った。「買物で歩きまわるおかげなのよ、ハクスタブルさま。それに、ケーキを食べたのはベリンダだけ。あとの者はいい子にして、じっと我慢しておりました。レディ・パジェットなど、お茶にお砂糖は入れず、ミルクもほんの少しだけ。ねえ、椅子を二つ持ってきてご一緒にどうぞ」

しかし、カッサンドラはわけもなく息苦しくなっていた。自分はこの一族の身内ではない。それに、そろそろベリンダを連れて帰らなくては。メアリが心配しているだろう。

「この椅子をお使いくださいな」カッサンドラはそう言って立ちあがった。「ベリンダとわたしはそろそろ失礼いたします」

ベリンダはおとなしく立ちあがり、その途中でマートン卿を見あげた。

「お人形を買ってもらったのよ」

「それ、人形？」マートン卿は驚いたふりをした。ベリンダの横に腰かけた。「赤ちゃんかと思った。見てもいい？」

「女の子よ」ベリンダは人形の顔から毛布をどけた。「ベスっていうの。ほんとはエリザベスだけど、長すぎるでしょ」

「ベスのほうが似合ってる」マートン卿はうなずき、人形の頬に指を当てた。「毛布にくるまってあやしてもらうのは、すごくいい気持ちだろうな。ぐっすり眠ってるね」

「そうなの」笑みを浮かべた彼に、ベリンダは言った。

カッサンドラはぎこちなく唾を呑みこんだ。その音がみんなに聞こえたに違いないと思った。彼の顔には優しさがあふれていたが、あくまでも貴族が召使いの子供を見ているだけのことだ。未婚の母から生まれた子。どうしようもなく彼に惹かれ、信頼してしまいそうだ。男を信じてはならないと経験が教えてくれたのに。優しい男はとくに。

ナイジェルも最初は優しかった……。

マートン卿が立ちあがった。

「お二人をお宅まで送らせてください」カッサンドラを見て、彼が言った。

断わったりすれば、レディ・カーリングとマートン卿の身内が興味深そうに見ている前で、ひと騒動起こすことになってしまう。

「そこまでしていただかなくても……」カッサンドラは言った。「でも、ありがとうございます」

「午後のピクニックを楽しんでらしてね」伯爵夫人が言った。

「ピクニック？」ハクスタブル氏が暗い視線をカッサンドラに据えた。「ぼくが何か聞き逃したのかな？」

「レディ・パジェットのコンパニオンをしている方がお知りあいの紳士に誘われて、リッチモンド・パークへピクニックにいらっしゃるんですって」伯爵夫人が説明した。「それでね、スティーヴンとレディ・パジェットがお目付け役としてついていくの」

「それはおもしろい」カッサンドラに視線を据えたまま、ハクスタブル氏は眉を上げた。「お目付け役?」

カッサンドラは身をかがめ、赤ちゃん人形を毛布でしっかり包もうとするベリンダに手を貸した。ベリンダの頬にキスをしてから、手をつないだ。ところが、外に出たとたん、ベリンダが足を止めていきなりマートン卿に人形を渡し、彼の空いたほうの手をとった。二人にはさまれて、手をつないで歩きたかったのだ。

マートン卿は肘を曲げて人形を抱えていたため、すれちがった何人かから、おもしろそうな視線をちらちらと投げられた。

カッサンドラは怖くなるほど家庭的な雰囲気を感じた。人形が本物の赤ちゃんで、赤ちゃんもベリンダも自分の子供のような——いや、二人の子供のような気がした。

この人、やっぱり純粋な人なの?

ああ、でも、どうやって見分ければいいの?

天使のように純粋な人がほんとにいるのかしら。

そんな人とつきあおうなんて、わたしったら、何を考えてるの?

アリスは午後への期待に胸をはずませている様子だった。もっとも、拷問にかけられたところで、認めはしないだろうが。カッサンドラにとって、アリスは単なる家庭教師やコンパニオンではなく、昔から母親のような存在だった。つねに心の支えとなってくれた。この十年間、カッサンドラが悲惨な運命に耐えてこられたのも、アリスがいてくれたからだろう。だが、カッサンドラはいま、アリスを一人の女として考えようとしなかったことを後悔していた。住込みの家庭教師として初めてやってきたとき、アリスはとても若かった。二十歳にもなっていなかった。カッサンドラが結婚したときですら、まだ三十代の初めだった。なのに、これまでの年月、恋人を持ったことは一度もなく、結婚の機会も、自分だけの幸せをつかむ機会もなかった。

遠い昔、アリスはゴールディング先生に恋をしていたのだろうか。あのころのアリスには希望があったの？　あれからずっとゴールディング先生のことを考え、夢に見てきたの？　二日前の再会はアリスの人生にとって感動の瞬間だったの？　ふたたび希望が生まれたの？　もしかしたら、苦しいほどの希望が？

どの問いにも答えられない自分を、カッサンドラは深く恥じた。しかし、二人の仲が進展するよう全力で応援したいと思った。双方がそれを望んでいるなら。そして、強引に二人をくっつけようとする以外に自分にできることが何かあるのなら。

アリスのために、カッサンドラはピクニックを待ち遠しく思った。

いいえ、自分自身のためにも――ベリンダがボンネットを買ってもらったことをマートン卿に話し、こんなすてきな帽子を見たのは久しぶりだとマートン卿が答えるのを聞きながら、カッサンドラはしぶしぶ認めた。楽しみにするなんて、いけないことなのに。この人がわたしと親しくしようとするなら、わたしが止めるべきだ。さっきみたいな令嬢たちの世界がこの人のいるべき場所だもの。わたしがひきずってきたような心の重荷には無縁の令嬢たち。でも、午後を一緒に過ごす約束をしたのだから、今日だけは単純に楽しむことにしよう。

楽しい時間を持ったのはずいぶん昔のような気がする。

いいえ、かつてそんなことがあったかしら。単純に楽しんだことが。

楽しい時間を持とうと彼が約束してくれた。人生には喜びがあることを約束してくれた。

幸福よりも喜びのほうがはるかに貴重な気がする。

そして、手に入れるのもむずかしい気がする。

でも、今日は楽しむことにしよう。

ええ、単純に。

ポートマン通りの家に着くと、玄関前の石段の上でベリンダをおとなしく待たせておいて、ノッカーを使うかわりに、石段のそばに置かれた植木鉢の下から鍵をとりだした。玄関ドアがあくと、ベリンダはマートン卿の腕から慎重な手つきで人形を受けとり、言葉どうしが重なってしまうほど早口で何やら大きく叫びながら、台所のほうへ飛んでいった。しかし、興奮しきった早口のなかにも、カッサンドラに聞きとれた言葉がいくつかあった。ピンクの砂糖衣、ベス、キンポウゲ、ボンネット、二人のすてきなレディ、白いウールの毛布、首の日焼けを防いでくれるフリル、ベスを起こさないよう気をつけて運んでくれた紳士。

かわいそうなメアリ、きっと耳がジンジンしてるわね――カッサンドラはそう思って微笑しながら、玄関ドアから鍵を抜き、隠し場所に戻した。

不意に、耐えがたい苦痛に襲われた。ときたま起きることで、なんの前触れもなく不意に襲いかかってくる。

わたしには生きている子供が一人もいない。

死んだ子が四人いるだけ。

耳をジンジンさせるような叫びを上げて走ってくる子は一人もいない。

鼻から大きく息を吸い、口からゆっくり吐きだしてから、マートン卿のほうを向いて手を差しだした。

「ありがとうございました。わたしがどんなに浪費家かわかったでしょ、スティーヴン。今日、あなたのお金をたくさん使ってしまったわ」

「子供を喜ばせるためにね」マートン卿は彼女の手を唇に持っていった。「それ以上に有意義な使い方は、ぼくにはぜったい思いつけないな、キャス。じゃ、午後に迎えにくる」

「ええ」彼が大股で通りへ出ていくあいだに、カッサンドラは家に入った。魅力的で、にこやかで、完璧な肉体を持つ人。そして、女を夢中にさせる人。

ええ、そう、女は簡単にこの人を好きになり、抱かれたいと思うだろう。純粋にいい人なのかもしれない。

あるいは、違うかもしれない。

どちらにしても、カッサンドラは今日の午後を楽しむつもりだった。午前中はお金を自由に使った。午後からは感情を自由に羽ばたかせることにしよう。

ずいぶん長いあいだ、感情を抑えつけてきたんだもの。羽ばたかせることのできる感情が自分のなかに残っているのかどうかもわからないけど。今日の午後になればわかるだろう。

その午後、幌をおろしたバルーシュ型の馬車にミス・ヘイターを乗せたスティーヴンは、彼女がカッサンドラの向かいの席を避け、急いで彼女のとなりにすわるのを見て、噴きだしそうになった。おかげで、スティーヴンはゴールディングと並んですわる羽目になった。ミス・ヘイターはその落ち着かない様子からすると、ひどく緊張しているようだった。おそらく、求愛らしきものを経験したのはこれが初めてなのだろう。そう思ったら気の毒になった。しかし――遅くとも、何もないよりはましだ。

真新しい大きなピクニックバスケットを馬車のうしろに積みこもうと指図しているゴールディングのほうも、きのう以上に緊張の面持ちだった。このバスケットに食べものがぎっしり入っているなら、一つの軍隊全員に食事をふるまえるだろう。

趣味のいいフォーマルな装いのゴールディングだったが、馬車が走りだしたとたん、押し黙ってしまった。濃紺の外出着にマントを品よくはおったミス・ヘイターも表情をこわばらせ、無言のままだった。

カッサンドラは薄緑のドレスに麦わらのボンネットという魅惑的な姿で、スティーヴンに負けず劣らずおもしろがっている様子だった。もっとも、スティーヴンと交わした笑みには悪意のかけらも感じられなかった。その点は彼も同じだった。

会話をリードする役目は、しばらく自分がひきうけるしかなさそうだ、とスティーヴンは覚悟した。だが、彼にとっては楽なことだ。その場にふさわしい質問を投げかけるだけの単純なことなのだ。

「以前、先生をしておられたそうですね」馬車がスピードを上げはじめるなかで、スティーヴンはゴールディングに尋ねた。「ミス・ヘイターと一緒に教えておられたとか?」

「ええ、そうです」ゴールディングが答えた。「ミス・ヘイターがヤング家のお嬢さんの家庭教師、わたしが坊ちゃんの家庭教師でした。しかし、わたしが家庭教師をしていたのはごく短期間で、ほどなくやめることになりました。やめるのが残念でした。ミス・ヘイターはすばらしい教師で、教育への熱意と教養あふれる頭脳をわたしは尊敬しておりました」

「あなたの熱意には及びもしませんでしたわ、ゴールディング先生」ミス・ヘイターはようやく口が利けるようになった。「真夜中にサー・ヘンリー・ヤングの書斎にいらっしゃる姿をお見かけしたことがあります。ウェズリー坊ちゃんに長除法を理解させるため、教え方を工夫しておいででした。わたしの教育はあなたの足もとにも及びませんでした」

「いやいや、わたしは大学で学んだ者として、型にはまった教育をしていただけです。あなたのほうがはるかに多くの本を読んでおられた。何冊か本を薦めてくださいましたね。以後、それらがわたしのお気に入りの本になりました。読みかえしながら、いつもあなたのことを思いだしています」

「優しいお言葉ですこと。でも、いずれはご自身でそれらの本にめぐりあわれたと思いますよ」

「それはどうかな。読むべき本がたくさんありすぎて、何から読めばいいのかわからず、結局は何も読まずに終わってしまうことが多いものですから。あなたがこの二、三年、どんな本を読んでこられたのか、ぜひ教えていただきたい。わたしもたぶん、政治関係以外の新しい分野の読書に挑戦したくなることでしょう」

スティーヴンはカッサンドラと目を合わせた。おおっぴらに微笑を交わすのは控えた。あとの二人に気づかれたら、沈黙状態へ逆戻りさせることになりかねない。しかし、それでも笑みは浮かんできた。表情は生真面目なのにカッサンドラが微笑していることが、スティーヴンには感じとれた。そして、彼自身も微笑を返していた。

たとえ彼女の表情がスティーヴンの勝手な誤解だったとしても、いつもの仮面を着けていないことだけはたしかだった。午前中に会ったときも仮面はなかった。じつを言うと、今日の午前中、スティーヴンは分別をなくして彼女に恋をしそうになったほどだった。コンがカフェの窓を指さしたとき、スティーヴンの目に入ったのはカッサンドラの姿だけだった。メグとレディ・カーリングもいることにはしばらく気づかなかった。そして、カッサンドラと少女を家まで送っていったときには、胸の奥に……。

いや、忘れよう。愚かな感情だった。

スティーヴンが連れてきたのは御者だけだったし、ゴールディングのほうは召使いなどおらず、辻馬車でポートマン通りまできて、ピクニックバスケットを持って降りただけだった。そこで、長時間馬車を走らせてリッチモンド・パークに到着したあとは、紳士二人がバスケットを運ぶことになり、レディたちはピクニックにふさわしい場所を選ぶためにその前を歩いていった。

公園の奥へ少し入った草地の斜面に、おあつらえ向きの場所が見つかった。この公園の名物とされている古いオークの木々が茂り、眼下には芝生が広がり、前方にはシャクナゲの茂みがあって、その向こうにさらにオークの木立があった。はるか遠くにペン・ポンズと呼ばれる池が見える。この池にはつねに魚がたくさん泳いでいる。

散策を楽しむ人々が何人かいたが、その数はさほど多くなく、ピクニックにやってきた者は一人もいないようだった。スティーヴンたちが見つけた斜面には誰もいなかった。期待どおり、誰にも邪魔されずに静かな午後を楽しめそうだ。

男性二人でバスケットを地面に置いてから、ゴールディングが蓋をあけ、大きな毛布をとりだした。バスケットがスティーヴンの予想ほど重くなかったのは、毛布がスペースをとっていたからだ。ゴールディングが毛布を広げ、草の上に自分で敷こうとしたが、ミス・ヘイターが手伝いに駆けよって二つの隅をつかみ、残りの隅をゴールディングがつかんだ。二人で協力して、しわ一つなく平らに敷いた。

「お茶にはまだ早すぎる」ゴールディングが言った。「散歩でもしましょうか」

「でも、散歩に出ているあいだに、誰かがバスケットと毛布を盗んでいくかもしれませんよ、ゴールディング先生」ミス・ヘイターが指摘した。

「それもそうだ」ゴールディングは顔をしかめた。「遠くへは行けませんね。目の届くところにいなくては」

「わたしはここでのんびりすわっていたいわ」カッサンドラが言った。「太陽を浴びて、新鮮な空気を吸って、青々とした田舎の景色を堪能したい。ゴールディング先生と散歩に行ってらっしゃいよ、アリス。わたしはマートン卿とここでゆっくりしてるから」

ミス・ヘイターが疑わしげにスティーヴンを見た。スティーヴンは最高の笑顔を彼女に向けた。

「レディ・パジェットの身はぼくが守ります。この公園は誰でも出入り自由だし、散策中の人々もいるから、その人たちがあなたとレディ・パジェットの立派なお目付け役になるでしょう」

ミス・ヘイターがまだ迷っているのが、スティーヴンにも見てとれた。しかし、ゴールディングと二人で散歩に出たいという思いが、用心深さを押しのけようとしていた。

「アリー」カッサンドラが言った。「せっかくこうして遠出したのに、ピクニックバスケットのまわりをぐるぐるまわるだけなら、家から出ずに、メアリの物干しロープの下でお昼を食べても同じことじゃない？」

それでミス・ヘイターも決心がついたようだ。ゴールディングと一緒に斜面を下り、差しだされた彼の腕に手をかけて、二人で遠くの池のほうへ向かった。

カッサンドラが毛布の上にすわり、まず手袋を、つぎにボンネットをはずして横に置きながら言った。「わたし、信じられないほど身勝手だったわ」

「あの二人を散歩に送りだして、ぼくと一緒にここに残ったから？」

「何年ものあいだ、アリスをそばから放そうとしなかったんですもの。わたしがナイジェルの求婚を受け入れたとき、アリスはよそで働き口を見つけようとしたの。面接に出かけて、そこの子供と両親に好感を抱いたこともあったわ。でも、わたし、田舎についてきてほしいって頼みこんだの。一年だけでいいからって。田舎で暮らした経験がなかったから、心細かったのね。懇願に負けてアリスは一緒にきてくれて、その後もずっとついててくれた。わたしは自分のことしか考えてなくて、〝アリスがいなかったらどうやって生きていけばいいかわからない〟って数えきれないぐらい言ったものだった」

「人に頼られることこそ、人間の生き甲斐なんだよ」スティーヴンは言った。「あの人は見るからにきみを愛している。きみのそばにいるだけで、きっと満足だっただろう」

カッサンドラが彼のほうに顔を向けた。膝を立て、その膝を両腕で抱えてすわっていた。

「ほんとに優しい人ね、スティーヴン。でも、アリスは何年も前に結婚相手にめぐりあえてたかもしれないのよ。いまごろは幸せに暮らしてたかもしれない」

「そうじゃなかったかもしれないよ。家庭教師が未来の夫に出会えるチャンスなんて、残念ながらめったにないもの。それに、新しい雇い主が家庭教師に望むのは、わが子に知識を詰めこんでもらうことだけだったかもしれない。子供たちは家庭教師に反抗的だったかもしれない。ミス・ヘイターは家庭教師として働きはじめても、すぐに解雇されてしまったかもしれない。つぎの働き口はもっと条件が悪かったかもしれない。要するに、先のことは誰にもわからないんだ」

カッサンドラは彼に顔を向けたまま、笑いだしていた。

「おっしゃるとおりね。わたしがアリスを放そうとしなかったのは、もしかしたら、こうして幸せな再会をしてもらうためだったのかもしれない。生涯で一人だけ愛した人と。ゴールディング先生こそ、まさにその人だと思う。今日は憂いや罪悪感とは無縁の日。そうよね？今日はピクニックの日。ピクニックって聞くと、いつも、すごく楽しいイメージが浮かんできたものだわ。でも、結婚してたころは、ピクニックなんて一度もしたことがなかった。不思議ね。今日までそれに気づきもしなかった。今日は楽しむために出かけてきたのよ、スティーヴン」

スティーヴンは片膝を立ててヘシアン・ブーツの底を毛布につけ、片方の腕で膝を抱え、反対の手をうしろに置いて体重を支えていた。二人は枝を広げたオークの木が作りだすまだら模様の日陰にすわっていた。彼の傍らに帽子が置いてあった。

カッサンドラが腕を上げてヘアピンを抜きはじめ、肩と背中に髪が流れ落ちるのを、スティーヴンはうっとりと見守った。カッサンドラはボンネットのつばの上にヘアピンを置いてから、両手の指を髪にすべらせてもつれをほぐした。

「きみの手提げにブラシが入ってたら、ぼくが髪をといてあげよう」

「ほんと?」カッサンドラがふりむいて彼を見た。「でも、ヘアピンを抜いたのは、毛布に寝ころがって空を見たかったからなの。ブラシはあとでもいい? 髪を結いなおす前に」

不思議なことに、カッサンドラには色っぽく彼に迫ろうという様子がなかった。セイレーンのような声も視線も影をひそめていた。なのに、スティーヴンには二人のあいだの緊張がありありと感じられた。いっぽう、カッサンドラは何も気づいていないようだ。今日の彼女はくつろいだ笑顔で、艶めかしさはどこにもない。

スティーヴンは魅了された。

媚びを売ろうとする彼女より、いまの彼女のほうがはるかに魅力的だ。

カッサンドラはドレスの裾を整えて足首を隠してから、毛布の上に寝ころんだ。そして、頭のうしろで手を組み、空を見あげた。見るからに満足そうに息を吐いた。

「大地とのつながりを忘れないようにすれば、人生はすべてうまくいくのに。そう思わない?」

「ぼくたちはときどき、人間は万物の霊長だなんていう妙な観念に凝り固まって、自分たちも大地の創造物であることを忘れてしまう」

「蝶々も、コマドリも、子猫もそうなのにね」

「それから、ライオンも、カラスも」

「空はどうして青いの?」

「わからない」スティーヴンがカッサンドラに笑顔を向けると、彼女の目がスティーヴンのほうを向いた。「でも、空が青いことを、ぼくは心から喜んでいる。黒い空から太陽の光が射してきたら、世界はもっと陰気な場所になってしまうだろう」

「ちょうど嵐の前みたいに」

「もっと暗いよ」

「あるいは、月の出ている夜のようなものかしら。ここにきて、ごらんになって」

スティーヴンはその言葉をわざと誤解してみせた。顔を近づけて、ゆっくりと彼女の顔をながめ、最後に、緑色の目をじっと見つめた。彼女の目に笑みが浮かんだ。

「すばらしい」スティーヴンは言った。心からの言葉だった。

「あなたもよ」カッサンドラも彼の顔を見ていた。「スティーヴン、あなたが年をとったときは、目尻にしわが刻まれて、このうえなく魅力的な顔になるでしょうね」

「そのときがきたら、きみに警告されたことを思いだすとしよう」

「ほんと?」カッサンドラは両手を上げて、しわが刻まれるであろう場所に指を軽くあてた。

「わたしのことを思いだしてくれる?」

「うん、いつだって」

「わたしもあなたのことを思いだすわ。どこからどこまで完璧な男性に人生で一度だけ出会ったことを」

「ぼくは完璧なんかじゃない」

「夢をこわさないで。わたしにとっては完璧な人よ。今日のあなたは完璧。この先ずっとつきあうことも、親密になることもないから、あなたの弱点や欠点はたぶんわからないままだわ。きっと山のようにあるでしょうけど。記憶のなかのあなたは、これからもずっと完璧な天使なのよ。あなたの姿をメダルに刻んで、首にかけておこうかしら」

カッサンドラは微笑した。

スティーヴンは笑わなかった。

「この先ずっとつきあうつもりはないのかい？」

カッサンドラは首をふった。

「当然でしょ。でも、気にすることはないのよ、スティーヴン。今日があるわ。気にすべきは今日のことだけ」

「そうだね」

スティーヴンにわかるかぎりでは、あたりを散策中の人影はどこにもなかった。もし誰かいたとしても、こちらの姿を見てすでに眉をひそめているはず。いまさら何をためらう必要が……。

スティーヴンは彼女にキスをした。

すると、彼女もキスを返してくれた。最初は両手でスティーヴンの顔を優しくはさみ、つぎに彼のうなじに腕をまわした。

温かくて、ゆったりしていて、舌を使うことすらしない控えめなキスだった。これまで経験したなかでもっとも危険なキス。キスを終え、顔を上げてふたたびカッサンドラの顔を見つめた瞬間、そう悟った。おたがいを慈しむキスだったからだ。それは愛とほぼ同じものだ。情欲ではない。愛情だ。

「ねえ、わたしのまねをして、ここに横になって、見てみない？　上のほうを。空を」

からかうような言葉なのに、柔らかな口調のカッサンドラに笑みはなかった。

スティーヴンは彼女の傍らで横になり、空を見あげた。〝大地とのつながり〟という言葉で彼女が何を言おうとしたのかが理解できた。分厚い毛布越しではあるが、堅固な永遠の大地を感じることができた。そして、上のほうには雲一つない青空が広がり、緑豊かな枝を広げたオークの木々が空と大地をつないでいる。

そして、スティーヴンもカッサンドラと同じく、そのつながりの一部に、自転を続ける輝かしい大地の一部になっていた。

手を伸ばし、カッサンドラの手をとった。指をからめた。

「大空へ飛翔して新しい人間になれるとしたら、そうしたい？」カッサンドラが訊いた。

スティーヴンはしばらく考えこんだ。

「そして、いまの自分を失い、いまの自分になるのに力を貸してくれたあらゆるものとあらゆる人を失ってしまう？　いやだな。だけど、一時的に逃避するだけなら、たまにはいいかもしれない。ぼくは欲張りだから、両方の世界のいちばんいいところを手に入れたい。きみはどう？」

「こうして横になっていると、すべてから解放されて、青と光に満ちた世界へ漂っていけそうな気がするわ。でも、いまの自分を連れていきたい。でないと、せっかく大空へ飛翔しても無意味だもの。だから本当は何一つ変わらないのよね。現実から逃避するためにいまの自分を置き去りにしなくてはならないのなら……そうね、死んだも同然だわ。わたしはいや。わたしは生きていたい」

「そう聞いてホッとした」スティーヴンはクスッと笑った。

「まあ。でも、わかってらっしゃらないわ。わたし自身が驚いてるんですもの。生か死かの選択を迫られたときには、自分で命を絶つ必要がなければ死を選ぶだろうと、長いあいだ思ってきたの」

スティーヴンは突然、背筋に冷たいものを感じた。

「だけど、いまはもう、そんなふうに思ってないんだね？」

「ええ」カッサンドラは低く笑った。「そうよ！　わたしは生きたい！」

スティーヴンは彼女の手をいっそう強く握りしめ、何も言わずに並んで横たわったまま、いま彼女が言ったことについて考えた。生より死を願っていたなんて、いったいどんな人生だったのだろう――しかも、それが習慣になっていたため、生への希望を持ちはじめたいまになって、彼女自身が驚いているなんて。

ときどき、スティーヴンは忘れてしまう――いや、故意に忘れようとする――彼女の人生が殺人に走るしかないほど悲惨だったことを。

だが、今日だけは考えないでおこう。

何分かたって、スティーヴンがカッサンドラに顔を向けると、彼女も視線を返した。二人で笑みを浮かべた。

「幸せ？」スティーヴンは訊いた。

「そうね……」

スティーヴンはホッと息を吐き、空いたほうの腕で目を覆った。大空への飛翔こそなかったものの、新たな未知の世界へ足を踏み入れたのはたしかだった。これは色恋ではない。ただの友情でもない。これは……いったい何なのか、彼にもわからなかった。しかし、以前と同じ人生を歩むことは二度とないような気がした。

その思いに動揺しているのか、高揚しているのか、自分でもわからなかった。

数分後、軽くまどろみつつも周囲のすべてをうっすら意識するという、心地よい状態のなかへ、スティーヴンは漂っていった。

14

スティーヴンは眠っていた。いびきとまではいかないが、それに似た深い寝息を立てているので、眠っていることはたしかだった。

カッサンドラは目を閉じて微笑した。彼のことが、この午後の伸びやかな喜びのひとときが、たまらなく愛しかった。楽しく過ごそうと決心し、それを実行に移した。防御の壁も、数々の悩みも、親しい仲間の輪の外にいる者たちへの不信感も、すべて家に置いてきた。これらをふたたび手にするのは、ピクニックが終わってからだ。

たぶん。

あるいは、もう手にしないかもしれない。

この世界にも一人ぐらいは善良な男がいるのかもしれない——警戒しつつもそう信じることにした。その男はわたしのそばに身を横たえ、わたしの指に軽く指をからめている。完璧な男でないことはわたしにもわかっている。彼自身が何度も言っているように、完璧な人間はどこにもいない。それでもなお、彼こそ完璧にもっとも近い人間のような気がする。

それに、彼の性格に欠点があるとしても、堕落した面があるとしても、わたしがそれを知ることはけっしてないだろう。言うまでもなく、長いつきあいにはならないもの。せいぜい、今年の社交シーズンが終わるまでのこと。幸運に恵まれれば、今後、彼に芳しくない噂が立ったとしても、それを耳にすることはないだろう。

ふたたび田舎で人生を送ろうと決めた。たったいま、こうして横になっているあいだに決心したのだった。田園のこの小さな一角が、身体の下の大地が、頭上の空が、そのあいだにはさまれた木々の枝が、長いあいだ心にのしかかっていた暗い濃厚な霧を払いのけてくれたような気がした。イングランドのどこか鄙《ひな》びたところにある小さな村で小さなコテージを見つけてそこに越し、花を育てたり、明るい色のテーブルクロスやハンカチに刺繍をしたり、日曜ごとに教会へ行ったり、教区の集会でお茶を出す手伝いをしたり、村のパーティでダンスをしたり……。

ああ……。

喉にこみあげてきた熱いものを呑みこんだ。もしかしたら、やっぱり大空を飛翔しているのかもしれない。でも、現実離れした夢ではない。叶わぬ夢でもない。

なぜなら、ある考えが浮かんで、それで頭がいっぱいになったのだ。

十年という長い年月のあいだ、わたしは被害者だった。ひどい折檻を逃れるすべはなかった。ナイジェルのほうが腕力があり、しかも夫だから、必要に応じて妻を折檻する法的権利を持っていた。でも、わたしのほうも被害者意識だけが強くなって、惨めに縮こまり、思いつくかぎりの方法で身を隠すことばかり考えていた。誰かに見つかってまたぶちのめされるのではないかと、文字どおり息を止めていたものだった。でも、被害者意識は自分で克服できるはずだ。自分の心を自分の思いどおりにできないのなら、人生は価値を失ってしまう。

この十年近く、生きる価値など感じたことがなかった。

ところが、今日、不意に価値を見いだした。カッサンドラは涙ぐんだ顔をスティーヴンのほうへ向けたが、彼はまだ眠っていた。幸せなことに、いまも眠りつづけている。

ああ、なんて美しい人なの。胸が痛くなるほど魅力的。どれほどこの人に惹かれていることか……。

でも、わたしの新しい夢にこの人を含めることはできない。どうしてそんなことができて？　誘惑の罠を仕掛け、この人がわたしに対して責任を感じるように仕向けた。ずいぶん卑劣なことをしたものだ。本来の世界に戻してあげなくては。午前中に一緒だった令嬢みたいな人々の住む世界に。

でも、わたしの新しい夢には、この人も少しだけ関わりを持っている。その点は感謝しないと。この人がなんの義理もないのに親切にしてくれたおかげで、わたしは自尊心をとりもどすことができた。自分の人生を自分で切りひらく力が湧いてきた。

この人のおかげだなんて図々しいことを言ってもいいの？　知りあってまだ日が浅く、こちらから誘惑して罠にかけるという卑劣な形で始まったことなのに。

やっぱり本物の天使なの？

こんな想像をして、カッサンドラは涙をためたまま微笑した。もうじき、翼と光輪が見えてくるかもしれない。

男爵家を継いだブルースに屋敷を追いだされ、縁を切られて以来、無一文になり、人の情けにすがり、落ちぶれ、怯え、防御の壁を築き、卑屈な生き方を続けてきたが、そんな人生はもういらない。

堂々と反撃してみせる。

明日になったら、貧しい者の依頼でも受けてくれそうな弁護士を探しに行こう。スティーヴンにもらったお金があるから、少額の手付金なら払うことができる。残りは弁護士が正義の裁きを勝ちとってくれたあとで支払うと約束しよう。婚姻前契約書とナイジェルの遺言書の両方をもとにすれば、わたしにはナイジェルの個人資産から莫大な遺産をもらい、荘園のほうから月々の生活費をもらう権利がある。また、結婚後に夫から贈られた宝石類すべてを手にする権利もある。わたしの個人的な所有物なのだから。また、再婚しないかぎり、寡婦の住居とロンドンの屋敷を生涯使用する権利がある。寡婦の住居には興味がないけど、ロンドンの屋敷が使えれば、この春は大助かりだっただろう。

ブルースから、自由とひきかえにあとはすべて放棄するように言われた。この最後通告を拒めばすべて失うことになるぞ、という遠まわしな脅迫だった。自由までも。さらには、おそらく命までも。

わたしはそれを鵜呑みにした。

愚かだった！

父親を殺したのはわたしだと立証する自信がブルースにあったなら、つべこべ言わずにわたしを官憲に突きだしていただろう。交換条件を持ちだすことはなかっただろう。ブルースには立証できない。だって、なんの証拠もないのだから。

わたしもそれは最初からわかっていた。だったらなぜ、今日になって、まばゆい天啓を得たような気がしたのだろう?

お金と、宝石と、ロンドンの屋敷をとりもどそう。ちゃんとした弁護士なら、この三つを苦もなくとりもどしてくれるに決まっている。婚姻前契約書も遺言書も法的拘束力を持つ書類だ。わずかな手付金だけをもらい、残りの料金はしばらく待つことになっても、弁護士にとって大きな危険はないはずだ。

目を閉じると、地球が回転しているのが感じられた。そこにわたしが乗っている。生きている。そして、スティーヴンの温かな手がわたしの手のなかにあり、指がゆるくからみあっている。

地球の回転がもっと遅くなればいいのに。この瞬間がずっと続けばいいのに。わたしが望めば——選択すれば——この人と恋に落ちてしまうだろう。深みにはまり、恋のとりこになり、もう抜けだせなくなるだろう。

それを選択する気はなかった。この午後を楽しむだけで満足だった。彼女のなかに存在する光はとても弱々しいものだ。少し前に尋ねられたなら、光は完全に消えてしまったと答えていただろう。でも、そうではなかった。彼がふたたび明るくしてくれた。光にあふれた人だから。カッサンドラの目にはそう映っている。

お返しに何か贈りたくても、それに負けないパワーを持つものも、貴重なものも、わたしには何もない。だから、この人にしがみつくのはやめよう。一刻も早く自由にしてあげよう。

だが、少し前に口にしたことは本心だった。彼のことを思いだすだろう。いつまでも。メダルに彼の姿を刻んで首にかけたりすることはもちろんないが、メダルは必要ない。目を閉じれば、すぐに姿が浮かんでくる。そして、彼の声を聞き、手の温もりを感じることができる。麝香系のコロンのほのかな香りも思いだせるだろう。

遺産と宝石が手に入ったら、もらったお金をすべて返そう。感謝をこめて。二人のあいだの絆はすべて断ち切られ、負債はすべて返済され、片方が依存しもう一方が生活の面倒をみるという関係に終止符が打たれる。

二人の関係は——自分たちのあいだに存在したものをそう呼んでいいのなら——修復される。そして、終わりを告げる。

彼がわたしを思いだすときがあれば、敬意と、少しだけせつない郷愁をこめて思いだしてくれるだろう。

カッサンドラは頭を軽く上げて左のほうの斜面を見渡した。はるか遠くに人影が二つ見えた。こちらに向かって歩いてくるようだ。アリスとゴールディング先生に違いない。わたしたちがこうして毛布に横になり、手をつなぎ、わたしの髪が肩に広がっているのをアリスが見たら、手提げをふりまわしてスティーヴンに殴りかかることだろう。

それではスティーヴンが気の毒すぎる。

頭に浮かんだその光景に、カッサンドラは思わず噴きだし、スティーヴンのほうへ顔を向けて手を握りしめた。

「ねえ、そろそろ起きて身なりを整えなくては。いえ、あなたの身なりはべつに乱れてないのよ。でも、わたしの髪を結わないと。急いで髪にブラシをかけてくれる?」

スティーヴンは眠そうな顔で微笑した。

「ぼく、ちょっとうとうとしたみたいだね」

カッサンドラは笑った。「はいはい、そのとおりよ」

起きあがったカッサンドラは手提げからブラシを出してスティーヴンに渡し、軽く身体をひねって彼に背を向けながら、ヘアピンを自分のほうにひきよせた。

スティーヴンはカッサンドラの左側の髪にブラシをあてると、しっかりした手つきで毛先までといた。ブラシを少し右のほうへ移して、ふたたびといた。一分もしないうちにブラシがなめらかに通るようになり、頭皮がジンジンしてきた。

「ブラシをかけるのがとてもお上手ね」カッサンドラはそう言いながら、髪をうなじで一つにまとめ、ねじってシニョンにしてから、ヘアピンを挿してシニョンが崩れないようにした。ボンネットをかぶった。

「カッサンドラ、きみのご主人がベリンダの父親だったのかい?」

ボンネットのリボンの上でカッサンドラの手が止まった。

「いいえ」

「では、現在のパジェット男爵？」

「いいえ」カッサンドラはふたたび否定し、顎の脇でリボンを結んだ。

「すまない。ちょっと気になって」

「強姦されたわけではないのよ。メアリは本気で愛してたの……ベリンダの父親を」

カッサンドラはさらに何か訊かれるのを覚悟したが、彼はもう何も尋ねなかった。

カッサンドラはため息をついた。

「ナイジェルには息子が三人いたの。ブルースが長男で、その下がオスカーとウィリアム。オスカーは軍隊に入ってもう何年にもなるわ。わたしが顔を合わせたのは二回か三回で、そのあとは一度も会ってない。父親のお葬式にも帰ってこなかった。ウィリアムは一カ所に落ち着けないタイプだった。何年かアメリカにいたみたい。四年前に戻ってきたけど、二、三カ月すると、毛皮商人と一緒にカナダへ行ってしまった。その七カ月後にベリンダが生まれたの。メアリが言うには、ウィリアムは子供のことを知らずに出ていったそうよ。わたしもその言葉を信じたい。ウィリアムにはずっと好感を持ってたから。もちろん、いろいろと欠点のある人だけど」

「パジェット男爵はメアリを解雇しなかったのかい？」

「ナイジェルが？　いいえ。屋敷内の管理はすべてわたしにまかされてたから。メアリの子供がナイジェルの孫だってことは、ナイジェルには伏せておいたの。そもそも、召使い部屋に子供がいることすら、ナイジェルは知らなかったでしょうね」

最期を迎えるときまで。

「ところが、爵位を継いだブルースがカーメル邸で暮らすことになると、メアリを解雇してしまったの。メアリにはどこへも行くあてがなく、こころよく迎えてくれる家族もいなかった。天涯孤独だった。だから、わたしがメアリとベリンダをロンドンに連れてきたのも、べつに親切心からじゃなかったんだけど、おかげでみんなが離れ離れにならずにすんだわ。アリスも。ロジャーも」

アリスとゴールディング氏の姿がはっきり視界に入ってきた。カッサンドラは片方の手を上げ、二人に向かってふった。

「ウィリアム・ベルモントはいまもカナダのほうに？」スティーヴンが訊いた。

「さあ、知らない。あなたに話しちゃいけなかったわね。わたしの秘密でもないのに。でも、メアリがふしだらな子じゃないことだけは言っておくわね。あの子は心からウィリアムを愛してたの。いえ、いまも愛してるに違いない。そして、彼を待ちつづけてるの」

スティーヴンはカッサンドラの肩に手を置き、その手に力をこめた。

「ぼくには人を裁く資格はない、キャス」

彼は手を下ろし、近づいてくる二人のほうを向いて微笑した。

アリスとゴールディング氏ははるか遠くのペン・ポンズまでゆっくり歩き、池のほとりを散策してから、同じゆっくりした足どりでピクニックの場所にひきかえした。読書のことを長時間語りあい、つぎに、ヤング家の子供たちを教えていたころの共通の思い出話に花を咲かせた。教えていた時期はごく短かったのだが。そのあと、ゴールディング氏が八年間連れ添った妻の話を始めて、アリスを驚かせた。その妻も三年前に亡くなったという。

彼が結婚したかもしれないなどとは、アリスは思いもしなかった。また、再婚した可能性があることも。

何年間も想いを寄せつづけてくれたわけではなかったと知って悲しくなり、つぎに、ちょっぴり笑いたくなった。なぜなら、アリスのほうも彼を想いつづけていたわけではなかったから。一緒にいた時期はごく短くて、彼に熱烈な恋をしたのは事実だが、それはアリスが若い男性と出会う機会のめったにない孤独な娘だったからで、彼が屋敷を去ってから一年ほどは恋しくてたまらなかったが、それ以降は彼のことをほとんど忘れていた——二日前に再会するまでは。

ほっそりした学者っぽい雰囲気の男性という点では、ゴールディングはいまもなかなかすてきだった。一緒にいて楽しい相手だった。そして、まる一時間ものあいだ男性と二人きりでおしゃべりできたのは、アリスにとって心のはずむことだった。男性の腕に手を通して二人で散歩できたのも。気をひきしめていないと、ふたたび彼に恋をしそうになってしまう。この年で恋をするなんて恥ずかしすぎる。

やがて、彼にキャシーのことを尋ねられ、この人は何も知らなかったのだと気がついた。

「レディ・パジェットもさぞお悲しみのことだったでしょう」ゴールディングは言った。「あの若さで夫を亡くされるとは。仲むつまじいご夫婦だったのでしょう?」

アリスは返事を躊躇した。肯定する権利も、否定する権利も、わたしにはない。この人の想像どおり、仲むつまじい夫婦であったなら、出過ぎたまねだなどとは思わずに、喜んでイエスと答えていただろう。とりあえず、曖昧な返事をしておいてもいいが、いずれ彼の耳に噂が入るかもしれない、いや、おそらく入るはず。そのとき、自分は信頼されていなかったのだと、彼に思われることになりかねない。

「パジェット卿は妻に暴力をふるう最低の男でした。新婚のころはキャシーもパジェット卿を慕っていたのですが、そんな気持ちはすぐに消えてしまいました」

「え、そんな……。なんと嘆かわしい! 妻を殴るなど言語道断。最低最悪の男ですね」

そこでアリスのほうからこの話題を打ち切ってもよかったのだが……。

「パジェット卿は非業の死を遂げました。キャシーのしわざだと言う者もおります。じつは、このロンドンにもキャシーの悪評が広まっているのです。斧で夫を殺したのだと」

「ミス・ヘイター!」ゴールディングは急に立ち止まって、アリスの腕をはずし、愕然とした困惑の目を彼女に向けた。「嘘に決まっている!」

「撃たれたのです。ご自分の拳銃で」

「撃ったのは……」ゴールディングの濃い色の眉が額まで跳ねあがっていた。「レディ・パジェット?」

「いいえ」アリスは言った。ゴールディングの凝視が続き、揺らぐ様子もなかったので、さらにつけくわえた。「わたしだったかもしれません」

「かもしれない？」

「パジェット卿が憎くてたまらなかったから。あそこまで人を憎むことが自分にできるなんて思いもしなかったけど、あの男だけは大嫌いでした。お屋敷を出てよそで働き口を見つけようと何度も考えたんですよ。でも、そのたびに、キャシーにはお屋敷を出る自由もない、支えになってあげられるのはわたししかいない、と自分に言い聞かせたのです。その気になればできたと思いますよ、ゴールディング先生。パジェット卿を殺すことが。あの男がキャシーを打擲《ちょうちゃく》したことは数知れず、あの夜も暴力をふるっていたのです。ええ、その気になればできましたとも。あの銃を手にして……撃ち殺していたでしょう」

「だが、実行しなかった？」ゴールディングの声はささやきに近くなっていた。

「したのかもしれません」アリスは頑固に言った。「わたしがやったのかもしれない。でも、誰が犯人かを示す証拠もないのに、自白するなんて愚かです。犯人が誰であれ、自白するのは愚かなことです。パジェット卿は死んで当然の人でした」

ロマンス再燃の可能性は消えた——眼鏡をはずし、上着のポケットからハンカチをとりだし、虚ろな視線のまま眼鏡を拭きはじめたゴールディングを見て、アリスは思った。ピクニックの場所までまだかなりの距離があるのが厄介だ。この人も気の毒に、とんでもないことになったと思っているに違いない。逃げだしたくてうずうずしているに違いない。ゴールデイングが眼鏡をかけなおしてアリスに視線を戻すと、彼女は挑みかかるように彼の目を見つめた。彼の眉間にしわが刻まれていた。

ゴールディングは言った。「誰かがパジェット卿を殺してその暴力に終止符を打ってくれなかったら、レディ・パジェットはさらに何年間も虐待に耐えるしかなかったでしょう。殺人を容認するつもりはありませんが、女性への暴力を認めることはできません。それが妻の場合にはとくに。妻が夫の手に委ねられるのは、夫に愛され、大切にされ、すべての危険から守ってもらうためです。この殺人は、法的に見ても、倫理的に見ても、善悪の裁定を下すことができないケースの一つと言えましょう。パジェット卿を殺した犯人を称えることはできませんが、非難することもできません。レディ・パジェットへの愛情ゆえにあなたが殺人を犯したのなら、わたしはあなたを尊敬します、ミス・ヘイター。だが、あなたがやったとはどうしても思えない」

そして、それ以上何も言わずにゴールディングがふたたび腕を差しだしたので、アリスはそこに手をかけ、ピクニックの場所へ戻るためにふたたび歩きはじめたのだった。

わたしたち、ずいぶん長く散歩に出てたようね――前方に目を凝らしたが、斜面にすわっているはずの二人の姿が見えなかったので、アリスはそう思った。しかし、もう一度見てみると、二人が並んですわっていた。そばにピクニックバスケットが置いてあった。

アリスは自分でも驚くほど空腹を感じた。

また、奇妙な高揚感に包まれていた。わたしが犯人だったとしても、この人はそれを責めはしない。でも、わたしがやったとは思えないと言ってくれた。

そして、女性は――妻たる者は――愛され、大切にされ、守られるべきだと、この人は信じている。


スティーヴンはお茶の時間のあいだ、自分がいまこうしてリッチモンド・パークで腰を下ろし、悪名高きレディ・パジェットと、そのコンパニオンと、政治家の秘書とともにピクニックのお茶を楽しんでいることを友人たちが知ったら、どんな顔をするだろうと思って、なんだか愉快になった。マートン伯爵がそんなことをするとは、誰も思いもしないだろう。それどころか、レディ・カースルフォードの屋敷で開かれている午後のガーデン・パーティで、みんながスティーヴンを捜していることだろう。

だが、スティーヴンはこのひとときが楽しくてたまらなかった。ゴールディングが持参したお茶と料理は、たぶん仕出し屋に頼んだものだろうが、すばらしくおいしかった。ピクニックランチというのはどんなごちそうより食欲をそそるものだ。

思いがけず爵位を継ぐことになっていなかったら、いまごろは自分も誰かの秘書になり、それを誇りにしていたことだろう――ふとそう思い、これもなんとなく愉快に感じた。

誰もがスティーヴンと同じく浮き浮きしている様子だった。会話がはずみ、みんなで笑いあった。ミス・ヘイターまでが。頬を染め、目を輝かせて。キリッとした美しさが際立ち、一時間ごとに一年ずつ若返っていく感じだった。

カッサンドラのほうもこのコンパニオンと同じく、ずいぶん若返ったように見えた。いつもは二十八歳という年相応の外見だが、今日はずっと若々しい。

食事を終えても、時刻はまだ早かった。

ゴールディングが言った。「レディ・パジェットのお宅をもっと遅めに出るよう提案すればよかった。暖かな時間がまだまだ続きそうです。こんなに早く帰るのはもったいない」

誰もがそう思っている様子だった。午後が終わることは望んでいなかった。

「ねえ」ミス・ヘイターが言った。「キャシーとマートン卿も少し散策したいんじゃないかしら。そのあいだ、わたしたち二人で毛布とピクニックバスケットの番をしていましょうよ、ゴールディング先生」

「まあ、うれしい」スティーヴンが手を貸す暇も、意見を言う暇もないうちに、カッサンドラが立ちあがった。「食べすぎてしまったから、少し運動しなくては」

「登るのにぴったりの木もたくさんあるよ」スティーヴンは立ちあがって彼女のそばへ行き、にっこり笑った。「だけど、散歩のほうがゆっくり楽しめそうだ。行きましょうか」

スティーヴンが腕を差しだすと、カッサンドラが手をかけた。ミス・ヘイターがいささかきびしい顔で彼を見ていた。ミス・ヘイターの前で木登りのことなど言わないほうがよかったのかもしれない。

声の届かないところまで行ってから、スティーヴンは言った。「ピクニックは大成功のようだね」

「アリスの顔が輝いてたと思わない？　あんな顔を見たのは初めてよ。ねえ、スティーヴン、もしかしたら――」

カッサンドラの言葉は途中でさえぎられた。

「うん、ぜったいそうだ」スティーヴンは言った。「おたがいにかなり好意を持ってる様子だもの。そこからさらに発展するかどうかは二人にまかせて、ぼくたちは見守るしかない」

「慎重なご意見ね」カッサンドラはため息をついた。「アリスが傷つくことにならなければいいけど」

「人は傷ついてばかりではないんだよ。ときには愛を見つけることもある。そして、安らぎを見つけることも」

「まあ」カッサンドラは微笑した。「そうなの？　ほんとに？　だったら、アリスにも見つけてもらいたいわ――愛と安らぎを。一つはわたしの勝手な理由からなんだけど。何年ものあいだアリスを縛りつけてきた罪悪感が多少は薄れるでしょ」

あの二人と同じように斜面をおりて草の茂る谷間を歩くかわりに、スティーヴンはカッサンドラを連れて丘の頂上まで行き、頭を下げて枝をよけながらオークの老木のあいだを進んでいった。ここからの眺めと、隠れ里のような雰囲気と、まばゆい太陽をさえぎってくれる木陰が気に入った。木々との触れあいも気に入った。

心地よい沈黙に浸って二人で歩きながら、スティーヴンはここ何日かのことを思いかえした。ハイドパークへ出かけた日、コンが黒衣の未亡人を指さして、喪服と黒いベールの下は地獄のように暑いに違いないと言った。翌日の夜はメグの主催する舞踏会、そして、二人で過ごす初めての夜だった。その翌日はハイドパークを馬車で走り、二度目の夜を過ごした。きのうはメグとケイトを誘って正式な訪問をおこない、カッサンドラとミス・ヘイターと一緒にお茶を飲んだ。そして……今日を迎えた。どのような数え方をしても――今日を起点としてさかのぼっても、ハイドパークへ馬で出かけたあの日を起点としても、合計日数は変わらない。

五日間。

カッサンドラを知ってからわずか五日。一週間にも満たない。

何週間も、何カ月も前から彼女を知っているような気がする。

なのに、彼女のことはよく知らない。ほとんど何も知らない。

「きみの結婚のことを話してくれないかな」

カッサンドラがギクッとした顔で彼のほうを向いた。

「わたしの結婚？　あなたに話してないことがまだ何かあったかしら」

「出会ったきっかけは？　どうして結婚する気になったの？」

二人の歩調が遅くなり、やがて完全に止まった。カッサンドラは彼の腕から手を放して、二、三歩脇へ寄り、大木の幹にもたれた。彼も同じようにした。ただし、少し間隔を空けて。低い頑丈な枝に腕をかけた。太い幹のおかげで、ピクニックの毛布のところからはこちらの姿が見えないはずだ。枝の上に顔をのぞかせて偵察したかぎりでは、姿を見られる心配はなさそうだった。思ったより遠くまできたようだ。

「一カ所で落ち着いて暮らしたことが一度もないのよ」カッサンドラが言った。「しかも、家のなかには静けさも安らぎもなかった。父は可愛がってくれたけど、それも気まぐれだったわ。とても社交的な人で、紳士たちをよく家に招いてた。いつも紳士ばかり。レディは一人もいなかったわ。十五ぐらいになるまで、わたしはべつに気にもしなかった。それどころか、お客さまを迎えるのも、ときたま紳士たちの注目を浴びるのも大好きだった。父が紳士たちと話をするあいだ、父の膝に抱かれているのも好きだった。でも、身体が成長を始めてからは、好色な視線やきわどい言葉に耐えなきゃいけなくなった。こっそりさわられもしたわ。一度、キスされたことがあった。もちろん、父だって、知れば許さなかったでしょうね。わたしを社交界にデビューさせて立派な花婿候補に引き合わせたいって、夢のようなことを考えてた人なの。いちおう、準男爵ですもの。でも、自分の鼻先で何が起きても気づかない人で、わたしも父には何も言わなかった。危険な目にあったわけでもないし。ところが、わたしが年ごろになるにつれて、どんどんひどくなっていったの」

「やはり父上に話すべきだったね」

「たぶん」カッサンドラは肩をすくめた。「でも、そんな生き方をほかの人と比べたこともなかったから。それがふつうだと思ってた。それに、アリスがいつもそばで守ってくれたし。やがて、ある日、パジェット男爵が父に連れられてやってきて、それからしょっちゅう遊びにくるようになった。父と親しくしてたの。同年代だから。ほかの紳士たちとは違っていた。

優しくて、いつも優雅で、礼儀正しくて、やがて、田舎の屋敷のことを話してくれるようになった。ほとんどそちらで暮らしていたみたい。屋敷をとりまく庭園や、村や、近隣の人々のことも話してくれた。話を聞いたかぎりでは、賭けごともしないようだった。やがて、ある日、父が何かの用で部屋を出ていき、男爵とわたしの二人だけになったとき、こう言われたの。〝わたしと結婚してくれたら、すべてきみのものになるんだよ。持参金が用意できないのはわかっている。それでもかまわない。わたしがほしいのはきみだ。きみのために好条件の婚姻前契約書を作成しよう。生涯、きみを愛し、大切にする〟と。最初は迷ったわ。でも、迷いはわずかなあいだだけだった。その申し出がわたしにとってどんなに大きな誘惑だったか、あなたにはたぶん理解できないでしょうね。田舎の楽園で静けさと安らぎに満ちた一生を送ることができる。男爵は父からすべての欠点をとりのぞいた人のように見えた。結婚を決めたのは、たぶん、夫ではなく父親を求めていたからでしょうね」

「どこで歯車が狂ってしまったんだい？」長い沈黙ののちに、スティーヴンは尋ねた。

カッサンドラは左右のてのひらを木の幹に広げた。

「半年は何事もなく過ぎていった。くらくらするほど幸せだったとは言わないけど。夫と年が離れてて、愛してるわけではなかったから。でも、善良な人だと思ってた。優しくて思いやりのある人だったし、わたしは田舎の暮らしも屋敷の周囲も大好きだった。子供ができたときはもう天にものぼる心地だった。満ち足りた日々で、たぶん幸せと言ってもよかったでしょうね。でも、ある日、夫が遠くの知りあいを訪ね、それきり三日も帰ってこなかったの。

わたしは心配でたまらなくなり、愚かにも夫を探しに出かけたの。そちらの家に着いたとき、夫は優しくしてくれて、そこにいた友人たちを呼び集め――男性ばかりだったわ――新婚の妻がどんなに夫を愛しているかを見せつけた。その人たちと楽しそうに笑い、わたしと一緒に帰ることにした。馬車に乗ると、夫は黙りこんだ。何度も笑顔を見せてくれたけど、わたしは怖くてたまらなかった。夫はお酒を飲んでたみたい。夫のあんな目を見たのは初めてだった。屋敷に着くと……」

カッサンドラは唾を呑み、しばらく黙りこんだ。ふたたび話しはじめたときは、息遣いが苦しげだった。

「屋敷に着くと、夫はわたしを書斎に連れて入り、とても静かな声で、友達の前であんな大恥をかかされた以上、今後みんなに会っても顔を上げられなくなってしまう、と言った。わたしは何度も謝ったわ。でも、そこで夫が暴力をふるいはじめたの。最初は平手で叩くだけだったけど、そのうち、こぶしとブーツまで使いだした。それ以上はもう話せない。でも、二日後、流産してしまった。子供を亡くしたの」

カッサンドラは木の幹に頭をもたせかけ、目を閉じていた。木漏れ日が顔に筋を描いていた。その顔から色彩がすべて失われてしまったかに見えた。

「しかも、それ一回ではなかったんだね」スティーヴンはそっと言った。

「ええ。折檻も、流産も。夫は二重人格だったの。お酒を飲んでいなければ、あれぐらい優しくて、温厚で、寛大な人はいなかった。ときには何カ月もお酒を飲まないこともあったわ。

そうね、ふだんはほとんど飲まなかった。酔っぱらっても顔には出ず、ただ目つきが変わるだけ――そして、暴力が始まるの。殴られたせいで目の青あざがまだ残ってたとき、近所の人がそれを見て、最初の奥さんも殴り殺されたんじゃないかとずっと疑ってたって言ってくれた。奥さんが亡くなったのは――表向きには――高いフェンスを飛び越えようとして落馬したからだとされているの」

どう言えばいいのかスティーヴンにはわからなかった。ただ、殺される前にパジェットを殺して正解だった、とカッサンドラに言いたかった。この男のせいで、四人も子供を失ったのだ。

「夫が激怒するのはわたしが悪いからだ――ずっとそう思ってたわ。夫に喜んでもらおうと努力した。夫を不快にさせるようなことはいっさいしないよう、必死に気をつけた。夫がお酒を飲んでるってわかれば、隠れることにしていた。夫の目につかないところに。でないと……大変なことに。もちろん、役には立たなかったけど」

長い沈黙が続いた。

「悲惨でしょ」彼のほうを向き、唇に弱々しい笑みを浮かべて、カッサンドラはようやく言った。「でも、訊かれたから答えたのよ」

「誰も助けてくれなかったのかい？」

「誰が？　父はわたしの結婚から一年もしないうちに死んでしまった。まあ、生きてたとしても、口出しする権利はなかったでしょうけど。弟のウェズリーはたまにしか訪ねてこなかったし、ナイジェルの粗暴な面は一度も見たことがなかった。わたしも暴力のことは内緒にしてたし。弟はまだほんの子供だったから。一度だけ、アリスがわたしを庇《かば》おうとしたことがあったけど、夫が平手で殴りつけてアリスを部屋から追いだし、ドアに鍵をかけてしまった。そのあと、さらにひどい折檻が始まった。妻としての自分の至らなさを直視し、当然の罰を受ける覚悟ができていない、って言われたわ」

「息子たちは？」

「誰もきてくれなかった。父親のことがよくわかってたんでしょうね。ただ、最初の奥さんはわたしより頑健だったのかもしれない。だって、息子を三人産んだんですもの。あるいは、そのころはナイジェルのしらふの期間がもっと長かったのかもしれない」

パジェットの死について尋ねるのは控えた。ただでさえカッサンドラを動揺させてしまったのだから。最初から何も訊くべきではなかったと後悔した。こちらがあれこれ質問するまでは、くつろいだ午後のひとときだったのに。

しかし、彼女のことをもっと知りたい、自分に——あるいは誰かに——心を開いてもらいたいという欲求のほうが強くなり、午後の軽やかな雰囲気をこわすまいとする心配りを消してしまった。

「木登りと言えば」しばらくしてから、スティーヴンは柔らかな口調で言った。ピクニックの場所を離れてから、なんの話もしていなかったかのように。「挑戦したことはある？」

カッサンドラは空を仰ぎ見て、頭上に大きく広がったオークの枝をながめた。

「子供のころは、いつものぼってたわ。青い天空へ逃げだすことを、もしくは、漂っていくことを、生まれたときから夢に見てたんでしょうね。木登りの好きな人間にとって、この木はまさに理想的だわ。そう思わない？」

カッサンドラはボンネットのリボンをほどいて地面に放り投げた。低い枝に目を向けた。いちばん楽にのぼれる方法を考えている様子だった。スティーヴンは馬に乗るのを手助けするときのように、両手をお椀の形にして差しだした。カッサンドラが躊躇なくそこに足をのせたので、そのまま彼女を押しあげた。続いて彼も枝によじのぼった。

あとは簡単だった。どの枝も太くて頑丈だし、ほぼ水平に伸びている。二人はひたすらのぼりつづけ、やがて、下に目をやったスティーヴンはずいぶん高くまでのぼったことを知った。

カッサンドラは一本の枝に腰かけて背中を太い幹に預け、脚をひきあげて両腕で抱えこんだ。スティーヴンはそれより一段低い枝の上に立って、頭上の枝をつかみ、反対の腕を彼女のウエストにまわした。

カッサンドラが彼に顔を向け、笑みを浮かべ、それから笑いだした。

「子供のころに戻ったみたい」

「人はいつだって子供になれる。要するに、心の持ちようだ。若いころのきみに会いたかったな。苦悩と怒りを隠すために冷笑と軽蔑で武装する前のきみに。辛い過去をくぐり抜けてこなくてもすめばよかったのにね、キャス。ぼくの念力かキスで過去を消し去ることができればいいけど、それは無理な相談だ。きみに言ってあげられることはただ一つ、この世界と人生が差しだす善なるものに心を閉ざしてばかりいたら、結局、きみ自身が傷つくことになるんだよ」

「人生からパンチを見舞われることは二度とないという保証がどこにあるの？」

「残念ながら、保証はできない。だけど、世界には悪より善のほうが多いというのがぼくの信念なんだ。世間知らずのたわごとだというなら、表現を変えることにしよう。善と愛は悪と憎悪よりはるかに強い。ぼくはそう信じている」

「天使のほうが悪魔より強いの？」笑みを浮かべて、カッサンドラは尋ねた。

「そうだよ。いつだって」

カッサンドラが腕を伸ばして、彼の頬を両手でそっとはさんだ。

「ありがとう、スティーヴン」彼の唇に軽くキスをした。

「それに、きみは愛というものを自分で思っている以上によく理解している。ぼくの愛人になろうとしたのは、貧しさのせいだけではなかった。というか、それが主な理由ではなかった。きみのまわりには、年をとりすぎて望みの仕事に就けなくなったコンパニオンや、父親のいない子供を自分で育てようとすれば働けなくなってしまうメイドがいる。その子供もいる。犬までいる。犬もきみの家族の一員だ。愛人になろうとしたのは、その人たちのためだったんだね、キャス。きみは愛のために自分を犠牲にしたんだ」

「こんな美しい男性が相手なら、犠牲だなんて言えないわ」

カッサンドラはいつものベルベットのような声に戻っていた。

「いや、犠牲だ」

カッサンドラは脇に戻した両手を枝にぴったりつけ、首をかしげて彼の胸にもたれた。

「不思議ね。口にしてはならないことを話したおかげで、吹っ切れた気がする。とても……幸せな気分。それがあなたの目的だったの？　だから質問したの？」

スティーヴンは頭を低くして、彼女の温かな髪に唇をつけた。

「幸せ？」カッサンドラが訊いた。

「うん」

「でも、〝幸せ〟って言い方はちょっと違うかしら。今日はすなおに楽しもうって、あなたが言ってくれた。そして、楽しませてくれた。まったく同じものではないと思わない？〝幸せ〟と〝楽しみ〟は」

「幸せはすぐ逃げていく。楽しみはもっと長続きする」

二人はしばらくじっとしていた。スティーヴンはいつしか、時間が止まってくれるよう願っていた。ほんのしばらくでいいから。カッサンドラにはどこか彼を惹きつけるものがあった。美貌だけではない。もちろん、誘惑の手練手管でもない。それは……言葉が見つからなかった。恋をした経験は一度もない。だが、恋に落ちたときの気分とは少し違うような気がする。人間の感情はときとして、なんと不可解なものだろう。もっとも、カッサンドラに会うまでは、それに気づきもしなかったけれど。

カッサンドラはため息をつき、顔を上げた。

「でも、やがて悲劇が襲ってくる。誰かが飲みに出かけたきり、三日も帰ってこなくて……幸せは逃げてしまう。楽しみは長続きするものなの？　そんなことがあって？」

「いつの日か、きみも知るだろう――愛がつねに人を裏切るわけではないことを、キャス」

カッサンドラは彼に笑顔を見せた。

「わたしをキャスって呼ぶのはあなただけよ。好きだわ、その響き。いつまでも忘れない。あなたの声でそう呼ばれたことを」

カッサンドラは彼の唇にふたたび軽くキスをして、枝から脚を下ろし、彼が立っている枝に移った。

「ここでようやく気づくのよね。木登りなんて利口な人間のすることじゃないって。下りなきゃいけないでしょ。下りるのはのぼるときの十倍も大変だわ」

しかし、スティーヴンが助けの手を差しだそうとすると、カッサンドラは笑いだし、少女のころから毎日木登りをしていたかのように、地面までするすると下りていった。スティーヴンも続いて飛びおりると、彼女が笑顔で彼を見あげていた。スティーヴンは思った――こんな愛らしい人は見たことがない。

喜びにあふれたキャス。

この姿を生涯、胸に抱きつづけることにしよう。

心臓のすぐ近くに。

危険なほど近くに。

いろいろ事情があったにせよ、夫を殺した女であることは間違いないし、彼女がその暗く重い荷物を生涯背負っていかねばならないことは否定のしようがない。

また、もし彼女に恋をしたなら、それを共に背負うだけでも苛酷だろうということも、否定のしようがない。

もし？

すでに手遅れになっているのでは？

恋に落ちたら、いったいどんな気分になるのだろう？

15

翌日の午前中、スティーヴンは貴族院に出て、大きな関心を寄せている議題の討議に参加した。議会がすむと、いつもの習慣で〈ホワイツ〉にまわって、友人たちと遅めの午餐をとった。あとはみんなとそのまま競馬に出かける予定だったが、じつは〈ホワイツ〉に着く少し前に、あるものを――いや、ある人物を――遠くから見かけたため、そちらが気になって仕方がなかった。

その人物とは、ウェズリー・ヤングだった。

そして、スティーヴンの頭のなかはきのうからずっとカッサンドラのことでいっぱいだった。夢にまで出てきた。ふたたびあの木の枝に立って彼女にキスをしていたら、いつしか二人で大空を飛んでいた。至福のひとときだったが、やがて、犬に餌をやらなくてはと彼女が言いだしたため、二人で帰り道を見つけようとし、彼は風になびく彼女の赤い髪のあいだから目を凝らし、自分たちがどこへ向かっているのかを確認しようとした。

なんともばかげた夢だ。

夢に女性が出てきたのは初めてのことだった。

「サー・ウェズリー・ヤングがどこに住んでるか、誰か知らないか」誰にともなく尋ねた。

全員が首を横にふったが、トールボットだけは別で、ヤングがセント・ジェームズ通りに独身者用の住まいを借りていることを思いだした。〈ホワイツ〉からそう遠くないところだ。玄関ドアの色がどぎつい黄色で、その上に半円形の明かりとり窓がついているという。

「何杯か飲んだあと、ヤングが鍵を捜すあいだ、そのドアの前に立っていたのを覚えている」トールボットは言った。「胃のむかつきはいっこうに治まらなかった。家に入ってからさらに酒を勧められたが、五杯ぐらいがもう限度だった」

この近くでヤングを見かけたということは――スティーヴンは考えた――昼を食べに家に帰るところだったのかもしれない。もしくは、よそで食べるために家を出たところだったのか。

残念ではあるが、競馬へは行かないことにして、友人たちをがっかりさせた。かわりに、どぎつい黄色の玄関を捜しに出かけたところ、胃がむかついていないときに陽光のもとで見れば、それほどどぎつい色ではないことがわかった。

ドアをノックした。

ここまでする必要はないのに、と思った。衝動的な行動だった。なぜこんなことをしているのか自分でもわからなかった。ただ、なぜかカッサンドラを捨てておけなくなり、心まで奪われてしまったため、彼女の人生に干渉したいという理不尽な衝動に逆らえなくなったのだった。

こんなお節介はやめるべきだ。向こうが頼んできたわけでもないのに。きのうのピクニックのあと、あらためて彼女に会う約束はしなかった。冷静になる期間が必要だと思ったのだ。わずか五日で熱情の嵐に巻きこまれてしまった。どう考えても自分らしくないことだった。何事もなく平穏無事な日々を送り、それで満足していたのに。

ゆうべの夢が気になって、分別ある判断ができなかった。

起きているあいだも同じだった。ベッドに横たわって彼女のことを思うとき、欲望が血のなかで熱く燃えあがる。

こんなことではいけない。彼女のために何か力になり、それから、幸せに満ちた本来の人生に戻らなくては。

ヤングの従者が玄関をあけ、スティーヴンの名刺を受けとった。階下の応接室でお待ちください と言った。応接室の典型とも言える薄暗くて陰気な部屋だった。サー・ウェズリーが在宅かどうか見てくるというのだが、その言葉がまさに在宅を示す証拠だった。留守なら、スティーヴンを玄関先で追いかえすはずだ。

数分もしないうちに、驚きと訝しさを顔に浮かべて、ヤング自身がやってきた。その装いからすると、ちょうど外出しようとしていたらしい。

「マートン？　思いがけない光栄です」

「ヤング？」スティーヴンは軽く頭を下げた。

ヤングは赤褐色の髪と端整な顔立ちの若者だった。ただ、姉のような生気に満ちた美しさはなかった。しかし、同じ血が流れていることは間違いない。明るく感じのいい顔をしていて、それがスティーヴンを苛立たせた。

ぎこちない沈黙が流れた。

「よかったら、ぼくの部屋にどうぞ」沈黙を破ってヤングが言った。

「いや、せっかくですが」スティーヴンは断わった。世間話をしにきたのではない。「この二、三日、じっくり考えてみて、つぎのような結論に達しました。どんな事情があるにせよ、ぼくだったら、馬車でハイドパークへ出かけて自分の姉とすれちがったときに知らん顔をするようなことは、ぜったいにできないでしょう」

ヤングは古ぼけた革椅子に腰を下ろしたが、客には椅子を勧めようともしなかった。スティーヴンは向かいに置かれたすわり心地の悪そうな椅子に勝手にすわった。

「その姉に友達もいなくて、暮らしに困っているならとくに」

ヤングは赤面し、困惑の表情になった。思いあたるふしがあるのだろう。

「これだけはわかってもらいたい、マートン。ぼくは裕福な人間ではない。いや、理解してもらうのは無理かな。ぼくにとっては、名家の娘と結婚するのが重要なことなんだ。今年、もう少しでその夢が叶うはずだった。よりによってこんなときにキャシーがロンドンに出てくるなんて身勝手だ。こないでほしいと頼んでおいたのに」

「身勝手……」落ち着かない様子で立ちあがって部屋を横切り、火の入っていない暖炉を凝視するヤングに、スティーヴンは言った。「ほかにどこへ行けというのだ？」

「せめて」ヤングは苦い口調で言った。「誰にも気づかれないよう、ひっそりひきこもってくれていればよかったのに。ところが、公園で出会ったあの午後以来、キャシーがレディ・シェリングフォードの舞踏会やレディ・カーリングのお茶会に顔を出していたという噂がぼくの耳に届くようになった。あの日だって、きみに頼みこんで、いちばん混雑する時間帯に馬車で公園へ連れていってもらったそうだね。あんな事件を起こしたのだから、自由の身でいられるだけでもありがたいと思うべきなのに。まともな人々に受け入れてもらえるわけがない。ぼくだって――いや、なぜきみにこんな説明をしているのだろう？　ほとんどつきあいもないのに。そもそも、ぼくが実の姉にどんな態度をとろうと、きみには関係のないことだ」

スティーヴンはその非難を無視した。まあ、たしかにヤングの言うとおりだが。

「すると、姉上をめぐる噂を信じてるんだな？　パジェット卿のことはよく知っていたのかい？」

ヤングは渋い顔で暖炉を見つめた。

「あんなに愛想のいい人はいなかった。他人の欠点もおおらかに許せる人だった。姉に贈った宝石にひと財産注ぎこんだに違いない。きみにも残らず見せたいぐらいだ。カーメルの屋敷へは二、三回行ったかな。キャシーを見てがっかりした。まるで別人のようだった。子供のころの優しさやユーモアのセンスがすっかり消えていた。ひどく無口になっていた。父親と年の変わらない男との結婚を見るからに後悔している様子だったので、ぼくは姉を熱愛しているパジェットが気の毒になった。姉は相手の年齢を承知のうえで結婚したというのに。姉がパジェットを殺したのかって？　まあ、誰かが殺したのは事実だ、マートン。動機のある人間を挙げるとしたら、ぼくは姉以外に思いつけない。姉は自由になりたかったんだ。こっちに戻って、いまみたいな暮らしをしたかったんだ。どうやら、姉はきみを籠絡《ろうらく》したようだね。きみがクロイソスのごとき大富豪であることは誰だって知っている」

「きみの記憶にある姉上は、人生をふたたび楽しむためなら殺人も辞さないような人だったかい？」

ヤングは革椅子のところに戻り、どさっと腰を下ろした。

「子供のころは、ぼくにとって母親であり、姉であり、友人だった。だが、人間は変わるものだ、マートン。姉も変わった。ぼくがこの目で見たんだ」

「おそらく、変わらざるを得なかったのだろう。その結婚生活には、見かけとは違う部分があったのだろう。きみはしじゅう姉上を訪ねていたわけではないし、長く滞在したわけでもないだろう？」

ヤングは自分のブーツに渋い顔を向けるだけで、何も答えなかった。

この男は知っている――スティーヴンは思った。たぶん、前から知っていたのだろう。もしくは、強い疑いを抱いていたか。だが、ときとして、何も知らずにいるほうが、真実に目をつぶっているほうが楽なものだ。

「ぼくはまだとても若かった」サー・ウェズリーは言い逃れをしようと必死の様子だった。

「だが、いまはもう立派な大人だ」スティーヴンは言った。「姉上には友人が必要だ、ヤング。無条件に愛してくれる身内が必要なんだ」

「ヘイター先生が――」ヤングは言いかけた。途中でやめるだけの慎みは持っていた。

「そうだね、ミス・ヘイターという友人がいる。だが、身内ではない。男性でもない」

ヤングは椅子にすわったまま、落ち着かない様子で身じろぎをしたが、向かいのスティーヴンには目を向けようとしなかった。

「ハイドパークできみと一緒にいた令嬢だが、残念ながら、ぼくは面識がない」

「ミス・ノーウッドという人だ」

「いまもその令嬢との結婚に期待を？」

「きのうの午後、ガーデン・パーティに出るため迎えに行ったら、体調がよくないと言われた」ヤングはゆがんだ笑みを浮かべた。「回復するのに数日はかかるだろうとのことだった。ところが、ゆうべ、ヴォクソール・ガーデンズで彼女を見かけた。しごく元気そうだった。ご両親とブリガム子爵が一緒だった」

「だったら、逃げださせて幸運だったと言わせてもらおう。姉上に会っても知らん顔をするより、姉上をしっかり守る側に立ったほうが、貴族社会は大きな敬意を払ってくれるぞ。もちろん、払わない者もいるだろうが。どちらの連中に好印象を与えたい？」

スティーヴンは帰るために立ちあがった。

「なぜ姉のことにこだわる？」すわったままでヤングが訊いた。「きみの愛人なのか」

「レディ・パジェットは友人を切実に必要としている。ぼくは彼女の友人だ。それから、夫という名のけだものを殺したのは充分すぎる理由があったからだと、本人の口から聞いてはいるが、彼女が犯人だとはどうしても思えない。パジェット卿の死に関しては、斧で切り刻まれたのではなく、拳銃で撃たれたということしか知らない。だが、これだけは言っておこう、ヤング。撃ったのはレディ・パジェットだったということが、いつの日か疑いの余地なく立証されたとしても、ぼくは彼女の友人でありつづけるだろう。パジェット卿はけだものだった。姉上が二度流産し、一度は死産したことを知ってたかい？　あってはならないことだった」

そこでようやく、ヤングがスティーヴンをまっすぐに見た。真っ青な顔になっていた。スティーヴンは彼が何か言うまで待とうともしなかった。ドアのすぐ内側に置いておいた帽子とステッキをとると、陰気な応接室を出て、ヤングが借りている家をあとにした。

やれやれ、よけいなお節介をするとどうなるか、これでわかっただろう？

ふと気づくと、ポートマン通りへ、カッサンドラの家へ向かっていた。理由はわからない。たぶん、自分がしたことを告白せずにはいられなかったのだろう。カッサンドラは激怒するだろう。それも当然だ。だが、この自分は後悔しているだろうか。答えはノーだ。機会を与えられれば、また同じことをするだろう。

カッサンドラが殺したのではないと、自分は本気で信じているのだろうか。たとえ正当防衛だったとしても。こちらが勝手にそう願っているだけなのだろうか。

カッサンドラは留守だった。思わず安堵した。

「ミス・ヘイターとお出かけになりました」メイドが言った。

「そうか。かなり前に？」

「いえ、ついさきほどです」

しかし、通りの左右を見てもカッサンドラの姿はなかった。当分戻ってこないだろう。

「メアリ、ちょっと話があるんだが」

「あたしにですか」メアリの目が皿のように丸くなり、胸に片手を当てた。

「二、三分ほどくれないか。長くはかからない」

メアリが一歩下がって通してくれたので、スティーヴンは台所のほうを手で示した。メアリは彼の先に立って小走りでそちらへ向かった。

玄関ホールを通るさいに、ホールの小卓に置かれた花瓶に金色で縁どりされた立派なカードが立てかけてあるのが見えた。宛名のところに優美な字で〝レディ・パジェット様〟と書いてあった。明日の夜、レディ・コンプトン＝ヘイグの屋敷で開かれる舞踏会への招待状だ。スティーヴンの書斎のデスクにも、これと同じ彼宛ての招待状がのっている。

ついにここまで漕ぎつけたのか。社交界に受け入れてもらえることになったわけか。

台所のテーブルの下の床に子供がすわりこみ、足もとに犬が寝そべっていた。犬は上目遣いでスティーヴンを見て、面倒くさそうにしっぽで床を叩いたが、あとはなんの動きも見せなかった。子供は白い毛布でくるんだ人形に小声で歌を聴かせていた。軽く揺すってやっていた。

メアリがスティーヴンと向かいあった。痩せっぽちで顔色も悪いが、なかなか愛らしい顔立ちだ。きれいな目をしていて、彼の前で頬を染めた様子が彼女に似合っていた。

「メアリ」どうしても知りたいことがあったが、スティーヴンのほうから尋ねるわけにはいかなかった。どっちみち、メアリには答えられないだろう。急に自分が愚かに思えてきた。

「その犬は、どうしてそんなことに?」

メアリはうつむいてエプロンをいじった。

「誰かが、あ、あの、知らない男が廏で奥さまに殴りかかったんで、ロジャーが奥さまを守ろうとしたんです。立派に守ったんですよ。奥さまもいつもほどひどく殴られずにすんだから。でも、旦那さ——い、いえ、知らない男が鞭を手にして、ロジャーをひどくぶったものだから、片目が見えなくなって……片脚はぐしゃぐしゃにつぶれて一部を切断するしかなくなったんです」

「鞭で脚がつぶれるかな?」

「あ、あの——スコップだと思います、たぶん」

「で、その知らない男も——もしくは、パジェット卿も——怪我をしたのかい?」

メアリはスティーヴンにちらっと視線を向け、それからエプロンに注意を戻した。

「ひどく咬まれました。腕と、脚と、顔の横のところを。起きて歩きまわれるようになるまで、一週間ほどベッドに入っておられました。あ、パジェット卿のことですよ。奥さまを助けようとして駆け寄ったときに咬まれたんです。知らない男がどうなったかは知りません。きっと逃げたんでしょう」

スティーヴンは心配になった――このメイドがあとで思いかえしたとき、自分の話に大きなほころびがいくつもあることに気づいて、すくみあがるのではないだろうか。

「馬番頭はロジャーを安楽死させようとしました」メアリは言った。「それが何よりの思いやりだと言って。でも、レディ・パジェットはつぶれた脚を切断するようにおっしゃって、そのあと犬を抱いてご自分の部屋に運び、怪我が治るまで看病なさいました。回復するなんて、奥さまのほかは誰も思ってなかったんですよ。旦那さまが安楽死の命令をお出しになるものと、みんなが思ってたけど、それはおっしゃらなかったです。旦那さまが奥さまを助けようと駆けつけたとき、ロジャーはきっと旦那さまだとはわからなくて、咬みついてしまったのでしょう」

スティーヴンはメアリの肩に手を置いて強く握った。

「いいんだよ、メアリ。ぼくにはわかってる。レディ・パジェットから聞いたんだ。ロジャーのことではなく、それ以外のことを。パジェット卿の死については何も聞いていないが、きみから無理に聞きだそうとは思わない」

だが、本当はそれが知りたくて家に入ったのだ。

「辛い思いをさせてすまなかったね」スティーヴンはつけくわえた。

「奥さまがやったんじゃありません」メアリはふたたび目を皿のように丸くして、低くつぶやいた。不意に頬が蒼白になった。

スティーヴンはメアリの肩に置いた手にさらに力をこめ、それから手を放した。

「わかってる」

「あたし、奥さまを崇拝してます」メアリは強い口調で言った。「ここまでついてきたの、間違ってたでしょうか。奥さまのために料理と掃除をしますし、できることはなんでもやりますけど、あたしがついてきたのは奥さまにご迷惑だったでしょうか。お荷物になってるんでしょうか。だって、奥さまはあたしとベリンダを食べさせなきゃいけないんですもの。お給金を払わなきゃって奥さまが思ってらっしゃるのも知ってます。お金がないことも――でも、このあいだ――」メアリはあわてて黙りこみ、唇を噛んだ。

「きみのしたことは間違ってないよ、メアリ。レディ・パジェットには身辺の世話をしてくれる人間が必要で、ぼくの見たところ、きみはとてもよくやっている。それに、レディ・パジェットには友人が必要だ。愛が必要だ」

「あたし、奥さまを愛してます。でも、結局はあたしのせいで、奥さまがこんなに苦労なさって……。全部あたしが悪いんです」

メアリがエプロンを顔に押しあてたので、ベリンダが人形を揺らすのをやめてそちらを見あげた。

「いや、悪いのはぼくだ。いきなり押しかけてきて、質問を浴びせたりしてすまなかった。ベスの今日のご機嫌はどうだい、ベリンダ。すやすや寝てる?」

「言うこと聞かない子なの。遊びたいんだって」

「ほんと？　じゃ、しばらく遊んであげたら？　それとも、お話をしてあげる？　お話をすると、赤ちゃんが寝てくれるよ」

「じゃ、お話にする。あたしの知ってるお話があるの。この子、ごはん食べたばっかりだから、あたしと遊んだら吐いちゃうかもしれない」

「なるほど。ベリンダはとっても賢くていいお母さんだね。赤ちゃんも幸せだ」

スティーヴンがメアリに注意を戻すと、メアリはエプロンをスカートの上に戻し、しわを伸ばしていた。

「仕事の邪魔をしてしまったね。いや、休憩の邪魔をしたのかな。それから、あれこれ質問してすまなかった。いつもなら、人のことでこんなにお節介を焼きはしないんだが」

「奥さまのことが好きなんですか」

「そうだね」スティーヴンは眉を上げた。「たぶん」

「だったら、許してあげます」メアリはそう言って、真っ赤になった。

「ねえ、お金を置いていくから、午後から仕事をしなくていい日にベリンダを〈ガンターの店〉へ連れてって、氷菓を食べさせてやってほしいと言ったら、きみ、気を悪くするかい？　どんな子供も、氷菓を食べる楽しみを知らずに人生を送ってはいけないと思うんだ。大人もだけど」

「お金ならあります」

「わかってる」スティーヴンは微笑した。「だけど、ぼくがベリンダにごちそうしたいんだ。きみにも」

「でしたら、喜んでいただきます。ありがとうございます」

スティーヴンは硬貨を何枚か——氷菓二人分の代金程度を——テーブルに置いてから暇を告げ、急いで家を出た。午後の時間はまだ充分残っていたが、そのまま帰宅することにした。いつものように遊ぶ気にはなれなかった。競馬場へ駆けつける気にもなれなかった。見逃したレースはまだわずかのはずだが。

ダンスやおしゃべりの相手として、ときには軽い戯れの相手として彼が気に入っている令嬢たちに思いを向けようとした。

誰の顔も浮かんでこなかった。

記憶に間違いがなければ、明日は舞踏会だが、まだ誰にもダンスを申しこんでいない。

さきほどメアリが言っていた。あんなことになったのは自分が悪いからだと。たぶん、パジェットの死のことだろう。しかも、カッサンドラがやったのではない、と断言した。

ただ、そのすぐあとで、カッサンドラを崇拝していると言った。崇拝する人のためなら、嘘をつくぐらい簡単なことだ。

女主人にふりおろされるはずだった鞭を受けて、犬が片目を失明した。脚をスコップで叩きつぶされた。それもカッサンドラに向けられるはずだったもの？　ロジャーがパジェットに飛びかからなかったら、夫ではなくカッサンドラが命を落とすことになったのだろうか。

そして、表向きは、彼女もまた落馬で死亡ということにされたのだろうか。

頭痛がしていることに、帰宅したとき気がついた。

頭痛とはこれまで無縁だったのに。

「出ていけ、フィルビン」アイロンをかけおえたシャツを化粧室で片づけている従者を見て、スティーヴンは言った。「おまえが口を開いたら、どなりつけてやる。一日おきにおまえに詫びるなんてまっぴらだ」

「新しいブーツがきついのですか」フィルビンが陽気に尋ねた。「お買いになるとき、申しあげたじゃありませんか――」

「フィルビン」親指と中指でこめかみを押さえて、スティーヴンは言った。「出ていけ。いますぐ」

フィルビンは出ていった。


カッサンドラはアリスが二、三日前に買った新聞に目を通し、力を貸してくれそうな弁護士三人の氏名と住所をメモした。カッサンドラが何をする気かを知ったアリスは、ゴールディング氏に、あるいはマートン伯爵でもいいから、とにかく相談するようにと助言した。あの二人なら、こうした案件を扱うのにうってつけの弁護士を知っているに違いない。

しかし、カッサンドラは男に頼ることにうんざりしていた。世の中に信頼できる男はほとんどいない。もっとも、ゴールディング氏にはあてはまらないだろうし、スティーヴンにももちろんあてはまらないが、それでもなお、自分の人生を自力で切りひらいていけないことがカッサンドラはもどかしかった。ほんの一週間ほど前は、金持ちのパトロンを手に入れて人生を切りひらいていこうと思っていた。いまは、最初にやるべきだったことをする覚悟だった。

しかし、三人の弁護士を順々に訪ねてわかったのだが、簡単にはいきそうもなかった。アリスも同行したが、これは本人が一緒に行くと言い張ったからだ。貴婦人がお供も連れていないのでは見下される、とアリスは説明した。

どっちみち、誰からも見下されているけれど……。

最初に訪ねた弁護士は、新しい依頼人の仕事は受けられない、現在抱えている依頼人だけで手一杯なので、と言った。新聞に広告を出しているというのに。二人目の弁護士は彼女の名前を聞いてひどく露骨な態度をとり、自分は刑事弁護士ではないし、たとえそうであっても残忍な人殺し女の代理人になるつもりはない、との伝言をよこした。

アリスはもう家に帰ろうと言った。すっかり落ちこんでいた。カッサンドラも同じだったが、いまの弁護士の無礼な態度で――ついでに言っておくと、弁護士自身の口から言う勇気がないため、事務員を介しての伝言だった――頭にきて、顎をつんと上げ、肩を怒らせて、軍人のような足どりでつぎの弁護士事務所へ向かったのだった。

三人目の弁護士は二人を奥の部屋に通し、レディ・パジェットに恭しく頭を下げて愛想笑いをしてから、同情の面持ちで熱心に話に耳を傾け、彼女の主張は完璧に合法と認められるものであり、遺産も、宝石も、寡婦の住居も、ロンドンの屋敷も、たちどころに奪いかえすことができると断言した。料金を告げられて、カッサンドラは法外な金額だと思ったが、弁護士はそこで、まったく手間のかからない事件だし、あなたのように立派な貴婦人への敬意と同情もあるので、大幅に安くさせてもらう、しかも前金としてもらうのは半額のみ、一ペニーたりとも余分にいただくつもりはない、と言った。

カッサンドラは用意していった金を差しだした。こちらの主張が簡単に認められてすぐに遺産が入るなら、近いうちに全額を支払うことができるが、遺産が入らないかぎりは収入の道がほとんどない、と説明した。

きちんと事情を話したのに、レディという肩書きを持つ者がまさか無一文に近いとは、弁護士は思いもしなかったようだ。態度が一変した。無愛想で、冷淡で、苛立たしげな顔になった。

こんなわずかな手付金では、仕事にとりかかるのは無理です。

自分には妻と六人の子供がいて……。

貴重な時間を無駄にして損をした……。

もちろん、相談料はいただきたい……。

それに、ずいぶんと手間のかかる仕事になりそうで……。

せっかくのご依頼ですが、お受けするのはちょっと……。

カッサンドラは聞こうともしなかった。立ちあがり、事務所から、そして建物から飛びだした。アリスがあわててついてきた。

外に出て歩道を勢いよく歩きながら、アリスが言った。「マートン伯爵にお願いすれば、たぶん――」

カッサンドラは怒りに燃える目でアリスに食ってかかった。

「ほんの二、三日前は、マートン伯爵がわたしの身体を自由にするかわりに大金を払ったせいで、あなた、彼のことを悪魔の化身みたいに言ってたでしょ。それがいまでは、わずかなお金をねだるぐらいどうってことはないと思ってるのね。身体の関係はもうないのに」

「シーッ、キャシー」アリスはひどく焦った顔であたりを見まわした。

幸い、歩行者の数はそう多くなく、声の届く範囲には誰もいなかった。

「マートン伯爵にお金を貸してもらおうと思っただけですよ」アリスは言った。「さっきの弁護士の言うとおりなら、借りたお金はすぐ返せるわ」

「あんな弁護士には、びた一文だって払うものですか。わたしがもらうべき遺産に王冠までつけて、明日届けてくれるとしても」

そう言ったあとで、カッサンドラはがっくり肩を落とした。

「ごめんなさい、アリー。八つ当たりして悪かったわ。でも、わたしが正しいと言って。男はみんな骨の髄まで腐ってると言って」

「みんなじゃありませんよ」アリスはカッサンドラの腕を軽く叩き、二人でまた歩きはじめた。「でも、さっきの弁護士はたしかに骨の髄まで腐ってたわね。奥さんと六人の子供が気の毒だわ。あなたのことを女だと思って甘く見て、大金を巻きあげようとした。危うくだまされるところだったわ。法外な料金を吹っかけられても、あなたは文句一つ言わなかっただろうし。欲が深すぎて待てなかったのが、あの弁護士の不運だったわね」

カッサンドラは深いため息をついた。自分で人生を切りひらいていくのは大変。目標を定め、計画を立てて進んでいくのも大変。しかし、もう一度挑戦しようと思った。あきらめる気はなかった。

でも、今日はもうやめておこう。いまの望みはただ、家にこっそり戻って傷口をなめることだけ。カッサンドラの落胆に同情したかのように、空が厚い雲に覆われ、風が出てきて溝の土埃を舞いあげた。急に冷え冷えとしてきた。

「雨になりそうね」空を見あげて、アリスが言った。

急いで家に向かい、ようやく帰宅した瞬間、最初の大きな雨粒が落ちてきた。植木鉢の下からとりだした鍵で玄関をあけ、なかに入って、カッサンドラはふたたびため息をついた。この家に家庭の安らぎを感じるようになっていた。安心できる場所になっていた。

メアリがエプロンで手を拭きながら、台所からあわてて出てきた。

「居間で紳士がお待ちです、奥さま」

「ゴールディング先生？」アリスが顔を輝かせた。

スティーヴン？　カッサンドラは心のなかでつぶやいた。きのうのピクニックのあと、明日も会おうという言葉が彼の口から出ることはなかった。カッサンドラはホッとした。ひんぱんに会いすぎていたから。なのに、今日は彼に会えなくて落ちこんでいる。困ったものだ。

居間のドアをあけると、若い男性が室内を行きつ戻りつしていた。

男性が足をとめてカッサンドラを見た瞬間、彼女の全身がすっと冷たくなった。

「キャシー」男性が言った。惨めな表情だった。

「ウェズリー」カッサンドラは部屋に入り、背後のドアを閉めた。アリスはすでに姿を消していた。

「キャシー、ぼく――」ウェズリーが何か言いかけて黙りこんだ。唾を呑みこむ音が聞こえた。片手の指で赤褐色の髪を梳いた。なつかしいしぐさだった。「このあいだは姉さんに気づかなくて、と言うつもりだったけど、そんなの愚かな言い訳だよね」

「ええ」カッサンドラはうなずいた。「愚かだわ」

「どう言えばいいのかわからない」

この十年、弟に会う機会はあまりなかったが、いつだって大切な弟だった。血を分けた弟だ。会う機会を作らなかった自分が馬鹿だった。

「じゃ、まず、ハイランド地方への徒歩旅行がどうなったのか、話してちょうだい」

「あ、あれね。何人かが参加できなくなって――いや、正直に言うよ、キャシー。そんな旅行の計画はもともとなかった」

カッサンドラはボンネットをとり、手提げと一緒にドアのそばに椅子に置いた。暖炉の横の、いつもの自分の椅子まで行ってすわった。

「どうかわかってほしい。おやじが遺してくれた金はあまりなかった――いや、はっきり言って、ぜんぜんなかった。今年こそ持参金つきの花嫁を本気で見つけなきゃ、と決心した。今年姉さんがロンドンに出てきて、すべてぶちこわしにされたりしては困ると思ったんだ。今年だけは」

ウェズリーがやってることも、わたしとあまり変わらないわね――カッサンドラは思った。苦しい経済状態を救ってくれる相手を探していたのだ。

「実の姉が斧で人殺しをしたとなれば、縁談にさわるものね。悪かったわ」

「そんなこと、誰も信じてないよ。とにかく、斧のことは」

カッサンドラが微笑すると、ウェズリーはふたたび室内を歩きはじめた。

「キャシー、ぼくが十七のとき、姉さんのところへ遊びに行ったことがあったよね。覚えてる？　姉さんの目の黒あざが黄色くなりかけてた」

そうだった？　折檻された少しあとに弟が遊びにきたという記憶が、カッサンドラにはまったくなかった。

「寝室のドアにぶつかったときかしら。一度そんなことがあったような気がするわ」

「あのときは廏の扉だと言ってた。ねえ、キャシー――パジェットに殴られたのかい？」

「男にはね、夫に従わない妻を懲らしめる権利があるのよ」

ウェズリーは眉をひそめ、心配そうに姉を見た。

「本当の声でしゃべってよ、キャシー。そんな……皮肉っぽい声じゃなくて。殴られたのかい？」

カッサンドラは長々と弟を凝視した。

「めったにお酒を飲む人じゃなかったわ。でも、いったん飲みはじめると、二日か三日ぐらい飲みつづけるの。そして、かならず——暴力をふるう人だった」

「なんで内緒にしてたんだよ？」ウェズリーは訊いた。「打ち明けてくれれば——」そこで黙りこんだ。

「わたしは正式な妻だったのよ、ウェズ。そして、あなたはほんの子供だった。あなたにできることは何もなかったのよ」

「ねえ、パジェットを殺したの？　斧は使ってないと思うけど、ほんとに姉さんが殺したの？　殴られたときに身を守ろうとして？」

「もうどうでもいいことよ。証言できる目撃者はいなかった。だから、永遠に証明のしようがないの。死んで当然だった男が死んだだけ。殺した者を罰する必要はないわ。よけいな口出しはやめて」

「よくないよ。ぼくにとっては、どうでもいいことじゃない。真実を知りたい。もっとも、知ったところで、何も変わらないけど。自分が恥ずかしくてたまらない。自分のことしか考えてなかったけど、キャシーは大事な姉さんで、ぼくは姉さんを愛してる。子供のころは母親がわりでもあった。おやじが賭博場へ出かけて何日も留守にしたときだって、寂しいとか、愛されてないとか思ったことは一度もなかった。せめて——せめて、姉さんの支えにならせてほしい。いまさらこんなこと言っても遅いけど、でも、まだ手遅れじゃないよね？」

カッサンドラは椅子の背に頭を預けた。

「許さなきゃいけないことなんて何もないわ。人はみな、自分勝手で卑劣な行為に走るものよ、ウェズ。でも、自分勝手で卑劣な人間になるのを防いでくれる強い良心があれば、過ちを乗り越えて進んでいける。ナイジェルを殺したのはわたしじゃないけど、誰が殺したかを言うつもりはないわ。あなたにも、ほかの人にも。永遠に。ナイジェルが事故死と判断されても、わたしはずっと第一容疑者のままよ。世間の人はこれからもずっと、わたしが殺したのだと信じつづけるでしょうね。でも、それでかまわないわ」

ウェズリーはうなずいた。

「ハイドパークで一緒にいたお嬢さんだけど、あなた、いまも求婚中なの？」

「打算的な女だった」ウェズリーは苦い顔になった。

「あらあら」カッサンドラは弟に笑みを向けた。「じゃ、逃げだせて幸運だったわね」

「うん」

「ここにきておすわりなさい。あなたを見あげてたら、首が痛くなってきた」

ウェズリーが横の椅子にすわったので、カッサンドラは彼のほうへ片手を伸ばした。ウェズリーはその手をとって握りしめた。激しい雨が窓を叩いていた。その音さえ心地よく感じられた。

「ウェズ、いい弁護士さんを知らない？」

16

スティーヴンはその夜もよく眠れなかった。よけいなお節介を心の底から後悔していた。ウェズリー・ヤングを訪ねるべきではなかった。メイドへの質問もやめておくべきだった。犬に何があったのかを尋ねただけにしても。

本来のスティーヴンは、ほかの人間の問題に首を突っこむような性格ではなかった。カッサンドラに二度と会わずにすめばいいのに、という思いが頭の半分を占めていた。以前の満ち足りた日々に戻りたかった。

いや、本当に満ち足りていたと言えるだろうか。そんな退屈な人間になってしまったのだろうか——若さを謳歌できる二十五歳という年齢で。

ただ、二度と会わずにすめばいいのにという思いは頭の半分を占めていただけで、あと半分は、カッサンドラを見かけたとたん、うれしくて舞いあがってしまった。

スティーヴンはそのときちょうど、姉のヴァネッサのお供をしてオクスフォード通りを歩いていた。姉の家を訪ねたら、ヴァネッサが愚痴をこぼしたからだ——子供たちはまだ寝てるし、エリオットは二日前から街を留守にしていて、帰ってくるのはどうせ、今夜の舞踏会の着替えにぎりぎりで間に合う時間でしょ。気分が滅入って仕方がないの。舞踏会に着ていきたいドレスがあるんだけど、フリルが破れてるから、かわりにどうしてもレースを買いたいの。

買物をすませて歩きだしたとき、ヴァネッサが歓声を上げたので、スティーヴンが姉の視線の先へ目を向けると、弟の腕に手をかけたカッサンドラがやってくるところだった。

その瞬間、彼の頭の半分――いや、ハートの半分？――がうれしさに舞いあがった。淡いピンクの散歩用のドレスをまとい、ピクニックのときと同じ麦わらのボンネットをかぶった彼女はエレガントで可憐だった。頬を紅潮させ、幸せそうな顔だった。

スティーヴンは帽子をとってお辞儀をした。

「ごきげんよう。ヤングも一緒かい？　気持ちのいい午後ですね」

「ええ、とっても」カッサンドラが答えた。「ご機嫌いかが？　公爵夫人、伯爵さま」

スティーヴンに気づいて、ヤングは不意に困惑の表情になった。

「元気いっぱいよ」ヴァネッサが言った。「あの、サー・ウェズリー・ヤングでは？　たしか、以前お目にかかりましたわね」

「はい、公爵夫人」ヤングがヴァネッサのほうへ軽く頭を下げた。「レディ・パジェットはぼくの姉なんです」

「まあ、すてき」ヴァネッサは温かな笑みを浮かべた。「ロンドンに身内の方がいらっしゃるなんて知らなかったわ、レディ・パジェット。すてきですこと。今夜のレディ・コンプトン＝ヘイグの舞踏会にはいらっしゃいます？」

「はい、かならず」カッサンドラは言った。「招待状をいただきましたので」

では、出席の返事を出したわけだ。カッサンドラの出席を望んでいたのか、それとも、欠席のほうがいいと思っていたのか、スティーヴン自身にもわからなかった。だが、いまはっきりわかった。舞踏会で会えるのが楽しみだ。

彼女の顔が幸福そうに輝いているのは弟が一緒にいるからだろうか。だとしたら、お節介を後悔するのはもうやめよう。

「レディ・パジェット、一曲目をぼくと踊っていただけますか」

カッサンドラが返事をしようとした。

「あいにくだが、マートン」ヤングがこわばった表情で言った。「一曲目の相手はぼくだ」

「では、そのあとで」スティーヴンは言った。

カッサンドラの唇に笑みが浮かんだ。たぶん、一週間で状況が大きく変わったことを実感しているのだろう。

「ありがとうございます」カッサンドラは例のベルベットのような声で言った。「楽しみにしております」

サー・ウェズリー・ヤングには長々と話しこむ気はないようだった。ふたたび軽く頭を下げると、スティーヴンとヴァネッサに別れの挨拶をし、彼の腕に手をかけたカッサンドラと一緒に通りを去っていった。

二人で反対方向へふたたび歩きだしてから、ヴァネッサが言った。「レディ・パジェットなら、たとえ袋しか身につけてなくても、ロンドンじゅうの誰よりもすてきでしょうね。なんて腹立たしいことかしら、スティーヴン」

「ネシーだって、誰もが思わずふりかえるぐらいすてきだよ」にっこり笑って、スティーヴンは言った。

ヴァネッサは昔から、姉妹のなかでいちばん平凡な顔立ちだった。だが、いちばん生気にあふれていた。スティーヴンから見れば、いつだって美人の姉だった。

「あらあら、まるでこちらからお世辞をせがんだみたいね。そしたら、あなたがちゃんとお世辞を言ってくれた。騎士道精神にあふれた子ね。さて、悪いけど、そろそろ帰らなくては。エリオットが帰宅したときに、わたしがいなかったらまずいでしょ？」

「エリオットがヒステリーの発作を起こすとか？」

ヴァネッサは笑いだし、日傘をくるくるまわした。

「それはたぶん大丈夫よ。でも、夫と一緒にいられるはずの時間を十分でも損したとわかったら、わたしがヒステリーを起こすかもしれない」

反対方向から、前方を見ようともしない騒がしい一団がやってきたので、スティーヴンはヴァネッサを巧みにエスコートして連中とぶつからないようにした。

「結婚してどれぐらいだっけ？」

ヴァネッサは笑っただけだった。

「スティーヴン」しばらくしてから言った。「あの人のことが好きなの？」

「レディ・パジェット？　うん、好きだよ」

「いえ、わたしが訊きたいのは、真剣に好きかどうかってこと」

「うん」スティーヴンはふたたび言った。「そうだよ」

「そう」

姉の言葉をどう解釈すべきかわからなかったが、スティーヴンは強いて説明を求めはしなかった。また、姉の質問に対する自分の返事について考えこむこともなかった。結局のところ、カッサンドラのことが好きだと言ったに過ぎない。まあ、真剣に好きだと言ったのだが。

〝真剣〟をつけるかつけないかで、意味に違いが生じるのだろうか。

スティーヴンは苛立たしげに首をふった。

うんざりだ。

まったくもう！

姉が現在のパジェット男爵に屋敷を追いだされたとき、自分の貴重品を持ちだすことも、遺産の正当な取り分を請求することもなかったと知って、サー・ウェズリー・ヤングは思わず姉をどなりつけたくなった。ほんの少しがんばれば、いまごろは裕福な女性になり、暮らしに困ることもなかっただろうに。

だが、どなることはできなかった。パジェット卿が亡くなったとき、ウェズリーは二十二歳になろうとするところで、葬儀に参列するためカーメル邸まで出かけた。そちらに滞在中、とげとげしい雰囲気が高まっているのを感じたが、露骨な非難が始まる前に辞去してしまった。屋敷を去る前に姉に言っておいた――ぼくはキャシーを愛してきたし、これからもずっと愛していく。支えと保護が必要なときは、いつでも遠慮なく訪ねてきてほしい。

やがて、泥沼の騒ぎになっているという噂がロンドンの彼のところに届くと、ウェズリーは怖気づいてしまった。姉の破滅のとばっちりを受けることを恐れた。姉に手紙を出すのもやめにした。

まだ子供だったからという言い訳はできない。すでに一人前の大人になっていた。

やがて、冷酷で卑劣なことをしてしまった。その後何年ものあいだ眠れぬ夜と苦悩の昼に悩まされることになるのを承知のうえで、姉がロンドンに出てくるのを止めようとしたのだ。スコットランドのハイランド地方へ徒歩旅行に出かけるなどと嘘をついた。それにもかかわらず、姉がロンドンにやってきて、ハイドパークでばったり出会ったとき、ウェズリーは顔を背け、金で雇った御者にそのまま走りつづけるよう命じた。

ああ、そうとも、そのせいで悪夢にうなされることになっても仕方がない。

過去は変えようがない以上、あとは精一杯償いに努め、今後五十年以内に自分を許せるようになることを祈るだけだった。そのため、きのうから今日の午前中にかけて、姉のような案件を依頼するのにぴったりの弁護士を見つけるためにあちこちに問い合わせ、面会の約束をとりつけて、この午後は姉をそこへ連れていったのだった。

今度は大いに期待が持てそうだった。宝石類をとりもどすのも、遺産を手にするのも困難だとレディ・パジェットが思いこんでいることを知って、弁護士は仰天した。宝石は個人の持ち物だし、遺産は婚姻前契約書と夫の遺言書によって彼女の正当な取り分が認められている。手付金はウェズリーが負担すると主張したので、わずかな額ではあったが、弁護士はこころよくそれを受けとった。二週間以内に、もしくは、長くとも一カ月以内に解決すると約束してくれた。

家に帰るため、二人でオクスフォード通りを歩いていたとき、マートンとばったり顔を合わせた。ちょっといやな気がした。きのう、マートンにあれこれ言われて良心が咎《とが》めたため、彼を煙たく思っていたのだ。人に諭されてようやく良心に目覚めるというのでは、あまりにも情けない。

だが、マートンとはほどなく別れて、姉をポートマン通りの家まで送っていった。ミス・ヘイターが出てきて、昔の知りあいと美術館へ出かけたことをカッサンドラに熱っぽく話しはじめた。その知りあいというのは、かつてウェズリーの家庭教師をしていたゴールディング氏だったが、幼いころのことで、それもごく短期間だったため、ウェズリーの記憶にはほとんどなかった。

夕食と舞踏会の着替えの前にしばらくゆっくりしようと思って、ウェズリーは自分の家に帰った。ところが、従者から、今日もまた階下の客間で人が待っていると告げられた。彼に話があって訪ねてきたという。

見覚えのない客だったが、部屋に入ったウェズリーを見て男は立ちあがり、片手を差しだしてそばまできた。スポーツマンタイプのたくましい男性で、淡い茶色の髪とブロンズ色に日焼けした顔をしていた。

「ヤング？　ウィリアム・ベルモントだ」

ああ、そうか、思いだした。現在のパジェット男爵の弟、キャシーの継息子の一人だ。キャシーの婚礼のときと、何年か前にカーメル邸を訪問したとき、この男に会った覚えがある。あのあと、ベルモントはたしかアメリカへ渡ったのでは？

「再会できてうれしいよ」ウェズリーは彼と握手をした。

「カナダからの船が二週間前にこちらに着いたんだ」ベルモントは言った。「その足でカーメル邸へ行ったところ、すっかり様子が変わっていた。きみの姉さんはどこにいるんだ、ヤング？　このロンドンのどこかにいる。そうだろう？」

ウェズリーはたちまち警戒した。

「姉には近づかないでほしい。姉はきみの父上を殺してはいない。姉の有罪を示す決定的証拠は何もないし、告発されてもいない。告発するだけの根拠がなかったからだ。姉は新たな人生を始めようとしている。ぼくはここで姉を見守り、姉に再出発のチャンスがつかめるよう、誰にも邪魔されることのないよう、力になるつもりでいる」

カッサンドラがロンドンにやってきた瞬間から、この言葉が真実であるべきだった。だが、いまは真実になっている。キャシーに害をなそうとする者がいれば、彼自身が相手になるつもりだった。ベルモントの肩幅のたくましさに恐れをなしたものの、逃げてたまるかと覚悟を決めた。

しかし、ベルモントは片手で否定のしぐさを見せただけだった。

「もちろん、殺してないとも。じつは、ぼくもその場にいたんだ。こちらにきたのはカッサンドラを苦しめるためではない。メアリを捜しにきた。いまもカッサンドラのそばにいるだろうか」

「メアリ？」ウェズリーは呆然とベルモントを見た。

「カッサンドラと一緒にカーメル邸を出ていったそうだ。おそらく、いまも一緒にいると思う。それから、ベリンダも。どうかそうであってほしい」

ウェズリーはまだ呆然としていた。ミス・ヘイターの名前はアリスだ。メアリではない。

「メアリだよ」ベルモントはもどかしげに言った。「ぼくの妻だ」

今夜の舞踏会のための身支度をするカッサンドラは、レディ・シェリングフォード邸へ行くために身支度したときとはまったく違う気分だった。今夜は招待状がある。しかも、エスコートしてくれる男性がいる。最初の曲と、ほかにもう一曲の相手がすでに決まっている。

今夜スティーヴンと踊るのが、自分でも照れくさくなるぐらい楽しみだった。

鏡に映った髪を見て、ヘアピンできちんと留めてあるかどうか、踊りだしたとたんほどけてしまう心配はないかと念入りに点検した。髪がほどけたら、まさに悲劇！　この十年間、身支度はすべてメイドに頼りきりだった。

長手袋をはめ、しわを丹念に伸ばして、わずかなゆがみもないように気をつけた。

弁護士はきわめて簡単な案件だと言っていた。カッサンドラがもらうべきものを二週間で手に入れてみせると言った。でも、一カ月かかってもかまわない。お金が入ったら、スティーヴンにもらった分を返済し、愛人にしてくれるよう図々しく頼みこんだことはもう忘れよう。

ただ、彼と過ごした二晩のことは後悔していなかった。ピクニックに出かけたことも。ピクニックはこの先ずっと、もっとも大切な思い出の一つになるだろう。

彼を忘れることはたぶんできないだろう。

でも、彼のおかげで、男性への信頼を多少とりもどすことができた。世の中は信用できない汚らわしい男ばかりではないことを知った。

彼のことは黄金の天使として心に刻みつけておこう。

象牙の扇子を手にとり、すんなり開くかどうかを確認した。

アリスはこの午後ゴールディング氏と出かけたときに、二、三日ケントの実家に遊びにこないかと誘われた。週末に父親の七十歳の誕生日を祝う会があり、家族全員が集まるという。間違いなく大きな意味を持つ誘いだった。

アリスはイエスともノーとも答えなかった。自分がいなくてもカッサンドラが困らないかどうかを、まず確認するつもりだった。しかし、心の奥に抑えこんだ興奮と不安で全身が震えそうだった。カッサンドラが帰宅した十分後、そして、ウェズリーが出ていった五分後、アリスは居間の書き物机の前にすわり、ゴールディング氏に宛てて、喜んで招待を受けるという手紙を書いた。

いまは三階の自分の部屋に戻って、どの服を持っていくかを決めようとしていた。

カッサンドラはダンスシューズに足をすべりこませ、ウェズリーを待つために一階に下りた。ちょうどいいタイミングだった。階段を下りていく途中で、ウェズリーが玄関をノッカーで叩いたので、台所のメアリを片手で制して自分で玄関をあけた。

「うわあ、キャシー」ウェズリーがカッサンドラに賛美の目を向けた。「姉さんの前では、ほかのレディがみんなかすんでしまう」

「まあ、お上手ね」カッサンドラは笑いだし、急に浮き浮きしてきて、ウェズリーの前でくるっとまわってみせた。「あなたもとってもハンサムよ。出かける支度はできてるわ。馬車を待たせちゃ悪いから」

しかし、ウェズリーは家に入ってきて、うしろの玄関ドアを閉めた。

「姉さんの宝石のこと、いまも腹が立ってならないんだ。貴婦人たるもの、舞踏会に出るときはかならず宝石を着けなきゃ。これ、姉さんのために持ってきた」

少々すり傷のついた茶色い革のケースを目にしたとたん、カッサンドラはそのケースのことを思いだした。少女のころ大好きだったことの一つが、父親のトランクからこのケースをとりだしてそっと開き、なかをのぞくこと、そして、ときどき、ケースのなかの品に指で軽く触れることだった。一度か二度、首にかけて、疚《やま》しさを感じつつ鏡に映った自分の姿に見とれたことがあった。

ウェズリーの手からケースを受けとって開いてみた。そこに入っていたのは記憶にあるとおりの銀のチェーンだったが、いまはきれいに磨かれ、きらきら輝いていた。小粒のダイヤを並べたハート形のペンダントトップがついていた。父親が新婚の妻に贈ったものだ。暮らしに困った時期も、一家の貴重品のうちこれだけは売り払われることがなく、質入れされたことすらなかった。

派手な品ではないし、おそらく、価値もたいしてないだろう。それどころか、ダイヤは紛いものかもしれない。だから、売り払われずにすみ、質草にもされずにすんだのだろう。しかし、なつかしい品という点では計り知れない価値があった。

ウェズリーがケースからネックレスをとりだして姉の首にかけた。

「ああ、ウェズ」ネックレスに指をかけて、カッサンドラは言った。「なんて優しい子なの。今夜だけは着けさせてもらうわ。あとはきちんとしまって、あなたの花嫁になる人のためにとっておきなさい」

「たぶん喜ばないと思うよ。価値がわかるのはぼくたちだけだ。できれば姉さんに着けてもらいたい。ぼくからの贈物として。でも、考えてみたら、ぼく一人のものじゃなくて、姉さんのものでもあるよね。ねえ、まさか泣いてるんじゃ……？」

「なんだか泣けてきたの」カッサンドラは二本の指で目頭を押さえ、泣き笑いになった。弟の首に腕をかけて強く抱きしめた。

ウェズリーは姉の背を照れくさそうに軽く叩いた。

「姉さんのメイド、メアリって名前？」

「ええ」カッサンドラはネックレスに視線を落として指でいじりながら、うしろに下がった。

「どうして？」

「いや、べつに」

約一分後、ウェズリーは姉に手を貸して今夜のために雇った馬車に乗せ、ロンドンの通りをガラガラ走ってコンプトン＝ヘイグ家の屋敷へ向かった。

前回に比べて今夜はなんと大きな違いだろう。今夜はお仕着せ姿の従僕の手を借りて赤い絨毯の上に降りたち、弟の腕に手をかけて屋敷に入った。今夜はあたりを自由に見まわして、大理石の玄関ホールや、頭上で輝くシャンデリアや、お仕着せ姿の召使いや、夜の装いで飾り立てた客たちの姿を楽しむ余裕があった。

今夜は何人かがカッサンドラと視線を合わせ、会釈をした。笑いかけてくれた者も一人か二人いた。会釈も微笑もない人々のことは喜んで無視することにした。

ウェズリーが姉をエスコートして、出迎えのために並んだ人々の前を通った。今夜のカッサンドラは一人一人と目を合わせることができた。正式に招待されたのだし、先週と違って、彼女の名前が衝撃を招くことはなかった。

そして、舞踏室に入ってあたりを見まわし、紫と白の花々と緑のシダに見とれていると、サー・グレアムとレディ・カーリングがやってきて声をかけてくれたので、ウェズリーに会うのは初めてのこの夫妻に弟を紹介した。つぎに、シェリングフォード伯爵夫妻が挨拶にやってきた。ハクスタブル氏から二曲目の相手を申しこまれた。ウェズリーの友人二人もやってきて、その一人のボナードとかいう男性から、あとで一緒に踊ってほしいと言われた。

「おいおい、ウェズ」片眼鏡を軽く持ちあげ、糊の利いたシャツの襟先の高さと硬さゆえに顔をまっすぐ上げたままで、ボナード氏は言った。「レディ・パジェットがきみの姉上だとは知らなかったぞ。一族の美貌を姉上が独占したわけだ。きみに残された分はほとんどなかった。そうだろう？」

ウィットに富んだこの冗談に、ボナード氏も、もう一人の友人も——カッサンドラは早くもそちらの名前を忘れてしまったが——楽しげに笑いころげた。

そのとき、スティーヴンがやってきて、お辞儀をし、目をきらめかせて笑顔で尋ねた——ぼくと踊る約束だったことを、レディ・パジェットは覚えておいでででしょうか。

カッサンドラは扇子で頬に風を送った。

「一曲目と二曲目のお相手はすでに決まっていますのよ。それと、夜食がすんでからもう一曲」

「どちらもワルツでなければいいのですが。もしワルツだったら、がっくり落ちこんでしまう。最初のワルツをぼくと踊っていただけませんか。それから、夜食の前のダンスも。二曲が同じものでなければね。もし同じものだったら、別にもう一曲いかがでしょう？」

スティーヴンは彼女を公然と特別扱いしていた。一夜のあいだに同じレディと二曲踊っても不作法とまではいかないが、全員の注目の的になるのは間違いない。一般的に言って、申しこんだ側の紳士が求婚を真剣に考えているという意味になるからだ。

本来なら、一曲だけにイエスと答えるべきだった。しかし、彼のブルーの目に笑みが浮かんでいたし、弁護士は二週間以内と言ってくれたし――一カ月に延びる可能性もあるという条件つきではあるが――遺産が入れば、イングランドの片田舎に愛らしい小さなコテージを見つけて永久にロンドンを離れ、彼に会うことは二度となくなる。貴族社会の人々とも顔を合わせなくてすむ。

「ええ、喜んで」カッサンドラは片手を脇に下ろしたまま、スティーヴンに微笑を返した。

そして、わずか一週間前にはここと同じような舞踏室に一人で立ち、すべての紳士を物色したあとで、スティーヴンを餌食として選びだしたことを思いだした。

いま、カッサンドラの心の隅に、永遠に彼のことを覚えておくための小さな場所が生まれていた。

馬鹿なわたし。

「行こうか」ウェズリーに言われて、一曲目を踊るためにカップルが次々とダンスフロアに出ていることに気づいた。

だが、一度も不愉快な思いをせずに夜が過ぎていくことは、やはりなかった。

二曲目の約束をしていたハクスタブル氏が早めにやってきて、まだ一組のカップルも姿を見せていないフロアへカッサンドラを連れだした。どうやら、カッサンドラに話があるらしい。人に聞かれるのは避けたいのだろう。

うっとりするほどハンサムな人ね――フロアの中央で足を止めて彼と向きあったとき、カッサンドラは思った。鼻がわずかに曲がっていても、いや、だからこそよけいハンサムに見える。彼の魅力に思わず惹きつけられる女性がずいぶんいることだろう。だが、カッサンドラは違う。危険な雰囲気と憂いを帯びた浅黒い肌の男性は好みに合わない。先週、この男を選ばなくてよかったと心から思った。選んだら成功しただろうか。誘惑の罠にはめ、愛人に大金を渡すよう仕向けることができただろうか。

「本題に入る前の世間話など必要ないと思いますが。どうでしょう？」ハクスタブル氏が言った。

まあ、ほんとに危険な人。

カッサンドラは驚いたが、顔には出さないようにした。顔の前でゆっくりと扇子を揺らした。

「ええ、ありませんとも」カッサンドラは答えた。「わたしも率直に話をするほうが好きです。あなたはわたしに警告をして、あの方から遠ざけようとお思いなのでしょう？　あの方の身を守り、わたしのような危険な女を追い払うために、あなたみたいに大柄で浅黒くて強い人が必要だというわけね。でも、悪魔の役目は無垢な者を守ることではなく破滅させることだと、ずっと思っておりましたが」

「なるほど、率直な物言いをする方だ」ハクスタブル氏は微笑した。心から愉快がっている様子だった。「マートンはみんなから弱虫だと思われているが、それは違う、レディ・パジエット。多くの男と違って、強さと男らしさを強調するために筋肉を誇示しようというやつではありません。あなたがマートンを選んだのは、弱い男だと思ったからですか」

「わたしが選んだとおっしゃるの？」カッサンドラは高慢ちきな口調で尋ねた。

「マーガレットの舞踏会であなたがマートンにぶつかるのを目にしましてね」

「ええ、たまたま」

「わざとだ」

カッサンドラは眉を上げ、扇子で顔をあおいだ。

「あなたには関係のないことだわ。そうでしょ？」

「口論に負けそうになったときは、決まり文句に頼るのが利口な戦術でしょうな。というか、たぶん、唯一の戦術だ」

オーケストラの人たちったら、楽器の音合わせを永遠にやめる気がないの？　踊るつもりの人たちは、フロア脇でのおしゃべりを永遠にやめようとしないの？　どれだけの人々がわたしたち二人を見ているの？　カッサンドラは微笑した。

「マートン卿のご一家とはどういうご関係ですの、ハクスタブルさま」

「マートンから聞いておられませんか。ぼくはきわめて悪辣かつ危険なまたいとこなんです、レディ・パジェット。あの一家に強烈な憎悪を抱き、復讐の機会を虎視眈々と窺うはずだった男。父が先々代のマートン伯爵で、ぼくはその長男だった。母はロンドンに駐在していたギリシャ大使の娘で、ぼくを身ごもったことを知ったのは父親と――つまり、ぼくの祖父と――ギリシャに帰国したあとだった。激怒した父親が責任をとるようぼくの父に迫るために、母をひきずるようにイングランドに戻ったのだが、不運にもぼくの忍耐力が尽き、幸せなカップルが結婚する二日前に生まれてしまった。だから、争う余地なき婚外子というわけだ。父も気の毒に、そのあとに生まれた弟や妹たちはみな、死産だったり、生後ほどなく死んでしまったりして、末の弟のジョナサンだけが生き延びたのだが、その子がまた、父の言葉を借りるなら、どうしようもないグズだった。父の死後、ジョナサンが爵位を継いだが、十六歳の誕生日を迎えた夜に亡くなり、爵位はスティーヴンのものとなった」

　軽薄な口調で語られたこの短い話に、カッサンドラは痛みと苦々しさを感じとったが、同情がほしくて話したわけではないだろうと思い、よけいな同情はしないことにした。

「驚きましたわ。マートン卿を恨んでらっしゃらないなんて。あなたが手にするはずだったものがすべてマートン卿のものになったというのに。爵位も、お屋敷も、財産も」

　ほかのカップルもダンスフロアに集まりはじめていた。

「そう、驚くべきことです」

「どうして恨んでらっしゃらないの？」

「ごく単純な理由からです。ぼくの知っているある人物がマートンに会えば、大好きになっただろうし、その人物をぼくが愛しているから」

それ以上の説明はなかった。それでもカッサンドラは黙って待った。

「スティーヴンが結婚してくれるのを待ってるんですか」ハクスタブル氏が尋ねた。

カッサンドラは低く笑った。

「その点でしたら、ご心配なく。マートン卿の自由を奪う気はありません。結婚が女を奴隷にすることを知りました。そんな経験は一度でたくさんです」

もうじき、右を見ても左を見ても、声の届く範囲にカップルがあふれることだろう。オーケストラの面々が静かになり、カントリーダンスの旋律を奏でる準備が整った。

「お天気の話でもしましょうか」カッサンドラは提案した。

ハクスタブル氏は喉の奥でククッと笑った。

「雷雨と地震とハリケーンの話を？　そのほうが安全ですね」

17

カッサンドラのドレスが真紅なのか、それとも、赤みがかった明るいオレンジ色なのか、スティーヴンは判断に迷っていた。たぶん、その二つの中間だろう。ドレスはロウソクの光を受けてきらめき、息を呑むほどすばらしかった。深い襟ぐりが胸の谷間を強調していた。ハイウェストから流れ落ちる柔らかなドレープが身体の曲線にまとわりつき、形のいい長い脚の輪郭を見せていた。赤い髪は高々と結いあげられ、小さなカールがうなじに揺れている。

カッサンドラはつねに誇り高い態度を崩さないが、今夜の彼女は幸せそうだった。先週、メグとシェリーが主催する舞踏会に勝手に押しかけてきて、そこに集まった全員を軽蔑するかのように周囲を見まわしていたときの、スキャンダルに包まれた謎めいたレディに比べて、なんと大きな違いだろう。

ワルツの前の曲を、カッサンドラはすべて踊った。ワルツは夜食の前に予定されている。さっきはコンとカントリーダンスを踊り、笑顔を見せ、パターンの流れに沿って近づくたびに言葉を交わしていた。

スティーヴンもワルツの前の曲をすべて踊った。今年社交界にデビューし、彼への関心を最初から隠そうともしない令嬢たちを相手に。だが、いくら関心を示されても、スティーヴンがうぬぼれることはけっしてなかった。なにしろ、イングランドでもっとも条件のいい花婿候補の一人と言われているのだから。どの令嬢とも気さくに言葉を交わし、一人一人に笑いかけ、相手の話に熱心に耳を傾けた。

しかし、彼がつねに意識していたのはカッサンドラの存在だった。

自分の人生が正常に戻ることがはたしてあるのかどうか、疑問に思いはじめていた。何が正常なのかはわからないが。

夜食の前のダンスが待ち遠しくて、永遠にそのときがこないのではないかと気がかりだった。

だが、慎重に行動しなくてはならない。生涯後悔することになりそうな衝動的な行動に走ってはならない。

いまのところ、結婚する気はない。まだ二十五歳だ。結婚を真剣に考えるのは三十歳になってから、と自分に言い聞かせている。その場合も、時間をかけて、爵位や財産ではなく彼という人間を好きになってくれる女性を探すつもりだった。できれば、愛してくれる女性を。そして、こちらも心から好きになり、崇拝し、愛することのできる女性を。

ようやくワルツの時間になったので、カッサンドラを迎えに行った。弟と、スティーヴンのよく知らない招待客の一団が彼女をとりまいていた。彼女がふりむき、近づいてくるスティーヴンに気づいた。

「レディ・パジェット」スティーヴンはお辞儀をした。「踊っていただけますね」

「ええ、喜んで、マートン卿」カッサンドラが例のベルベットのような声で答えた。そして、片手を伸ばして彼の袖にかけた。

格式ばったこの態度。ピクニックが遠い夢のように思われた。彼女のベッドで過ごした二晩よりピクニックのほうが記憶に鮮やかなのも不思議なことだ。

「このワルツが夜食の前のダンスなんだ」カッサンドラをエスコートしながら、スティーヴンは言った。「今夜の最後のダンスもぼくと踊ってくれるかい？」

「ええ、喜んで」

ほかのカップルも集まってくるあいだに、二人はダンスフロアで向かいあった。

「芽生えはじめたミス・ヘイターのロマンスに何か新しい進展は？」カッサンドラに笑みを向けて、スティーヴンは訊いた。

「ええ、あったのよ」カッサンドラはアリスが午後から出かけたことと、田舎の誕生パーティに招かれたことを報告した。

「ゴールディングの実家へ？　もしかして、そのあとに結婚の申し込みとか？」

「おそらく、じきにそうなるでしょうね。ひょっとしたら、ケント州にいるあいだに。わたし、アリスにはどうしても幸せになってほしいの。結婚は遠い昔にあきらめていたはずですもの。わたしのことが心配で、何年ものあいだ、田舎にひきこもったままだったのよ」

「自分を責めてはいけない」スティーヴンは言った。

「おっしゃるとおりよ」カッサンドラは笑った。「でも、わたしがこの世界の悲しみに胸を痛めることを許してくださらないの？」

「ぜったい許さない」

スティーヴンはカッサンドラが着けているネックレスに気づいた。宝石を着けた彼女を見るのは初めてだった。

「すてきだね」ネックレスに目を向けて、スティーヴンは言った。ハートの形をしたダイヤのペンダントトップが深い襟ぐりに届いていた。

「母の形見なの」手袋をはめた手でネックレスをいじりながら、カッサンドラは答えた。「結婚のときに父が母に贈ったのよ。わが家にあった貴重品のなかで、売り払われずにすんだのはこれだけだった。今夜、ウェズリーが持ってきてくれたの」

カッサンドラの目が輝いた。

「では、弟さんと仲直りできたんだね？」

「ハイドパークでわたしに気づかないふりをして、もしくは、赤の他人みたいな顔をして通りすぎたため、弟は良心が咎めてたみたい。夢でうなされたのかもしれない。きのう、わざわざ会いにきてくれたのよ」

「じゃあ、きみは恨んでないんだね？」

「どうして恨んだりするの？　大切な弟なのよ。わたしの存在を無視しようとしたことを、あの子は心から後悔してたわ。わたしが弟を許すのを拒んだら、二人のどちらがよけい辛い思いをすることになるかしら。簡単には答えの出ないことかもしれない。二人とも同じように苦しむかもしれない。辛い思いをするかもしれない。なんのために恨むの？　傷ついたプライドを癒すため？　偉そうな正義感を満足させるため？　大事なのは、弟が良心の呵責に苦しみ、わたしの許しを請うために訪ねてきたことよ。そして、いまは自分の評判が落ちるのもかまわず、わたしと一緒に公の場に出て、実の姉だと言って知人たちに紹介してまわってる」

するとヤングのやつ、ぼくの訪問をカッサンドラには黙ってたんだ。スティーヴンはホッとした。結果的にはよかったにせよ、カッサンドラの人生に干渉する権利はないし、もしかしたら彼女を激怒させていたかもしれない。

もっとも、後悔はなかった。家族がいがみあうのはいちばん悲しいことだ。

オーケストラの旋律が流れはじめて、スティーヴンはお辞儀をし、カッサンドラは膝を折ってそれに応えた。スティーヴンは笑みを浮かべて彼女のウェストを右腕で抱き、彼女の右手をとった。彼女も微笑して、空いたほうの手を彼の肩に置いた。

「ワルツって、ダンスのなかでいちばんすてきだと思うわ。今夜はこのときをずっと楽しみにしてたの。リードがお上手ね。それに、あなたの手と肩はたくましくて力強いし、とってもいい香り」

スティーヴンは彼女の目を見つめつづけた。彼女が笑った。

「そして、わたしは先週あなたのお姉さまの舞踏会に押しかけたときと同じく、今夜も非常識なふるまいをしている。ほんとは、上流階級にふさわしいアンニュイな態度をとって、あなたのリードでしぶしぶ踊っているように見せなきゃいけないのに」

スティーヴンは笑った。

しかし、二人の視線はからみあったままで、カッサンドラの目は明るく、そして、心から楽しそうに輝いていた。スティーヴンは彼女をターンさせ、踊りながら何度もターンをくりかえした。周囲のすべてが色彩と光の渦に変わり、その中心に、生気にあふれる彼女がいた。

カッサンドラ。

キャス。

彼女はいまも笑っていた。頬を染め、唇を軽く開き、背を反らせて彼とのあいだに慎み深く距離を空けている。しかし、空けても無意味だった。彼女の身体の熱がスティーヴンに伝わってくる。その熱と彼女の香りがスティーヴンの鼻をくすぐる。ほのかな香水と女の香りが混ざりあう。

まさに蠱惑的な香り。

旋律が変わるさいに二人はしばし動きを止めた。おたがいに無言のまま、見つめあう視線をそらそうとせず、やがて、前よりゆったりしたテンポの、せつなくなるほど美しい旋律に合わせて、ふたたびワルツを踊りはじめた。

彼女のことが好きだとスティーヴンはヴァネッサに言った。

ああ、本当は、単純に好きなだけではないのに。

カッサンドラの頬がますます紅潮し、スティーヴンは息苦しいほど暑くなってきた。花々の濃厚な香りがうっとうしくなった。音楽までが急にうるさく感じられた。

二人でワルツを踊りながら、涼しい夜風を入れるためにあけはなしてあるフレンチドアを通り抜けた。その先にもう一つドアがあった。そのドアのところでカッサンドラをターンさせ、外の広いバルコニーに出た。うれしいことに、そちらには人影がなかった。

そして、さらにうれしいことに、ひんやりと涼しかった。

二人は踊りつづけたが、ターンはすでにやめていた。ステップが徐々にのろくなり、スティーヴンは握りしめた彼女の手を自分の上着まで持っていった。ちょうど心臓の上のところへ。カッサンドラの反対の手が肩からすべり落ちて彼のうなじにまわされたので、スティーヴンは強く抱きよせた。乳房が彼の胸に押しつけられ、二人の頬が触れあった。

現実も、礼儀作法も、第二の天性として備わっていたはずの社交マナーも、彼の頭から消えていた。

曲が終わったとき、二人は踊るのをやめたが、離れようとしなかった。抱きあったまま、無言で立ちつくした。目を閉じて。少なくとも彼の目は閉じていた。

やがて、スティーヴンが頭をひき、カッサンドラのほうも頭をひいて、バルコニーの片隅でちらちらしているランプの光のなかで、おたがいの目をじっと見つめた。

唇を重ねた。

濃厚な激しいキスではなかったが、ピクニックのときに比べればずいぶん熱がこもっていた。言葉を介在させずに熱い思いを伝えることのできるキスだった。

スティーヴンには急いでキスを終わらせる気はなかった。終われば言葉が必要になるが、何を言えばいいのかわからない。彼女からどんな言葉が出るのかも。

ようやく唇を離して、カッサンドラに笑みを向けた。彼女も笑みを返した。

そして――どうやら同じ瞬間に――二人とも気がついた。多くの人々に見られていた。何人かはきっと、ダンスが終わったあとで新鮮な空気を吸いに外へ出ようとしたのだろう。さらに何人かは、フレンチドアのほうへ目を向け、バルコニーのランプの光を背後から受けたシルエットに気づいたに違いない。その他の者はたぶん、最初の二つのグループが何に注意を奪われているのかと気になって、集まってきたのだろう。

きっかけが何であれ、見物人の数はとてつもなく膨れあがっていて、全員が二人のキスを目撃したのは明らかだった。淫らなキスでなかったことは事実だが、公の場での抱擁はすべて淫らなものとみなされる。キスが許される間柄でない男女の場合はとくに。

二人は結婚していない。

婚約もしていない。

スティーヴンは三つのことに気づいた。舞踏室のどこかにエリオットがいて、眉を上げ、憮然たる表情でスティーヴンに視線を据えていた。片方の眉を吊りあげ、不可解な表情を浮かべたコンがいた。ウェズリー・ヤングが憤怒の形相で人々を押しのけてやってきた。カッサンドラが鋭く息を呑んだときの音を含めれば四つだ。

スティーヴンは一瞬にして悟った――カッサンドラが社会的信用をとりもどせるよう、貴族の一人として上流社会に受け入れてもらえるよう、この一週間全力を尽くしてきたのに、すべてが水の泡になってしまった。

「困ったな」カッサンドラの手をとって指をからめ、反対の手を自分の髪にすべらせながら、スティーヴンは言った。「こんな形で発表するつもりはなかったのですが、衝動に駆られたぼくの行動のせいで、発表せざるをえなくなってしまったようです。みなさん、ぼくの婚約者として、レディ・パジェットを紹介させていただいてよろしいでしょうか。ついさきほど、彼女が求婚を受け入れてくれたので、ぼくは有頂天になり、つい礼儀作法を忘れてしまったのです」

彼女の手をゆっくり握りしめた。

そして、恥ずかしげもなく、最高に魅力的な笑みを浮かべた。

カッサンドラは困惑のあまり、凍りついたままだった。

眉を上げ、傲慢な表情を浮かべて、夜食をとりにダイニングルームへ向かう人々の横を通りすぎるつもりだった。いまのキスより困難な状況だって乗り越えてきた。その気になれば、もう一度できるはずだ。

ただ、いくら乗り越えようとしても限界がある。そろそろ限界にきているのかもしれない。

だが、カッサンドラが凍りついているうちに、スティーヴンが勝手に婚約を発表してしまった。

どうする気？

スティーヴンはからめあった指を離すと、そのまま彼女の手をとって腕にかけさせ、ぴったりと自分の脇につけた。

カッサンドラは思った——進退きわまったときは、笑顔でごまかすしかない。

微笑した。

そのとき、ウェズリーが人々を押しのけてバルコニーに現われ、二人の前に立った。憤怒の形相だったのが、滑稽とも言えそうな困惑に変わっていた。

「キャシー、本当なのか」

「本当よ、ウェズ」カッサンドラはそう言いながら、結局、キスの現場からこっそり立ち去って悲劇を避けようとしても無理だったのだと悟った。ウェズリーと仲直りしたばかりだ。ウェズリーは姉が切実に弟の助けを必要としたときに背を向けてしまった卑怯な自分を反省して、その償いをし、今後は自分が姉の身を守ろうと決心している。スティーヴンが婚約を発表しなかったら、みんなの前でひと騒動起きていただろう。おそらく、ウェズリーがスティーヴンの鼻にパンチを見舞うか、顔に手袋を叩きつけるか、もしくは、その両方をやっていただろう。

考えただけでぞっとする。

不意にウェズリーが笑顔になった。カッサンドラを抱きしめた。

「正直に白状すると、最初は誤解してたんだ、マートン。だが、本当のことがわかって喜んでいる。最初にぼくに相談してくれるべきだったと思うが。しかし、まあ、キャシーも一人前の大人だからね」

ウェズリーが右手を差しだし、スティーヴンがその手をとった。

夜食がみんなを待っているのに、人々はなかなかその場を去ろうとしなかった。会話がざわざわと続き、そのほとんどが楽しげな口調で、ときたま祝いの言葉まで交じっているようだった。ただ、見物人のなかには、理想の花婿候補だったハンサムなマートン伯爵が斧殺人鬼の女と婚約したと知って、愕然としている者もけっこういるに違いない。

今夜は多くの若い令嬢が悲嘆にくれることだろう。

スティーヴンの姉たちが四方八方から集まってきて、見るからに温かな喜びの表情でスティーヴンを抱きしめ、つぎにカッサンドラを抱きしめた。姉の夫たちはスティーヴンと握手をし、カッサンドラにはお辞儀をした。ハクスタブル氏もそれに倣った。もっとも、カッサンドラのほうは、彼の黒い目で頭蓋骨の奥まで見通されているように思えてならなかったが。

スティーヴンの家族が本心ではどこまで喜んでいるのか、どうにもわからなかった。うれしいはずはないが、礼儀をわきまえた思いやりのある人々だ。しかも、貴族社会の半数から興味津々の視線を浴びながら、あのように衝撃的な婚約発表に対応しなくてはならなかったのだ。

うれしそうな顔をする以外、選択の余地はなかっただろう。

「愛する人」笑顔でカッサンドラを見つめ、彼女の手をふたたび自分の腕にかけさせて、スティーヴンは言った。「コンプトン＝ヘイグ卿夫妻にご挨拶してこなくては」

「ええ、もちろん」カッサンドラは彼に笑みを返した。

しなきゃだめ？　どうして？　いったい誰のこと？

招待客の大半はようやく興味を失ったか、もしくは、夜食をとりながらさきほどの淫らな出来事について語りあうことにしたようだ。たぶん、あとのほうだろう。周囲の人々の数が減ってきた。レディ・コンプトン＝ヘイグが夫と一緒に舞踏室のドアのところに立っているのを見て、カッサンドラはようやく思いだした。今夜の舞踏会の主催者だった！

「ええ、もちろん」カッサンドラはふたたび言った。

この夫妻は招待状を送ってくれた親切な人たちだ。先週レディ・カーリングの自宅のお茶会に招かれたのを別にすれば、これが初めての正式な招待だった。

「奥さま」スティーヴンは舞踏室を横切ったあとで、レディ・コンプトン＝ヘイグの手をとって身をかがめ、その手を唇に持っていった。「あらかじめご相談もせずに、今宵の舞踏会をぼくの婚約発表の場にしてしまったことを、どうかお許しください。今夜はまだその予定ではなかったのですが、お宅の舞踏室の美しさと音楽のすばらしさに酔いしれて、思わずプロポーズしてしまいました。レディ・パジェットの承諾が得られたので――そのう、つい有頂天になってしまい、バルコニーでキスしていた理由をみなさんに正直に説明するしかなかったのです」

コンプトン＝ヘイグ子爵は唇をすぼめた。夫人のほうはにこやかに微笑した。

「あら、今夜の婚約発表を謝罪なさる必要はありませんことよ、マートン卿。とてもうれしく、光栄に思っております。ご存じのように、うちには子供がおりませんでしょ。もちろん、夫には最初の結婚で生まれた息子が二人おりますけど。わたくしの家でそのような発表をしてくださるとは思いもいたしませんでした。せっかくですから、大いに楽しませていただかなくては。こちらにいらして、レディ・パジェット」

そう言うと、カッサンドラと腕を組んで、周囲に会釈と笑みを向けながらダイニングルームへ向かった。上座にある自分の席のとなりにカッサンドラをすわらせた。子爵と一緒に二人のあとをついてきたスティーヴンは、カッサンドラの向こう側にすわった。

ほとんどの客は食事と会話に夢中の様子だったので、カッサンドラはホッとした。会話のざわめきがふだんより甲高く、活気に満ちているように思われた。カッサンドラたちのほうに目を向け、微笑や会釈をよこす者や、黙って見つめる者がたくさんいた。全体として、さほどとげとげしい雰囲気ではなかった。もっとも、明日になれば、貴族社会に反感が広がることだろう。この婚約についてじっくり考えれば、いまも社交界から排斥されたままの未亡人が――なにしろ、招待状が届いたのも一度きり――イングランド全土で最高にすばらしくて人気の高い花婿候補をさらっていこうとしていることに、誰もが気づくだろうから。

妙なことに、あのキスのあと、カッサンドラとスティーヴンはほとんど視線を交わしていなかった。二人だけの会話もまったくなかった。夜食の席に並んですわっても、それぞれほかの相手と話していた。そして、笑みを浮かべていた。笑みを絶やさなかった。

新聞に婚約記事が出ることはなく、じつは婚約などしていないことが誰の目にも明らかになれば、スティーヴンは当分、ひどくバツの悪い思いをしなくてはならないだろう。でも、バツの悪い立場に置かれても、男はすぐに立ち直れる。そして、人類の半分を占める女たちは大喜びして、たちまち彼を許すだろう。

ああ、今夜ここにこなければよかった。ワルツの申し込みに応じなければよかった。ワルツのターンをしながらバルコニーに出るなどというまねを、彼にさせなければよかった。バルコニーでキスを許したりしなければよかった。

いいえ、それは不当な非難というもの。何も許してはいない。大喜びで応じただけ。

でも、彼があの場でやむなくおこなった婚約発表については違う。

もっとも、正直なところ、ああするしか選択肢がなかったことは認めるしかない。

〝二週間〟と言った弁護士の言葉が誇張でなければいいけど……。

コンプトン＝ヘイグ卿が夫人に促されて、婚約したばかりのカップルのために乾杯しようとして立ちあがると、ほかのみんなも立ちあがり、グラスをカチンと合わせて酒を飲みほし、それから、ふたたびダンスをするために舞踏室へ戻っていった。スティーヴンは姉のモアランド公爵夫人をフロアにエスコートし、カッサンドラは公爵と踊った。幸い、動きの複雑なカントリーダンスだったおかげで、個人的な会話はあまりせずにすんだ。モアランド公爵のきびしい表情からすると、機会があれば思いきり文句を言いたかったことだろう。

そこで思いだした――この人はかつてスティーヴンの正式な後見人だった。公爵が口にした個人的な事柄は一つだけで、それを聞いて、カッサンドラの背筋に冷たいものが走った。

「近々、夕食にお越しください、レディ・パジェット。家内に準備をさせます。それから、マートンをどうやって幸福にするつもりでおられるのかを、ご都合のいいときにわれわれに話していただきたい」

カッサンドラは公爵に微笑を返した。

「ご心配にはおよびません、公爵さま」そう言いながら、公爵の目が鮮やかなブルーであることに気がついた。黒い目をしたハクスタブル氏との、たった一つの顕著な違いだ。「マートン伯爵に対するわたしの希望と夢は、きっと、公爵さまとほとんど同じですわ」

公爵は頭を軽く下げると、つぎのパターンを別の女性と踊るために離れていった。

ダンスが終わったあと、カッサンドラが心から願ったのは、ウェズリーに頼んで家まで送ってもらうことだけだった。だが、できるわけがない。今夜、プロポーズに〝はい〟と答えたばかりだとみんなに思われているのに、スティーヴンを置いて出ていくことはできない。

だが、そう考えたおかげで、もっといい考えが浮かんだ。公爵がカッサンドラをウェズリーのもとに返したが、ウェズリーは友人たちとの雑談に夢中で、彼女にちらっと笑顔を見せただけだった。カッサンドラは扇子を広げてあたりを見まわした。スティーヴンは簡単に見つかった。大股で彼女のほうにやってくるところだった。輝くような温かい笑みを浮かべて。

あら、ずいぶんご立腹のようね！

カッサンドラも彼に激怒していた。あの危機に対処する方法はほかにもあったはず。もっとも、具体的にどんな方法かはわからないけど。

「もうじき最後のダンスだ。ぼくと踊ってくれる約束だったね」

「スティーヴン、家まで送ってちょうだい」

スティーヴンが笑みを貼りつけたまま、彼女の表情を探った。うなずいた。

「いい考えだ。ダンスが終わったあとの混雑を避けられる。弟さんと一緒にきたのかい？」

カッサンドラはうなずいた。

「あなたに送ってもらうって、弟に言っておくわ。ちょうどそこにいるから」

そう言っているあいだに、ウェズリーが友人たちから離れてやってきた。

「ウェズリー、スティーヴンの馬車で送ってもらうことにしたの。かまわない？」

「もちろん」ウェズリーはスティーヴンに片手を差しだした。「姉を大切に扱ってくれ、マートン。でないと、このぼくが黙ってないからな」

まったくもう、男ときたら！　所有権を主張したがる愚かな生きもの。ときどき思うけど、女は男の助けがなければ呼吸もできないと思いこんでるんじゃないかしら。

しかし、ウェズリーが一人前の男になったことを知って、カッサンドラの心には安堵も生まれた。〝でないと、このぼくが黙ってないからな〟ナイジェルとの結婚前にそんなことを言ってくれた男性は一人もいなかった。いるとすれば父親ぐらいだが、父親は温厚すぎたし、すぐに人を信用するタイプだった。

カッサンドラは弟の頬にキスをした。

「〝黙ってない〟などと言われるような事態にはしないとも、ヤング。姉上のことはなんの心配もいらない」

二人はコンプトン＝ヘイグ夫妻を見つけだし、最後のダンスは抜けさせてほしいと断わった。レディ・コンプトン＝ヘイグは気を悪くするどころか、微笑ましく思った様子で、夫とともに階下まで二人に付き添い、スティーヴンの馬車が玄関にまわされてきたあと、手をふって見送ってくれた。

馬車がガタンと揺れて走りだしたとたん、カッサンドラは柔らかな座席の背に頭をもたせかけて目を閉じた。

スティーヴンの手が暗いなかで彼女の手を探りあて、指で包みこんだ。カッサンドラはぐったり疲れてしまい、手をひっこめる元気もなかった。

「カッサンドラ、本当に申しわけない。二人きりのところで、もっとひそやかに求婚すべきだった。婚約を世間に発表する前に、まず〝結婚してほしい〟ときみに言うべきだった。だけど、きみが困った立場に立たされそうだから、ああするしかなかったんだ」

「わかってるわ。あなたに腹が立ったけど、怒りはすぐに消えたわ。軽率すぎたのね――二人とも。あなたを責める気はないし、あなたを誘惑する気がなかったことは誓ってもいい。ただ――軽率だったの。困ったことに、とっさに婚約を発表してしまったせいで、あなたは明日からしばらく居心地の悪い思いをするでしょう。だって、新聞に婚約記事が出るのを人々が待っていても、何も出ないんですもの。でも、みんな、じきに忘れてくれるわ。世間ってそんなものよ。斧をふるった殺人鬼にだって、わずか一週間で招待状が届くようになったんですもの」

「キャス」スティーヴンは彼女の手を握りしめた。「婚約記事は出る。明日の新聞には間に合わないけど。もう時間が遅すぎるから。だけど、あさっての朝刊には間違いなく出る。挙式の場所と日取りを決めなくては。この街の聖ジョージ教会で貴族社会の半数に参列してもらうか、それとも、ひっそり挙式するか。たとえば、ウォレン館で。どちらにするか、みんなが知りたがるだろう。ぼくたち二人に質問が飛んでくるだろう」

ああ。スティーヴンが徹底的に責任をとる気でいることぐらい、予測すべきだった。

「でも、スティーヴン」目を閉じたまま、彼のほうを見ようともせずにカッサンドラは言った。「あなたはプロポーズなんかしていない。そうでしょ？　そして、わたしは承諾していない。たとえ、いまここで求婚してくれても、結婚するつもりはないわ。今夜も、この先もずっと。あなたとも、ほかの誰とも。結婚だけは生涯二度としないと誓ったの」

返事をしようとして彼が息を吸いこむのが聞こえた。だが、返事はなかった。

馬車がカッサンドラの家の玄関に着くまで、二人とも無言だった。

ガクンと揺れて馬車が止まったとたん、スティーヴンが飛びおり、ステップを用意し、彼女が降りるのに手を貸した。そのあと、ステップを片づけて馬車の扉を閉めてから、御者を見あげ、先に帰っているよう命じた。

「スティーヴン」カッサンドラはとがった声で言った。「家に入るのは遠慮して。入ってもらうつもりはないわ」

馬車は通りをガラガラと遠ざかっていった。

「いや、入らせてもらう」スティーヴンは言った。

先週彼を選んだあとで感じたように、マートン伯爵スティーヴン・ハクスタブルは鋼鉄の意志の持ち主で、場合によってはけっして妥協しない人間であることを、カッサンドラは思い知らされた。いまがまさにそうだった。ここに立って一時間口論を続けても、結局、スティーヴンは入ってくるだろう。だったら、いますぐ家に通したほうがいい。雨がぽつぽつ降りはじめていて、空には星一つ出ていなかった。じきに土砂降りになりそうだ。

「わかったわ。どうぞ」カッサンドラはいらいらしながら言うと、身をかがめ、玄関前の石段のそばに置かれた植木鉢の下から家の鍵をとりだした。

スティーヴンは鍵を受けとると、ドアをあけ、カッサンドラを先に通してから、自分もなかに入って背後のドアを閉め、鍵をかけた。

アリスとメアリとベリンダは何時間も前にベッドに入ってしまっただろう。なんの力にもなってもらえない。もっとも、彼女たちがここにいたとしても、力にはなれないだろうが。

玄関ホールで燃えているロウソクのほのかな光のなかでスティーヴンの顔をちらっと見たとたん、彼が腹を立て、頑なになり、ひどく扱いにくくなっているのではないかというカッサンドラの懸念が確信に変わった。

スティーヴンはつかつかと居間に入ると、長いロウソクを手にして戻ってきて、玄関ホールのロウソクの火をもらい、そちらを吹き消してから、カッサンドラの先に立って居間に入った。

この家の所有者みたいな顔で。

でも、そうなのよね。彼が家賃を払っているのだから。

18

なんとも微妙な状況だった。

カッサンドラはこの自分と結婚するしかない。もちろん、彼女にもわかっているはずだ。貴族社会に受け入れてはもらえたが、その立場はまだまだ危ういものだ。いまここで婚約を解消すれば、社交界には二度と戻れないだろう。

「キャス」炉棚の燭台にロウソクを立てながら、スティーヴンは言った。「きみを愛している」

その言葉を口にしたとたん、膝の力が抜けるのを感じた。本気で言ったのだろうかと疑った。この日の午後、カッサンドラのことを単に好きなのではなく、真剣に好きだとヴァネッサに言ったが、それはつまり、永遠の愛を捧げるという意味になるのだろうか。そうかもしれない。だが、すべてがあっというまの出来事だった。恋に落ちるための充分な時間がなかった。

いまとなっては、もうどうしようもないことだが。

公の場で女性にキスした経験はこれまで一度もなかった。人目のありそうな場所では控えることにしていた。それが今夜、人前でキスしてしまったのだから愚の骨頂だ。しかも、相手はカッサンドラ。

「いいえ、違うわ」カッサンドラはいつもの彼女の椅子に腰を下ろし、脚を組み、片方の足を揺らしはじめた。ダンスシューズが爪先にぶら下がっていた。椅子の肘掛けに腕をのせ、すっかりくつろいでいるように見えた。そして、軽蔑の表情になっていた。前に着けていた仮面だ。「好きだというお気持ちは本当でしょうね、スティーヴン。そして、あなたなりの理由から、わたしに力を貸して社交界に復帰させ、わたしが独り立ちできるようになるまで経済的な援助をしようと決心なさった。好きだという気持ちに情欲も多少含まれてるのはたしかね。だって、わたしのベッドで二夜を過ごし、二度とも充分に満足して、もう一度経験するのも悪くないと思ってるでしょうから。でも、わたしを愛してるわけではない」

スティーヴンは苛立ってきた。「すると、ぼくのことを、ぼく自身よりよく知ってると言いたいのか」

だが、彼女の言葉には真実が含まれていた。スティーヴンはいまなお彼女を求めていた。オレンジとも赤ともつかない色合いのドレスはロウソクの光を受けてきらめき、髪もそれに劣らぬ輝きを見せ、侮蔑の表情が浮かんでいても、その顔は美しかった。ふたたびこんな深夜に彼女の家にきている。一緒に二階へ行き、もう一度愛を交わすことができたらどんなにすてきだろう。そう思わずにはいられない。

「ええ、そうよ」彼をまっすぐに見た瞬間、カッサンドラの表情がわずかに和らいだ。「あなたは生まれつき、思いやりと騎士道精神にあふれた人だわ。爵位と領地と財産を手にしても、その点は変わらなかった。百人のうち九十九人は変わってしまうけど、あなたは違う。その幸運にふさわしい人間になれるよう心がけているから。今夜も騎士道精神を発揮してプロポーズしてくれた。いえ、婚約を発表したと言うべきね。そして、いまは、わたしと結婚したくてたまらないと思いこもうとしている。だから、わたしを愛さなくてはならないと頭のなかで考え、そのため、愛していると思いこんでしまった。本当はそうじゃないのに」

スティーヴンの苛立ちは怒りに変わっていた。だが、彼女が正しいのではないかと自分に問いかけた。どうしてこんなふうにいきなり恋に落ちたりできるだろう？　しかも、妻にしたいタイプとはまったく違う相手なのに。自分から罠に落ちてしまったようなこの結婚に、どうして困惑せずにいられるだろう？

だが……。

「きみは間違っている。いずれ、きみにもわかるだろう。いや、そんなことはどうでもいい。きみが正しくても、ぼくが正しくても、状況は同じだ。この一週間、二人で一緒にいるところを何度も人に見られ、興味と憶測の的になってきたし、今夜はバルコニーに出て抱きあい、キスしているのを見られてしまった。いまのぼくたちにできることは一つしかない。結婚だ」

椅子の肘掛けを指でゆっくり叩きながら、カッサンドラが言った。「たった一度の分別に欠ける行為のせいで、二人とも残りの生涯を犠牲にしなきゃならないというの？　もちろん、それが貴族社会の期待していること。要求していること。でも、それがいかにばかげたことか、あなたにはわからないの、スティーヴン？」

二人がひどく嫌いあっていれば、たしかにばかげたことだし、拒みとおすだけの価値があるだろう。

「たった一度の分別に欠ける行為」スティーヴンは言った。「それはあのキスのことかい、キャス。ほかには何もなかったというの？」

カッサンドラは眉を上げ、しばらく沈黙を続けた。

「ベッドで二晩を過ごしたわ、スティーヴン。でも、そのあとは清い関係になった。あなたはとてつもなく魅力的な人で、わたし自身も魅力がないわけではない。二人でワルツを踊るうちに、舞踏室のなかが暑くてたまらなくなった。涼しさを求めてバルコニーに出たら、たまたま誰もいなかった。そのあとのことは避けようがなかったのよ。もちろん、軽率だったわ。そして、分別に欠けることだった」

「欲望に流されただけだと？」

「ええ、そのとおりよ」カッサンドラは彼に微笑した。

「わかってるくせに」彼女の視線をとらえて、スティーヴンは言った。「そうじゃないってことが。自分の心に嘘をついてる者がこの部屋にいるとしたら、キャス、それはぼくではない」

「優しい人ね」ベルベットのような声でカッサンドラが言った。

スティーヴンはふたたび困惑した。そして、苛立ってきた。暖炉に背を向けて立ち、両手をうしろで組んだ。

「きみがこの婚約を破棄したら、とんでもないスキャンダルになる」

カッサンドラは肩をすくめた。

「世間の人はすぐに忘れてしまうわ。つねにそうですもの。それに、わたしたち、世間に大きな楽しみを提供することになるのよ。淫らなゴシップを」

スティーヴンは彼女のほうへ軽く身を寄せた。

「そうだね」同意した。「これがふつうの状況なら、二、三週間ほど不愉快きわまりない思いに耐えるだけですむだろう。だけど——怒らないでほしいが、キャス——ふつうの状況とはとても言えない。とにかく、きみの立場からすると」

カッサンドラは唇をすぼめ、愉快そうな笑顔で彼を見つめた。

「社交界はきっと、あなたのために大喜びするわよ、スティーヴン。迷える小羊が群れに戻るんですもの。令嬢たちはみな、うれし涙にむせぶでしょう。やがて、あなたはそのなかから一人を選び、いつまでも幸せに暮らす。ぜったいそうよ」

彼にじっと見つめられて、カッサンドラはついにふたたび眉を上げ、ぎこちない態度で視線を下へ向けた。爪先をつかんでダンスシューズをきちんとはきなおすと、組んでいた足をほどき、ドレスの膝のしわを伸ばした。

「あなたの目は、ときどき怖いほど真剣になるのね。そして、言葉よりも雄弁に語りかけてくる。卑怯だわ。目と口論するのは無理だもの」

「きみは破滅する」

カッサンドラは笑った。「すでに破滅してるんじゃなくて?」

「破滅から立ち直りつつある。みんながきみを受け入れはじめている。きみのところに招待状が届くようになった。ぼくの家族はきみを受け入れた。弟さんはきみと和解した。そして、いま、ぼくと婚約しようと思えばできる立場にいる。何をそんなにためらうんだ? 結婚したら、ぼくに殴られるとでも? ぼくのせいでまた流産するとでも? そうなのか? そういう卑劣な行為に走れる男かもしれないという怯えがあるのなら、ぼくの目を見てはっきりそう言ってくれ」

カッサンドラはあわてて首をふり、目を閉じた。

「結婚したところで、わたしには何もないのよ、スティーヴン。希望も、夢も、光も、若さも。亡霊のようにひきずってきた鎖があるだけ。そして、結婚の誓いによって自分の自由を放棄したとたん、さらに多くの鎖をひきずることになる。あなたが暴力をふるう人だとは思ってないわ。でも、結婚はできないの、スティーヴン。どうしてもできない。わたしのためだけでなく、あなたのためにも。不幸になるわ——二人とも。信じて。ぜったい不幸になる」

スティーヴンは心臓のあたりに冷たいものを感じた。彼女の仮面は消えた。その声は誠意に震えていた。

二度と結婚する気になれないの。

一度で懲りたわ。

もうたくさん。

これ以上話しあっても、カッサンドラを説得するのは無理だろう。

スティーヴンも自由をとりもどした。もはやほしいとは思わない自由を。

たぶん、明日になれば考えも変わるだろう。そのときには、いつものまともな自分に戻っているだろう。

長い沈黙が続き、スティーヴンはそのあいだに、カッサンドラの向かいの椅子に腰を下ろした。ぐったりすわって、頬杖を突いた。

安堵の思いはまだ湧いてこなかった。ほかのもっと強い感情が心を占めていた。

失望。

悲しみ。

困惑。

自暴自棄。

そのとき、いいことを思いついた。

「キャス、妥協案を受け入れてくれないかな？」

「形だけの結婚にしようとか？」彼女の笑顔がわずかにゆがんだ。目に浮かんだのは――なんだろう？　せつない思い？

「新聞で婚約を発表しよう。いや、首を横にふる前にちょっと待って。いまから言うことをよく聞いてくれ。マートン邸で婚約披露のパーティを開くことにしよう。社交シーズンが終わるまで婚約者でいよう。そのあと、夏のあいだに、きみのほうからこっそり婚約を解消すればいい。そのころには、社交界の連中はイングランドじゅうに散らばっているだろう。あとは、この先どんな形できみを援助していけばいいのか、二人で相談するとしよう。だけど、とりあえずは――」

「あなたの援助はもう必要ないわ、スティーヴン。いただいたお金も返せると思う。今日の午後、ウェズリーと二人で弁護士さんのところへ行ったの。宝石も、婚姻前契約書とナイジェルの遺言書に定められている遺産もかならずとりもどせるって、弁護士さんは自信たっぷりに言ってくれたわ。それから、ロンドンの屋敷の使用権と、さらには、寡婦の住居の使用権も手にできるって。もちろん、寡婦の住居を使う気はないわ。ブルースに脅されて自由か遺産のどちらかを選ぶしかないと思いこんでしまったけど、よく考えたら、わたしが殺人で有罪になることをブルースが確信していたのなら、そんな選択を迫るわけがない。そうでしょ？　ここ二、三日のあいだにそう気づいて、ここそこ逃げまわるかわりに戦おうと決めたの。もうじき楽に暮らしていけるようになるわ。自分の力で生きていけるようになるの」

スティーヴンの胸に喜びがあふれた。自分が先に思いつけばよかったのに、と後悔した。たしかに彼女の言うとおりだ。現在のパジェット男爵は、自分の父親から九年間も虐待された女性に脅しをかけられるような人物だったのだ。

だが、自分が先に思いつかなくて、かえってよかったのかもしれない。カッサンドラが誰の助けも借りずに自分一人の力で人生と将来を立て直し、それ以上に重要なこととして、自分の傷を癒す方法を見つけたのは喜ばしいことだ。

「自分の力でどんなふうに生きていくつもりだい？」スティーヴンは尋ねた。

「どこかの田舎にコテージを買って、ひっそりと幸せに暮らすの」カッサンドラはスティーヴンに笑顔を見せた。今度は本物の微笑だった。「わたしの幸福を願ってくれる、スティーヴン？」

「ぼくとの結婚よりそっちのほうがいいんだね」スティーヴンは言った。それは質問ではなかった。答えは明白だ。スティーヴンにとっては悲しくもあり、うれしくもあった。

「ええ」カッサンドラは優しく言った。「でも、妥協案は喜んで受け入れるわ。あなたに卑怯なまねはさせられない。さんざん助けてもらいながら、社交界のみなさんの前で恥をかかせるわけにはいかないわ。婚約を発表してちょうだい。あなたがマートン邸に招待することにした人々と共に婚約をお祝いしましょう。社交シーズンが終わるまでは、熱愛される幸せな婚約者の役を演じることにするわ。そのあとはあなたを自由の身にしてあげる」

たぶん。

スティーヴンはこの言葉を声には出さなかった。彼女を見てうなずいただけだった。すると、彼女も視線を返して微笑した。

「いただいたお金をすべて返せる見込みが立ったから、あなたの愛人としての義務からは解放されたと考えてもいいかしら」

「もちろん」どういうわけか、スティーヴンは傷ついた。「だけど、ぼくがその義務を強要したことは一度もなかったはずだ、キャス。ぼくがきみにつきまっていたとしたら、それはきみがぼくの愛人だからではなく、なんとかして力になりたかったからなんだ」

「わかってるわ。感謝してる。そして、いまはもう自由の身。いえ、遺産を無事にとりもどすことができたら、すぐ自由の身になれる。でも、基本的にはもう自由なんだから、自由にお誘いしてもいいかしら。今夜、一緒にいてくださらない？」

そのとたん、スティーヴンは欲望と憧れの疼きを感じた。だが、どう返事をすべきか考えこんだ。賢明なことだろうか。妊娠を防ぐ方法を彼女は知っているのだろうか。三度目の流産の危険にさらしてもいいものだろうか。いや、いまさらそんな心配をするのも間の抜けた話だ。すでに二回ベッドを共にしたというのに。

「断わられたら立ち直れないわ」そう言って、カッサンドラは微笑した。

彼女のコンパニオンは上の階で眠っている。メアリも、幼いベリンダも。ならば――。

「この世でいちばん簡単なことのはずだわ」カッサンドラが言った。「いちばんむずかしいことではなくて」

「何が？」スティーヴンは尋ねながら立ちあがると、カッサンドラとのあいだの短い距離を詰めて、彼女の椅子の肘掛けに両手を置き、彼女のほうへ身を寄せた。

「天使を誘惑すること」

スティーヴンは彼女にキスをした。

不謹慎なことではない。彼女と結婚するのだから。どうすれば結婚に漕ぎつけられるのかわからないが、とにかく結婚するつもりだった。

かならずぼくの妻にしてみせる。

カッサンドラを椅子から立たせ、おたがいの身体に腕をまわして、さらに熱いキスをした。欲望が湧きあがってきた。

「ねえ」顔を離して、ようやく彼女が言った。「続きは二階へ行ってからにしましょう」

「ここだと邪魔が入るかもしれないから？」にっこり笑って、スティーヴンは言った。

「さっき舞踏室のバルコニーにいたときのように？　大丈夫よ。でも――」

その気になった瞬間、居間のドアにひそやかなノックが響いた。


な、なんなの？

もう真夜中を過ぎてるはずなのに。

誰かが急病なんだわ。カッサンドラはそう思いながら、スティーヴンから身体を離して、ドアをあけるために小走りで部屋を横切った。アリス？　ベリンダ？

ドアのすぐ外にメアリが立っていた。そして、その横に――。

「ウィリアム！」カッサンドラは叫び、進みでて、継息子を腕に抱いた。ただし、継息子といっても年は一歳ちょっとしか違わない。「帰国したのね。そして、捜しあててくれたのね」

「こんなに遅くなってしまったけど」身体を離したところで、ウィリアムは言った。片方の腕をメアリの肩に軽くかけていた。「あのときは何も考えずに飛びだして、カナダへ出航しようとしている船を見つけ、それに乗ってしまい、四方を海に囲まれてからようやく、ひどいことをしてしまったと気がついた。だけど、屋敷でまず頭に浮かんだのは、ぼくがしばらく姿を消せば騒ぎも収まるだろうということだった。ただ、船の行き先が遠すぎた。それだけのことなんだ。カナダへ行って帰ってくるのに、とてつもなく長くかかった。何も持たずに飛びだしたから、カナダまでの船賃を払うために働かなきゃいけなくて、そのあと、帰国のための船賃を稼がなくてはならなかった。幸い、来年まで待たずに帰国できることになった」

「部屋に入って。なかのほうが明るいから」カッサンドラは言った。「それから、メアリ、あなたも入って。もちろんでしょ」

なにしろ、ウィリアムはベリンダの父親だ。

「ぼくがどんな思いをしたか、想像もつかないだろうね、キャシー」部屋に入りながら、ウィリアムは言った。「カーメル邸に帰り着いて、メアリとベリンダがいなくなっているのを知り、あなたの噂を聞いたとき――」

室内に誰かほかの人間がいるのを見て、ウィリアムは急に黙りこんだ。

「スティーヴン」カッサンドラは言った。「この人はウィリアム・ベルモント。ナイジェルの次男よ。マートン伯爵を紹介させてね、ウィリアム」

男性二人はおたがいにお辞儀をした。

「お目にかかるのは初めてですね」スティーヴンが言った。

「ロンドンに出ることがめったになかったもので」ウィリアムは説明した。「昔からどうもロンドンは苦手でした。アメリカで数年暮らし、そのあと、カナダに二年おりました。今回はカナダでの二度目の滞在を終えて戻ったばかりです。広大な大地がいつもぼくを呼ぶんです。もっとも、正直に言いますと、この一年、それよりさらに強い声に呼ばれていましたが」

ウィリアムはうしろを向いた。ドアのところに、いまもメアリがひっそりと立っていた。彼はそちらへ腕を伸ばした。

「ぼくの妻にはもう会われましたか、マートン。メアリがぼくの妻だってこと、知ってたかい、キャシー？　メアリは違うと言うけど、ぼくには信じられない。そもそも、あの大惨事の原因がそれだったんだ」

大惨事？　あの夜の？

カッサンドラはウィリアムからメアリへいぶかしげに視線を移した。

「あなた、ウィリアムと結婚してたの、メアリ？」

「申しわけありません、奥さま」ドアのところに立ったまま、メアリが言った。「ビリーが海の向こうから戻ってきてベリンダのことを知ったとき、特別許可証を手に入れてくれて、カーメルから三十キロほど離れたところで結婚したんです……ビリーがまた出ていった、その前日に。かならず迎えにくると約束して、そして、約束を守ってくれました」

メアリはつぶらな瞳にかぎりない愛しさをこめてウィリアムを見つめた。

「ここにおいで」ウィリアムに差し招かれて、メアリは彼に手を預けられるぐらいそばまで行った。ただし、彼の数歩うしろで足を止めた。「メアリなら不屈の開拓者になれる。そうだろう、キャシー？　見た目が華奢なだけだ。ただ、それを試してみるつもりはないけどね。ぼくはこの国に腰を落ち着けて、メアリとベリンダを守っていこうと決めた。ただし、その前にまず、キャシーのためにすべての問題を解決しなくては。それにしても、ブルースもとんだ間抜けだ。噂を信じたりして――」

ウィリアムはふたたび黙りこみ、背中で手を組んでいまも暖炉の前に立っているスティーヴンにちらっと目をやった。

「話は明日にしたほうがよさそうだ」ウィリアムは言った。「もっとも、今夜この家を出ていく気はないけどね。キャシーが許してくれるなら。妻と娘のもとで過ごしたい」

カッサンドラはじっと考えこみながらスティーヴンを見た。本当に婚約したわけではない。結婚するつもりはまったくない。しかし、ふつうでは考えられないほど親切にしてもらった。恩返しのつもりで、せめて――正直にならなくては。この人はわたしの生い立ちと結婚について尋ね、ナイジェルを殺したのは事実かと質問したが――そのとき、わたしは事実だと答えた――細かい点についての質問は省いてくれた。でも、不審に思っているに違いない。もちろん、事実だと答えたのは嘘だった。

「いまここで話してちょうだい。マートン伯爵はわたしの婚約者なのよ、ウィリアム。今夜、婚約を発表したばかりなの」

メアリが片手を自分の胸にあて、もう一方の手も胸にあてるあいだに、ウィリアムはつかつかと部屋を横切ってスティーヴンと握手をした。

「喜ばしい知らせだ。きみがきちんとした男ならね、マートン。キャシーには幸福になってもらいたい。あんなくだらん噂はいっさい信じてないだろう？　斧で叩き殺したなどと、まったくもう！　アメリカの開拓地にだって、斧をふりまわせる女はそんなにいない。致命傷を負わせるなんて無理に決まってる」

「信じてはいない」スティーヴンは静かに答え、カッサンドラに真剣な目を向けた。「それに、殺したのがもし事実だとしても、殺人ではなく、正当防衛と言うべきだろう」

「うちの父は人間の屑だった」ウィリアムは言った。「酒という悪魔のせいなんだ。とは言え、父が酒瓶を手にしなければ、悪魔のような瓶の中身が父の体内に入って暴力をふるわせたりしないのだから、やっぱり父が悪いんだろうな。しょっちゅう飲んでいたわけではないが、飲むと人が変わってしまうんだ。きみもキャシーから多少聞いていると思うが」

「ああ」スティーヴンは言った。

ウィリアムは目を険悪に細めた。「父が酔って暴れたときにキャシーが銃を撃ったなんて、まさか、そんなことは聞いてないよな？　この人にそんな話はしてないだろ、キャシー」

カッサンドラは肩をすくめた。

「とにかく、すわりましょう」そう言って、カッサンドラがいつもの椅子ではなく、クッシヨンの悪い二人用のソファに腰かけたので、スティーヴンはその横にすわった。彼の袖がカッサンドラのむきだしの腕をかすめた。

いつもアリスがすわっている椅子をウィリアムが手で示したので、メアリはその端に腰を下ろしたが、見るからに居心地が悪そうだった。ウィリアムは肘掛けに尻をのせ、メアリの片方の手を握った。

「うちの父の困った点は」スティーヴンを見て、ウィリアムは言った。「いくら飲んでも酔いが顔に出ないことだった。そうだよね、キャシー。目を見ないかぎりわからないんだ。それに、自宅で飲むことはめったになく、一人ではほとんど飲まなかった。あの日の朝、ぼくが結婚の報告をしに行ったとき、父はたぶんしらふだったと思う。ぼくが出かけたあとで飲みはじめたに違いない。ぼくの話を聞いて、ものすごく不機嫌になったからね。いったん飲みだすと止まらない人だった。夜になるころには……もう……。家に帰ったとたん、父のわめき声が聞こえたので、何事かと思って見に行った」

「あたし、新しい酒瓶をとりに行かされたんです」メアリが悲しげな目でウィリアムを見つめ、蚊の鳴くような声で言った。「あたしの仕事じゃなかったけど。それまで一度もやったことがなくて。でも、執事のクウィグリーさんがやかんで手を火傷したものだから、ライス夫人が手当てをしてて、もう時間が遅かったから台所には召使いがあまりいなくて、酒瓶をとってくるように誰かがあたしに言ったんです。行かなきゃよかった。ビリーが旦那さまに結婚の報告をしたことはわかってたし、暗くなる前に迎えにくるって言ってくれた……それに、ライス夫人に言われたの。旦那さまがまた飲んでるから気をつけて、と」

「おまえが悪いんじゃないよ」ウィリアムが言った。「何も悪くない。ぼくが宿屋へ部屋をとりに行ったりしなきゃよかったんだ。父から、屋敷であの女と寝ることは許さんと言われたものだから。結局、キャシーがメアリの悲鳴を耳にして助けに駆けつけた。ところが、助けようとして逆に殴りつけられた。そこでミス・ヘイターが助けようとして飛んでいった。ぼくが家に入ったときに聞いたのは、父のわめき声だけだった。誰の悲鳴も聞こえなかった。書斎のドアをあけると、父が拳銃を手にしていた。それじゃ悲鳴なんか上げられないさ」

「ねえ」スティーヴンがしっかり手を握ってくれていることに、カッサンドラは不意に気づいた。「それ以上は言わないほうがいいんじゃないかしら、ウィリアム。正式に事故死と判断されたのだから。お父さまが拳銃の掃除をしている最中に銃が暴発した。それを否定する証拠はどこにもないわ。これ以上はもう――」

「ぼくが入っていかなかったら、銃を手にした父がどんな惨事をひきおこしていたことか」ウィリアムは言った。「おそらく、あなたたちの一人を撃っていただろう。しかし、ぼくが父の手から銃をもぎとろうとしたとき、父が抵抗したのはほんの一瞬だった。やがてそれを自分に向け、引金をひいた。心臓の真上で」

室内はしばし完全な静寂に包まれた。カッサンドラはアリスがドアのところに立っているのを目にした。

「あのとき、わたしもそう言ったでしょう、キャシー。わたしがこの目で見たのよ。あなたは撃っていない。あなたとパジェット卿のあいだにウィリアムさまが立っていた。そして、メアリは両手に顔を埋めていた。でも、わたしは見たの。パジェット卿は拳銃自殺をしたのよ」

ウィリアムが言った。「父はおそらく、酒に酔って暴力をふるうことへの自己嫌悪に苦しんでいたのだろう。ふと気づいたら、手のなかに銃があった。あと一歩で誰かを殺すところだったと気がついた。頭の片隅で酔いがさめた。そのあたりの経緯がどうであれ、キャシー、あれは殺人でも事故でもなかった。父が拳銃で自殺したんだ」

スティーヴンはカッサンドラの手の甲を唇に押しつけた。目を閉じた。

「ぼくは逃げだした」ウィリアムは言った。「メアリと結婚したことが世間に知れれば、父親と口論になってぼくが撃ち殺したと思われかねないから。殺人罪に問われ、メアリも共犯者として罪に問われるだろう。ぼくは動転してしまい、騒ぎが静まるまでしばらく待つのが最善の方法だと思って逃げだした。ぼくがその場にいなければ、そして、結婚のことを誰にも知られずにすめば、父の死は事故とみなされるだろうと思った。ぼくとの結婚はぜったい内緒にしておくようにとメアリに言い聞かせた。一年以内に迎えにくると約束した。その約束を果たすのが少々遅くなってしまった。すまない、メアリ。だけど、あなただけは結婚のことを知っているものと思っていた、キャシー。父かメアリが話したはずだと思ったんだ。あなたが父を殺した犯人にされるなんて夢にも思わなかった。しかも、斧で？　この世界はおかしくなってしまったんだろうか」

「わたしがあなたの気持ちを楽にしようとしてるんだって、あなたは思いこんだ」ドアのところからアリスが言った。「ウィリアムさまが実の父親を殺したなんて信じたくなかった。ただ、心のなかでは、ウィリアムさまがあなたとメアリを守るために殺したのだと思っていた。あなたの気持ちを楽にするために、わたしが嘘をついていると思いこんだ」

「ええ、そうだった」カッサンドラは認めた。

しかし、アリスの言葉とウィリアムのいまの証言が事実だとすれば、ナイジェルの死は自殺だったわけだ。それが明るみに出れば、正式な埋葬を拒まれていただろう。

わたし、それでは気の毒だと思ったかしら。

いまの気持ちはどうなの？

あの晩、ナイジェルは誰かを殺していたかもしれない。でも、かわりに自分自身を殺したのだ。

頭が麻痺して、思考や感情を分析することができなかった。

「逃げだすなんて愚かなくそったれのやることだった」ウィリアムは言った。「あ、下品な言い方ですまない」

「たしかにそうだ」スティーヴンも同意した。「だけど、人はみな愚かな生きものだ、ベルモント。ただ、これ以上過ちを重ねないよう助言したい。世間に向かって真実を叫ぶようなことはやめるんだ。真実は醜悪だし、どっちみち、信じてもらえそうもない。みんな、今夜はもう休んだほうがいい。ぼくは家に帰ることにする。どうするか決めるのは明日かあさってにしよう」

「賢明な助言です」アリスが賞賛の目でスティーヴンを見た。

「あなた、さっきはここにいなかったでしょ、アリス」カッサンドラは言った。「マートン卿とわたしが婚約したことをウィリアムに告げたとき」

アリスは二人を交互に見た。

「ええ」アリスはひとことだけ言った。うなずいた。「ええ」

そして部屋を出ていった。たぶん自分の部屋に戻るのだろう。ウィリアムが立ちあがってメアリを椅子から立たせ、彼女の肩を抱いて二人で出ていった。

夫婦だったのね――カッサンドラは思った。一年以上も前に結婚した。その翌日、ナイジェルが死んだ。

自らの手で命を絶った。

アリスがこれまでずっと言ってきたことは嘘ではなかったのだ。

「夫を殺したなどと、なぜぼくに言ったんだ？」スティーヴンは立ちあがり、続いてカッサンドラも椅子から立つのを待ちながら尋ねた。

カッサンドラはぐったり疲れて立ちあがる気力もなかった。

「みんながそう信じてたもの。それに、わたしが殺せばよかったという思いもあったし」

「そして、あのろくでもない男を庇おうとした」

「ウィリアムをそんなきびしい目で見ないで。悪い人じゃないわ。メアリの愛する人だし、ベリンダの父親なのよ。しかも、メアリと結婚してくれた。父親の屋敷で働くメイドに過ぎないのに。そして、父親を殺した罪でつかまるかもしれないと怯えていたはずなのに、こちらに戻ってきてくれた。よほどメアリのことが好きなんだわ。わたし、ウィリアムが殺人の罪に問われることだけは避けたかったの。ベリンダの父親ですもの」

ステイーヴンは彼女の顔を両手ではさみ、微笑みかけた。カッサンドラは思った──皮肉なものね。こんなときに、この人を心から愛してることに気づくなんて。

「もしこの部屋に天使がいるとしたら、もちろんきみだ」

スティーヴンは顔を寄せて、カッサンドラの唇に優しくキスをした。

「泊まっていってくれる?」カッサンドラは訊いた。

スティーヴンは首を横にふった。

「いや、今夜は帰る。またかならず愛を交わすつもりだよ、キャス。でも、それはぼくたちの婚礼の夜、新婚の床のなかで。最高にすばらしい愛のひとときになるだろう」

「嘘つき」

そのときはけっしてこない──多少後悔しながら、カッサンドラは思った。この人と愛を交わすことは二度とない。

「新婚の夜が明けたら、きみに訊くことにしよう。嘘だったかどうか」

そして微笑した瞬間、彼の目にきらめきが浮かんだ。

スティーヴンは彼女のウエストに片腕をまわし、一緒に玄関まで行った。

「おやすみ、キャス」ふたたびキスをして、そのあとで玄関ドアをあけた。「いいかい、きみはぼくと結婚するべきだ。でないと、孤独に包まれた人生を送ることになる。家族同然の人たちが結婚して去っていくじゃないか」

「ウェズリーがいるわ」

スティーヴンはうなずいた。

「それから、ロジャー、スティーヴンもいる」

「ロジャーもね」スティーヴンはうなずき、口元をほころばせて外に出ると、背後の玄関ドアを閉めた。

カッサンドラはドアに額をもたせかけ、目を閉じた。なぜ彼と結婚できないのか、その理由を思いだそうとした。

19

「散歩に行ってくるわ」カッサンドラは言った。しかし、じっさいに出かけようとする様子はなかった。居間の窓辺に立ち、雨になるか晴れになるかはっきりしない空模様をながめていた。どうやら晴れになりそうな気配ではあったが。

ゆうべはよく眠れなかった。当然と言えば当然だ。

そして、けさは誰もが反抗的だった。

メアリは台所仕事をやめることも、カッサンドラを〝奥さま〟と呼ぶのをやめることも拒んだ。

「あなたはうちの息子の嫁なのよ」カッサンドラが言って聞かせたが、無駄だった。

「朝食の支度をし、お茶を淹れ、お皿を洗い、そのほかいろんな雑用をする人間がいなきゃいけません、奥さま」メアリは言った。「あたしがやったほうがいいでしょ。だって、奥さまも、ミス・ヘイターも、ビリーも、フライパンの柄がどっち側についてるかさえ知らないんですもの。それに、今日のあたしは、きのうと先週と先月のあたしとちっとも変わってませんせん。そうでしょ？」

カッサンドラが一階に下りると、ウィリアムが客間のドアの修理をすませ、力いっぱいひっぱらなくてもきちんと閉まるようになっていた。ウィリアムはそのあと、外の物干しロープも修理してくれたので、きれいに洗ったばかりの洗濯物ごとロープが地面に落ちる心配はなくなっていた。そして、いまは家じゅうの窓拭きをしているところだった。

ウィリアムは昔から活発に動きまわるのが好きなタイプで、紳士にふさわしい趣味に明け暮れて怠惰に過ごすより、肉体労働をしているほうがはるかに生き生きしていた。ナイジェルはこの次男を聖職者にするつもりだったが、ケンブリッジの学業を終えたウィリアムは公然と反抗した。

けさはみんなのなかでもアリスが最悪だった。シーツを乱暴に繕い、見るからに不機嫌だった。

しかも、アリスはカッサンドラに最後通牒とも言うべきものを突きつけていた。ゆうべレディ・コンプトン＝ヘイグ主催の舞踏会で発表され、明日の新聞に出ることになっている婚約をカッサンドラが受け入れるか、アリスがゴールディング氏との交際をきっぱりやめるのを認めるか、どちらかを選ぶよう、カッサンドラに迫ったのだった。

ばかばかしい意見で、ゴールディング氏のことは無関係だ。しかし、アリスは頑として譲らなかった。

数分前にはこう言った。「あのね、ゴールディング先生がお父さまの誕生日を一緒に祝おうってご実家に招いてくださったのは、あくまでも友情から出たことなのよ。こちらに戻ったあとは、偶然に顔を合わせる以外、お目にかかることもないでしょう。でも、キャシー、どこかの片田舎の小さなコテージにひっこむというくだらない現実離れした計画を推し進めるつもりなら、わたしはゴールディング先生との偶然の出会いすら考えないようにしますからね」

「わたしにとっては理想の人生なのよ」カッサンドラは抵抗した。

「くだらない。二週間もしないうちに、退屈をもてあますようになるわよ。マートン伯爵と結婚したほうがよっぽど幸せになれるわ。だって、いろいろあっても、おたがいに好意を寄せてるんだし、あちらは悪意のない、人格者と言ってもいい青年ですもの。それに、いまここで婚約を破棄すれば、新たなスキャンダルを招くことになるのよ。これ以上のスキャンダルはなんとしても避けなくては。舞踏会の最中にキスを許したりする前に、よく考えるべきだったわね。どうしても田舎で暮らすというのなら、わたしも一緒に行きます。そんな顔でにらんでも無駄よ。メアリがついてきてくれることは、たぶんないわね。もうじき、かわりのメイドを何人も雇えるようになるのは間違いないけど、知らない人間ばかりになってしまう。近所だって知らない人ばかり。見知らぬ未亡人がコンパニオンも連れずに村に越してきたら、近所の人々はどう思うかしら。コンパニオンなしでは世間体が悪いでしょ。いえ、キャシー、あなたが行くなら、わたしもついていきます」

アリスはつねに自分の主張を通すコツを心得ているようだ。

「そして、ゴールディング先生には二度と会いません」念のためにもう一度つけくわえ、指で糸をひきちぎった。

そこで、カッサンドラは散歩に行ってくると言いだしたのだった。

「ロジャーも連れていくわ」窓枠を指で軽く叩きながら言った。

ところが、ロジャーは恩知らずにも、朝からウィリアムにくっついて家のなかをまわっていた。ベリンダも人形を胸に抱きしめ、皿のように真ん丸な目をして、同じようにくっついてまわっていた。

「お好きなように、キャシー」アリスは繕いものから目を上げようともせずに言った。「傘を持っていってね」

しかし、すでに遅かった。通りの向こうから馬車がやってきた。ポートマン通りにそぐわない豪華な馬車であることは、扉に公爵家の紋章がついていることにカッサンドラが気づく前から明らかだった。

馬車が家の前で止まった。お仕着せ姿の御者が扉をあけ、ステップを下ろしてからモアランド公爵夫人に手を貸して歩道に降ろしたとき、カッサンドラは妙なあきらめに包まれた。それに続いてシェリングフォード伯爵夫人とモントフォード男爵夫人が降りてくるのを見ても、驚きはしなかった。

三人姉妹のお出ましだ。

当然だ。ゆうべ、弟がカッサンドラとの婚約を発表したのだから。

「お客さまよ、アリス」カッサンドラは言った。

アリスは繕いものを脇へどけた。

「では、お相手をお願いしますね。わたしは荷造りが残ってるから」

そして、メアリがドアをノックして貴婦人三人の来訪を告げる暇もないうちに、姿を消してしまった。

いよいよだわ——カッサンドラは思った。茶番劇の始まりね。

「レディ・パジェット」モアランド公爵夫人がすべるような足どりで部屋の向こうからやってきて、カッサンドラを抱擁した。「でも、わたしたちの妹になる方だから、姉としての権利を行使して、カッサンドラと呼ばせていただくわ。いいでしょ？　わたしのことはヴァネッサと呼んでね。わたしたち、訪問にふさわしい時間まで待てなかったの。どうか許してね。それとも、だめかしら。どちらにしても、もうお邪魔してしまったけど」

公爵夫人は太陽のような笑みを浮かべた。

シェリングフォード伯爵夫人もカッサンドラを抱擁した。

「ゆうべは周囲に人がたくさんいたから、あなたにきちんとご挨拶したくてもできなかったの。バルコニーであんなふうにキスするなんて、スティーヴンにも困ったものだわ。もっと分別のある子に育てたつもりだったのに。でもね、あなたに夢中になるあまり、あの子が無謀な行動に出てしまったことを、わたしたちは喜んだのよ。無謀なまねなんて一度もしたことのない子なの。相手があなたでほんとによかった。わたしたちがスティーヴンのためにつねづね願ってきたのは、あの子が愛と幸福を見つけてくれることだけだったのよ、カッサンドラ。わたしのことはマーガレットと呼んでね」

「それから、わたしはキャサリンよ、カッサンドラ」最後にモントフォード男爵夫人がカッサンドラを抱擁した。「スティーヴンが婚約して、式の計画を立ててるなんて！　その現実がまだピンとこないのよ。でも、することが山のようにあって、どこから手をつければいいのかわからないぐらい。あなたにお母さまもご姉妹もいらっしゃらないことは承知してますけど、サー・ウェズリー・ヤングという弟さんがいて、あなたが天涯孤独の身ではなかったとわかり、みんな、喜んでいますのよ。スティーヴンと結婚なさったあとは、メグとネシーとわたしがあなたの姉になるわけね。でも、それまでおとなしく待つつもりはないわ。婚約のお祝いと結婚式の計画を、わたしたちにも手伝わせてちょうだい」

「あなたに女性の身内がいらっしゃらないことを喜ぶなんて、わたしたちも性格が悪いわね」ヴァネッサが言った。「でも、とってもうれしいの。残りの社交シーズンを大いに楽しめそうですもの。もちろん、シーズンが終わる前に結婚なさる予定なら、話は違ってきますけど。ねえ、お式はどこで――」

「ネシー！」マーガレットが笑いだし、カッサンドラの腕に手を通した。「わたしたちが興奮を抑えて、くだらないおしゃべりをやめないと、気の毒なカッサンドラの頭がくらくらしてくるわよ。こうしてお邪魔したのはね、コーヒーとケーキにお誘いしようと思ったからなの、カッサンドラ。午前中のご予定がほかになければの話ですけど。カフェに腰を落ち着けてゆっくりコーヒーをいただきながら、マートン邸で婚約披露の舞踏会を開く相談をしましょうね。この社交シーズンで最高の盛大な集まりになるよう、しっかり計画を立てなくては」

カッサンドラは三人を順々に見ていった。流行の装いに身を包んだ美しく優雅な貴婦人たちで、いずれも名家に嫁いでいる。弟の婚約を喜んでいるように見えるけど、本心はどうなの？　さほど観察力のない者の目にも、三人が弟を溺愛していることは明らかだ。

もちろん、喜ぶはずがない。とまどい、警戒し、心配しているに違いない……婚約を既成事実と思いこみ、厄介な状況をどうにかうまく乗り切ろうとしているのだろう。

カッサンドラは衝動的に決心した。社交シーズンが終わるまで貴族階級の前で茶番を続けるのはかまわない。でも、スティーヴンの姉たちをだますのは許されないことだ。

「ありがとうございます。コーヒーのお誘いでしたら、喜んでお供させていただきます。それから、舞踏会の準備も手伝わせていただきます。でも、結婚式の準備は必要ありません」

三人全員がカッサンドラにいぶかしげな目を向けた。

「結婚はいたしません」カッサンドラは言った。

三人とも無言だった。公爵夫人が胸の前で両手を握りしめた。

「弟さんのことは好きです。わたしが知っているなかで、おそらく最高に優しくて、立派な人格を備えた人でしょう。最高にハンサムなことは言うまでもありませんし。それに、とても……魅力的です。弟さんもわたしに魅力を感じてらっしゃると思います。ええ、間違いありません。あのキスはおたがいに惹かれあう気持ちから生まれたもの、ただそれだけのことでした。つくづく軽率だったと思います――二人とも。人に見られていたことを知ったとき、マートン伯爵は冷静さを失わず、騎士道精神を発揮して、わたしとの婚約を発表なさいました。でも、婚約は二人が望んだことではありませんし、たった一度の愚かで軽率なキスのために残りの生涯を縛られて過ごすなど、あってはならないことです。でも、マートン伯爵はわたしの評判を守らねばとお思いになったのです。婚約発表とお祝いの舞踏会を拒んでマートン卿に恥をかかせるわけにはいきませんから、社交シーズンが終わるまでは婚約者のままでいることを承知いたしました。そのあとで、ひっそりと婚約を解消するつもりです。弟さんの評判に傷がつくことはほとんどないでしょう。それは保証します。それどころか、誰もが弟さんのために胸をなでおろすことでしょう。お姉さまがたも含めて」

姉たちは視線を交わしあった。

「偉いわ、カッサンドラ」ヴァネッサが言った。

「なんていい方なの」キャサリンが言った。「正直に打ち明けてくださるなんて」

「さて」マーガレットがてきぱきと言った。「わたしたちが真相を知ってしまったことをスティーヴンに話すかどうか、決めなくては。あなたがここで本当のことを打ち明けたと知ったら、スティーヴンはへそを曲げるかしら、カッサンドラ」

「ええ、たぶん」カッサンドラは答えた。「弟さんは本当に婚約したつもりでいらして、わたしの気が変わるのを待ってらっしゃるようです。もちろん、本心では、わたしとの結婚を望んではおられません。でも、責任感の強い方ですから」

「しかも」ヴァネッサがきっぱりと言った。「恋のとりこになってるわ。ここ数日、そばで見ていてはっきりわかったの。そして、一日か二日前には、あなたを真剣に好きになったことをわたしの前で正直に認めたし。男性が〝真剣に〟と言った場合、その告白には重大な意味があるのよ。男性の唇と舌は〝愛している〟という言葉を発することができない構造になってるの。その前に〝ぼくはきみを〟とつける場合はとくに」

「だから」マーガレットが言った。「わたしたち、あなたの意見には賛成できないのよ、カッサンドラ。わたしたちから見れば、スティーヴンがあなたとの結婚を本気で考えているのは間違いないわ」

カッサンドラはどう返事をすればいいのかと途方にくれた。

「じゃ、いまあなたが話してくださったことは、スティーヴンには内緒にしておきましょう」キャサリンは二人の姉を交互に見て了解を求めた。「それに、わざわざ教える必要は永遠にないかもしれない。一つ警告しておくわね、カッサンドラ。わたしたち、スティーヴンにはどうしても幸福になってもらいたいの。あなたと結婚することでしか、あの子が幸福になれないのなら、結婚式の準備が現実のものになるよう、わたしたちは全力を尽くすつもりよ」

「でも、わたしのような女との結婚をみなさんが本気で望んでらっしゃるとは思えません」胸の上で片手を広げて、カッサンドラは言った。「わたしはいま二十八歳、九年間結婚していました。夫が不審な状況で亡くなり、世間ではわたしが殺したと思われています。マートン卿と出会ってからまだ一週間ほどにしかなりません」

カッサンドラは反対の手の指を折って、自分の主張を一つずつ示していった。

「わが家のことを少しお話ししておく必要がありそうね」ため息をついて、マーガレットが言った。「貴族の家柄ではないせいだと思うけど、立居振舞いはほぼ完璧になっても、貴族的な考え方がどうしてもできないの。それはともかく、わたしたち三人が選んだ結婚はいずれも悲劇になりかねない要素をはらんでいて、でも、三人とも幸せになれたのよ。しかも、愛に満ちた結婚生活が続いているの。どうしてスティーヴンだけが例外でなきゃいけないの？　あなたと結婚したら悲劇になるかもしれないなんて、どうしてわたしたちがスティーヴンに警告しなきゃいけないの？　幸福になれる可能性だってあるのに」

「わたしたちは愛を信じることを学んだのよ」キャサリンが笑顔で言った。「三人とも永遠の楽天家なの。そのうち、わたしが結婚したときのことをお話しするわね。うなじの毛が逆立つかもしれなくてよ」

ヴァネッサが言った。「早く出かけないと、コーヒーとケーキが十時のおやつではなく、お昼になってしまうわ」

「帽子をとってきます」カッサンドラは言った。

階段をのぼるあいだも、スティーヴンの姉たちに真実を語ったことで面倒な状況から解放されたのか、それとも、よけい厄介なことになったのか、カッサンドラは迷うばかりだった。ゆうべの騒ぎ以前に、スティーヴンがヴァネッサに言っていたなんて――わたしのことが真剣に好きだ、と。

カッサンドラは微笑した。喉の奥に熱いものがこみあげてきた。

ウィリアムが二階の廊下に手と膝を突いて、ゆるんだ床板を修繕していた。ここに越してきたときから、廊下を通るたびにギーッと音がしていたのだ。

スティーヴンは貴族院を出たあと、いつもの習慣で〈ホワイツ〉へ向かうかわりに、家に帰ることにした。悩みでいっぱいだった。

いずれにしろ、ゆうべあんなことがあっただけに、今日の〈ホワイツ〉は居心地の悪い場所になりそうだった。顔を出せば、容赦なくからかわれるだろう。貴族院へ行っただけで、もううんざりだった。面と向かっては何も言われなかったが、気の毒にと言いたげな薄笑いを向けられているのを感じた。

あらゆる紳士にとっていちばんの悪夢は、公の催しの場でついうっかり、小さいながらも軽率な行為に走って、望みもしない結婚の足枷をはめられてしまうことだ。

スティーヴン自身の軽率な行為は小さいものではなかった。うっかりしていたわけでもなかった。

困ったものだ！

しかし、足枷は望みもしなかったものだろうか。

スティーヴンはカッサンドラに恋をしていた。ゆうべ、横になっても眠れないまま、自分の心を正直に見つめてみた。心を曇らせている罪悪感、紳士としての体面、甘い考えをはぎとり、真実の思いを知ろうとした。もっとも、いまとなっては、真実などどうでもいいことだ。カッサンドラを説得して結婚に同意させるしかない。

余分なものをはぎとっていくにつれて、彼の目の前に揺るぎなき真実が現われた。

ぼくは彼女を愛している。

だが、それが結婚を望む思いへと自然につながるものだろうか。相手が誰であれ、この若さで結婚する気になれるだろうか。

もちろん、その問いかけに悩む必要はなかった。カッサンドラとの熱い抱擁の場面を人々に見られてしまった以上、結婚するしかない。カッサンドラの評判が不安定なことを思えばなおさらだ。

マートン邸が近くなったところで、急いで午餐をすませようと決めた。それからふたたび外出だ。ウィリアム・ベルモントと話をしなくては。ゆうべ、かつての悲劇の真相を聞くことができたのは何よりだったが、真相を世間に向かって叫ぶのが正しいことかどうか、スティーヴンは判断しかねていた。

パジェットは泥酔したあげくに自殺した。

それが公になれば、遺体が教会の墓地から掘りだされ、聖別されていない埋葬地へ移されるのはほぼ間違いない。

カッサンドラはその未亡人だ。

またしても理不尽な騒ぎに巻きこまれることになる。

世間がベルモントの話を信じるならば。だが、大多数の者はおそらく、斧殺人鬼という以前の噂のほうを信じるだろう。そのほうが刺激的だ。新たな話を公にしたところで、過去のものとなりつつあったスキャンダルを蒸し返すだけのことだ。本気で噂を信じている者はほとんどいないし、みんな、いずれは飽きて忘れてしまうだろう。

ベルモントを説得すれば、あれは事故死だったという公式な評決を補強してもらうにとどめておけるかもしれない。あの現場に居合わせて一部始終を目撃した、と供述してもらうのだ。事実そのとおりだし。ベルモントの言葉なら重みがある。最悪のことを信じたがる連中は無視するだろう。しかし、なんといっても、ベルモントは故パジェット男爵の実の息子だ。

午餐のあとでカッサンドラにも会いに行かなくては。太陽が顔を出したら、彼女を連れてどこかへ出かけよう。説得にとりかかろう。ぼくの魅力を総動員して、カッサンドラが恋に落ちてくれるようがんばろう。

正直なところ、彼女に会うのが待ちきれなかった。

マートン邸の石段を駆けあがって玄関まで行き、自分の鍵をとりだすかわりに軽くドアをノックした。ドアをあけた従僕に帽子を放り、屋敷の地下から現われたばかりの執事に笑いかけた。

「あわてふためく必要はないからね、ポールソン。午餐は冷肉とパンとバターだけでも充分すぎる。三十分以内に用意してくれるかい？」

しかし、ポールソンには報告すべきことがあった。

「レディ・シェリングフォードと、モアランド公爵夫人と、モントフォード男爵夫人がおみえでございます。たぶん舞踏室のほうだと存じます。午餐の時間まで長居することはないと仰せでしたが、すでに一時間以上たっております。こんな時刻だとはお気づきになっていないのでしょう。わたくしの判断で、みなさまのために冷製のお食事を申しつけておきました。旦那さまの分も増やすことにいたしましょう。十分以内にすべてご用意できます」

姉さんたちが？　舞踏室に？

理由を推測するのに頭脳を酷使する必要はなかった。こちらから頼む前に、早くも三人が主導権を握っている。婚約披露の舞踏会の計画を立てているのだ。

「ご苦労、ポールソン」スティーヴンは階段へ向かった。

二段ずつ駆けのぼった。

姉たちに話すべきだろうか。婚約が偽りであることを。とにかく、カッサンドラは偽りのつもりでいる。

いや、やめておこう——階段をのぼりきる前に決心した。無駄なことだ。社交シーズンが終わるまでに、婚約を真実のものにするのだ。夏になったら式を挙げる。できればウォレン館がいいが、具体的な相談をする段階になってカッサンドラがロンドンの聖ジョージ教会を望むなら、もちろんそれでかまわない。

舞踏室へ行くと、姉たちが部屋の中央に立ち、天井を仰いで頭上のシャンデリアを見ていた。広々とした立派な部屋なので、シャンデリアは三つある。もっとも、スティーヴンの代になってからはあまり使われていない。独身男性が自宅で豪華なパーティを開く機会というのはほとんどない。

だが、婚約披露の舞踏会となれば話は違う。スティーヴンは楽しみでわくわくしていた。背中で手を組み、ドアのところに立った。

「このシャンデリアのロウソク立てを数えてみたら、七十個ありました。向こう端のシャンデリアも、たぶん同じ数でしょう。中央のはもっと大きいから、きっと、百本以上のロウソクが必要でしょうね。壁の燭台は別にして、これだけでも二百五十本ぐらい。信じられないような贅沢だわ。ロウソク代だけで莫大な金額ね」

その声は部屋の奥のオーケストラ席から聞こえてきた。スティーヴンはそれまで彼女の存在に気づいていなかった。

カッサンドラ。

彼女も天井を仰いでいた。

舞踏室の照明に使うロウソクが何本ぐらい必要か、ポールソンと家政婦が知らないとでも思っているのだろうか――ロウソク立ての数をかぞえて首の筋を違えたりしなくても、二人はちゃんと知っている。

「屋敷に侵入者があったと聞かされたとき、軍隊を呼ぼうかと思ったんだ」スティーヴンは大声を上げた。「でも、やるだけ無駄だね。婚約披露の舞踏会が終わるまで、ここは姉さんたちに占拠されるわけだから」

「あなたが一人ですべて計画してくれるなら話は別よ、スティーヴン」舞踏室に入っていった彼にマーガレットが言った。

スティーヴンは姉の頬にキスをしてにっこり笑い、あと二人の姉にも同じようにした。

「やっぱり軍隊を呼んで、姉さんたちが当日まで逃げださないよう見張ってもらったほうがいいかもしれない」

頬をうっすらピンクに染めたカッサンドラが舞踏室の奥からやってきた。

スティーヴンは彼女に近づき、ウエストを片腕で抱いてから、うつむいて軽く唇を重ねた。自分の屋敷でこんなふうに彼女の姿を目にすると、頭がくらくらしそうだった。

「愛する人」

「スティーヴン」

スティーヴンは彼女の身体の向きを変え、二人で姉たちと向かいあった。

姉たちはみな、すました表情を浮かべていた。

「みんなでコーヒーとケーキのお店へ出かけたのよ」カッサンドラが言った。「二十人以上の人にお祝いを言われたわ。新聞にはまだ何も出ていないというのに。めまいがしそうだったわ。それに、うれしかった」あとで思いついたかのようにつけたした。

「だったら、ゆうべの舞踏会で婚約を発表しておいてよかったね」

カッサンドラの目が彼に微笑みかけていた。姉たちの顔にも同じ微笑が浮かんでいた。姉たちは婚約のことを本当はどう思っているのだろう――スティーヴンはふと気になった。

「ええ、本当によかった」カッサンドラはうなずいた。「でも、発表したのはあなたよ」

「それでこそ正しいやり方だわ」マーガレットが言った。「カッサンドラ、あなたの口から発表したらどんな反応があったことやら、想像しただけで身体が震えてくるわ」

これを聞いて、レディ全員が笑いの発作に襲われた。

「まったくだわ」ヴァネッサが言った。「スティーヴンが本気じゃなかったかもしれない。あるいは、カッサンドラがあなたの言葉を否定したかもしれない。そう考えただけで、ヒステリーの発作が起きそうよ」

「そしたら、華やかな舞踏会の計画が立てられなかったでしょうね」ケイトがつけくわえた。「あるいは、この夏のさらに華やかな結婚式の計画も」

三人は今日もまたやけに楽しそうで、スティーヴンを相手に何か陰謀をめぐらせている様子だった。

スティーヴンはカッサンドラを脇に抱きよせて、笑顔で見おろした。

「姉たちとずいぶん仲良くなったようだね。きみに警告しておけばよかった。姉たちのことだから、結婚式が終わるのを待たずに、きみを仲間にひきずりこんでしまうだろうって」

「シャンデリアを話題にする前は、舞踏室に飾るお花の色を相談してたのよ」カッサンドラは言った。「鮮やかな明るい色を使って庭園のような雰囲気にしようって、みんなの意見が一致したの。ただ、具体的にどの色にするか、何色ぐらい使うかは、まだ決まってないけど」

「黄色と白はどうかな？」スティーヴンは提案した。「緑をふんだんにあしらって」

「完璧だわ」カッサンドラは彼の目に向かって微笑した。

「すてきね」ネシーが言った。「カッサンドラは太陽のような黄色いドレスを着る予定なのよ、スティーヴン。髪と目の色にぴったりでしょ。もっとも、泥水みたいな茶色いドレスを着ても、カッサンドラならため息が出るほどきれいでしょうけど。わたし、あの髪が羨ましくて仕方ないのよ」

「姉さんたちを五分以内にダイニングルームへ連れていかなかったら、ぼくはこれから一カ月間、ポールソンの叱責を浴びることになる。午餐用の冷製料理をポールソンがみんなに用意してくれたんだ」

「まあ」カッサンドラが言った。「わたし、そんなご迷惑は――」

「――だめ、だめ」スティーヴンはあわてて言った。「遠慮しないで。ポールソンのご機嫌を損ねたら、一生辛い思いをすることになるんだよ、キャス」

「そう言えば、おなかがすいてきたわ」驚いたような声でケイトが言った。「当然よね。コーヒーを飲んだとき、ケーキを我慢したから。ポールソンは気が利くわねえ。褒めてあげなきゃ」

スティーヴンの姉たちはそれ以上何も言わずに舞踏室を出ていった。スティーヴンがカッサンドラをひきとめたので、やがて、舞踏室にいるのは二人だけになった。

「あとで訪問するつもりだったんだ」スティーヴンは言った。「会うのが待ちきれなくて。午前中も貴族院の仕事に熱中するかわりに、きみのことばかり考えていた。そのピンクのドレス、すてきだね。髪の色とまったく合わないはずなのに。それを調和させられるとは、なんて趣味のいい人なんだろう」

「ねえ、スティーヴン」カッサンドラはため息をついた。「ゆうべ、あんなことにならなければよかったんだわ。あなたも、お姉さまたちも、申しわけないぐらい寛大ね」

スティーヴンは彼女に笑みを向けた。

「いまもかりそめの婚約のつもりでいるのなら、ぼくがどれほど理不尽な男になれるかを、きみは思い知ることになるだろう、キャス。無慈悲な戦いをくりひろげ、あらゆる卑劣な戦術を駆使してやるからな」

カッサンドラは笑いだし、片方のてのひらで彼の頰を包んだ。

スティーヴンがキスをした。長い抱擁のなかでカッサンドラはかすかにあえいだ。

「汚れた翼を持つ天使。矛盾した表現ね」

スティーヴンは彼女の手をとると、指をからませて、ダイニングルームのほうへ案内した。

カッサンドラを連れてきてくれた姉たちに感謝した。

彼の住む屋敷に。

20

かりそめの婚約と舞踏会の準備に大忙しで、かえってよかったわ――それからの一週間、カッサンドラはつくづく思った。忍耐強く待ちつづけるだけの日々だったら、いらいらしていただろう。弁護士のほうから、ご依頼の件は迅速に首尾よく解決できるはずだが、結果が出るまでに二週間、ひょっとするとそれ以上かかるかもしれないので、やきもきせずに待っていただきたい、と言われていた。

もちろん、結果はまだ出ていない。そして、当然ながら、カッサンドラはやきもきしていた。

しかし、このところ、信じられないほど忙しくなっていた。ある晩、弟のウェズリーの家で晩餐会があった。カッサンドラはスティーヴンの姉たちには本当のことを打ち明けたが、弟には黙っていた。いい顔をしないだろうから。スティーヴンのことを非難するに決まっている。それではスティーヴンが気の毒すぎる。ウェズリーは婚約を大喜びしている。姉の悩みをすべて解決するにはこれが最上の方法だと思っている。

「遺産と宝石を手に入れたとしても、姉さんはやっぱり独りぼっちだし、姉さんのことをとんでもない悪女だと思ってる連中がまだまだいる。そのすべてからマートンがちゃんと守ってくれるだろう」

ナイジェルの死に関してウィリアムから聞いた話は、弟にも伝えた。また、とりあえず遺産請求の件が片づくまではその話をぜったい口外しないよう、ウィリアムを説得したことも弟に伝えておいた。世間の興味が薄れはじめたのだから古いスキャンダルは蒸し返さないほうが賢明だ、という意見にウェズリーもしぶしぶ同意した。

サー・グレアム・カーリングの屋敷で開かれた晩餐会と少人数の夜会に出席し、新聞に婚約記事が出た日には、個人宅の音楽会への招待状を受けとった。その翌日はガーデン・パーティがあり、それにも個人的に招待状が届けられた。

スティーヴンは毎日のようにカッサンドラを連れて馬車や徒歩でハイドパークへ出かけた。ガーデン・パーティのあった日は、カッサンドラのための馬を用意して、ロトン・ロウへ朝の乗馬に出かけた。彼女が最後に馬に乗ったのはずいぶん以前のことだ。馬の背に置かれた片鞍に乗り、鞍の下から伝わってくる馬のパワーとエネルギーを感じ、自分の手で巧みに馬を走らせるのがどれほど爽快なことかを、ほとんど忘れていた。

しかし、カッサンドラの時間を大幅に奪ったのは舞踏会の準備で、そのため、一度など、ゆっくり寝る時間がとれるまでは睡眠を放棄したほうがよさそうだと言ったほどだった。

膨大な数のリストを作り、それをもとに準備を進めなくてはならなかった。招待状を発送し、花を注文し、オーケストラを頼み、メニューを用意し、ダンスの曲目を選び……やるべきことが無限にあるように思われた。スティーヴンの姉たちなら、カッサンドラ抜きでも立派にやれるはずだ。それどころか、三人のうちの誰か一人にまかせても大丈夫だろう。田舎の牧師館育ちかもしれないが、いまではきわめて有能な社交界の貴婦人になっている。だが、あくまでも姉妹で力を合わせ、カッサンドラも仲間に加えるのが、彼女たちの流儀だった。

「すごくうれしいことだわ」スティーヴンと結婚する気はないというカッサンドラの主張を無視して、ヴァネッサが言った。「妹が一人増えるというのは。わたし、最初の結婚で義理の妹が二人できたし、エリオットとの結婚では三人できたけど、もっと増えてもかまわないわ。家族ほどすてきなものはない。そうでしょう？」

カッサンドラは本当にそのとおりだと痛切に思いはじめていた。スティーヴンの姉たちはいつもべったりくっついているわけではない。別々の人生があり、別々の土地で暮らしていて、議会が開催され、社交シーズンでにぎわう春のあいだだけ、ロンドンで顔を合わせる。しかし、とても仲がよくて、それを見ていると、カッサンドラは羨望と憧れで胸が痛くなる。

その週のあいだに、ヴァネッサの義理の妹バーデン子爵夫人と、キャサリンの義理の妹ランティング伯爵夫人に紹介され、この二人までがカッサンドラを大家族の一員として歓迎してくれた。

そう、家族は——そして、姉妹関係は——たしかに貴重な財産だ。

そして、人生は多忙だった。

自宅にいるときでさえ、静かな日々は望めなかった。

ウィリアムは裕福な男だった。ナイジェルの息子として分与された財産のほかに、アメリカとカナダで暮らした何年間かに毛皮取引で築いた莫大な富があった。いまはこちらで落ち着くことを決心した。土地を購入して地主となり、メアリと生まれた子供と共に暮らしていくつもりだった。

ところが、メアリが頑強に抵抗した。

親切なレディ・パジェットがいなかったら、あたしはきっと、浮浪者になって国じゅうをさまよい歩くか、宿無しとしてどっかの監獄に放りこまれることになってたわ。カーメル邸から追いだされたとき、奥さまはほんのわずかなお金しかなかったのに、あたしとベリンダを——あ、もちろん、ロジャーも——連れてってくださった。いくらあなたが戻ってきても、いまここで奥さまを見捨てるなんて、あたしにはできない。とにかく、マートン伯爵とちゃんと結婚なさるまでは。伯爵さまは立派な紳士よ。奥さまと初めて出会ったときにあんなことをなさったのはよくないけど。でも、それだってきっと、奥さまに恋をしたからだわ。あんなきれいな奥さまに恋をしない男がどこにいて？　そのあと、伯爵さまは充分すぎるぐらい罪の償いをなさったんだし。もし奥さまが伯爵さまとの結婚をおやめになったら、奥さまはとんでもない馬鹿よね。あたしには目上の人のことをとやかく言う権利はないし、馬鹿だなんて言うのはもってのほかだけど、でも、もしそうなったら、遺産が入って、ちゃんとした召使いのいる暮らしをどこかでお始めになるまで、あたしは奥さまのそばにいるつもりよ。召使いを雇うときは、まずあたしがこの目でちゃんと見なくちゃ。だって、貴婦人のための料理と洗濯ぐらい簡単にできると思ってる連中が、このロンドンにどれだけいるかわからないもの。とにかくいましばらくはここに残らせてちょうだい。もしあなたが反対で、あたしがちゃんと準備できないうちに土地を探しに出かけたいというのなら、好きにしてよ。

メアリはこの長たらしい弁舌を、もしくは、これと似たような弁舌をふるうたびに、最後は涙にくれてエプロンで顔を覆い、ウィリアムは彼女の背を叩いて口元をほころばせ、キャシーがどこかに落ち着くまで自分もどこへも行く気はない、ぼくが行ってしまうと思ってるなら、おまえはとんでもない間抜けだ、と言って、メアリを思いきり泣かせてやらなくてはならなかった。

アリスもそれに劣らず厄介だった。ケントで三日間を過ごした彼女は、十歳も若々しくなって帰ってきた。目が輝いていた。頬も。彼女という人間そのものも。

「キャシー」帰ってきて十分もしないうちに、アリスは言った。「すばらしい人たちよ、アランの家族は。とても仲のいい家族で、それなのに、わたしに友情の手を差しのべてくれたの。いいえ、じつは友情以上のものを。家族の一員のように迎えてくれたのよ」

アラン？　もうそう呼んでるの？

「まあ、よかった」カッサンドラは言った。「じゃ、これからもゴールディング先生とおつきあいするのね？」

「馬鹿な人で、結婚してほしいんですって」

「ほんとに馬鹿ね」カッサンドラはうなずいた。「イエスってお返事した？」

「いいえ」アリスはお茶のカップを受け皿にカチンと小さな音を立てて置いた。カップはアリスの口まで届かずじまいだった。

「してないの？」

「ええ」アリスはきっぱりと言った。「考える時間がほしいってお答えしたわ」

カッサンドラは自分のカップと受け皿をそばのテーブルに置いた。

「わたしのせいね」

アリスは唇をすぼめたが、否定はしなかった。

「アリス」カッサンドラはきびしい声で言った。うわべだけの声ではなかった。「メアリと結託してわたしをスティーヴンとの結婚に追いこもうとしているのなら、あなたたち二人のことはぜったい許しませんからね」

アリスは頑固な表情になっただけだった。

カッサンドラは言った。「二人とももちろん、そんなことはしていないと言うでしょう。でも、わたしが結婚を断わったときのことを心配して、自分たちの未来の幸せを先に延ばすか、場合によっては、きっぱり捨ててしまおうとしている。そんな横暴を許すわけにはいかないわ。二人に解雇の通告をします。いますぐ。二人との雇用契約はこれで終わりよ」

「なんの雇用かしら」アリスが訊いた。「一年近く、お給金をもらってないのに。つまり、もうあなたの召使いではないという意味よ、キャシー。ただのお友達。友達を解雇するなんて無理。それから、メアリを追いだそうとすれば、あの子のことだから長々と弁舌をふるい、ワッと泣きだして、あなたをうんざりさせるでしょう。そして、頑固に居すわって、給金の受けとりを拒むだろうから、あなたはさらにうんざりさせられる。それから、ウィリアムさまもメアリと一緒に居すわるでしょうね。だって、メアリに夢中なんですもの。それから、ベリンダにも。そして、修理の必要な箇所を見つけて片っ端から修理をする彼に、あなたはしょっちゅうぶつかることになる。修理は永遠に続くわよ。あなたは最後にはもう、耐えられなくなる」

カッサンドラは首をふって、カップと受け皿をふたたび手にした。

「わたし、寝室が一つしかないコテージを買うつもりなの。だから、同居人のためのスペースはないのよ」

そう言い捨てて、満足げにお茶を飲みほした。

それにしても、アリスもメアリもなぜ急にスティーヴンの味方になったの？　わずか二週間前には、二人とも彼のことを悪魔の化身みたいに思ってたのに。でも、それはもちろん、彼に会う前のことだった。いったん顔を合わせたら、あの天使のような容貌に抵抗できる女がどこにいて？　それに、にこやかな魅力をふりまかれて抵抗できる女がどこにいて？　スティーヴンもやり方がずるいわ。だって、この家にくるたびに――しかも、くるのは毎日――メアリに声をかけて笑顔を向け、アリスにも声をかけて笑顔を向ける。

もうっ、ほんとにやり方がずるいんだから。

言うまでもなく、カッサンドラ自身も彼の端整な容貌を日々目にし、彼の魅力の前に身をさらさなくてはならない。おまけに、彼女の胸には、容貌と魅力だけにとどまらない記憶が刻みつけられている。

そして、心の奥にはつねに、彼女を苦しめている疑問があった。わたしの身体のなかには、彼への愛に打ち震えていない部分は一つもないのに、なぜ結婚してはいけないの？

わたしはナイジェルを殺していないし、それはスティーヴンもわかってくれている。わたしだって、すべての男が芯まで腐っているなどと永遠に信じつづけるような愚かな人間ではない。不運にも、周囲の者と自分自身を破滅へと追い立てる酒乱の男と結婚してしまっただけ。夫が酒乱から立ち直れなかったのはわたしが悪いからではない。夫に折檻されたのもわたしが悪いからではない。結婚生活が続いていたあいだは、自分のせいだと思いこんでいたけれど。

スティーヴンと結婚し、何年もの苦労の末にわたしが小さな幸せをつかんではならない理由はどこにもない。ただ、わたしは踏みにじられ、汚され、人生にうんざりしてるけど、スティーヴンはその逆だ。結婚しても彼を傷つけることにはならない、彼の持つ光を奪うことにもならない――自分をそう納得させることが、わたしにはどうしてもできない。

スティーヴンは本当に愛してくれてるの？　あのキスのせいでやむなく求婚し、わたしへの気遣いから恋をしているなどと言ってくれたけど、状況が違っていても同じようにしてくれたかしら。

いずれはわたしも自信と自尊心をとりもどし、再婚を考えるようになるかもしれない。でも、いまはだめ。そして、相手はスティーヴンではない。

でも、スティーヴン以外に誰がいるというの?

もはや疑いようのないことが一つあった——それは心の奥底に秘めた思い。わたしは全身全霊で彼を愛している。

カッサンドラに比べれば、スティーヴンはさほど忙しくなかった。少なくともふだんの彼の日常に比べれば。舞踏会の準備を手伝おうと申しでた。彼の婚約を祝うために彼の屋敷で開かれる舞踏会なのだから。ところが、姉たちから、困った子ねと言いたげな視線を向けられただけだった。彼が十歳ぐらいのころ、教会のバザーの準備で姉たちが忙しくしている最中に、破れた半ズボンや泥に汚れたブーツ姿で家に帰ったときも、よくそんな目で見られたものだった。

どうやら、男が舞踏会で求められる役割は、貴婦人たちと踊り、壁の花になる女性が出ないよう気を配ることだけのようだ。

その週のスティーヴンは、カッサンドラに夏の挙式を承知してもらうための説得に明け暮れた。ただし、結婚のことはひとことも口にせずに。彼女の胸に恋心が芽生えることだけを念じていた。

もはや、騎士道精神云々の問題ではなかった。

彼の一生の幸福がかかっていた。

だが、カッサンドラには言わなかった。彼女の同情を誘って結婚に持ちこむようなまねだけはしたくなかった。前に一度だけ、愛していると言ったが、いまはそれが真実であることを行動で示すしかない。

舞踏室は息を呑むほど豪華になっていた。夏の庭園のようで、陽光まで射していた。といっても本物の陽光ではなく、黄色と白の花々と美しく配置された緑色のシダが光の幻想を生みだしているのだ。頭上のシャンデリアもきれいに汚れを落として磨きあげてあるため、三百本のロウソクは必要ないほどだった。

舞踏室を満たす香りまでが庭園のようだった。そして、爽やかな空気に満ちているかに思われた。もちろん、これも長くは続かないだろう。あと一時間もすれば招待客が続々と到着し、すべての窓があけてあっても、涼しさは維持できなくなる。この舞踏会は今シーズン最高のにぎわいになるとメグが予言し、スティーヴンもそれに同意せざるをえなかった。マートン邸で舞踏会が開かれるのが珍しいうえに、斧殺人鬼と呼ばれる女とスティーヴンの婚約を祝う集まりなのだから。斧の噂を鵜呑みにする者はもういないはずだが、あちこちのクラブや客間ではやはり、この噂がささやかれていることだろう。真相を公表できればいいのにとスティーヴンは思うが、冷静に考えてみれば、噂が自然に消えていくのを待つほうが賢明だろう。

舞踏会の前に身内だけの晩餐会が開かれた。これだけはスティーヴンが準備したものだった。姉たちとその夫、コン、ウェズリー・ヤングが晩餐を共にした。いまは全員がくつろいで舞踏室を行きかい、室内が招待客であふれかえるのを待っている。

オーケストラ席にすでに楽器が置かれているのが、スティーヴンの目に入ったが、楽士たちは食事をとるため地下に下りていた。

「想像どおりのすてきな会場になったかい？」カッサンドラの背後に近づき、彼女のウェストに片腕をまわして、スティーヴンは尋ねた。

「想像以上よ」カッサンドラは笑顔を返した。

約束どおり、陽光のような黄色いドレスをまとっていた。彼女の動きにつれてドレスがきらめく。金色より爽やかで、レモン色より鮮やかだ。短いパフスリーブと深い襟ぐりはスカラップの縁どりになっていて、白い小さな花の飾りが並んでいる。大きく波打つスカートの裾も同じだ。弟が届けてくれたハート形のネックレスを着け、スティーヴンから婚約記念に贈られた、小さなダイヤをハート形に並べたほぼ同じデザインのブレスレットをはめている。

この夕方、彼からブレスレットを渡されたとき、婚約を解消した時点で返すことにするとカッサンドラは言った。未来の婚約解消については、この一週間、どちらもひとことも触れていなかった。

「最高の一夜が待っている」スティーヴンは言った。「ぼくは舞踏会にきた男性すべての羨望の的になるだろう」

「それだけじゃないわ。未婚の令嬢はみんな、正式な喪服をまとってやってくるでしょうね。あなたを失ったことを誰もが嘆き悲しむでしょう。いずれあなたの花嫁となる人をのぞいて」

「この夏に？」スティーヴンはカッサンドラに微笑みかけた。いつになく大きな声で、動転しているドアのほうへ顔を向けた。ポールソンの声が聞こえた。いつになく大きな声で、動転している様子だった。

「お客さまをお迎えする準備がまだ整っておりません。みなさまがお越しになるのは一時間ほどあとの予定ですので。とりあえず客間のほうへどうぞ。すぐにお茶をお持ちいたします」

スティーヴンは眉を上げた。早めに到着した客がポールソンの制止も聞かずに勝手に入りこんできたのなら、いまさら客間へどうぞと言ったところで無駄だろう。大股でドアのほうへ向かうと、カッサンドラもあとからついてきた。

「迎えの準備など知ったことか。舞踏会も、到着予定時刻も、客間もだ、この馬鹿者」耳ざわりな苛立ちの声が答えた。馬鹿者というのは、たぶんポールソンのことだろう。「あの女はどこだ？　たとえ家じゅう探すことになろうと、かならず見つけだしてやる。そうか、ここが舞踏室だな。ここにいるんだな？」

身内全員が舞踏室のドアのほうへ驚愕の顔を向けているのが、スティーヴンにもわかった。シルクハットをかぶった紳士が黒いマントの裾をひるがえし、憤怒の形相で入ってきた。

「ブルース」カッサンドラがつぶやいた。

それと同時に、紳士の目がカッサンドラに向き、スティーヴンはかすかに首をふってポールソンを下がらせた。

「パジェット卿ですね」スティーヴンは進みでて右手を差しだした。

パジェット卿はその手を無視した。スティーヴンのことも。

「きさま！」カッサンドラに荒々しく声をかけ、非難の指を突きつけた。「いったいどういうつもりだ？」

「ブルース」カッサンドラの声は低く冷静だった。ただ、スティーヴンはそこにかすかな震えを聞きとった。「二人だけで話しましょう。マートン伯爵にお願いすれば、客間か書斎を使わせてくださると思うわ」

「二人だけで話をするなど、まっぴらごめんだ」パジェットはそう言いながら、つかつかと舞踏室に入ってきた。「おまえがどんな女か、全世界に知らせねばならん。わたしの口からそれを告げてやる。まずはこの人々に向かって。おまえがいかに悪辣な——」

スティーヴンはさらに一歩前に出た。パジェットは小柄な男ではない。それどころか、平均より背が高く、体格も貧弱ではない。しかし、スティーヴンは相手のマントとシャツの襟をまとめてつかむと、片手で持ちあげてパジェットを爪先立ちにさせた。鼻と鼻の間隔が十センチ足らずになるまで、相手にぐっと顔を近づけた。

声を荒らげることはなかった。

「ぼくの許可がないかぎり、パジェット、この家で勝手な発言は慎んでもらいたい。また、たとえ許可がおりても、レディたちの耳を汚すような言葉は使わないでもらいたい」

こぶしの関節を軽く、だが、わざとらしく相手の喉笛にあてたため、向こうはかすかに青ざめた。

「レディたち?」パジェットは言った。「目の前にいる女は一人だけだが、マートン、レディではないぞ」

高まりつつあったスティーヴンの怒りが爆発した。喉笛に手をあてたまま、五十センチほどうしろの壁にパジェットを押しつけた。空いたほうの手でこぶしを固め、肩の高さに構えた。

パジェットの帽子が大きく傾いて床にころがり落ちた。

「たぶん」スティーヴンは言った。「ぼくの聞き違いだったのだろう、パジェット。だが、そうでなかった場合のために、謝罪の言葉を聞かせてもらいたい」

「謝罪など甘すぎる」スティーヴンの肩の背後でウェズリー・ヤングが言った。怒りで声が震えていた。「ここはぼくにまかせてくれ、マートン。姉にあんな口を利いた人間を許すわけにはいかない」

「謝ったほうがいいぞ、パジェット」反対側からエリオットの冷ややかな声がした。「それから、レディ・パジェットの提案どおりにするんだ。もうじき招待客がやってくる。鼻血を出したきみの姿を客に見せることなど誰も望んでいない。きみはとくにそうだろう。口論するなら、誰もいない部屋でやってくれ。レディ・パジェットの弟と婚約者が喜んで立ち会わせてもらう」

「いまの無礼な言葉を室内の貴婦人方に対してお詫びします」パジェットがくやしそうに言ったので、スティーヴンはこぶしを下ろし、マントをつかんだ手を放すしかなくなった。だが、パジェットの横柄な口調に本心が出ていた。謝罪の言葉にカッサンドラは含まれていない。

パジェットはマントのしわを伸ばすと、カッサンドラをにらみつけた。

「時代と場所が違えば、おまえはとっくの昔に魔女として火あぶりにされていただろう。人に害をなす前に。わたしは喜んでそれを見物し、火をかきたてたことだろう」

スティーヴンのこぶしが炸裂し、パジェットの頭が壁に激突して鼻から血が噴きだした。

「おみごと、スティーヴン」ヴァネッサが言った。

パジェットがマントの内ポケットからハンカチをとりだし、鼻を押さえたあとで、真っ赤な血にちらっと目をやった。

「きみも、ロンドンのあらゆる男も――さらには一部のレディまでがこの女にだまされて、わたしの父を冷酷に殺したのは彼女ではないと思いこんでいるようだな。この女がいずれきみに飽き、自由の身になって新たな獲物を見つけようと思ったとき、また同じことが起きるかもしれないのに、女に丸めこまれたきみにはその危険がわからない。また、父の遺産と宝石を奪おうとするこの女の無礼な主張を、きみはたぶん全面的に信じているのだろう。宝石類は父がこの女に心臓を撃ち抜かれる前に、贅沢に買い与えたものだ。この女はまさに悪魔だが、頭はいい」

「だめ、やめなさい、スティーヴン」マーガレットが言った。「もう殴っちゃだめ。暴力はいっときの満足をもたらすけど、問題の真の解決にはならないわ」

女の屁理屈。

「だめ、やめなさい、ウェズ」カッサンドラも言った。

スティーヴンはパジェットの顔から目を離さなかった。

おだやかな声で言った。「あなたはおそらく、自己欺瞞の人生のなかで、父親は酒を飲んだりしない、酔って残忍な暴力をふるう男ではない、と自分に言い聞かせてきたのだろう。女に対する暴力は、相手が妻であれば厳密には暴力ではない、と思っているのだろう。妻というのはしつける必要があり、夫にはそのしつけをおこなう法的権利がある。たとえ夫の暴力によって、妻がおなかの子を流産することになろうとも」

「まあ、スティーヴン」キャサリンが絞め殺されそうなうわずった声を上げた。

「父が酒を飲むことはめったになかった」激怒と侮蔑の表情であたりを見ながら、パジェットが言った。「一般の男に比べれば、飲む回数ははるかに少なかった。この女がきみに語った嘘八百によって父の思い出が汚されるのを、黙って見ているわけにはいかん。たしかに、酒が入ると多少暴力に走ったのは事実だが、それも、相手が懲罰に値するときだけだった。この女は近隣のすべての男からちやほやされていた。陰で何をしていたやらわかったものではーー」

「すると、あなたの母上も？」スティーヴンは柔らかな声で尋ねた。「母上も懲罰に値する人だったのか。最後の懲罰のときも？」

いくらなんでも言いすぎだ。激怒したスティーヴンには、言葉を吟味している余裕がなかった。

しかし、パジェットは蒼白になった。赤く腫れた鼻から滴る血をふたたび拭った。

「母のことで、あの女から何を聞いた？」

「たとえキャシーがパジェットを殺したのだとしても」ウェズリー・ヤングが言った。「ぼくは姉を擁護する。拍手したいほどだ。あのろくでなしは死んで当然の男だった。ご婦人方にはお詫びしますが、いまの言葉をひっこめる気はありません。ただ、姉は夫を殺してはいない」

「あの女、母のことで何を言ったんだ？」ヤングの言葉など聞こえなかったかのように、パジェットがふたたび訊いた。

「ぼくが聞いたのは、世間の噂程度のことだ」スティーヴンはため息をついた。「誰もが知っているように、噂というのはいい加減だ。だが、ぼくの婚約者が九年ものあいだ、夫に、つまり、あなたの父上に苦しめられていたことは噂ではない。しかも、パジェット、あなたはそれを知っている。仮にカッサンドラが夫を殺したとしても、それは自分の身を守るため、もしくは、夫の暴力によって危険にさらされた誰かの命を救うためだったことも、あなたは知っている。しかし、カッサンドラの有罪を信じるふりをし、自分がその気になれば彼女を官憲に突きだして処罰させられるふりをするほうが、あなたには好都合だった。そう信じることで、そして、カッサンドラを脅してあなたにその力があると思いこませることで、あなたは遺産をすべて自分のものにした」

「母は落馬して亡くなったんだ」パジェットは言った。「フェンスを飛び越えようとしたが、母には高すぎた」

スティーヴンはうなずいた。時間がどんどん過ぎていく。いま何時だ？

「ブルース」カッサンドラの声に、スティーヴンはそちらを向いた。「ほかにも言いたいことがあるのなら、明日、話をしにきてちょうだい。家はポートマン通りよ」

「知っている」パジェットは言った。「いま、そちらへ行ってきたばかりだ」

「わたしはあなたのお父さまを殺してはいない。殺していないという立証はできないし、あなたのほうも、わたしが殺したという立証はできない。お父さまの死は悲劇的な事故と判断された。事実そうだったのよ。わたし、あなたとはこれ以上関わりたくない。寡婦の住居に住むつもりはないし、ロンドンの屋敷もいらない。自分のものをとりもどしたいだけなの。そうすれば自力で生きていけるし、二度とあなたに会わなくてすむし、あなたを悩ませる必要もなくなる。こちらの弁護士からの正当な要求に応じてちょうだい。争ったところで無駄よ」

パジェットはふたたび怒りを募らせた。カッサンドラに指を突きつけ、何か言おうとして息を吸った。ところが、ドアのところに誰かが現われた。その瞬間、スティーヴンはギクッとし、早くも客が到着したのかと思った。いや、もう早すぎる時刻ではないのだが。しかし、それはウィリアム・ベルモントだった。

彼の視線はドアのすぐ内側に集まっている人々を素通りした。「三十分ほど前に家に帰ったら、兄さんが訪ねてきたことをメアリから知らされた。兄さん、キャシーがここにいることをメアリから聞きだしたそうだね。メアリもふだんなら、そんなことをうかうかとしゃべりはしないのだが。一カ月前に兄さんに屋敷を追いだされたのだからなおさらだ。ほう、鼻血が出てるじゃないか。マートンにやられたな。それとも、ヤング？」

「おまえに話すことは何もない」眉をけわしく寄せて、パジェットは言った。

「だが、ぼくのほうは話したいことがある」周囲に目をやって、ウィリアムは言った。「兄さんはここに押しかけてきたとき、分別を忘れ、キャシーと二人だけで話したいと頼むこともしなかったようだから、ぼくもみんなの前で話すことにする」

「やめて、ウィリアム」カッサンドラが言った。

「いや、やめない。キャシー、あの人はきみの夫であると同時に、ぼくの父親だった。ブルースの父親でもあったのだから、ブルースには真実を教えるべきだ。そして、マートンの花嫁としてきみを喜んで受け入れようとしているすべての人々にも。キャシーは父を殺してはいない、ブルース。ぼくもだ。ぼくがあの場に居合わせて、銃を奪おうとして父の手首をつかんだのは事実だが。父はそれまでメアリを殴りつけていた。あの日のもっと早い時刻に、ぼくがメアリと結婚したことと、ベリンダがぼくの子であることを、父に打ち明けたせいなんだ。そのあと、父は酒を飲みはじめた。メアリの悲鳴を聞いて、まずキャシーが、つぎにミス・ヘイターが駆けつけ、そのあと、帰宅したぼくが父のわめき声を耳にして書斎へ飛んでいった。父がキャシーに拳銃を突きつけていた。しかし、ぼくが父に近づいて銃をとりあげようとしたとき、父はゆっくりと銃の向きを変え、自分の心臓に向けて引金をひいた」

「嘘をつけ！」パジェットが叫んだ。「真っ赤な嘘だ」

「ぼくが数日前に帰国する以前から、ミス・ヘイターがこのとおりの話を何度もしていた」ベルモントは言った。「それから、ぼくが継母を守りたい一心で、父の自殺の件を公表する気だろうと兄さんが勘ぐっているなら、家族の忠誠心というものが兄さんにはわかっていない。あるいは、悪夢というものも。父は泥酔状態のなかで自ら命を絶った。ぼくらに分別があるなら、事故死という正式な評決を黙って受け入れ、父の未亡人にふさわしい敬意をキャシーに示すべきだと思う」

パジェットはうなだれ、目を閉じた。

「舞踏会の始まる時間が刻々と迫っている」スティーヴンが静かに言った。「あと十五分もすれば、最初の客が到着するだろう。パジェット、義兄の誰かに頼んで客用の寝室へ案内してもらうから、そこで鼻の血を洗い流し、衣服の乱れを直すといい。舞踏会にふさわしい服装ではないが、気にすることはない。とにかく、この舞踏会に出てほしい。そして、笑みを浮かべ、カッサンドラのために喜んでいるふりをしてほしい。耳を傾けてくれる相手がいれば、父の事故死は悲劇だったが、後妻にきてくれた人が新しい人生を歩みはじめたのを見て喜んでいる、父もそれを願っていただろう、と言ってほしい」

な笑顔だった。

「何を寝ぼけたことを」パジェットは腹立たしげに言った。

しかし、コンがスティーヴンの横に、モンティが反対側にやってきた。二人ともにこやかな笑顔だった。

「ちょうどいいときにロンドンに到着されましたね」モンティが言った。

コンがパジェットの肩に手をかけた。「きっと、レディ・パジェットが婚約を知らせる手紙を送り、祝福してほしいと頼んだのでしょう。そこで、あなたは頼まれた以上の心遣いを示し、自らこちらに出向いてこられた。舞踏会に間に合うよう、休憩もとらずに馬車を走らせた。そうでしょう？」

「そして、ぎりぎりの時刻に到着した」ニヤッと笑ってモンティが言った。「しかし、舞踏会用の正装に着替える時間はなかった。感動的な話だ。その噂を耳にしたレディたちは涙にむせぶことでしょう」

「だが、鼻についての説明を何か考えないと」モンティと二人でパジェットをはさんで舞踏室を出ながら、コンが言った。「まあ、むずかしくはないさ。継母の再婚を祝うために急いでいる男には、あらゆる災難が降りかかるだろうから」

スティーヴンが手を伸ばし、カッサンドラの手を握った。彼女の顔は真っ青で、手は冷えきっていた。スティーヴンはカッサンドラに笑顔を見せ、それからウィリアム・ベルモントを見た。

「きみも舞踏会に出てくれるね？」ウィリアムに頼んだ。前にも頼んだが、断られてしまった。メアリがこういう豪華な催しに出るのを嫌がっているからだ。いまの彼女はウィリアム・ベルモント夫人で、パジェット卿の義理の妹になったというのに。

「いや、やめておく」ウィリアムは言った。「家に帰って夕食にするよ。三十分前に支度ができているはずだ。兄は亡くなった母親のことが大好きだったが、けっして真実に目を向けようとしなかった。怖かったんだと思う。大人になってからの兄は、カーメル邸にはほとんど寄りつかなかった。ぼくももちろんそうだった。いまになって後悔している。もっとも、詫びたところで虚しいだけだが」

そう言うと、向きを変え、去っていった。

スティーヴンは頭を低くしてカッサンドラの顔をのぞきこんだ。

「大丈夫か？」

カッサンドラはうなずいた。彼に握られた手が温かくなってきた。

「ご迷惑をかけてしまったわね。ああ、スティーヴン、ほんとにごめんなさい。公園で初めてわたしを目にした日のことが、あなたにはほんとに呪わしいでしょうね」

スティーヴンはゆっくり笑顔になり、カッサンドラの唇に軽くキスをした。周囲に身内の者たちがいて、いまのキスにざわついているのはわかっていたが。

「あの日に感謝している」スティーヴンは言った。

カッサンドラはため息をついただけだった。

「スティーヴン」メグがてきぱきと声をかけた。「お客さまをお迎えするために、そろそろ並ばなくては。もうじき、みなさんがご到着よ」

スティーヴンは周囲に笑顔を向けた。

「男が婚約を祝ってもらうのは一生に一度だものね」

姉たちが進みでて、彼とカッサンドラの両方を抱きしめた。

「きっとスティーヴンの赤ちゃんができるわ」カッサンドラを抱擁したヴァネッサが彼女にささやくのを、スティーヴンは耳にした。「失ったお子さんたちのかわりにはなれなくても、その子たちがあなたの心を温めてくれるでしょう。わたしが保証する。ええ、かならず」

21

わたしったら、よくもまあ、出迎えの列のなかで立ちつづけていられるものだわ――それから一時間のあいだ、膨大な数の客に笑顔を向け、挨拶をし、婚約を祝う言葉に礼を述べながら、カッサンドラは不思議に思った。

しかし、とにかくやってのけた。

どうすれば笑みを絶やさずにひと晩じゅう踊りつづけられるというの？　ダンスの合間には、今夜は生涯で最高に幸せなひととき、悩みなんか何もないという顔で、会話をしたり笑ったりできるの？

しかし、それもやってのけた。

すなおに楽しめたほどだ。

ただ、楽しい半面、みんなを欺いていることへの罪悪感から、胸を針で刺されるような痛みがあった。もちろん、スティーヴンには正直に話してある。彼の姉たちにも。そして、たぶん、姉たちがそれぞれの夫に話したことだろう。

今夜はすばらしい祝いの宴で、舞踏室はカッサンドラが見たこともないほど豪華に飾りたてられ、スティーヴンは幸せそうで、これまでにも増してハンサムに見えた。まさに婚約披露の舞踏会に合わせて作りあげた姿――カッサンドラはちょっと悲しい気分になった。たぶん、わたしもそういう姿なのだろう。

一曲目は二人で踊ることになっていた。

「パジェットが居残ってくれたよ」音楽が始まるのを待っていたとき、スティーヴンが言った。「驚いた？」

たしかに、ブルースが舞踏会に顔を出していた。服装もきちんと整えられていた。さっきはロンドンに到着したばかりだったのだろう。マートン邸の前に止めた旅行用馬車にカバンがいくつも積みこんであったのだ。ホテルにも寄らずにポートマン通りへ直行し、それからこちらにまわったらしい。

「ブルースは昔から世間体を気にする人だったから」カッサンドラは言った。「何年間か実家と疎遠だったけど、それもたぶん、ナイジェルが何か騒ぎを起こした場合、自分が巻きこまれないようにするためだったのでしょう。結局、スキャンダルになったのはナイジェルの死後のことだったけど。ブルースがわたしを追いだしたのは、一つにはたぶん、わたしの身辺に立ちはじめていた噂から距離をおきたかったからだと思うの。今夜ようやく、自分の判断が間違いだったことに気づいたのね。自分の体面を保つためには、父親の死に対する公式の評決をあくまでも支持するのが最上の方法だと悟ったのでしょう。わたしの側に立ち、婚約を祝うためにロンドンにきたような顔をするのがいちばんだと思ったんだわ。情けない人ね、ブルースも」

　スティーヴンは彼女に笑いかけ、まわりの招待客にも笑みを向けた。これは二人の婚約披露舞踏会の最初を飾る曲。当然ながら、ほとんどの者の目が二人に向いている。

　ああ、本当に婚約したような気がしてきた――音楽が始まり、複雑なパターンからなる活気に満ちたカントリーダンスを踊りながら、カッサンドラは思った。ほどなく、二人とも笑い声を上げていた。

　その夜、カッサンドラは自分の弟とはもちろんのこと、スティーヴンの義兄三人とも踊った。アリスと一緒にやってきたゴールディング氏とも、ハクスタブル氏とも踊った。

　踊りながら、ハクスタブル氏が言った。「どうやら、レディ・パジェット、みんながあなたを誤解していたようだ。誰もがそれに気づきはじめたらしい。パジェットがあなたに温かな笑みを向けているのを見れば、なおさらだ。あの鼻は気の毒だが、突風で馬車の扉がいきなり閉じてしまうこともあるから、鼻をぶつけないよう気をつけないと」

「そういう話を信じる人がいれば」カッサンドラは笑いながら言った。「すべてが終わる前に斧をふりあげるわたしの姿が見られることを、いまも期待しているでしょうね」

　ハクスタブル氏は片方の眉を上げた。

「すべてが終わるというのは？　舞踏会のこと？　何かほかのことを言っているのでなければいいが、レディ・パジェット。わが若きいとこは生まれつき明るい子だが、今夜ほど幸せそうな顔を見たのは初めてだ」

「わたし、スティーヴンを幸せにできるでしょうか」

「できるに決まっている」

「では、許していただけます？」カッサンドラは彼に尋ねた。「マーガレットの舞踏会でわざとスティーヴンにぶつかったことを」

「許してあげよう。婚礼の日に。式が終わってから」

「では、いっそう楽しみに待つことにいたします」ふたたび笑いながら、カッサンドラは言った。「婚礼の日を、ハクスタブルさま」

「コンと呼んでくれればいいよ。結婚式が終わったら」

心の内を見せない人だ。わたしに好意を持ってくれているの？　いないの？　スティーヴンに好意を持っているの？　いないの？

夜食の前のダンスはブルースと踊った。彼に申しこまれたため、いやとは言えなかった。しかし、カーメル邸から追いだされる前に数々の心ない言葉を投げつけられたこと、わずかな供を連れ、この先どうやってみんなを食べさせていけばいいのかわからないまま、心細い思いでこのロンドンに向かったときのこと、ぞっとする噂が広まってもブルースは消そうとしてくれず、それどころか広めるのに手を貸した可能性があること、今夜ここに押しかけてきて、誰が聞いていようとおかまいなしに偉そうにまくしたてたこと――こうしたことを考えると、苦々しい思いを抑えこむのはむずかしかった。ブルースが押しかけてきたのがあの時刻で、一時間後ではなかったことが、本当に幸運だった。

一つだけカッサンドラを満足させてくれたのは、わずかに赤く腫れあがったブルースの鼻だった。

スティーヴンがどんなに頼もしく見えたことか……。

いや、どんな形にしろ、暴力に満足を見いだすのはいけないことだ。しかし、カッサンドラはあのとき満足を覚え、いまも満足していた。彼女を攻撃するのではなく、彼女のために戦ってくれる人が初めて現われたのだ。鼻を殴られたときの痛みを、カッサンドラはよく知っている。

「一つ言っておきたい、カッサンドラ」彼女をリードしてダンスフロアに出ながら、ブルースがこわばった声で言った。「わたしはきみが昔から嫌いだった。きみは財産目当てでうちの父と結婚した。実家のろくでもない父親のもとで育ったため、きみは無一文だった。一生贅沢に暮らせると思ったわけだ。あと一歩で夢が叶うところだった。父がきみに買い与えた宝石はひと財産の値打ちがある。もちろん、きみにもわかっているだろう。しかし、その計算高い生き方のせいで、代償を払うことになった。あんな目にあったのも自業自得だ。マートンが相手なら、そういう目に遭うこともないだろう。あいつは弱虫の腰抜けだ。今回はなかなかいい選択をしたものだな。だが、ウィリアムの言葉を信じていいのなら、きみは父を殺していない。だから今夜は、ロンドンまで執念深くきみにつきまとってきた噂を払いのけるために、わたしもできるだけのことをしよう。喜んで噂を払いのけよう。きみがマートンと結婚するのを喜んで見守るとしよう。きみと縁を切り、きみのことを忘れ去り、そして

――幸運に恵まれれば――二度ときみに会わずにすんで、さぞかし心が安らぐことだろう」

このように言いつづけるあいだ、ブルースはにこやかな笑みを絶やすことがなかった。

ダンスが始まろうとしていた。

「ご自分の結婚は考えていないの、ブルース」笑みを返して、カッサンドラは訊いた。

「いない」

「まあ、よかった。あなたの妻になったかもしれない女性のために喜んであげたいわ」

「明日の午前中、顧問弁護士に会う予定だ。そいつをきみの弁護士のところへ連れていく。正午にそこにきてもらいたい、カッサンドラ。きみに権利のあるものはすべて渡そう。ただし、一つ条件がある。今後いっさい男爵家の財産は要求しない旨を書面にしてもらいたい」

ブルースは微笑した。カッサンドラも微笑を返した。

「ウェズリーと一緒に行きます。書面にしろ、ほかのことにしろ、何を承諾すべきかについては、わたしの弁護士が助言してくれるでしょう」

二人はおたがいの顔の脇へ笑みをそらしたまま、無言で踊った。おそらく、パジェット卿の今夜の登場をどう解釈すべきかと興味津々の客たちが、こちらを見守っていることだろう。でも、つぎのように考えるに決まっている。あの女が父親を殺したと心から信じているなら、パジェット卿がここにきたりするだろうか。あの女の幸せを願っていなかったら、二度目のこの結婚に一族の祝福を伝えるつもりがなかったら、ここにきたりするだろうか。

カッサンドラには、人々の胸の思いが、ささやきが、そして、これから何日ものあいだ噂される言葉が聞こえてくるように思われた。

あの女のことをひどく誤解していたのかもしれない――人々はきっとそう言うだろう。噂はおおげさだったのだ。斧を高々とふりかざし、男の頭蓋骨を真っ二つにできるような女がどこにいる？　もちろん、こちらもそんな噂を本気で信じたわけではないが、そうだとしても……おまけに、あの女は何も否定しなかった。そうだろう？　それに、ああいう色の髪をした女なら、何をしでかしてもおかしくない。だが、きっとこちらの誤解だったに違いない。パジェット卿はここに姿を見せただけでなく、あの女と踊り、言葉を交わし、笑みを交わしている。見るからに和やかな雰囲気だ。

パジェットも行儀よくふるまってくれたようだ――舞踏会の一夜が終わりに近づき、ようやくカッサンドラともう一曲踊れることになったところで、スティーヴンは思った。

パジェットが訪ねてきたことも、この男をしぶしぶ舞踏会に招待するしかなかったことも、スティーヴンにしてみれば不本意だった。しかし、結局のところ、いちばんいい形に落ち着いたわけだ。カッサンドラを貶める者はこれからも出てくるだろう――それが人間の性《さが》というものだ――しかし、ほとんどの者は、自分たちはゴシップに惑わされていたに違いないという結論を出すことだろう。そして、ゴシップに本気で耳を傾けたわけではないし、斧のことなど一瞬たりとも信じてはいなかった、と自分で納得することだろう。カッサンドラの悪評は消え去るだろう。

それに、パジェットのほうも、ここに姿を見せ、にこやかに舞踏会に加わり、さらにはカッサンドラと踊ったのだから、カッサンドラが宝石を要求しても、夫の遺言書と婚姻前契約書に明記されている遺産を要求しても、もう拒むことはできなくなる。

カッサンドラがどれだけ裕福になるのか、スティーヴンにはわからなかったが、少なくとも豊かに暮らせる身分になるのは間違いない。誰にも頼らずに暮らしていける。自分で選んだ人生を歩むことができる。

それを知っても、スティーヴンが落胆することはなかった。むしろ逆だった。暮らしに困って彼と結婚するのであれば、カッサンドラはおそらく最後まで抵抗するだろう。彼女にはほかに生きる道がないというだけの理由から、説得して結婚に漕ぎつけるのが義務だと思った自分を、スティーヴンは嫌悪するだろう。カッサンドラは本当に自分と結婚したかったのだろうかと疑いつつ、また、哀れみのせいで自分の判断力が鈍ったのではないかと悩みつつ、残りの生涯を送ることになるだろう。

いまはもう、なんの気兼ねもなく、カッサンドラを手に入れるために戦うことができる。かならずイエスと言わせてみせる。だが、その言葉は彼女の心からのものであってほしい。いまの彼女はイエスかノーかを自由に選べる立場なのだから。ぼくは戦ってみせる。彼女がほしいから。ほかになんの理由もない。

カッサンドラを腕に抱きながら、スティーヴンは笑顔を向けた。もちろん、今夜はずっと笑顔だったが、彼がいま目にしているのはカッサンドラだけ、彼が感じているのは圧倒されそうな愛だけだった。自分が愛を見つけたことがいまも信じられなかった。愛を探しはじめるよりもはるかに早く。しかも、探す気になったときにはおそらく見向きもしなかっただろう場所で。

「夏がきたら婚約を破棄する決心は、たぶんいまも変わってないんだろうね？」

「もちろんよ」カッサンドラは言った。「これはわたしの誠意から出たことなの。あなたを裏切ることも、罠にかけることもしない。かりそめの婚約に過ぎないのよ」

キャスの胸にぼくへの感情はあるのだろうか。まったくわからない。好意を寄せてくれているのは間違いない。キャスがぼくの身体に惹かれているのも事実だ。しかし、愛に近いものを何か感じてくれているだろうか。ロマンティックな愛に近いものを。そして、生涯にわたって続く深い愛に近いものを。

いまのキャスには人を愛する自由がある。

もしくは、愛さない自由も。

だが、愛しているとぼくに告げる自由はない。そうだろう？　社交シーズンが終わったら婚約を解消すると、彼女が約束したのだから。

〝あなたを裏切ることも、罠にかけることもしない〟

厄介な求婚になりそうだ。やむなく婚約という運びになったのを、キャスは名誉にかけて破棄するつもりだし、こちらは名誉にかけて結婚まで持っていこうとしている。

愛についてはほとんど考えていない。

本当は愛がすべてだというのに。

二人は無言でワルツを踊った。自分たち二人しかいない場所で踊っているような気がした。花の香りがスティーヴンの鼻をくすぐった。彼女の意見を入れて選ばれた花々だ。髪の香りと彼女の身体の香りが漂ってきた。身体の熱がスティーヴンに伝わり、息遣いが聞こえた。誇らしげにそらせた首の線と、美しい顔と、艶やかな髪と、陽光のようなドレスにスティーヴンは目を奪われた。

彼女のなかに広がっていた闇が消え、かわりに光があふれてきたように、スティーヴンには思われた。ぼくも微力ながら協力できたのだろうか。だとしたら、社交シーズンの終わりにキャスを失うことになっても、彼女を忘れるまでの孤独な年月のあいだ、それが多少は心の慰めになるだろう。

いやいや、失ってなるものか。

心の慰めになどなりはしない。

ほしいものがあれば、これまではたいてい簡単に手に入った。子供のころでさえ、スティーヴンがオクスフォードへ進学して高い教育を受け、収入の多い安定した職業につけるようにと、メグが亡き母の持参金からかなりの額を残してくれていた。爵位とそれに付随するさまざまな財産を相続してからは、何不自由のない人生を送ってきた。とても幸せな人生だった。

だが、これからは戦いだ。望みのものを手に入れるために戦った経験は一度もなかった。

キャスがほしい。

「なんだかきびしいお顔ね」

「きびしい決心をしたから」

「どんな？　ワルツの最後の数分間は、わたしの爪先を踏まないように気をつけるとか？」

「それもある。だけど、それだけじゃない。社交シーズンの残りを思いきり楽しもうと決めたんだ。きみにも楽しんでもらえるようにしたい」

「天使と一緒にいれば、永遠のなかの短いひとときを楽しめるに決まってるでしょ」

しかし、そう言いながらカッサンドラが微笑し、目にいたずらっぽい光を浮かべていたので、スティーヴンはどう解釈すればいいのか迷うばかりだった。なんの意味もない軽薄な返事に過ぎないのだろうか。それとも、心の奥底から出た言葉なので、悲しいほどに感傷的な響きを帯びているのだろうか。

ワルツが終わり、舞踏会の一夜も終わった。

二十分もしないうちにほとんどの者が去り、わずかな身内を残すだけとなった。ウェズリー・ヤングの雇った馬車がマートン邸の外にまわされてきて、ヤングが姉を馬車に乗せようとして待っていた。ミス・ヘイターとゴールディング氏はすでに馬車のなかだった。

スティーヴンは玄関前の石段を下りたところに立ち、カッサンドラの両手を握りしめていた。その手を片方ずつ唇に持っていった。

「おやすみなさい、スティーヴン」カッサンドラが言った。

いのだろう?

本心を打ち明けて彼女の重荷になるのは避けたいが、どうやってこちらの愛を伝えればいいのだろう?

求婚というのは簡単なことではなさそうだ。

いや、かえってそのほうがいいのかもしれない。手に入れる価値のあるものは戦う価値のあるもの、という格言もあるではないか。

昔からの格言は真理と知恵に満ちている。

しばらくすると、馬車のなかから彼女が手をふり、馬車は走り去った。

カッサンドラにとって、その後の一カ月はひどくのろのろと、だがその半面、あっというまに過ぎていった。

残りの人生のスタートを切るために、早く一カ月が過ぎるよう願っていた。ブルースとの遺産交渉は、双方の弁護士とウェズリーの協力のもとで順調に進んだ。婚姻前契約書に記された金額だけでなく、ナイジェルの遺言書に明記されている年金も、これまでの未払い分も含めて払ってもらえることになった。宝石類はすでにカーメルからこちらに送られてきている。

ずいぶん裕福な女性になったわけだ。生涯、楽に暮らしていける。どこかの田舎にひっこんで、必要なのは小さなコテージの維持費とわずかな召使いの給金だけとなれば、なおさら楽だ。

メアリはもちろん、ウィリアムについていく。ウィリアムはすでに、ドーセットシャーの土地とそこに建つ小規模な荘園館の売買契約を進めている。秋にはそちらへ移る予定だ。それまでのあいだ、二人でカッサンドラのもとにとどまり、メアリは家政婦とメイドと料理番の仕事を続けることにしている。

ベリンダはパパとママに連れられて遠くにある大きな家へ引っ越すのを、わくわくしながら待っている。

アリスはゴールディング氏との結婚が決まり、一カ月以内に式を挙げることになっている。カッサンドラがしらじらしく嘘をついて、スティーヴンと結婚することにしたと言ったため、アリスはそれを信じて自分の愛を貫こうと決めたのだ。アリスがあまりに幸せそうなので、カッサンドラは自分の嘘を少しもうしろめたく思わずにすんだ。いざとなれば、急に気が変わってスティーヴンとの結婚をとりやめにした、とアリスを言いくるめればすむことだ。だまされたと知ったアリスがカッサンドラに食ってかかっても、もう遅い。

アリスにだけはどうしても幸せになってほしかった。そのとき初めて、長年アリスをそばから離そうとしなかった自分の身勝手さを償うことができる。

しかし、楽しいこと、幸せなことがたくさんあり、未来への夢もたくさんあるというのに、時のたつのがやけに遅く感じられた。ウィリアムの土地と荘園館の購入を仲立ちしてくれた不動産屋が、目下、カッサンドラの気に入りそうなコテージを探しているところだった。

時のたつのが遅いのは、日ごとにスティーヴンに惹きつけられ、彼への思いが深まっていくからだった。毎日のように彼と会い、日によっては何回か会うこともあった。たとえば、午前中に馬で遠乗りに出かけ、夜はヴォクソール・ガーデンズのパーティに出るといったふうに。

彼のことが好きだった。そう、心から好きだった。愛より始末が悪いかもしれない。彼となら、一生の友達にもなれるだろう。それは間違いない。長年のあいだ家庭教師であり、母親がわりでもあったアリスを別にすれば、カッサンドラには友達が一人もいなかった。会話を続ける努力をしなくても、どんなことでも気軽に話題にできる友達、笑いあえる友達というものが。そして、沈黙を埋めようとして必死に話題を探さなくても、何分間も心地よい沈黙に浸ることのできる友達というものが。

もちろん、スティーヴンを好きなだけではなく、愛している。身体が彼を求めている。二回ベッドを共にし、身体の交わりから至福の喜びが得られることを知った。しかし、身体だけのことではない。彼への思いはそれよりはるかに深くて、複雑で、言葉にならない。いや、言葉があるとしても、もちろんカッサンドラの知らない言葉だ。〝愛〟という言葉は、宇宙とその彼方に広がる広大な屋敷に通じる小さな扉のようなものだ。

ときには、黙って彼と結婚して生涯幸せに暮らせばいいのに、と思うこともあった。愛していると言ってくれたんだもの――一度だけ。それに、二人でいると、彼はいつも幸せそうだ。

いえ、気遣いの人だから、無理に幸せそうな顔をしているのかもしれない。

そんな人をどうして強引に結婚へ追いこむことができて?

ううん、黙って結婚すればいいのよ――そんな気持ちになるたびに、カッサンドラは結婚してはならない理由を片っ端から挙げていった。彼に狙いをつけて誘惑した。罠にはめ、パトロンになることを承知させた。お金をもらった――あとで全額返済したけれど。

結婚なんてできるわけがない。

ときには、もうやめようと思っても、さらに理由が浮かんでくることもあった。わたしは彼より三歳年上で、一度結婚している。父親は賭博好き、夫は酒乱だった。魅力あふれる若きマートン伯爵の花嫁として、そんな女はふさわしくない。

しかし、社交シーズンの最後の一カ月はじれったいほど歩みが遅くなっている半面、驚くほどのスピードで過ぎ去ろうとしていた。シーズンが終わって夏になれば、スティーヴンは一人でウォレン館に戻り、わたしはどことも知れない土地へ去っていく。新しい家で暮らすために。

そして、二人が顔を合わせることは二度とない。

永遠に。

季節は七月になった。人々はすでにロンドンを離れて、領地に戻ったり、涼しい新鮮な空気を求めて海辺や保養地へ出かけたりしていた。議会の会期も終わりに近づいている。華やかだった社交界の催しも来年まで幕を閉じようとしている。

そして、カッサンドラもロンドンを離れた。いや、ほんの二、三日だったが。ミス・ヘイターとゴールディングの結婚式に出るため、ケント州へ出かけたのだ。すぐに戻ってくる予定だった。ところが、スティーヴンは不安になった。もっと正確に言うなら、このところずっと不安だった。この一カ月、執拗に求愛を続けてきたが、彼女が好意と友情以上の気持ちを抱いてくれているのかどうか、まったくわからなかった。

好意と友情だけでは、スティーヴンは満足できなかった。

いまとなってはもう遅すぎるが、〝愛している〟と毎日カッサンドラに言うべきだったのではと後悔していた。しかし、毎日そう言いつづけても効果がなかったなら、自分の気持ちを伏せておくべきだったのではと後悔していただろう。

求愛には決まったルールがないようだ。しかも、たゆみなく努力したところで、それが実を結ぶ保証はない。

しかし、スティーヴンは結婚の件を持ちだすのをこれ以上待てなくなった。自分がこの件を先延ばしにしてきたことに気づいた。彼女の返事を聞くのが怖かったからだ。こちらが決定的な質問をし、向こうから決定的な返事がきたら、もはや希望も持てなくなる。

ただし、それは彼女の返事がノーだった場合だ。

ぼくはいつからこんな悲観論者になったのだろう？

カッサンドラは結婚式に出たあと、火曜日にロンドンに戻る予定だった。ところが、スティーヴンは月曜日にウィリアム・ベルモントとばったり出会い、彼女がつい先ほど帰宅したことを知った。

スティーヴンはすぐさま彼女に会いに行った。

カッサンドラのほうは、彼が訪ねてくるとは思ってもいなかった。おまけに、この一カ月半、スティーヴンが毎日のように彼女に会いに行っていたため、メアリもつい気がゆるんでいた。まず居間まで行って、スティーヴンを通してもいいかどうかカッサンドラに訊くのがメアリの役目なのに、省略してしまった。ちょうど外で玄関ドアの真鍮のノッカーを磨いているところだったので、笑顔でスティーヴンを迎えて居間へ案内し、ドアをノックしてから、カッサンドラの返事も待たずに部屋に通した。

カッサンドラは火の入っていない暖炉の前に立って、片方の手首を炉棚にかけ、反対の手で口を覆っていた。すすり泣いていた。

赤く泣きはらした目を彼に向け、ビクッとした様子であわてて顔を背けた。

「まあ」ふだんの明るい表情に戻ろうと努めた。「驚かせないで。ひどい顔でしょ。一時間ほど前に帰ったばかりで、楽な服に着替えたの。あまりエレガントじゃないけど」

彼に背を向けたまま、暖炉のそばの椅子にのっていたクッションを膨らませはじめた。

「キャス」スティーヴンは急いで部屋を横切ってカッサンドラの肩に両手を置いた。驚いた彼女が飛びあがった。「どうしたんだ?」

「わたしが？」カッサンドラは明るく言うと、身体を起こして彼の手をさりげなく払いのけ、椅子の向こうのテーブルにのっている花瓶のところまで行って、もとの位置から二ミリほど動かした。「なんでもないわ。目にゴミが入っただけ」

「違うだろ。涙ぐんでる。何があったんだ？」

スティーヴンは彼女に近づいてハンカチを渡した。カッサンドラはそれを受けとると、目に押しあててから、彼のほうを向いたが、視線はそらしたままだった。微笑した。

「なんでもないの。ただ、アリスがゴールディング先生と結婚して幸せに暮らしていくことになったし、メアリとベリンダはウィリアムと一緒によその土地へ行き、同じく幸せになるわけでしょ。だから、自分をちょっと哀れんでただけ。でも、うれし涙でもあるのよ。みんなのために喜んでるの」

「うん、そうだろうね。きみも幸せな一生を送ることにしないか？　ぼくと結婚しよう。きみを愛している。きみの気分を軽くするために言ってるわけじゃない。真剣に愛してるんだ。きみのいない人生は考えられない。ときどき、きみはぼくが呼吸をするための空気なんだって思うことがある。きみもぼくのことを愛してくれないか？　婚約解消のことなんか忘れて、結婚してくれないか？　この夏に。ウォレン館で」

いけない。思わず言ってしまった。ちゃんとした求婚の言葉を準備する期間が一カ月もあったのに、いざこの場になったら、何も準備できていなかった。しかも、選んだタイミングが悪すぎた。彼女は悲嘆にくれるばかりで、いまの言葉も慰めになっていなかった。彼が口をつぐむ前に部屋を横切り、窓の外をながめていた。

しかし、ノーとは言っていない。スティーヴンは息を殺して待った。だが、なんの返事もなかった。

ただ、彼女がまったくの無言ではないことに、スティーヴンはしばらくしてから気がついた。またしてもすすり泣いていて、泣き声を抑えようと虚しい努力をしていた。

「キャス」スティーヴンはふたたび彼女の背後に近づいた。ただし、今回は手を触れるのを控えた。いまの自分の言葉がひどく惨めに響いた。「自分を哀れんでるだけじゃないだろ？ぼくを傷つけずに断わる方法を見つけようとしてるのかい？　ぼくとは結婚できないというの？」

カッサンドラが冷静さをとりもどして返事ができるようになるまでに、しばらくかかった。「結婚するしかなさそうよ」ようやく、カッサンドラは言った。「赤ちゃんができたみたいなの。ううん、〝みたい〟じゃなくて、できたの。この二、三週間、勘違いだって自分に言い聞かせてきたけど……もう二カ月もなくて……。おなかに赤ちゃんがいるの」

そこでカッサンドラがワッと泣きくずれたので、スティーヴンは彼女の肩に手をかけて自分のほうを向かせ、抱きしめ、心ゆくまで泣かせてやるしかなかった。

膝の力が抜けた。心臓がブーツの靴底の近くまで沈んだように思われた。

「そんなに惨めなことなのか？」カッサンドラのすすり泣きがやや静まったところで、スティーヴンは訊いた。「ぼくの子供ができたことが？　ぼくと結婚するしかないことが？」

嘘だろ。スティーヴンはぼんやり考えた。嘘だろ。頼むから嘘だと言ってくれ。

しかし、二晩続けて彼女と寝たのだ。してはならないことだった。いまになってその結果がのしかかってきた。二人の上に。

「こんなつもりはなかったのよ」カッサンドラは頭をうしろへ傾け、紅潮した顔をゆがめて彼を見あげた。

「こんなつもりはなかったのよ。ほんとに、こんなつもりはなかった。無事に産めると思う？　最後に流産したあと、もう子供はできないとあきらめてたの。ナイジェルが亡くなる二年も前のことだったんですもの。どうすれば無事に産めるの？　無理だわ」

涙があふれて彼女の頬を伝った。スティーヴンは涙のわけを悟った。

「ぼくにはなんの保証もできない、キャス」カッサンドラの顔を両手ではさみ、親指で彼女の涙を拭いながら、スティーヴンはささやいた。「保証してあげたいけど、それはできない。ただ、約束できることがある――きみを愛し、大切にしよう。そして、最高の医者をつけよう。出産までのあいだずっと。愛があり、子供を望む気持ちがあれば、きっと無事に生まれてくる」

スティーヴンはまばたきして、自分の涙を隠した。

キャスに子供ができた。

ぼくの子供。

そして、キャスは流産を恐れている。

ぼくもだ。

「わたし一人で育てられるわ、スティーヴン。あなたは気にしなくても――」

スティーヴンは彼女にキスをした。熱いキスを。

「気にするさ。ぼくの子供だし、きみのことが大切だから。そして、きみを愛しているから。きみが愛してくれても、くれなくても、もうかまわないけど、求愛だけは続けるつもりだ。いつか愛してくれることを願って。そして、かならずきみを幸せにする。約束しよう」

「わたし、初めて会ったときからあなたを愛してたのよ。でも、図々しすぎると思って――」

スティーヴンはふたたび熱いキスをして、カッサンドラに笑顔を向けた。

カッサンドラはかすかに震えながら笑みを返した。

「医者に診てもらった？」

「ううん」

「明日、診察に行っておいで。メグに頼んで付き添ってもらおう」

「ふしだらだって言われそう」

「姉たちのことが、まだよくわかってないようだね」

カッサンドラは彼の顎に額をつけた。

「キャス」スティーヴンはふたたび恐怖に包まれた。「きみの安全はぼくが守る。約束しよう」

妊娠期間も、願わくは出産も、基本的には彼女が一人で耐えなくてはならないのだから、愚かなことを言ったものだ。

男は役立たず、無能な生きものだという意見の女性が多いのも不思議ではない。

「ええ、わかってるわ」カッサンドラは彼の首に両腕をまわした。「ああ、スティーヴン、こんな展開は望んでいなかったけど、でも、あなたを愛してる。心から愛してる。こうなったことをけっして後悔させないわ」

スティーヴンはふたたび彼女にキスをした。

頭がくらくらしてきた。やりとげた。計画どおりには行かなかったが。慎重に求愛を続けた成果とはとうてい言えない。一カ月以上も前のある晩、彼女の誘惑に負け、そのあとでパトロンになることを承知した。彼女は無一文だったたし、自分は激怒していたから。

不運なスタートだった。

そのときに新しい命が芽生えたのだ。

あまり褒められたスタートではないが、そこでおたがいの愛と情熱に火がついたのだ。

人生は不思議だ。

愛はさらに不思議だ。

キャスがぼくの妻になる。おなかに子供がいるから。そして、ぼくを愛してくれているから。

ぼくたちは結婚する。

スティーヴンは笑いだし、彼女のウェストを抱くと、完璧な円を描いてターンさせ、やがて彼女も笑いだした。

22

ハンプシャーにあるマートン伯爵家の本邸、ウォレン館にカッサンドラが到着したのは、七月のよく晴れた爽やかな日だった。結婚式の日までは、モアランド公爵家の領地の一つである数キロ離れたフィンチリー・パークに滞在する予定だが、スティーヴンがまず彼女を連れてきたのがこのウォレン館だった。彼女が暮らすことになる屋敷を見せておきたかった。

庭園の入口を示す高い石の門柱のあいだを馬車が通り抜けた瞬間、カッサンドラはこの屋敷が大好きになった。こんもりと茂る木々のあいだを縫って馬車道がくねくねと延び、人里離れた静かな土地にきたことを実感したが、不思議なことに、故郷のように感じられた。それはたぶん、彼女に手を預けたスティーヴンが見るからに幸せな顔をしているからだろう。

「ここで暮らすようになったのは、わずか八年前のことなんだ」スティーヴンは言った。「ここで大きくなったわけではない。だけど、初めて目にしたときに……ここがぼくの家だと思った。生まれたときからずっと、屋敷がぼくを待っててくれていたように感じた」

「わかるわ」カッサンドラは窓から顔を離して、彼に微笑した。「わたしもこの屋敷が待ってくれたような気がする。そうだといいわね。自分の人生が始まるのをずっと待っていて、二十八歳というもう若くない年齢になったいま、ようやく始まったような不思議な気分よ。〝始まりそう〟じゃなくて、〝始まった〟の。未来じゃなくて、現在なの。人間って未来のことを気にかける時間が多すぎると思わない？　そんなの、本当に生きてるとは言えないんじゃないかしら」

こういう話をしたときに理解してくれる相手はスティーヴンだけだ。カッサンドラのこれまでの人生で、どうにか耐えていけそうなのはつねに未来の部分だけだった。ときには未来までが崩壊し、希望を奪われて絶望の底に沈みこんだこともあった。でも、いまはもう違う。いまようやく、現在に生き、そのときどきを楽しめるようになった。

スティーヴンは彼女の手を握りしめた。

「ただ、すばらしいことって、誰かの犠牲の上に成り立ってることが多いような気がする。そして、ぼくが伯爵になれたのも、ジョナサン・ハクスタブルが十六歳で亡くなったから。そして、コンが婚外子だったからなんだ」

「ジョナサンって、コンの弟さん？」

「うん、ちょっと……病身でね。コンから前に聞いた話では、父親はジョナサンのことをいつもグズと呼んでたそうだ。だけど、コンはジョナサンのことを〝純粋な愛〟だったと言ってた。愛情豊かというより、愛そのものだったんだ。ぼくも会ってみたかったな」

「わたしも」彼の手を握りかえして、カッサンドラは言った。「どんな最期だったの？」

「寝ているあいだに息をひきとったそうだ。十六歳の誕生日の夜に。医者から宣告された余命よりも長く生きることができた。ジョナサンはきっとぼくになついただろうってコンが言うんだ。ジョナサンの死後、爵位を継いだのがぼくなのに。不思議だと思わない？」

「ようやくわかってきた気がするわ。愛はつねに不思議なものだということが」

しかし、それ以上深く考えている暇はなかった。馬車が木立を抜け、頬を窓に寄せたカッサンドラは屋敷を目にした。淡いグレイの石を使った四角い大きな建物で、丸屋根がそびえ、玄関は柱廊式で、大理石の外階段が玄関まで続いている。屋敷の前の広いテラスらしきものは石の手すりに囲まれているが、正面に石段があり、花壇と小道と低い茂みを配した広大な庭園に続いている。

「わあ、きれい」

ここが本当にわたしの家になるの？　カッサンドラの胸にふと、カーメルの堂々たる豪邸の姿が浮かんだ。いつ見ても陰気で重苦しい屋敷だった。新婚のころの半年間でさえ、そう思えてならなかった。しかし、その記憶を払いのけた。いまのわたしにはもうなんの意味もない。過去のことだ。大事なのは現在だ。

「そうだろ？」スティーヴンの声には喜びと興奮の両方があった。「そして、この庭は二週間後に新しい伯爵夫人を迎えることになる」

スティーヴンは教会での結婚予告の手間を省くために、特別許可証を手に入れていた。それでも、ただちに結婚するかわりに二週間待つことにしようと提案した。いまの事情からすれば、本当は大至急結婚すべきかもしれないが、大切な家族と友人たちに囲まれて記憶に残る式を挙げたかった。そして、カッサンドラさえいやでなければ、ロンドンや村の教会ではなく、ウォレン館の敷地にある小さなチャペルを使いたかった。

カッサンドラのほうは、待つのはいっこうにかまわなかったが、新婦側の身内と友人がいないことが気がかりだった。ただ、一人もいないわけではない。弟のウェズリーがきてくれる。モアランド公爵とヴァネッサの勧めでフィンチリー・パークへ直行していて、今夜そちらでカッサンドラと落ちあうことになっている。また、アリスとゴールディング氏、メアリとウィリアムとベリンダも式の前日にきてくれる。

スティーヴンの身内は全員くることになっている。また、モアランド公爵の母親と末の妹夫妻、サー・グレアムとレディ・カーリング、モントフォード男爵の妹夫妻もやってくる。それから、もちろんハクスタブル氏も。シュロプシャーのスロックブリッジ村の近くにあるランドル・パークからは、サー・ハンフリーとレディ・デューが、娘たちとその夫、村の牧師を連れてやってくる。牧師はスティーヴンが十七歳になるまで勉強を教えてくれた人だ。

ハクスタブル一家がスロックブリッジ村に住んでいたころ、デュー家が親戚のようなものだったことを、カッサンドラは知った。デュー家で飼育している馬に、スティーヴンは自由に乗らせてもらえた。ヴァネッサはデュー家の次男と結婚し、彼が結核で亡くなるまでの一年間、夫婦として暮らした。サー・ハンフリーとレディ・デューはヴァネッサの子供たちを実の孫のように可愛がっている。

ろん」

「新しい伯爵夫人」カッサンドラは言った。「マートン伯爵夫人。レディ・パジェットという人格を捨てられるのがとてもうれしいわ。あなたと結婚する理由はそれだけなのよ、もちろん」

彼の目をのぞきこみ、笑い声を上げた。

スティーヴンの口元がほころんだ。

「すてきな響きだね」

カッサンドラはいぶかしげに眉を上げた。

「その笑い声。それから、きみの口と目と顔全体に笑いが広がる様子も。これまでは笑う機会がほとんどなかったんだろうね。ぼくが笑いをプレゼントできたのなら、名前や爵位よりもはるかに価値がある」

カッサンドラは無意識のうちにまばたきをし、二粒の涙が頬を伝うと同時に、ふたたび笑っていた。

「もしかしたら」馬車が向きを変えてテラスに入ると、テラスの中央に石造りの噴水があるのを目にしながら、カッサンドラは言った。「この屋敷を安らぎと愛で包んだのは、亡くなったそのジョナサンかもしれない。そして、あなたがそこに幸せを加えたのね。そして、運命の女神か天使がわたしを何年も待たせることにしたんだわ。ここで癒しを得られるときがくるまで。そして、この家で共に暮らす人々を癒してあげられるときがくるまで。ここを訪れるすべての人に安らぎと愛と幸せを伝えていきたいわ、スティーヴン。わたしたちの子供にも」

最後の言葉は口にしなければよかったと後悔した。ふたたび恐怖に襲われた。どうしても消すことができない。

スティーヴンがカッサンドラに片腕をまわし、抱きよせてキスをした。

カッサンドラは勇気を出して幸福を信じることにした。

勇気を出して信頼の心を持つことにした。

馬車が速度を落とすと、向かいの座席で長々と寝そべっていたロジャーがクーンと寝ぼけた声を上げ、もぞもぞ動き、頭を上げた。

やがて、馬車が屋敷の前で止まり、スティーヴンが彼女に手を貸して馬車から降ろした。

マーガレットとシェリングフォード伯爵とその子供たち、キャサリンとモントフォード男爵とその息子たちを乗せた二台の馬車も続いてやってきた。

ここがわたしの家――カッサンドラは思った。もうじき、家族が増える。

そして、わたしの横にはスティーヴンがいてくれる。

わたしの黄金の天使。

幸せすぎて信じられないぐらい。

でも、信じることを学ばなくては。

ロジャーが馬車からよたよたと降りてきて、あえぎながらカッサンドラのほうへ顔を上げ、顎の下をなでてくれとせがんだ。

ウォレン館の庭園に建つチャペルは小さなものだった。村まで行けば、大きくて設備の整った絵のように美しい教会があり、屋敷から一キロちょっとしか離れていないため、こちらのチャペルはめったに使われなくなっている。

しかし、かつては一族の洗礼式や婚礼や葬儀をここでとりおこなうのが伝統とされていた。そうした世界を知らずに育ったスティーヴンにとって、伝統は大切だった。この八年あまりのあいだ、スティーヴンは何時間もチャペルの外の墓地を散策しながら、そこに埋葬されている先祖の墓石の文字を読み、同じ一族として親しみを覚えたものだった。かつては、曾祖父にあまりいい感情を抱いていなかった時期があった。というのも、曾祖父は自分の息子が、つまりスティーヴンの祖父が身分の低い女と結婚したため、息子を勘当してしまったのだ。その後二世代にわたって両家にはいっさい交流がなかったが、やがて、ジョナサンの死によって直系の血筋が絶えたため、傍系の血筋を求めて探索が始まり、スティーヴンが見つかったというわけだ。

しかし、身内どうしが対立するのは悲しいことだ。延々といがみあう必要がどこにある？たとえ相手がすでに故人だとしても。だから、すべての墓をつねに手入れしておくよう、スティーヴンから庭師頭に命じてある。

そして、スティーヴンは昔から、このチャペルで式を挙げることを夢見てきた。ただし、花嫁になる女性には——それが誰なのかはそのときはもちろんわからなかったが——別の夢があるかもしれないということも、よくわかっていた。

ヴァネッサはここでエリオットと結婚した。

そして、スティーヴンもここでカッサンドラと結婚する。

チャペルはすでに紫と白の花で飾られていた。祭壇でロウソクが燃えていた。信者席はすべて埋まっていた。集まった身内や友人たちから低いささやきが洩れていた。誰かが大声を上げ――ネシーとエリオットの息子のサムだ――シーッと言われた。誰かがキャーキャー笑い――メグとシェリーの娘のサリーだ――小声できびしく叱られた。

スティーヴンは最前列の信者席にすわり、ロウソクの揺らめく炎に目を向けながら、心を落ち着かせるために何回か深呼吸した。神経がたかぶっていて、けさは自分でも意外に思った。この二週間、時間のたつのがやけにのろくて、今日という日が永遠にこないのではないかと心配だったからだ。鼻がむずむずしたが、一分か二分前に鼻を掻いたばかりで、さらにその一分か二分前にも掻いたような気がするので、掻きたいのを我慢した。誰かに気づかれたに決まっている。たぶん、シェリーかモンティあたりに。二人のことだから、あとでからかうに決まっている。

鼻を掻くかわりに指の関節を鳴らし、その音がチャペルじゅうに響いたような気がしてすくみあがった。エリオットが横目で見た。おもしろがっている目つきだった。

ふん、すでに結婚したやつは好きなだけおもしろがっていればいい。

そのとき、チャペルの外に馬車の近づいてくる音がした。参列者はすべてそろっているし、ほとんどの者が徒歩できているから、フィンチリー・パークからカッサンドラを乗せてきた馬車に違いない。ほどなく、外の庭の小道から、ドレスの裳裾《もすそ》を整えるあいだしばらく待ってほしいと誰かが誰かに言っている声が聞こえてきた。

やがて、カッサンドラがチャペルの入口に姿を見せ、スティーヴンは立ちあがった記憶もないまま、その場に立っていた。しかし、ほかのみんなも立ちあがっていて、それを指示した牧師の声がこだまとなって彼の耳に響いていた。

カッサンドラがまとっているのは、紫のサテンで仕立てた袖の短いハイウェストのドレスで、豪華にひだをとった裳裾がついていた。大胆にも帽子はかぶらず、赤い巻毛に紫の花を編みこんでいるだけだった。

スティーヴンは〝美しい〟よりさらにこの場にふさわしい言葉を探したが、何も見つからなかった。

一瞬、息をするのも忘れた。つぎの瞬間、微笑しなくてはと思ったが、知らぬまに笑顔になっていた。

婚礼の日がこんなにも緊張するものだということを、どうして誰も警告してくれなかったんだ？

いや、考えてみたら、何も喉を通らなかった朝食の席で、シェリーもモンティも警告ばかりしていた。メグがシェリーに食ってかかった。スティーヴンがすでに青くなってるのがわからないの？　この子が吐くのを待ってるの？

弟のウェズリーが裳裾をきちんと整えたとみえて、カッサンドラの横にまわり、その瞬間、カッサンドラがこちらを見たことにスティーヴンは気がついた。目尻がきりっと上がった緑色の目がいつもより大きく見える。下唇を嚙んでいる。スティーヴンと同じぐらい緊張しているようだ。

やがて、彼女が口元をほころばせて微笑した。

スティーヴンは天にものぼる心地で、思わず笑いたくなるのをやっとのことでこらえた。ここで笑いだしたら、周囲がどんなに驚くことか。

ハイドパークで出会ったときのカッサンドラの姿が浮かんできた。黒の喪服に身を包んでいて、顔を見ることもできなかった。それから、翌日メグの舞踏会で出会った彼女の姿も。エメラルドグリーンのドレス、鮮やかな色の髪、気位の高そうな侮蔑の表情。あでやかなセイレーンのようだった。

だが、すぐに前日の女性だとわかった。はっきりわかった。

永遠の時間が流れていくなか、この宇宙のどこで出会おうとも、かならず彼女だとわかるだろう。

愛する人。

ただ、愛というのは——神秘的で、広大で、すべてを含んだこの力は——単純な一語であらわせるものではない。

カッサンドラが彼の横に立ち、二人で牧師のほうを向き、ウェズリーが姉の手をスティーヴンに委ねた。生涯にわたって彼女を大切にし、もしも可能であれば来世も大切にしてくれるであろう男に。そして、牧師が大聖堂を満たすこともできそうな声で参列の人々に呼びかけ、スティーヴンが〝愛し、慈しみ、貞節を守る〟ことを誓い、カッサンドラが〝愛し、慈しみ、夫に従う〟ことを誓った。スティーヴンは途中で指輪を落とすことなくカッサンドラの指にはめられるよう念じつつ、癪にさわるほど落ち着きはらったエリオットの手から、息を止めて指輪を受けとった。落とさずにすんで、スティーヴンがカッサンドラに微笑みかけると、二人が夫婦になったことを牧師が宣言した。

呆然としているうちに式が終わってしまい、キャスが妻になったことにスティーヴンは気がついた。ぐずぐずせずにキャスを連れて聖餐台まで行かないと、うれしさのあまり叫びだしたり、それに劣らず馬鹿なまねをしたりして、恥をかくことになりかねない。

キャスが妻になった。

ぼくは結婚した。

そして、いつのまにか聖餐が終わり、結婚証明書に署名をして、左右に笑みをふりまきながら教会を出た。参列の人々も教会の庭の小道に出てきて、スティーヴンとキャスを抱きしめ、キスを浴びせた。

青空からバラの花びらが降ってきた。

そして、ついにスティーヴンは笑いだした。

この世界はすばらしいところだ。たとえ、お伽話のようなハッピーエンドはありえないとしても、ときには純粋な幸福が訪れる瞬間もあるのだから、それを両手でつかんで未来へ運ばなくてはならない。そうすれば、苦難の時期をもっと楽に乗り越えられるようになるだろう。

今日、スティーヴンは幸せだった。キャスの表情からすると、彼女も同じく幸せのようだった。

結婚披露宴には、式に参列した人々のほかに隣人たちも招かれ、夜まで延々と祝宴が続いた。しかし、ついには全員がウォレン館をあとにした。屋敷に滞在中の人々も新郎新婦が二人だけで過ごせるよう、今夜だけはフィンチリー・パークのほうへ移った。

カッサンドラのために用意された寝室は正方形で広々としていた。となりに広い化粧室があり、その向こうが居間になっている。居間の反対側のドアはたぶん、スティーヴンの化粧室と寝室に続いているのだろう。

二人が使う続き部屋からは、屋敷の正面の噴水と花壇が見渡せるようになっていた。

新しいメイドの手でブラッシングがすんで髪はつやつやに輝いていたが、カッサンドラはふたたび髪にブラシをかけながら、外の闇に目を向け、開いた窓から聞こえてくる心なごむ噴水の音に耳を傾け、スティーヴンがやってくるのを待っていた。

それほど待たされずにすんだ。彼が化粧室のドアをノックして入ってきたので、カッサンドラはふりむいて彼に笑顔を向けた。

「キャス」スティーヴンが両手を差しだしてそばにきた。「やっと二人きりになれたね。みんなのことは大好きだけど、ずっと居すわる気かと思って心配だった」

カッサンドラは笑った。

「みなさんが早く帰って、わたしたちが暗くなる前にベッドに入ったりしたら、あなたの召使いたちがこの先一カ月は薄笑いを浮かべたことでしょうね」

スティーヴンはクスッと笑った。

「たしかにそうだ。どっちみち、ぼくたちが正午になっても朝食に下りていかなかったら、召使いたちは今後一カ月、薄笑いを浮かべるだろうけど」

「まあ、そんなに朝寝坊をするつもり？」

「寝るなんて誰が言った？」

「まあ……」

そこで、カッサンドラはスティーヴンから手を放して、彼のガウンのベルトをほどいた。その下に彼は何も着ていなかった。カッサンドラがガウンの前を開いて彼に身を寄せると、彼女のナイトガウンの薄い絹地を通して彼の温かなたくましい裸体が感じとれた。

「スティーヴン」彼の喉に唇を寄せて、カッサンドラは言った。「後悔してない？」

「きみは？」

スティーヴンは彼女の髪に指をすべらせて、両手で彼女の顔をはさみ、上を向かせた。

「だめだめ。わたしが先に訊いたのよ」

「人生というのは、決断しなきゃいけないことの連続だと思う。いまからどこへ行く？　いまから何を食べる？　いまから何をする？　そして、小さなことでも、大きなことでも、何か決断するたびに自分が選んだ方向へ否応なく押しやられていく。たとえ無意識の決断であっても。ハイドパークで出会い、メグの舞踏会でふたたび出会ったとき、ぼくたちは選択を迫られた。それがどんな結果を招くことになるのか、二人とも見当もつかなかった。そうだろう？　一つの方向へ進むだけだと思ってた。ところが、じっさいは、そのあとにも無数の選択と決断をおこない、それを経てようやくここにたどり着いたんだ。どの選択も決断も後悔してないよ、キャス」

「じゃ、運命がわたしたちをここに導いたの？」

「違う。運命は選択肢を示すことしかできない。決断はぼくたちがするんだ。きみはメグの舞踏会でほかの誰かを選んだかもしれない。ぼくはきみと踊るのを断わったかもしれない」

「あら、無理よ。あなたが断わるわけないわ。こんなにいい女ですもの」

「そうだね」スティーヴンは笑顔で認めた。

「二人の関係を続けていくにはあなたの押しつけた条件を呑むしかないとわかった時点で、わたしはあなたから離れていたかもしれない」

「いや、無理だ。離れていくわけがない、キャス。こんなにいい男だもの」

「どこがいい男なの？」カッサンドラは声を低くし、伏し目がちになって、スティーヴンに尋ねた。「婚礼の夜なのに、夜どおししゃべりつづけるつもり？」

「やれやれ。言葉では満足してくれそうにないから、行動で示すとしよう」

二人は笑みを交わし、やがて、笑みが薄れてスティーヴンが彼女にキスをした。

カッサンドラは彼の肉体を知っていた。愛の技巧を知っていた。彼が入ってきたときの感触を知っていた。彼の姿を、匂いを、肌ざわりを知っていた。

しかし、本当は何も知らなかったことを、その後三十分のあいだに思い知らされた。さらには、それに続く夜のあいだに。なぜなら、カッサンドラが知っていたのは肉欲と罪悪感に苛まれる彼であり、彼女が感じていたのは彼の快楽と彼女自身の快楽に近い感覚だけだったからだ。

愛に満ちた彼を知ったのは……今夜が初めてだった。夫婦となったこの夜が。

今夜、カッサンドラは彼の肉体と愛の技巧を堪能した。しかし、今夜はまだまだ多くのことを知った。今夜、そこには彼がいた。そして、彼女がいた。そして、四度の行為のなかに二人がいた。いや、〝二人〟は複数形で、二つの存在を示す言葉だから、情熱の絶頂からさらに高く舞いあがったとき、二人が一つに溶けあったと言うべきだろう。二人が舞いあがったその場所や状態は、言葉で表現することも、あとで鮮明に思いだすこともできないものだった――ふたたび同じ体験をするまでは。

「キャス」夜明けの光が窓辺に射し、早起きの小鳥が一羽、どこか近くでコーラスの腕を磨いていたとき、スティーヴンが眠そうな声で言った。「〝愛してる〟って言い方が千通りもあればいいのにね。いや、百万通りも」

「どうして？　いまからすべて言うつもり？　それが終わるずっと前に、わたし、眠りこんでしまうわ」

スティーヴンはクスッと低く笑った。

「それに、〝愛してる〟という言葉にわたしが飽きてしまうところは想像できないわ」

「愛してる」スティーヴンは片肘を突いて身を起こし、彼女の鼻に自分の鼻をすり寄せながら言った。

「知ってる」カッサンドラが答えたあとで、スティーヴンが彼女に覆いかぶさり、言葉は抜きにしてふたたび愛情を示した。

「愛してる」終わってから、カッサンドラは言った。

しかし、スティーヴンは眠そうに何やらつぶやいて寝てしまった。


別の小鳥が、いや、同じ小鳥かもしれないが、夜明けと共に起きた別の男に向かって歌っていた。男はウォレン館には泊まらなかった。身内と一緒にフィンチリー・パークへ行くこともしなかった。何年ものあいだ、エリオットとろくに口を利いたこともないのに、どうして行けるだろう？

何も知らないジョナサンの財産をくすねたと言って、エリオットに非難された。また、女たらしだと言って非難された。近隣の多くの女に父親のいない子を産ませたというのだ。かつては大親友で、悪いことも一緒にする仲だったエリオット。

数々の非難を、コンスタンティンはけっして否定しなかった。

これからも否定するつもりはない。

ゆうべは近くに住む旧友、フィリップ・グレインジャーのところに泊めてもらった。いま、スティーヴンが前日にレディ・パジェットと挙式した小さなチャペルの外の墓地に立っていた。小道にも、草むらにも、子供たちが新郎新婦に向かって投げたバラの花びらがまだ散らばっている。

コンはある墓の前にたたずみ、じっと考えこむ様子でそちらに視線を落としていた。早朝の冷えこみに備えて長い黒のマントをはおり、シルクハットをかぶったその姿は、どことなく不吉な印象だった。

「ジョン」そっとささやきかけた。「一族の歴史はつぎの世代へ移りつつあるようだ。まだ誰も何も認めていないが、レディ・マートンのおなかに子供がいることに、ぼくは大金を賭けてもいい。いろいろあったが、結局はまじめな女性だったんだな。スティーヴンがまじめなことはわかっている。少しは羽目をはずせばいいのにと思ったこともあったが。おまえだったら、二人のことが好きになっただろう」

端のほうが茶色くなりかけたバラの花びらが何枚か、墓に散っていた。コンは身をかがめてそれを拾い、墓石から一枚払いのけた。

「いや、きっと二人を愛したことだろう、ジョン。おまえはいつだって、誰にでも惜しみなく愛を注いでいたものな。ぼくのことまで愛してくれた」

コンはこのところ、ウォレン館にあまり顔を出さなくなっていた。正直なところを言うと、いささか苦痛だった。だが、ときどき、ジョンに会いたくてたまらなくなる。土がかすかに盛りあがった墓と、歳月を経て黒ずみ、少し苔むしている墓石——弟の存在を示すものはこれだけになってしまった。

ジョナサンが生きていれば、今年で二十四歳だ。

「そろそろ行くよ。また来年くるからな、ジョナサン。安らかに眠ってくれ」

そして、向きを変えると、ふりかえることなく大股で歩み去った。

エピローグ

世界は苦痛の繭に変わり、合間に至福の小休止が何度か訪れた。そのたびにひと息つくことができたが、本当の休息はまだまだ望めなかった。

長く苦しい陣痛だったが、マーガレットは何時間もそばに付き添い、出産が〝産みの苦しみ〟と呼ばれる理由はここにあるのだと言ってカッサンドラを励ましつづけた。

「男というのは何もわかってないのよ」またしてもスティーヴンがのぞきにきて、たいした抵抗もせずに追い払われたあとで、マーガレットは言った。「陣痛を目にすることすら耐えられないんだから」

苦痛の繭の奥深くでカッサンドラは思った——男が陣痛を正視できないのは、その原因が自分にあるとわかっているのに、痛みを止めることも、共有することもできないからだわ。しかし、こうした寛大な思いはすぐに薄れていった。カッサンドラの心を占めていたのは、スティーヴンがそばにくることは二度と許さない、という思いだった。

お願い、お願い、お願い、お願い、お願い。またしても襲ってきた痛みに耐えて息を吸いながら、カッサンドラは思った。痛みで腹部が耐えがたいほどこわばり、子宮がひきさかれるように感じた。

何をお願いしてるの？

痛みが消えることを？

赤ちゃんが生まれてくることを？

無事に生まれてくることを？

健康な子が生まれることを？

お願い、お願い。

新婚の七カ月間は信じられないぐらい幸せな日々だった。

だが同時に、恐怖に怯える日々でもあった。

カッサンドラの恐怖。

そして、スティーヴンの恐怖。明るく元気な仮面の下にいつも隠れていた恐怖。

「よくがんばっている」医者の冷静な声。でも、医者も男。何もわかっていない。

「消耗がひどくてもう限界です」マーガレットの声。

「あと少しだ」医者の声。

大きく息を吸い、そして――

お願い、お願い。

抑えきれない衝動に駆られていきんだ。何度も何度もいきみつづけるうちに、少し休むようにと声がした。つぎの収縮に備えて体力を温存しておかなくては。そして――

ああ、お願い、お願い。

渾身の力をこめて果てしなくいきむなかで、体内の空気がすべて押しだされ、世界は痛みといきみだけになり――

やがて、何かが迸るような感覚とともに、耐えがたい圧迫感が不意に消え、ようやく息ができるようになり、そして――

赤ちゃんの産声。

ああ。

「ああ」カッサンドラはつぶやいた。「ああ」

「男の子ですよ、奥方さま」医者が言った。「足の指が十本、手の指が十本、そして、鼻も目も口もちゃんとそろっています。この先しばらく、赤ちゃんは空腹になるたびにその口で奥方さまに訴えることでしょう」

マーガレットが部屋を飛びだしてスティーヴンに子供の誕生を知らせに行ったが、彼がようやく部屋に入ることを許されたのは、マーガレットが室内にひきかえして赤ちゃんに産湯を使わせ、温かな毛布にくるみ、カッサンドラとベッドを清潔にしてから彼女の腕に赤ちゃんを抱かせ、マーガレット自身は一歩下がって紅潮した満足げな顔で母と子に笑みを向けたあとのことだった。

赤くて、醜くて、愛らしいわが子をカッサンドラが感動の目で見つめているあいだに、マーガレットと医者は部屋を出ていった。

わたしの息子。

スティーヴンはどこなの？

そこにスティーヴンがやってきた。青ざめた顔をして、目の下に黒いくまができ、まるで彼のほうが何時間も陣痛に耐えていたかのようだ。ある意味では、おそらくそうだったのだろう。カッサンドラをじっと見つめたまま、ベッドまできたが、近づくのを恐れているかに見えた。毛布に包まれたものに目を向けるのを怖がっているかに見える。

「キャス。大丈夫かい？」

「疲れてくたくた。一カ月でも眠れそうよ」カッサンドラは彼に笑みを向けた。「坊やに会ってちょうだい」

そこでスティーヴンは驚きに目を丸くして身を寄せ、のぞきこんだ。

「こんなきれいな子がほかにいるだろうか」しばし感動に浸ったあとで問いかけた。

父親の目になっていた。カッサンドラが母親の目になっているのと同じように。マーガレットも、医者も、さきほど部屋を出ていく前に、赤ちゃんの頭のかすかな歪みは数時間か、長くとも一日か二日すれば自然に治ると言ってくれた。

「ええ。誰もこの子にはかなわないわ」

「泣いてる。何かしたほうがいいんじゃないか、キャス」

「たぶん、パパに抱いてもらいたいんだわ」

もしくは、ママの乳房を求めているか。

「抱いてもいいのかい？」スティーヴンはおっかなびっくりという顔だった。

しかし、カッサンドラがまったく重さがないように見える毛布の包みを抱きあげ、スティーヴンが息子を受けとると、息子はすぐさま泣きやんだ。

「あらあら。ママにはもう感謝してくれないのね」

しかし、スティーヴンは優しく笑っていて、疲れはてたカッサンドラはホッとした思いで枕にもたれ、彼を見あげた。二人を見あげた。

大切な二人の男性。

わたしの愛する二人。

ゆっくり休息をとったら――そう、心ゆくまで休息をとったら――たぶん、スティーヴンがふたたび触れてきても許せるだろう。

たぶん。

ううん、許すに決まっている。

スティーヴンが上から彼女を見つめていた。愛情に満ちた目が輝いていた。

「ありがとう。ありがとう、ぼくの愛する人」

子供を持つことができた――スティーヴンに視線を返して、カッサンドラは思った。疲れがひどくて、口元をほころばせる以上のことは何もできなかった。

無事に子供が生まれた。

そして、人生は愛に満ちている。

希望にも。
わたしにはスティーヴンがいる。
これ以上何を望むことがあるの？
この人はわたしだけの天使。

訳者あとがき

情感豊かな描写で読む人を魅了してきたメアリ・バログの《ハクスタブル家》シリーズだが、三人姉妹がそれぞれ波乱万丈の恋を経て幸せな結婚に漕ぎつけ、今回ついに、末っ子スティーヴンをめぐる四作目が幕をあけることとなった。十七歳で伯爵家を継いだスティーヴンだが、あれから八年の歳月が流れて、いまではもう二十五歳。気立てがよくて、ハンサムで、しかも大金持ちとくれば、社交界の令嬢たちの恋心をかきたてるのも当然だ。周囲からも〝そろそろ結婚を〟と期待されている。でも、本人にはまだまだその気がなくて、せめて三十歳までは自由の身でいたい様子。

そんな彼の前に、いわくつきの未亡人カッサンドラが現われた。赤くきらめく髪にエメラルドグリーンの瞳。妖しい魅力を湛えた豊満な年上の美女。スティーヴンはもともと清純可憐なほっそりした令嬢が好みなのに、その理想像から遠く離れている。しかも、夫を斧で叩き殺したと噂されている女だ。ところが、出会ったとたん、スティーヴンはそんな彼女に魅了されて一夜を共にすることに……。

冒頭から思いもよらぬ展開で、「あららら……」と驚かれる読者も多いと思うが、そこから先にはやはり透き通るように美しいバログの世界が広がっていく。カッサンドラの哀しい過去が徐々に明かされ、彼女への思いに苦しむスティーヴンの葛藤が細やかに描かれる。読者はいつしか物語のなかに誘いこまれて、カッサンドラのために胸を痛め、スティーヴンとともに葛藤することになるだろう。

　物語の脇を固めるのは、幸せな結婚生活を送る三人の姉とそれぞれの夫。家庭円満で、末の弟への愛にあふれたこの人々がスティーヴンの苦悩を和らげ、作品全体を明るい光で満たしてくれる。ただ、一カ所だけ、光の届かない場所がある。それはコンスタンティン・ハクスタブルのいるところ。シリーズ一作目の冒頭から、彼の登場場面には闇があった。その後も脇役としてたまに顔を見せるだけだったのに、いくら陽気にふるまっても、コンはいつもどこかに暗いものを秘めていた。

　次回はいよいよシリーズ最終作。謎の人物だったコンがついに主役として登場する。これまでのシリーズのなかに、コンにまつわる疑問がいくつも出てきた——コンが伯爵家の財産をくすねたと言ってモアランド公爵エリオットが非難しているが、それは事実なのか。田舎に屋敷を購入したそうだが、どこにあるのか。屋敷を買うお金をどうやって手に入れたのか、などなど。だが、それらに対する答えはどこにもなかった。最終作でようやく数々の謎が解き明かされるのかもしれない。期待が膨らむ。どうか楽しみにお待ちください。

二〇一六年二月

ライムブックス

愛《あい》を告《つ》げる天使《てんし》と

著　者　メアリ・バログ
訳　者　山本《やまもと》やよい

2016年3月20日　初版第一刷発行

発行人　成瀬雅人
発行所　株式会社原書房
〒160-0022東京都新宿区新宿1-25-13
電話・代表03-3354-0685　http://www.harashobo.co.jp
振替・00150-6-151594
カバーデザイン　松山はるみ
印刷所　図書印刷株式会社

 ISBN978-4-562-04480-1 Printed in Japan